O ESPIÃO QUE SABIA DEMAIS

OUTRAS OBRAS DO AUTOR PUBLICADAS PELA EDITORA RECORD

O canto da missão
O espião que sabia demais
O espião que saiu do frio
O gerente noturno
Nosso fiel traidor
O jardineiro fiel
Uma verdade delicada
Um legado de espiões
Agente em campo

MEMÓRIAS
O túnel de pombos

JOHN
LE CARRÉ

O ESPIÃO QUE SABIA DEMAIS

Tradução de
Thomaz Scott Newland Netto

4ª edição

EDITORA RECORD
RIO DE JANEIRO • SÃO PAULO

2025

CIP-BRASIL. CATALOGAÇÃO NA PUBLICAÇÃO
SINDICATO NACIONAL DOS EDITORES DE LIVROS, RJ

C466e Le Carré, John, 1931-2020
4. ed. O espião que sabia demais / John Le Carré ; tradução Thomaz Scott Newland Netto. - 4. ed. - Rio de Janeiro : Record, 2025.

Tradução de: Tinker, tailor, soldier, spy
ISBN 978-85-01-92437-7

1. Ficção inglesa. I. Newland Netto, Thomaz Scott. II. Título.

25-97266.0 CDD: 823
CDU: 82-3(410.1)

Gabriela Faray Ferreira Lopes - Bibliotecária - CRB-7/6643

Título original:
Tinker, Tailor, Soldier, Spy

Texto revisado segundo o Acordo Ortográfico da Língua Portuguesa de 1990.

Impresso no Brasil

ISBN 978-85-01-92437-7

Primeira Parte

1

A verdade é que se o velho major Dover não tivesse caído morto nas corridas de Taunton, Jim nunca teria ido para Thursgood. Chegou no meio do período letivo, sem uma entrevista prévia, já em meados de maio, embora ninguém pudesse dizê-lo se olhasse para o tempo. Arranjara o emprego por meio de uma dessas agências meio duvidosas, especializadas em fornecer professores para as escolas preparatórias. Viera apenas para *quebrar um galho*, dar as aulas do velho Dover, até que encontrassem alguém mais adequado. “Um linguista”, informa Thursgood na sala dos professores. “Uma medida temporária”, acrescentou, afastando o cabelo da testa num gesto de autodefesa. “Pridô.” Soletrou P-R-I-D, francês não era a matéria de Thursgood, por isso consultou um pedaço de papel: E-A-U-X. “O primeiro nome é James. Acho que nos servirá muito bem até julho.” Os professores não tiveram a menor dificuldade em entender tais sinais.

Jim Prideaux era um pé-rapado na comunidade docente. Fazia parte do mesmo lamentável grupo a que pertencera a *falecida* Sra. Loveday, que tinha um casaco de *agneau rasé* e ensinara teologia elementar até que seus cheques foram devolvidos por falta de fundos; ou do ex-professor Maltby, que era pianista e fora convocado para colaborar numas investigações da polícia e, tanto quanto se sabia, ainda a estava ajudando, tendo deixado de ensaiar o coral. A grande mala de Maltby ainda se encontrava no porão, à espera de instruções. Vários professores, principalmente Marjoribanks, eram favoráveis à abertura da mala. Diziam que ela continha tesouros notoriamente desaparecidos: o retrato da mãe libanesa de Aprahamian, por exemplo, emoldurado em prata; o canivete suíço de Best-Ingram, desses usados no Exército; e o relógio da inspetora. Mas o rosto sem rugas de Thursgood assumira uma expressão resoluta, contrária à abertura. Apenas cinco anos haviam transcorrido desde que herdara a escola do pai, mas esse tempo lhe ensinara que é melhor deixar certas coisas trancadas.

Jim Pridaux chegara numa sexta-feira, durante um forte temporal. A chuva rolava como fumaça de canhão pelas ravinas pardacentas dos Quantocks, escorrendo rapidamente pelos vazios campos de críquete e penetrando no arenito das fachadas dos edifícios, que estavam caindo aos pedaços. Apareceu logo depois do almoço, dirigindo um velho Alvis que puxava um reboque de segunda mão, que em outros tempos fora azul. O começo da tarde em Thursgood é uma hora tranquila, breve trégua na luta constante de cada dia escolar: os rapazes vão descansar no dormitório; os professores ficam sentados em sua sala, tomando café, lendo os jornais ou corrigindo trabalhos dos alunos; e Thursgood lê um romance para sua mãe. Em toda a escola, portanto, somente o pequeno Bill Roach de fato assistiu à chegada de Jim, reparou na fumaça que saía do capô do Alvis quando o carro veio chegando gemendo, descendo pelo caminho esburacado, com os limpadores de para-brisa fustigados pela chuva, puxando um reboque, estremecendo em meio às poças d'água.

Naquele tempo, Roach era calouro, tido como pouco inteligente, ou mesmo meio débil mental. Thursgood era sua segunda escola preparatória em dois períodos letivos. Menino gorducho e balofo, sofria de asma e passava grande parte de seus momentos de descanso ajoelhado na ponta da cama olhando pela janela. Sua mãe vivia faustosamente em Bath, e todos diziam que o pai dele era o mais rico da escola, distinção que custava bem caro ao filho. Provindo de um lar desfeito, Roach era também um observador por natureza: reparara que Jim não havia estacionado o carro em frente ao prédio da escola, mas continuara a fazer uma curva até chegar à altura da cavalariça. A configuração do terreno era familiar àquele homem e, mais tarde, Roach concluiu que Jim devia ter realizado uma operação de reconhecimento, talvez estudado algum mapa. Mesmo depois de ter chegado à cavalariça, ele não parou o carro, seguindo velozmente através da relva molhada para não perder o impulso. Em seguida, galgou uma ondulação do terreno e entrou precipitadamente no Buracão, nele desaparecendo. Roach chegou a recear que o reboque fosse dobrado ao meio, à beira do Buracão, mas Jim a transpôs tão depressa que, em vez de dobrar-se em dois, o reboque levantou a cauda e sumiu como um coelho gigantesco no interior de sua toca.

O Buracão é uma peça do folclore de Thursgood. Escancara-se através de uma extensão de terras não cultivadas, entre o depósito de frutas e a cavalariça. Olhando-se para ele, não passa de uma depressão no terreno, coberta de capim, com saliências na face norte, cada qual mais ou menos da altura de um rapaz, e cheio de moitas em tufos que se tornam esponjosas no verão. Essas elevações conferem ao Buracão sua virtude especial de área de recreio, e também sua fama, que varia a cada nova geração de alunos: são os vestígios de uma mina de prata a céu aberto, e os rapazes as escavam, cheios de entusiasmo, à procura de tesouros; são um forte romano-britânico, diz-se em outro ano, e os meninos encenam batalhas com porretes e projéteis de barro. Para outros o Buracão seria uma cratera aberta por uma bomba do tempo da guerra, e as saliências que ele tem só poderiam ser cadáveres sentados, que a explosão sepultou. A verdade é mais prosaica: há seis anos, não muito antes de haver abruptamente fugido com uma recepcionista do hotel Castle, o pai de Thursgood lançara um apelo para que ali fosse construída uma piscina, persuadindo os rapazes a fazer uma grande escavação, com uma extremidade funda e outra rasa. Mas o dinheiro arrecadado não foi suficiente para financiar esse plano ambicioso e, por isso, desperdiçou-se em outros, como a aquisição de um novo projetor para a escola de arte e a iniciativa de cultivar cogumelos no porão de um dos prédios. Pessoas malévolas chegaram a afirmar que o dinheiro fora empregado no adorno de um ninho para certos amores ilícitos, até que, finalmente, os dois pombinhos fugiram para a Alemanha, país natal da heroína da história.

Jim nada sabia a respeito dessas associações. O fato é que apenas por uma questão de sorte escolhera exatamente aquele recanto de Thursgood, dotado de atributos sobrenaturais, na opinião de Roach.

Roach ficou aguardando à janela mas não viu mais nada. O Alvis e o reboque estavam na zona morta. E se não fosse o rastro molhado, que sulcava a relva, o rapaz poderia ter ficado cismando se aquilo tudo não passaria de um sonho. Mas o rastro era real, e, por isso, quando soou a campainha anunciando o fim do descanso, ele enfiou suas botas de cano alto e caminhou a custo debaixo da chuva até a beira do Buracão e ficou espiando lá embaixo: lá estava Jim, metido numa capa de chuva do tipo usado no Exército, tendo na cabeça um chapéu deveras extraordinário, de abas largas como um desses que se usam num safári, mas peludo e com um dos lados dobrados para cima, formando um rolo petulante, à moda dos piratas. A água escorria do chapéu como de uma calha.

O Alvis estava diante da cavalariça. Roach nunca soube explicar como Jim conseguiu safá-lo do Buracão, mas o reboque se encontrava no que deveria ter sido a extremidade funda da escavação, plantado sobre uma plataforma de tijolos gastos pelo tempo. Jim, sentado no degrau do reboque, sorvia alguma bebida de um cantil verde, de plástico, e esfregava o ombro direito como se o tivesse batido em algum lugar, enquanto a chuva escorria de seu chapéu. Em seguida, levantou o chapéu e Roach viu-se contemplando um rosto corado e de expressão muito feroz, que se tornava ainda mais ameaçadora por causa da sombra projetada pela aba do chapéu e da presença do bigode castanho, escorrido pela chuva, que o transformara em presas. E aquele rosto era cortado por rugas irregulares, em todos os sentidos, tão fundas e sinuosas que Roach concluiu, num outro lampejo de seu talento imaginativo, que Jim havia passado fome em algum lugar dos trópicos, e tornara a engordar. Seu braço esquerdo ainda estava erguido junto ao peito, e seu ombro direito alçado até a altura do pescoço. Mas toda a massa confusa de seu corpo se enrijecera como a de um animal congelado sobre alguma superfície: um cervo, pensou Roach, num auspicioso impulso, um animal nobre.

— Quem é você? — indagou uma voz num tom muito militar.

— Meu nome é Roach. Sou calouro.

Por um momento, aquele rosto que parecia feito de tijolos mediu Roach de alto a baixo, protegido pela sombra do chapéu. Em seguida, com acentuado alívio, suas feições descontraíram-se num esgar de riso igual ao de um lobo. E sua mão esquerda, ainda agarrando o mesmo ombro direito, recomeçou a lenta massagem, ao passo que o homem tomava um longo trago de seu cantil de plástico.

Levantando-se e voltando as costas abauladas para Roach, Jim começou a fazer o que parecia um detalhado exame das quatro pernas do reboque, investigação bastante crítica, que exigiu acentuado balançar da suspensão e forte inclinação da frente do reboque, estranhamente decorada, bem como a colocação de vários tijolos em diversos ângulos e pontos. Enquanto isso, a chuva da primavera caía ruidosamente em cima de tudo: o casaco do homem, seu chapéu e a capota do velho reboque. Roach reparou que o ombro direito de Jim não se movera durante todas essas manobras, permanecendo enfiado de encontro a seu pescoço como se fosse uma pedra, debaixo da capa de chuva. Por esse motivo, ficou imaginando se Jim acaso não seria uma espécie de gigante corcunda, e se as costas de todos os gigantes corcundas não doíam como as daquele homem. E reparou também, como algo de caráter geral, dessas coisas que se guardam na memória, que as pessoas que sentem dores nas costas caminham em passadas largas, o que estaria ligado ao seu equilíbrio.

— Calouro, não é isso? Bem, eu *não* sou um calouro — prosseguiu Jim, num tom muito mais cordial, enquanto puxava uma das pernas do reboque. — Sou um veterano. Tão velho como Rip Van Winkle, se você estiver interessado em saber. Até mais velho do que ele. E você? Você tem amigos?

— Não — disse Roach com simplicidade, naquele tom apático que os meninos de escola sempre empregam para dizer "não", deixando todas as reações positivas a seus interlocutores. Mas Jim não deu resposta alguma, de modo que Roach subitamente foi tomado de um estranho sentimento de afinidade e esperança para com aquele homem.

— Meu outro nome é Bill — acrescentou. — Fui batizado com o nome de Bill, mas o Sr. Thursgood me chama de William.

— Bill, hem? O Bill que leva calotes de todo mundo. Alguém já chamou você assim?

— Não, nunca.

— É um bom nome, de qualquer maneira.

— Acho que sim.

— Conheço uma porção de Bill. Todos são boas pessoas.

Dessa maneira, as apresentações estavam feitas, por assim dizer, e Jim não mandou Roach dar o fora. Por isso o menino ficou lá no alto, olhando para o Buracão através dos óculos embaçados pela chuva. Os tijolos, observou Roach atemorizado, haviam sido tirados da latada dos pepinos. Vários já estavam meio soltos, e Jim devia tê-los afrouxado um pouco mais. Pareceu a Roach uma coisa maravilhosa que alguém, mal chegando a Thursgood, tivesse tamanha confiança em si mesmo a ponto de furtar o material da escola para satisfazer um propósito particular. E ficou duplamente maravilhado porque Jim puxava um cano de chumbo do hidrante, para obter água, pois esse hidrante era objeto de uma norma especial da escola: tocar nele era falta passível de castigo corporal.

— Escute, Bill. Você por acaso terá uma coisa parecida com uma bola de gude?

— Coisa parecida com o quê? — indagou Roach, apalpando os bolsos num jeito meio aturdido.

— Uma bola de gude, rapaz. Uma bola de gude redonda: uma bolinha. Será que os meninos não jogam bola de gude hoje em dia? Nós jogávamos quando eu estava na escola.

Roach não tinha bolas de gude, mas Aprahamian possuía uma coleção delas, que tinham vindo de Beirute, de avião. Bastaram cerca de cinquenta segundos para que Roach fosse correndo até a escola, apanhasse uma bola de gude, enfrentando os mais vigorosos protestos, e voltasse, ofegante, ao Buracão. Lá chegando, hesitou um pouco: para ele o Buracão já pertencia a Jim, e teria necessidade de pedir licença para entrar nele. Mas Jim desaparecera no interior do reboque. Assim, depois de esperar durante alguns instantes, Roach desceu cuidadosamente pelo barranco e ofereceu a Jim a bola de gude através da porta do reboque.

Jim não percebeu Roach imediatamente. Estava tomando um trago do cantil e contemplando pela janela as nuvens negras que se dilaceravam em todas as direções sobre os Quantocks. Aquele movimento de sorver, observou Roach, era de fato bastante difícil, pois Jim não conseguia engolir com facilidade se permanecesse de pé, ereto, e tinha de curvar o torso para trás a fim de obter um certo ângulo. Enquanto isso a chuva voltara a cair pesadamente e com ruído sobre o reboque, como se fosse cascalho.

— Estou aqui — disse Roach, mas Jim não se moveu.

— O problema com um Alvis é o desgraçado não ter o diabo das molas — resmungou Jim, finalmente, dirigindo-se mais à janela que à visita. — Você guia todo o tempo com o traseiro apoiado em cima do osso. Isso aleija qualquer um. — E, torcendo de novo o tronco, sorveu mais um gole.

— É mesmo — confirmou Roach, muito espantado de que Jim imaginasse que ele soubesse dirigir.

Jim tirara o chapéu. Seus cabelos cor de areia eram cortados curtos e, em certos pontos, notavam-se alguns locais em que alguém os havia tosado demais com a tesoura. Ficavam principalmente de um lado, por isso Roach adivinhou que o próprio Jim cortava seus cabelos com o braço bom, o que o fazia parecer ainda mais torto.

— Eu trouxe uma bola de gude para o senhor — disse Roach.

— Ótimo. Obrigado, rapaz. — E segurando a bola de gude ele a rolou devagar sobre a mão áspera e coberta de talco. Roach percebeu imediatamente que Jim era dotado de grande habilidade para fazer qualquer tipo de coisas: era um homem familiarizado com ferramentas e objetos em geral. — Está fora do nível, Bill, como você está vendo — confidenciou ele. — Assim como eu. Olhe só.

E voltou-se deliberadamente para a janela maior. Um filete de alumínio estendia-se ao longo de seu bordo inferior, ali colocado para coletar a condensação da umidade. Nele colocando a bola de gude, Jim ficou observando como a mesma rolou até a extremidade do filete, caindo no chão.

— Está empenada — repetiu ele. — Enviesa na parte traseira. Um homem não pode aceitar uma coisa dessas. Onde você se meteu, sua bruxa?

O reboque não era um lugar acolhedor, observou Roach, curvando-se para apanhar a bola de gude. Poderia ter pertencido a qualquer pessoa, embora estivesse escrupulosamente limpo. Um beliche, uma cadeira de cozinha, um fogão de navio, um botijão de gás. Nenhum retrato da mulher dele, pensou Roach, que ainda não havia conhecido homens solteiros, com exceção do Sr. Thursgood. Os únicos objetos pessoais que conseguiu descobrir foram uma mochila de pano resistente, pendente da porta, uma caixa de costura guardada ao lado do beliche e um chuveiro de fabricação caseira, feito com uma lata de biscoitos furada, muito bem soldada no teto. Em cima da mesa havia uma garrafa que continha uma bebida incolor, gim ou vodca, porque era isso que seu pai bebia quando Roach ia ao apartamento dele nos fins de semana, durante as férias.

— Na direção leste-oeste está tudo certo, mas na direção norte-sul ela está empenada, não há a menor dúvida — declarou Jim, testando o outro bordo da janela. — Qual é o seu forte, Bill? — indagou.

— Não sei — respondeu Bill num tom apático.

— Você com certeza é bom em alguma coisa. Todo mundo é. E o futebol? Você é craque no futebol?

— Eu não.

— Então você é um rapaz muito estudioso? — indagou Jim displicentemente ao abaixar-se, soltando uma espécie de grunhido e se encaminhando em direção à cama para tomar um trago do cantil. — Devo dizer que você não tem cara de ser muito estudioso — acrescentou polidamente. — Embora seja um rapaz solitário.

— Não sei — repetiu Roach, dando um passo em direção à porta, que estava aberta.

— Então o que você faz de melhor? — perguntou Jim, tomando outro grande gole. — Você tem de ser bom em alguma coisa. Todo mundo é assim. A melhor coisa que eu fazia era jogar pedrinhas sobre a água, de ricochete.

A pergunta dirigida a Roach naquela hora fora infeliz, pois a mesma indagação o perseguia durante a maior parte do tempo em que ficava acordado. Na verdade, recentemente ele chegara a duvidar se teria algum propósito na vida. Julgava-se completamente incapaz para o trabalho e os esportes. Até mesmo a rotina diária da escola, como fazer a cama e cuidar das próprias roupas, parecia estar além de suas possibilidades. E talvez não fosse nem mesmo piedoso, conforme tinha lhe dito a velha Sra. Thursgood, porque fazia caretas demais na capela. Ele se censurava muito por causa dessas limitações, mas principalmente pela ruína do casamento dos pais. Deveria ter pressentido sua aproximação e tomado medidas para impedir que aquilo acontecesse. Chegava a pensar se não fora mais diretamente responsável por isso, digamos, se não seria anormalmente causador de desarmonias, talvez preguiçoso, e se acaso seu mau caráter não teria provocado aquele rompimento. Na última escola que frequentara, havia procurado encontrar uma explicação para aquilo, começando a gritar, simulando ataques de paralisia cerebral, doença de que sofria sua tia. Seus pais conversaram sobre o assunto de maneira razoável, como costumavam fazer, e o puseram em outra escola. Por conseguinte, aquela pergunta casual, atirada sobre ele no reboque apertado, por aquele indivíduo solitário, colocou-o repentinamente à beira de um colapso. Sentiu o coração bater forte, reparou que seus óculos ficaram embaçados e que o reboque começara a dissolver-se num mar de sofrimento. Roach nunca soube se Jim percebeu tudo isso, pois o homem subitamente lhe voltara as costas arqueadas, dirigindo-se até a mesa para tomar mais um trago do cantil de plástico, proferindo frases lacônicas.

— Você é um bom observador. Isso você é. É o que lhe digo, rapaz. Nós, solitários, sempre somos bons observadores. Ninguém confia na gente, não é mesmo? Ninguém me viu. Eles me abandonaram de verdade. E eu lá no horizonte, parado. Pensei que você fosse um feiticeiro. O melhor olheiro desta região se chama Bill Roach, sou capaz de apostar. Se estiver de óculos, não é isso?

— Sou mesmo — concordou Roach, cheio de gratidão.

— Bem. Você vai ficar observando tudo — ordenou Jim, enfiando na cabeça o chapéu de safári —, enquanto eu vou sair para equilibrar as pernas do reboque. Faça isso, está bem? Mas onde se meteu o raio da bola de gude?

— Está aqui.

— Dê um aviso quando ela se deslocar, ouviu? Em qualquer direção que ela role: Norte, Sul, qualquer uma. Compreendeu?

— Compreendi.

— Você sabe onde fica o Norte?

— Fica naquela direção — respondeu Roach imediatamente, estendendo um braço ao acaso.

— É isso mesmo. Bem, me avise quando ela rolar — repetiu Jim, desaparecendo na chuva. Passado um momento, Roach sentiu que o chão oscilava sob seus pés, e ouviu outro rugido, de dor ou de cólera, enquanto Jim lutava contra a perna do reboque, desaprumada.

Durante aquele mesmo período de verão, os rapazes mimosearam Jim com um apelido. Fizeram várias tentativas até encontrar um que os contentasse. Experimentaram Soldado de Cavalaria, que captou aquele jeito militar do homem, suas pragas ocasionais inteiramente inofensivas, seu perambular solitário pelos Quantocks. Apesar disso Soldado de Cavalaria não pegou e os rapazes tentaram Pirata e, durante algum tempo, Gulache. Este último porque Jim gostava de comidas temperadas e também por causa do cheiro de caril, cebola e páprica que os saudava em mornas baforadas quando desfilavam através do Buracão a caminho das vésperas. Gulache, sim, também por causa do francês impecável de Jim, que teria um toque sentimental. Spikely, da Quinta Série B, era capaz de imitá-lo com perfeição. "Você ouviu a pergunta, Berger? O que Émile está olhando?" Um movimento convulso da mão direita. "E não fique olhando assim para mim, rapaz, eu não sou um feiticeiro. *Q'est-ce qu'il regarde, Émile, dans le tableau que tu as sous le nez? Mon cher Berger*, se você não soltar bem depressa uma lúcida frase em francês, *je te mettrai tout de suite à la porte, tu comprends*, criatura desprezível?"

No entanto, essas terríveis ameaças nunca eram cumpridas, nem em francês nem em inglês. De um modo estranho, de fato acrescentavam uma aura de brandura que o cercava, uma brandura que só seria possível nos homens vistos através dos olhos de meninos.

Mas Gulache também não os satisfez. Faltava-lhe o quê de vigor que havia em Jim. Não levava em conta seu inglesismo apaixonado. O único assunto em que se poderia contar que Jim seria capaz de perder tempo era este: bastava que o "desprezível" Spikely ousasse fazer um comentário depreciativo sobre a monarquia, louvasse os encantos de algum país estrangeiro, de preferência que tivesse clima quente, para que Jim ficasse rubro e falasse em cascata durante uns bons três minutos a respeito do privilégio de alguém nascer inglês. Sabia que os rapazes estavam implicando com ele, mas não conseguia deixar de inflamar-se. Muitas vezes terminava sua homilia com um riso de arrependimento, e resmungava alusões aos arenques vermelhos e às notas "vermelhas", como também às caras vermelhas de certas pessoas que tinham vindo fazer algum trabalho extra, perdendo seu futebol. Mas a Inglaterra era a devoção de Jim e, quando se tratava desse assunto, ninguém sofreria por sua causa.

"É o melhor lugar deste mundo", trovejou certa vez. "E vocês sabem por quê? Você sabe por quê, criatura desprezível?"

Spikely não sabia. Por isso, Jim tomou um lápis e desenhou um globo terrestre. A oeste, a América, disse ele, cheia de loucos ambiciosos, que estão estragando o que herdaram. A leste, a China e a Rússia — ele não fazia distinção entre uma e outra: condenações injustas e apaixonadas, campos de concentração, e uma longa e malsinada marcha sem destino. No meio...

Finalmente se fixaram no apelido de Rino, abreviatura de rinoceronte.

Isso em parte era uma piada com Prideaux, mas também uma alusão a seu gosto de viver retirado, sua disposição pelos exercícios físicos, que eles sempre observaram. Tremendo na fila do chuveiro, a primeira coisa que viam pela manhã era o Rino caminhando pesadamente pela alameda Combe, com a mochila às costas abauladas, voltando de sua marcha matinal. Na hora em que iam para a cama, vislumbravam seu vulto solitário através do telhado de plástico transparente da quadra de basquete: lá estava Rino incansavelmente atacando a parede de concreto. E por vezes, nas noites de calor, ficavam escondidos a observá-lo das janelas do dormitório enquanto ele brandia um terrível e velho taco, ziguezagueando pelo campo de golfe, muitas vezes depois de lhes ter lido um livro de aventuras muito inglês: Biggles, Percy Westerman ou Jeffrey Farnol, apanhado ao acaso na encardida biblioteca. Depois de cada tacada, ficavam à espera do grunhido, quando ele começava a endireitar-se. Raramente se desapontavam. Tomavam meticulosamente nota da contagem dos pontos. No campeonato de críquete dos professores, Rino fez cinco pontos antes de abandonar a partida, arremessando uma bola lançada a Spikely em curva alta, do extremo do campo. "Apanhe, criatura desprezível. Apanhe e continue. Muito bem, Spikely. Você é um bom rapaz. Para isso é que você está aí."

Apesar de seu amor à tolerância, era-lhe atribuída grande compreensão da psicologia dos criminosos. Citavam vários exemplos disso. O mais convincente de todos ocorreu alguns dias antes do encerramento do período letivo, quando Spikely descobriu, na cesta de papéis de Jim, um rascunho da prova do dia seguinte, e o alugou aos candidatos a 5 pence de cada vez. Vários rapazes pagaram seus xelins e passaram uma noite de agonia decorando respostas à luz de lanternas, no dormitório. Mas quando chegou a hora do exame, Jim deu outra prova completamente diferente.

"Vocês podem olhar essa prova sem pagar nada", trovejou ao sentar-se. E desfraldando o *Daily Telegraph*, mergulhou calmamente nos últimos conselhos dos "feiticeiros", que os rapazes entenderam significar, na prática, as pessoas que tivessem pretensões a ser intelectuais, mesmo que escrevessem a favor da Rainha.

Houve ainda o último incidente, o da coruja, que ocupava um lugar à parte em suas opiniões a respeito de Jim, pois envolvia a morte, fenômeno diante do qual os meninos reagem de diversas maneiras. Como o tempo continuasse frio, Jim levou um balde de carvão para a sala de aula e, numa quarta-feira, acendeu a lareira e sentou-se de costas para o calor, enquanto fazia um ditado de francês. Primeiro, caiu um pouco de fuligem, da qual nem tomou conhecimento. Depois, veio a coruja, uma coruja-de-igreja, das grandes, que havia sem dúvida feito seu ninho lá no alto, durante muitos invernos e verões, no tempo de Dover, quando não limpavam a chaminé. Tocada pela fumaça, estonteada e enegrecida por ter ficado debatendo-se nela até a exaustão, a coruja primeiro caiu sobre as brasas e acabou por desabar ruidosamente, massa informe, no assoalho de madeira, aí ficando arqueada, mas ainda respirando, de asas abertas, fitando os rapazes através da fuligem que lhe empastava os olhos. Não houve um só que não se mostrasse aterrorizado. Até mesmo Spikely, que era um tipo corajoso, amedrontou-se. Mas não Jim que, num átimo, dobrou a coruja e levou-a para fora da sala, sem dizer palavra. Eles nada ouviram, embora ficassem à escuta, como clandestinos, até que o barulho de água corrente veio do corredor, pois Jim estava lavando as mãos. "Ele está fazendo pipi", declarou Spikely, sendo premiado com uma nervosa risada geral. Mas ao saírem em fila da sala de aula, viram que a coruja, ainda dobrada, estava bem morta, aguardando sepultura no alto do monte de adubo, junto ao Buracão. Seu pescoço, como notavam os mais corajosos, fora quebrado. Só um guarda-caça, declarou Sudeley, que tinha um, saberia matar uma coruja tão bem.

Entre os outros membros da comunidade de Thursgood, as opiniões a respeito de Jim não eram assim unânimes. O espectro do Sr. Maltby, o pianista, custou a desaparecer. A inspetora, colocando-se ao lado de Bill Roach, declarou que Jim era um herói e precisava de cuidados. Um milagre conseguir fazer as coisas com aquelas costas! Marjoribanks afirmou que ele fora atropelado por um ônibus, quando estava embriagado. Foi ainda Marjoribanks, por ocasião do campeonato de críquete do corpo docente, no qual Jim tanto brilhou, quem chamou atenção para o suéter dele. Marjoribanks não jogava críquete, mas se tinha abalado para assistir à partida de Jim com Thursgood.

— Você acha que aquele suéter é dele mesmo ou foi furtado? — indagou num tom de voz agudo e zombeteiro.

— Isso é muito injusto de sua parte, Leonard — censurou Thursgood, batendo no lombo de seu cão labrador. — Dê uma dentada nele, Ginny, dê uma dentada nesse homem mau.

No entanto, quando chegou de volta a sua sala de trabalho, Thursgood já não tinha vontade de rir, e ficou extremamente nervoso. Sabia lidar com falsos oxfordianos, como também, no seu tempo, conhecera professores de Letras Clássicas que não sabiam grego, e pastores que nada entendiam de teologia. Tais homens, diante das provas de que eram embusteiros, ficavam completamente abatidos, começavam a chorar e se afastavam ou permaneciam nos cargos, recebendo apenas a metade dos ordenados. Mas aqueles que se recusavam a revelar suas legítimas realizações pertenciam a uma espécie que ele nunca havia encontrado, mas sabia de antemão que não apreciava. Tendo consultado o calendário da Universidade de Oxford, telefonou para a agência de um certo Sr. Stroll, da firma Stroll e Medley.

— O que o senhor deseja saber exatamente? — indagou Stroll, dando um horrível suspiro.

— Bem, nada de *exato*.

A mãe de Thursgood estava bordando e parecia não ouvir coisa alguma.

— Quero saber apenas o seguinte — prosseguiu Thursgood. — Quando uma pessoa solicita um curriculum vitae a ser fornecido por escrito, estima que seja completo. Ninguém quer lacunas. Pelo menos quando paga uma taxa pelo trabalho.

Nessa altura Thursgood se deu conta de que estava imaginando, meio irrefletidamente, se acaso teria despertado o Sr. Stroll de um sono profundo, no qual voltara a mergulhar.

— Homem muito patriota — observou Stroll finalmente.

— Não o empreguei por seu patriotismo.

— Ele esteve recebendo parte do salário — sussurrou Stroll, como se o fizesse através de terríveis baforadas de fumaça de cigarro. — Encostado. Problema de coluna.

— Perfeitamente. Mas presumo que não esteve hospitalizado durante os últimos 25 anos. *Touché* — murmurou para a mãe, pondo a mão no bocal do telefone. E mais uma vez lhe passou pela cabeça que Stroll tinha adormecido.

— O senhor só irá ficar com ele até o final do período letivo — falou Stroll num tom brando. — Se não gostar dele, mande-o embora. O senhor pediu um homem barato para prestar serviços temporariamente, e foi isso que obteve.

— Isso pode ser — replicou Thursgood, disposto a enfrentar a parada. — Mas eu lhe paguei uma taxa de 20 guinéus, e meu pai teve negócios com o senhor durante muitos anos. Por isso eu me acho no direito de ter certas garantias. O senhor escreveu que, posso ler?, "*antes de ser ferido, teve várias nomeações no exterior, de caráter comercial e de prospecção*". Pois bem: isso dificilmente seria descrição capaz de esclarecer um emprego que durou uma vida inteira, não é verdade?

A mãe de Thursgood assentiu com a cabeça, continuando a fazer seu bordado. E repetiu alto, como um eco:

— Não é verdade?

— Esta é minha primeira observação. Vamos continuar.

— Não continue demais, meu querido — advertiu-lhe a mãe.

— Acontece que eu sei que ele esteve na Universidade de Oxford em 1938. Por que não concluiu o curso? O que houve de errado? — indagou Thursgood.

— Parece que eu me lembro de ter acontecido algo por essa época — disse Stroll ao cabo de uma eternidade. — Mas creio que o senhor é muito jovem para lembrar-se disso.

— Ele não pode ter estado preso *todo esse tempo* — comentou a mãe de Thursgood, após um silêncio muito prolongado, ainda sem levantar os olhos do bordado.

— Esteve em algum lugar — declarou Thursgood num tom mal-humorado, fitando o Buracão para além do jardim açoitado pelo vento.

Durante todas as férias de verão, enquanto era desconfortavelmente transferido de uma casa para outra, sendo acolhido e rejeitado, Bill Roach atormentou-se a respeito de Jim, pensando que talvez suas costas estivessem doendo, o que iria fazer para arranjar dinheiro, agora que não tinha alunos e só estaria recebendo metade do ordenado. E, o pior de tudo, estaria na escola quando se iniciasse o novo período letivo? Bill tinha a impressão, que não conseguia descrever, de que Jim vivia de maneira tão precária na face da Terra a ponto de poder, a qualquer momento, despencar no vácuo. Relembrou as circunstâncias de seu primeiro encontro com Jim e, de modo especial, a pergunta de Jim sobre amizade. E experimentou o sagrado terror de que assim como falhara no amor para com os pais, também falhara com Jim, principalmente por causa da diferença de idade entre ambos.

Por conseguinte, Jim se tinha afastado e já estava procurando algum companheiro em outro lugar, perscrutando outras escolas com seus olhos desbotados. Imaginou também que Jim, como ele próprio, tivera alguma grande afeição que o desapontara, a qual muito desejava substituir. Mas nesse ponto as especulações de Bill Roach chegaram a um impasse: não tinha a menor ideia sobre a maneira de os adultos gostarem uns dos outros.

Muito pouca coisa de prático poderia fazer. Consultou um livro de medicina, interrogou a mãe a respeito de corcundas e teve grande vontade de surripiar uma garrafa de vodca do pai, mas não ousou fazê-lo, para levá-la a Thursgood como um engodo. Quando, finalmente, o chofer de sua mãe o deixou junto àqueles odiados degraus, não parou nem para dizer adeus, correndo o mais que pôde até o alto do Buracão. E que imensa alegria! Lá estava o reboque de Jim no mesmo lugar, na mesma extremidade, um pouco mais sujo do que antes, com um novo bocado de terra ao lado. Imaginou Bill que seria destinado aos legumes do inverno. Jim, sentado no degrau do reboque, abriu-se num arremedo de riso, como se tivesse ouvido os passos de Bill, que se aproximava, e preparado aquela expressão de boas-vindas antes que ele aparecesse ali, no barranco.

Naquele mesmo período letivo, Jim inventou um apelido para Roach. Deixou Bill de lado, chamando-o de Jumbo. Não deu razões para isso, e Roach, como acontece às pessoas que são batizadas, não estava em condições de fazer qualquer objeção. Em contrapartida, Roach nomeou-se guardião de Jim: um guardião regente, assim se imaginava. Uma pessoa que vinha tomar o lugar de outra, substituir o amigo de Jim que partira, quem quer que fosse esse amigo.

2

Ao contrário de Jim Prideaux, George Smiley não era naturalmente dotado para correr debaixo de chuva, principalmente durante horas mortas da noite. Na realidade, poderia ser a forma definitiva da qual Bill Roach representaria o protótipo. De baixa estatura, atarracado e, na melhor das hipóteses, já de meia-idade, tinha a aparência de um londrino acomodado, desses que não herdam a Terra. Suas pernas eram curtas, seu jeito de andar seria tudo, menos ágil; suas roupas eram caras, mas assentavam-lhe mal e estavam encharcadas; seu sobretudo, que tinha um ar de viuvez, era desse tecido preto e frouxo, feito para reter a umidade, com as mangas compridas demais, ou então os braços de Smiley seriam muito curtos, como os de Roach quando usava sua capa de chuva, cujos punhos quase lhe ocultavam os dedos. Por uma questão de vaidade, Smiley não usava chapéu, acreditando, acertadamente, que ficaria ridículo se o fizesse. "Parecia um abafador de ovo", observara sua bela esposa não muito antes da última vez que o abandonara. E a crítica da mulher perdurara, como frequentemente acontecia. Por esse motivo, a chuva tinha formado grossas e irremovíveis gotas sobre as espessas lentes de seus óculos, forçando-o alternadamente pela calçada que margeava as enegrecidas arcadas da Estação de Vitória. Caminhava para o oeste, rumo ao refúgio de Chelsea, onde morava. Seus passos eram um tanto incertos. E se Jim Prideaux emergisse das sombras e quisesse saber se ele teria amigos, Smiley provavelmente responderia que preferia arranjar um táxi.

"Roddy é um grande chato falastrão", resmungou para si mesmo quando um novo dilúvio caiu-lhe sobre as gordas bochechas, escorrendo até sua camisa completamente encharcada. "Por que não me levantei e saí?"

Lugubremente, Smiley mais uma vez passou em revista os motivos de sua atual desdita, e concluiu, com a frieza inseparável do lado humilde de sua personalidade, que aquelas atribulações haviam sido criadas por ele próprio.

Desde o começo o dia tinha sido de muita atividade. Levantara-se tarde demais, depois de trabalhar até altas horas da madrugada, hábito que se insinuara nele desde sua aposentadoria, no ano anterior. Reparando que não havia café em casa, entrara na fila da mercearia até perder a paciência. Em seguida, decidira-se altivamente a cuidar de seus negócios pessoais. O extrato de sua conta bancária, que o correio lhe entregara pela manhã, revelava que a mulher havia sacado a parte do imposto de renda de sua pensão mensal. Muito bem, decidiu ele, iria vender alguma coisa. Essa reação foi pouco razoável porque estava decentemente provido de recursos, e o obscuro banco da *City*, responsável pelo pagamento de sua pensão, o fazia com regularidade. Não obstante, embrulhando uma antiga edição de Grimmelshausen, modesto tesouro que datava de seus dias na Universidade de Oxford, saiu de casa solenemente rumo à livraria de Heywood Hill, na Curzon Street, onde às vezes fazia uma cordial pechinha com o proprietário. No meio do percurso, tornou-se ainda mais irritado e entrou numa cabine de telefone e marcou um encontro com seu advogado para aquela tarde.

"Mas como você consegue ser tão vulgar, George? Ninguém se divorcia de uma mulher como Ann. Mande-lhe umas flores e venha almoçar comigo."

Esse conselho deu-lhe novo ânimo. E Smiley se aproximou de Heywood Hill de alma leve, mas caiu nos braços de Roddy Martindale, que saía do Trumper's, depois de seu corte semanal de cabelo.

Martindale não tinha o menor direito de impor-se a Smiley, de ordem profissional ou social. Trabalhava no setor, digamos, *material* do Ministério do Exterior, e sua obrigação consistia em almoçar com dignitários, ou visitá-los, quando mais ninguém os tivesse recebido em sua própria toca. Era um solteirão sem compromissos, com uma negra cabeleira e essa agilidade que só os gordos possuem. Dava-se o luxo de usar uma flor na lapela e de vestir ternos claros, simulando, sob os mais frágeis pretextos, manter estreitas relações nas grandes salas dos fundos de Whitehall. Alguns anos antes, quando ainda não tinha sido dispensado, adornara o grupo de funcionários de Whitehall, na qualidade de coordenador do serviço de informações. Durante a guerra, tendo certa facilidade para a matemática, também frequentara a orla do serviço secreto. E certa vez, como nunca se cansava de contar, trabalhara com John Landsbury nas tarefas de codificações do Circus, que tiveram certa importância, de caráter temporário. Mas a guerra, como Smiley por vezes tinha de recordar a si próprio, ocorrera trinta anos antes.

— Ora viva, Roddy! — exclamou Smiley. — Prazer em vê-lo.

Martindale falava com aquela voz estentórica e cheia de confiança dos que pertencem à classe superior da sociedade, de tal jeito que Smiley, durante certas férias passadas no exterior, mais de uma vez o deixara, mudando-se de hotel, em busca de algum refúgio.

— Meu caro amigo. Mas é o mestre em pessoa! Disseram-me que você estava trancado em companhia dos monges, em St. Gall, ou em algum outro lugar, debruçado sobre manuscritos! Confesse-me tudo de uma vez. Quero saber de tudo que você tem feito, todos os pormenores. Você está passando bem? Ainda ama a Inglaterra? E como está a encantadora Ann? — O olhar irrequieto de Martindale percorreu a rua de cima a baixo até deparar com o volume embrulhado de Grimmelshausen, que Smiley sobraçava. — Aposto uma libra contra um penny que é um presente para ela. Dizem que você a estraga de maneira absurda com seus mimos. — A voz dele baixou à altura de um murmúrio nas montanhas. — Escute — prosseguiu. — Você não está de volta àqueles trabalhos habituais, está? Não me diga que tudo é *ca-*

muflagem, George. — A língua pontuda de Martindale explorou os cantos úmidos de seus lábios finos e, em seguida, como a língua de uma cobra, enroscou-se e desapareceu.

Smiley foi tão idiota a ponto de comprar a própria fuga, concordando em jantar com Martindale naquela mesma noite, num clube da praça de Manchester, ao qual ambos pertenciam, mas que Smiley evitava como se fosse uma praga, principalmente porque Roddy Martindale era membro desse clube. Quando caiu a noite, Smiley ainda estava digerindo o almoço do White Tower, onde seu advogado, homem que apreciava as coisas boas da vida, decidira que só uma farta refeição poderia curar George de sua melancolia. Martindale, por caminhos diferentes, chegara à mesma conclusão e, durante quatro longas horas, ambos debruçados sobre iguarias que não apeteciam a Smiley, discorreram sobre nomes como se fossem os de esquecidos jogadores de futebol. Jebedee, que havia sido antigo preceptor de Smiley:

— Mas que perda para nós, Deus o tenha! — murmurou Martindale. Tanto quanto Smiley sabia, ele nunca tinha posto os olhos em Jebedee. — E que talento na matéria, não é mesmo? — prosseguiu ele. — Um dos realmente grandes, eu sempre digo.

Em seguida, chegou a vez de Fielding, o especialista de Cambridge na França Medieval:

Mas que encantador senso de humor. Um espírito fino!

Depois foi a vez de Sparke, da Escola de Línguas Orientais e, finalmente, a de Steed-Asprey, que fundaria aquele mesmo clube só para escapar dos chatos como Roddy Martindale.

— Você sabia que eu conheci o pobre irmão dele? A metade do talento e o dobro dos músculos. Deus o guarde! O miolo foi todo para o outro.

E Smiley, através de uma névoa de drinques, escutara aquelas asneiras, dizendo "sim" e "não" ou "que pena", "não, ele nunca o conhecera", até que, numa lúgubre inevitabilidade, Martindale chegou a coisas mais recentes, às mudanças na esfera do poder e ao afastamento de Smiley do serviço. Como se poderia prever, ele começou pelos últimos dias de Control:

— Seu velho chefe, George, que Deus o tenha, foi o único que sempre manteve o próprio nome em segredo. Não de você, naturalmente. Ele nunca teve segredos para você. Smiley e Control eram carne e unha, assim se dizia, até o fim.

— Todos eram muito lisonjeiros para comigo.

— Deixe de histórias, George. Sou um velho soldado, não se esqueça. Você e Control eram exatamente isso que eu disse. — Durante alguns momentos, aquelas mãos rechonchudas se uniram num símbolo de casamento. — Por isso é que você foi jogado fora, não se iluda. Por isso é que Bill Haydon ficou em seu lugar. Por isso é que Percy Alleline é o chefão e você não é.

— Se você assim diz, Roddy.

— Digo, sim. E digo mais do que isso. *Muito* mais.

Quando Martindale chegou mais perto dele, Smiley sentiu o odor de uma das sensíveis criações de Trumper, o cabeleireiro.

— Digo mais uma coisa: Control não morreu. Tem sido visto. — Com um gesto alvoroçado, Martindale silenciou os protestos de Smiley. — Deixe-me terminar. Willy Andrewartha deu de cara com ele no aeroporto de Jo'Burg, na sala de espera. Não era um fantasma. Control em carne e osso. Willy estava no bar, tomando uma soda por causa do calor. Você não tem visto Willy ultimamente. Está uma pipa de gordo. Ele se voltou e lá estava Control a seu lado, vestido como um horrível bôer. No momento em que deu com os olhos em Willy, tratou de dar o fora. Que tal isso? Agora sabemos que Control não morreu coisa nenhuma. Foi expulso por Percy Alleline e seus três cúmplices. Por isso Control caiu na clandestinidade na África do Sul. Deus o guarde! Bem, você não pode censurá-lo. Não há de censurar um homem por querer um pouco de paz no outono da vida. Eu não o censuro.

A monstruosidade dessa afirmação, atingindo Smiley através de um muro cada vez mais espesso de exaustão espiritual, deixou-o momentaneamente sem poder falar.

— Isso é ridículo! — exclamou Smiley. — É a história mais tola que já ouvi. Control está morto. Morreu de um ataque do coração, depois de uma longa enfermidade. Além disso, ele detestava a África do Sul. Detestava qualquer lugar, exceto o Surrey, o Circus e o campo de críquete de Lord's. Para falar a verdade, Roddy, você não deveria espalhar histórias desse tipo. — E Smiley poderia ter acrescentado que ele próprio havia sepultado Control naquele odioso crematório de East End, sozinho, na véspera do Natal do ano anterior. O pároco estava ocupado com um sermão.

— Willy Andrewartha sempre foi o mais deslavado mentiroso — declarou Martindale, bastante tranquilo. — Eu disse a mesma coisa a ele: aquilo era o mais absurdo contrassenso. E acrescentei: Willy, você deveria ter vergonha de si mesmo.

E logo a seguir, como se jamais tivesse subscrito por pensamentos ou palavras aquela estúpida opinião, Martindale disse mais:

— Foi o escândalo tcheco que pregou o último prego no caixão de Control, creio eu. Aquele pobre infeliz que levou um tiro nas costas e saiu nas manchetes dos jornais. Aquele que era sempre tão íntimo de Bill Haydon, assim ouvimos dizer. Tínhamos de chamá-lo de *Ellis*, e ainda lhe damos esse nome, não é verdade? Mesmo que soubéssemos o verdadeiro nome dele tão bem como o nosso.

Martindale esperou maliciosamente que Smiley lhe desse mais alguma informação, mas este não tinha a menor intenção de dizer coisa alguma. Por isso Martindale tentou uma terceira abordagem:

— De qualquer maneira não consigo acreditar muito em Percy Alleline como chefe. E você? Será minha idade, George, ou apenas meu cinismo natural? Diga-me, por favor, você que julga tão bem as pessoas. Penso que o poder assenta mal naqueles que cresceram junto com a gente. Será essa a explicação? Para mim há pouquíssimas pessoas capazes de exercer o poder hoje em dia. E o pobre Percy é uma criatura tão óbvia! Sempre penso nisso. Especialmente para vir depois de Control, aquela pequena serpente. É o grande companheirismo entre eles. Como se poderá levar esse homem a sério? Basta a gente pensar nele nos velhos tempos, refestelado no bar

Travller's, chupando aquele cachimbo e pagando drinques para pessoas importantes. Bem! Na realidade a gente gosta mesmo que a perfídia seja sutil. Você não concorda comigo? Ou você não liga para isso desde que a perfídia tenha sucesso? Qual é o truque dele, George, qual a fórmula secreta que ele tem?

Martindale falava com muito entusiasmo, inclinado para a frente, com um olhar ávido e cheio de animação. Só a comida seria capaz de emocioná-lo assim tão profundamente. E acrescentou:

— Vivendo à custa do talento dos subordinados. Bem! Talvez isso hoje signifique liderança.

— Realmente, Roddy, eu não posso ser útil a você — declarou Smiley debilmente. — Nunca conheci Percy como uma força, você compreende. Apenas como um... — Ele não conseguiu encontrar a palavra.

— Um sujeito que luta para superar os competidores — sugeriu Martindale com um brilho no olhar. — Sempre pensando na púrpura de Control, dia e noite. Agora que ele está usando o manto, a massa o adora. Mas quem será o braço direito dele, George? Quem está conquistando para ele a reputação que ele tem? Percy vem se portando maravilhosamente. Isso a gente ouve de todo mundo. Pequenas salas de leitura no Almirantado, pequenas comissões são criadas, com nomes engraçados, e o tapete vermelho é estendido para Percy em todos os lugares aonde ele vai, nos corredores de Whitehall. Ministros pouco importantes recebendo condecorações das altas esferas, e pessoas de quem nunca ouvimos falar ganhando medalhas por nada fazerem. Já vi tudo isso antes, você sabe.

— Roddy, eu não posso ser útil a você — insistiu Smiley, fazendo menção de levantar-se. — Na verdade você está falando em coisas além do meu alcance.

Martindale o segurou pelo braço, impedindo que ele se erguesse, prendendo-a à mesa com aquela mão úmida, enquanto falava ainda mais depressa:

— Então quem é o cérebro? Não é Percy, isso com certeza. E não me diga que os americanos começaram a confiar em nós outra vez. — E

Martindale agarrou Smiley com mais força. — O impetuoso Bill Haydon, nosso moderno Lawrence da Arábia. Deus o abençoe! Veja você: é o Bill, seu velho rival.

A língua de Martindale apontou novamente, reconheceu o terreno e retraiu-se, deixando em sua fisionomia o rastro de um leve sorriso.

— Disseram-me que houve tempo em que você e Bill compartilharam *tudo* — declarou Martindale. — Mesmo assim ele nunca foi ortodoxo, foi? Os grandes talentos nunca são ortodoxos.

— Deseja mais alguma coisa, Sr. Smiley? — indagou o garçom.

— Então é Bland, essa grande esperança malograda, esse professor de uma universidade de tijolos, de segunda classe. — Martindale ainda não havia soltado o braço de Smiley. — E se os dois não estão fazendo as coisas andar, há de ser alguém afastado do Serviço, não é mesmo? Isto é, alguém que se finja de afastado. E se Control está morto, quem resta a não ser você?

Eles estavam vestindo os sobretudos. Os porteiros já se tinham retirado, e os dois tiveram de ir buscar os casacos nas prateleiras vazias.

— Roy Bland não foi professor de nenhuma universidade de tijolos — declarou Smiley. — Estudou no St. Anthony's College, de Oxford, se você quer saber.

Deus me ajude, aquilo foi o máximo que eu poderia ter feito, pensou Smiley.

— Deixe de bobagens — replicou Martindale num tom áspero. Smiley o havia irritado. Parecia triste e ludibriado, e nele se tinham formado umas rugas de aflição, que lhe pendiam do rosto. — St. Anthony's College é de segunda classe. Não faz a menor diferença haver um pouco de pedra na mesma rua. Mesmo que Bland tenha sido seu protegido, Smiley. Espero que agora ele seja o protegido de Bill Haydon. Não faça o cartaz dele. Bland pertence a meu grupo, não é do seu. Bill sempre foi o pai deles todos. Tira proveito deles. Bem, Haydon tem seu *charme*, não é mesmo? Não é como alguns de nós. Isso eu chamo possuir os atributos de uma estrela. É dos poucos que têm essa virtude. Disseram-me que as mulheres se prostram diante dele, se é bem isso que as mulheres fazem.

— Boa noite, Roddy.

— Lembranças a Ann. Não se esqueça.

— Não me esquecerei.

— Não se esqueça mesmo.

Chovia torrencialmente, e Smiley estava molhado até os ossos. Deus, por castigo, retirara todos os táxis das ruas de Londres.

3

"Absoluta falta de capacidade de querer as coisas", disse Smiley a si mesmo ao declinar cortesmente as sugestões de uma mulher que estava no vão de uma porta. "Fala-se em polidez, quando, na realidade, tudo não passa de fraqueza. Você é um frívolo, Martindale. Solene, afetado, efeminado, improdutivo..." E Smiley caminhava em largas passadas como a evitar algum obstáculo invisível. "Fraqueza", prosseguiu ele, "inaptidão para viver uma vida autossuficiente, liberto das instituições." Uma poça d'água esvaziou-se dentro de um de seus sapatos. "E das ligações emocionais que sobrevivem, há muito tempo, depois de extintas suas finalidades. Minha mulher, por exemplo, o Circus, ou morar em Londres. Táxi!"

Smiley adiantou-se, cambaleando, mas era tarde. Duas jovens, rindo debaixo de um guarda-chuva, entraram com dificuldade no táxi, numa agitação de braços e pernas. Levantando inutilmente a gola do sobretudo preto, ele continuou sua marcha solitária. "Grande esperança malograda", murmurou furiosamente. "Um pouco de pedra na mesma rua. Bombástico é o que você é. Abelhudo, impertinente..."

Em seguida lembrou-se, tarde demais, de ter deixado o Grimmelshausen no clube.

— Diabo — exclamou entre os dentes, estacando em sua marcha para dar maior ênfase à expressão. — Diabo. Praga dos infernos!

Venderia a casa de Londres: estava decidido. Já de volta a ela, sob o toldo, encolhido ao lado da máquina de vender cigarros, esperando que amainasse aquele aguaceiro, tomara aquela grave decisão. O valor dos imóveis em Londres tinha subido de maneira desproporcionada. Ele ouvia falar nisso em toda parte. Muito bem. Venderia a casa e, com uma parte do dinheiro que obtivesse, compraria um chalé nos Cotswolds. Em Burfold? Não, o tráfego era muito intenso. Steeple Aston, esse era o lugar. Nele fixaria residência como pessoa afastada do mundo, homem um tanto excêntrico, divagador, mas dotado de dois ou três hábitos apreciáveis, como falar sozinho enquanto caminhava pelas calçadas. Talvez antiquado. Mas quem não o seria nos dias de hoje? Ultrapassado, mas fiel a seu tempo. Em certos momentos, afinal, todos os homens fazem suas opções: andaria para a frente ou para trás? Nada havia de desonroso em não ser tangido por qualquer aragem moderna. É preferível ter mérito, entrincheirar-se, ser um carvalho de sua geração. E se Ann quisesse voltar, bem, ele lhe mostraria a porta da rua.

Ou não mostraria, conforme... bem... conforme as condições em que ela quisesse voltar.

Consolado por essas visões, Smiley chegou à King's Road, parando na calçada como se fosse atravessar. De ambos os lados havia alegres butiques. A sua frente, a Bywater Street, um beco sem saída que tinha exatamente 120 metros de comprimento. Quando ele fora morar ali, aqueles chalés georgianos possuíam um discreto e singelo encanto; jovens casais conseguiam viver ali com 15 libras por semana, tendo um inquilino no porão, e sem pagar qualquer imposto por causa disso. Agora as janelas inferiores eram protegidas por telas de aço, e três carros para cada casa amontoavam-se no meio-fio. Smiley passou-os em revista por uma questão de velho hábito, reparando os que lhe eram familiares e os que não conhecia. Entre os últimos, notou os que possuíam antenas e espelhos extras, os que eram furgões, de que os olheiros tanto gostam. Em parte ele assim procedeu como se estivesse fazendo um teste de memória, um jogo particular de Kim, para preservar a mente da atrofia da condição de aposentado, precisamente como em outros tempos decorava os nomes das lojas, no ônibus que seguia seu trajeto rumo ao Museu Britânico, do mesmo modo como sabia quantos degraus tinha cada lance da escada de sua casa, ou em que sentido se abria cada uma de suas 12 portas.

Smiley encontrava, porém, outra razão para isso: o medo, o medo secreto que acompanha todos os profissionais até o túmulo, o medo de que, um belo dia, emergindo de um passado tão complexo que ele próprio não seria capaz de recordar-se de todos os inimigos que poderia ter feito, um desses inimigos o descobrisse e viesse exigir prestação de contas.

No extremo da rua, uma vizinha estava passeando com seu cão. Vendo Smiley, ergueu a cabeça para dizer alguma coisa, mas ele não tomou conhecimento da moça, sabendo que a indagação seria a respeito de Ann. Atravessou a rua. Sua casa estava às escuras, e as cortinas encontravam-se como as tinha deixado. Subiu os seis degraus que levavam à porta da frente. Desde a partida de Ann, a faxineira também se afastara e somente Ann tinha a chave dessa porta. Havia duas fechaduras, um ferrolho Bantam e outro Chubb Pipekey, além de duas cunhas que ele mesmo havia feito, de carvalho, cada qual do tamanho de uma unha do polegar, que eram introduzidas no lintel, acima e abaixo do ferrolho Bantam. Um resquício dos tempos em que fazia trabalhos de campo. Recentemente, sem mesmo saber por quê, recomeçara a usá-las. Talvez não quisesse que Ann o pegasse de surpresa. Encontrou uma de cada vez, tateando-as com as pontas dos dedos. Terminada essa tarefa, deu volta ao ferrolho, abriu a porta e sentiu a correspondência, que chegava ao meio-dia, deslizar sobre o tapete.

O que deveria receber? *German Life and Letters? Philology?* Sim, *Philology*, concluiu. Já estava atrasada. Acendendo a luz do hall, curvou-se e passou os olhos na correspondência. "Conta entregue", do alfaiate, um terno que não havia mandado fazer, mas suspeitava de ser um dos que estariam enfeitando o amante de Ann; a conta de gasolina de uma garagem, de Henley (Mas que estariam eles fazendo em Henley, pensou Smiley, no dia 9 de outubro?); uma carta do banco, referente à permissão para descontar um cheque em favor de lady Ann Smiley, numa agência do Midland Bank, de Immingham. "Que diabo estariam eles fazendo em Immingham?", indagou ao documento. "Quem já teria tido um caso amoroso em Immingham, pelo amor de Deus? E onde *fica* Immingham?"

Ainda estava pensando nesse problema quando reparou num guarda-chuva desconhecido, que estava no porta-guarda-chuvas. Era de seda e tinha um cabo de couro costurado e aro de ouro, sem qualquer inicial. Passou-lhe pela mente a seguinte reflexão, com uma rapidez incapaz de ser medida no tempo: como o guarda-chuva estava seco, devia ter sido ali colocado antes das 18 horas, quando começou a cair a chuva. E também não havia umidade no porta-guarda-chuvas. E o guarda-chuva era elegante, com a ponteira muito pouco arranhada, embora não fosse novo. Por conseguinte, pertencia a uma pessoa ágil, até mesmo jovem, como o último namorado de Ann. Mas como o dono desse guarda-chuva saberia da existência das cunhas e conheceria o jeito de recolocá-las em seu lugar depois de ter entrado na casa? E como tivera presença de espírito e pusera a correspondência de encontro à porta, sem dúvida depois de nela mexer e de a ler? Era muito provável que também conhecesse Smiley. Não era um amador, mas um profissional como ele, tendo trabalhado durante algum tempo muito chegado a ele, conhecendo sua "letra", como se diz na gíria profissional.

A porta da sala de visitas estava entreaberta. Smiley empurrou-a um pouco mais, de mansinho, e indagou:

— Peter?

Através da abertura da porta, divisou dois sapatos de camurça, dobrados, apontando de uma das extremidades do sofá.

— Se eu fosse você, George, meu velho, não tiraria o casaco — falou uma voz cordial. — Temos muito que andar.

Cinco minutos depois, metido num imenso sobretudo de viagem, marrom, presente de Ann e o único que não estava molhado, George Smiley se viu sentado, de mau humor, no banco do carro esporte extremamente ventoso de Peter Guillam, que o estacionara numa praça vizinha. Seu destino era Ascot, lugar famoso por suas mulheres e seus cavalos. E talvez menos famoso pelo fato de nele residir Oliver Lacon, que servia no gabinete do ministro, na qualidade de consultor de várias comissões mistas e de cão de guarda em matéria de informações. Ou então, como Guillam o definira de maneira menos reverente, era o prefeito-chefe de Whitehall.

Enquanto permanecia em sua cama, acordado, em Thursgood, Bill Roach ficou pensando nas últimas maravilhas que haviam acontecido com ele durante sua vigilância diária do bem-estar de Jim. Na véspera, Jim espantara Latzy. Na quinta-feira, furtara a correspondência da Srta. Aaronson. Ela ensinava violino e religião. Roach a tratava bem porque ela era afetuosa. Latzy, o ajudante do jardineiro, era um PD, dissera a inspetora, gente que não falava inglês, ou falava muito mal esse idioma. PD queria dizer "Pessoa Diferente", declarou a inspetora, ou, de qualquer maneira, que não tinha participado da guerra. Mas na véspera Jim falara com Latzy pedindo seu auxílio para o Clube dos Automóveis, e eles conversaram em PD, ou na língua que os PDs falavam. E Latzy crescera, na hora, uns 30 centímetros.

A questão da correspondência da Srta. Aaronson era mais complexa. Havia dois envelopes no aparador da sala dos professores, na quinta-feira pela manhã, depois do serviço religioso, quando Roach foi até lá buscar os cadernos de sua turma: uma carta endereçada a Jim e outra à Srta. Aaronson. A de Jim estava datilografada. A sala dos professores estava vazia quando Roach fez essas observações. Apanhou os cadernos e ia calmamente saindo da sala quando nela entrou Jim pela outra porta, rubro e ofegante, vindo de sua caminhada matinal.

— Vá indo, Jumbo, a campainha já tocou — disse ele, inclinando-se sobre o aparador.

— Sim, professor.

— Que tempo horrível, não é, Jumbo?

— É mesmo.

— Então vá andando.

Chegando à porta, Roach voltou-se e olhou para Jim, novamente ereto, inclinado para trás a fim de abrir a edição matutina do *Daily Telegraph*. O aparador estava vazio: os dois envelopes haviam desaparecido.

Teria Jim escrito para a Srta. Aaronson e mudado de ideia? Talvez a pedindo em casamento? Outro pensamento ocorreu a Bill Roach. Jim havia recentemente comprado uma velha máquina de escrever, uma Remington em petição de miséria, que consertara com suas próprias mãos. Teria nela datilografado sua própria carta? Seria tão solitário a ponto de escrever cartas para si mesmo e também furtar as dos outros? Roach adormeceu.

4

Guillam dirigia o carro de maneira apática, mas a toda velocidade. O perfume do outono impregnava o automóvel, e a lua cheia iluminava o céu, ao passo que manchas de neblina pairavam sobre os descampados. O frio era irresistível. Smiley ficou imaginando que idade teria Guillam e calculou que seria em torno de 40 anos. Todavia, sob aquela luz poderia ser um estudante universitário a remar nas águas do rio: fazia as mudanças com longos e harmoniosos movimentos, como se estivesse passando a alavanca através da água. De qualquer maneira, refletiu Smiley irritadamente, o carro era jovem demais para Guillam. Tinham atravessado a Floresta de Runnymede em disparada, e começando a subir a colina de Egham. Estariam rodando havia uns vinte minutos, e Smiley fizera uma dúzia de perguntas a Guillam, sem receber resposta que valesse um centavo. Agora, um receio inoportuno começava a tomá-lo, e ele se recusava a atribuir a isso um nome familiar.

— Causa-me surpresa que eles não tenham despedido você com o resto de nós — declarou Smiley, num tom não muito agradável, ao aconchegar-se mais nas abas do sobretudo. — Você tinha todas as qualificações: era bom de trabalho, leal, discreto.

— Eles me encarregaram de cuidar dos caçadores de escalpos.

— Meu Deus! — exclamou Smiley, estremecendo. E, levantando a gola do casaco ao redor do volumoso queixo, começou a lembrar-se daquilo em vez de evocar outras recordações mais perturbadoras: Brixton e o lúgubre edifício de uma escola, de pedra, que servia de sede para os caçadores de escalpos.

O nome oficial deles era Viagem. Tinham sido criados por Control, por sugestão de Bill Haydon, nos dias pioneiros da guerra fria, quando os assassinatos e os sequestros, as chantagens-relâmpago constituíam moeda corrente. E seu primeiro chefe fora indicado por Haydon. Formavam um pequeno grupo, cerca de 12 homens, e lá estavam para cumprir tarefas do tipo "atacar e fugir", sujas ou arriscadas demais para os residentes que serviam no exterior. Um bom trabalho de informação, Control sempre havia pregado, seria gradativo e baseado numa espécie de brandura. Os caçadores de escalpos eram exceção à regra. Não eram de trabalhar gradativamente, e não tinham nada de brandos. Refletiam, portanto, mais o temperamento de Haydon que o modo de ser de Control. E agiam individualmente, motivo por que ficavam alojados por trás de sua parede de pedra, encimada de cacos de vidro e arame farpado.

— Perguntei se *lateralismo* significava alguma coisa para você.

— Decerto que não.

— É a doutrina que está valendo. Nós costumávamos subir e descer. Agora vamos em frente.

— Que significa isso?

— No seu tempo, o Circus funcionava em bases regionais: a África, os satélites, a Rússia, a China, o Sudeste Asiático. Cada região era chefiada pelo seu próprio feiticeiro. Control ficava sentado no céu e manobrava os cordões. Você não se lembra?

— Isso me faz recordar coisas muito antigas.

— Bem. Hoje em dia tudo possui caráter operacional e fica sob a responsabilidade de pessoas individuais. Chama-se Estação de Londres. As regiões acabaram e o lateralismo está imperando. Bill Haydon é o chefe da Estação de Londres, tendo Roy Bland como seu imediato, ao passo que Toby Esterhase fica correndo de um para outro como um poodle. Eles constituem um serviço dentro do Serviço. Compartilham seus próprios segredos e não se misturam com a plebe. Isso nos torna muito mais seguros.

— Parece uma ideia muito boa — disse Smiley cautelosamente, não tomando conhecimento da insinuação.

Como as lembranças recomeçaram a fervilhar em sua mente, foi tomado de um extraordinário sentimento: estava vivendo duas vezes aquele dia, primeiro com Martindale, no clube, agora, novamente, ao lado de Guillam, num sonho. Passaram por um bosque de pinheiros recém-plantados. O luar abria estrias entre as árvores.

Smiley começou a falar:

— Existe alguma palavra de... — Em seguida, indagou, num tom mais especulativo: — Que notícias você me dá de Ellis?

— Está de quarentena — disse Guillam laconicamente.

— Sem dúvida. Certamente. Não tenho a intenção de me intrometer. Mas ele pode se locomover? Ele se restabeleceu? Consegue andar? Sei que essas coisas de coluna são muito delicadas.

— Dizem que ele vai indo razoavelmente bem. E como vai Ann? Ainda não tinha perguntado por ela.

Estava escuro como breu no interior do carro. Eles tinham saído da estrada e estavam rodando sobre cascalho, com negros muros de folhas de roseiras de cada lado. Apareceram luzes e, em seguida, uma alta varanda e as linhas fuseladas de uma casa de forma irregular ergueram-se acima das copas das árvores. A chuva havia parado. Todavia, quando Smiley saiu do carro e respirou aquele ar fresco, ouviu em volta o gotejar incessante das folhas molhadas.

É isso mesmo, pensou ele, chovia quando vim até aqui antes. O nome de Jim estava nas manchetes dos jornais.

Tinham lavado as mãos e inspecionado, no vestiário que tinha um alto pé-direito, o equipamento de alpinismo de Lacon, sem gosto e atirado sobre uma cômoda Sheraton. Estavam sentados em semicírculo, rodeando uma cadeira vazia. Aquela casa era a mais feia de todas, num raio de vários quilômetros, e Lacon a escolhera por causa de uma canção. "A

Berkshire Camelot", assim a chamara certa vez, explicando a coisa a Smiley, "construída por um milionário abstêmio". A sala de visitas era grande, com uns vitrais de 6 metros de altura, e uma galeria de pinho, acima da entrada. Smiley reparou nas coisas que lhe eram familiares: um piano de armário, coberto de partituras de músicas, velhos retratos de indivíduos envergando suas becas, e um monte de convites impressos. Procurou o remo da Universidade de Cambridge, encontrando-o jogado sobre a lareira. Ardia o mesmo fogo, pequeno demais para a enorme grelha. Uma atmosfera de penúria predominava sobre a de opulência.

— Está gostando de seu afastamento, George? — indagou Lacon, como se estivesse falando bem junto ao ouvido de uma tia surda. — Não sente falta do contato humano? Eu acho que sentiria. O trabalho é um velho companheiro.

Lacon era um homem comprido, sem graça e com um rosto de menino: o bastião da Igreja e do Serviço de Espionagem, o talento do Circus, como Haydon dissera. Seu pai era dignitário da Igreja da Escócia e sua mãe era de linhagem nobre. Por vezes, os mais elegantes jornais de Londres escreviam a seu respeito, chamando-o de "novo estilo" porque era jovem. A pele do rosto de Lacon estava esfolada porque ele se barbeara apressadamente.

— Acho que vou indo muito bem, obrigado — disse Smiley polidamente. E com a intenção de falar com mais liberdade, acrescentou: — Sim. Sem dúvida. E você? Vai tudo bem com você?

— Não houve grandes mudanças no meu caso. Tudo muito regular. Charlotte obteve a bolsa de estudos Rhodes, o que foi muito agradável.

— Ótimo.

— E sua esposa? Tudo legal com ela?

As expressões que Lacon empregava também eram as de um menino.

— Ela está muito bonita, obrigado — disse Smiley, tentando galhardamente responder à altura.

Todos ficaram observando as portas duplas. Ouviram, a distância, o ruído de passos no piso de cerâmica. Smiley percebeu que se tratava de duas pessoas, ambas do sexo masculino. As portas se abriram e o vulto de um homem de alta estatura apareceu em silhueta. Durante uma fração de segundo Smiley vislumbrou outro homem por detrás dela, moreno, baixo e atento. Mas somente o primeiro entrou na sala, e as portas foram cerradas por mãos invisíveis.

— Passe a chave na porta, por favor — pediu Lacon. Ouviu-se o estalido da chave. — Você conhece Smiley, não é mesmo?

— Creio que sim — declarou o vulto ao começar sua longa caminhada em direção a eles, vindo daquela remota escuridão. — Creio que ele me deu um emprego, em certa ocasião. Não foi, Sr. Smiley?

A voz dele era suave como a fala arrastada de um sulino, mas tinha um sotaque das colônias. Ninguém se enganaria sobre isso.

— Meu nome é Tarr. Ricki Tarr, de Penang.

Um lampejo vindo do fogo da lareira iluminou parte do sombrio sorriso e transformou um dos olhos daquele homem numa cavidade oca.

— O filho do advogado, o senhor se lembra? Ora essa, Sr. Smiley, o senhor trocou minhas primeiras fraldas.

E lá estavam todos os quatro de pé, Guillam e Lacon olhando para os dois como se fossem padrinhos deles, ao passo que Tarr apertou a mão de Smiley, uma, duas, três vezes, a terceira para os fotógrafos.

— Como vai passando, Sr. Smiley? É um grande prazer vê-lo.

Soltando a mão de Smiley, afastou-se em direção à cadeira que lhe fora reservada, enquanto Smiley ficou a imaginar: sim, tudo poderia ter acontecido com Ricki Tarr. Meu Deus, pensou ele: há duas horas eu estava dizendo a mim mesmo que iria refugiar-me no passado! Sentiu sede e achou que era de medo.

Dez anos? Doze? Naquela noite ele não teria noção do tempo. Uma das tarefas de Smiley, em outras épocas, consistia em aceitar ou vetar a admissão de recrutas: ninguém era aceito sem sua aprovação, nem treinado sem sua assinatura aposta no programa de treinamento. A guerra fria estava no auge; havia procura de caçadores de escalpos; as residências do Circus, no exterior, tinham recebido ordens de Haydon para que encontrassem pessoas adequadas. Steve Mackelvore, de Jacarta, apareceu trazendo Tarr. Mackelvore era um ex-professor, e trabalhava disfarçado de agente de transporte de mercadorias. Descobrira Tarr, embriagado e furioso, dando pontapés para todos os lados, procurando uma jovem chamada Rose, que o tinha abandonado.

Segundo a história contada por Tarr, ele estava ligado a um grupo de belgas que fazia contrabando de armas entre as ilhas e o litoral. Não gostava dos belgas e estava farto de contrabandear armas e ainda furioso com eles porque lhe haviam roubado Rose. Mackelvore calculou que Tarr reagiria bem à disciplina e que era jovem o bastante para ser treinado no tipo de operação violenta realizada pelos caçadores de escalpos, protegidos pelos muros do seu lúgubre edifício escolar, em Brixton. Após as habituais investigações, Tarr foi enviado a Cingapura para ser mais uma vez submetido a um teste e, em seguida, encaminhado ao Centro de Treinamento de Sarrat, para uma terceira inquirição. Nessa altura, Smiley entrara em cena, no papel de moderador, realizando com Tarr uma série de entrevistas, algumas de caráter hostil.

O pai de Tarr era um advogado australiano que morava em Penang, segundo parecia. A mãe dele, uma atriz de teatro de revista, mal paga, de Bradford, fora para o Oriente com uma companhia teatral inglesa, antes da guerra. O pai de Tarr, Smiley se lembrava disso, tinha preocupações evangélicas e pregava sermões nas casas de oração do lugar. A mãe possuía uma discreta ficha que revelava certos antecedentes criminais, mas o pai não sabia disso ou não se importava com o fato. Quando sobreveio a guerra, o casal saiu de Cingapura por causa do filho, que era um menino. Alguns meses depois, Cingapura caiu em poder do inimigo e Ricki Tarr começou sua educação no cárcere de Xanji, sob a supervisão dos japoneses. Em Xanji seu pai pregava a caridade de Deus a todas as pessoas que encontrasse. E, se os japoneses não o tivessem perseguido, seus companheiros de prisão teriam feito o mesmo em nome deles. Com a libertação da cidade, os três voltaram para

Penang. Ricki tentou estudar Direito, mas interrompeu o curso com muita frequência, e o pai atirou-lhe em cima alguns pregadores para que afastassem o pecado de sua alma a poder de pancada. Tarr fugiu para Bornéu. Aos 18 anos, era um bem-pago contrabandista de armas, fazendo o diabo em torno das ilhas da Indonésia. Foi assim que Mackelvore o conheceu.

Depois de ter concluído o curso do Centro de Treinamento, irrompeu uma situação de emergência na Malásia. Tarr foi novamente admitido como contrabandista de armas. Praticamente as pessoas que encontrou foram seus antigos amigos belgas. Viviam por demais atarefados em fornecer armas aos comunistas para que se preocupassem com onde ele havia estado, e andavam com falta de homens. Tarr realizou algumas entregas para eles a fim de denunciar seus contatos. Certa noite os embriagou, matou a tiros quatro deles, incluindo Rose, e pôs fogo no barco dos homens. Ficou pela Malásia e fez mais alguns trabalhos antes de ser chamado de volta a Brixton, sendo treinado para participar de operações especiais no Quênia, ou, numa linguagem menos requintada, para caçar integrantes do Mau-Mau por dinheiro.

Depois do Quênia, Smiley quase o perdeu de vista, mas certos incidentes ficaram gravados em sua lembrança porque poderiam ter dado origem a escândalos, e Control teria de ser informado a esse respeito. Em 1964, Tarr foi enviado ao Brasil para fazer uma proposta de suborno direto a certo encarregado de compras de armas, que se sabia estar muito comprometido. Tarr foi um tanto grosseiro, e o funcionário, em pânico, informou tudo à imprensa. Tarr estava passando por holandês e ninguém perdeu a calma, exceto o Serviço Secreto holandês, que ficou furioso. Na Espanha, um ano depois, agindo conforme instruções de Bill Haydon, chantageou diplomata polonês — "queimou" o homem, como diria um caçador de escalpos — que se apaixonara por uma bailarina. A primeira safra foi boa, e Tarr foi elogiado e recebeu uma gratificação. Mas quando voltou a servir-se novamente do polonês, este escreveu uma confissão a seu embaixador e, encorajado ou não, atirou-se do alto de uma janela.

Em Brixton, costumavam dizer que Tarr era sujeito a acidentes. Guillam, pela expressão de seu rosto imaturo, mas que ia envelhecendo, enquanto todos estavam sentados em semicírculo em torno do débil fogo da lareira, chamou-o de coisas muito piores.

— Bem, acho melhor eu dar meu recado — disse Tarr num tom jovial, acomodando o corpo na cadeira, muito à vontade.

5

— Aconteceu mais ou menos há seis meses — começou Tarr.

— Foi em abril — comentou rispidamente Guillam. — Vamos ser precisos com as coisas, está bem?

— Então foi em abril — disse Tarr serenamente. — As coisas andavam bastante calmas em Brixton. Creio que haveria meia dúzia de nós, de confiança. Pete Sembrini tinha chegado de Roma, Cy Vanhofer havia acabado de dar um golpe em Budapeste. — Tarr deu um sorriso malicioso. — Pingue-pongue e sinuca na sala de espera de Brixton. Não era isso mesmo, Sr. Guillam?

— Foi uma temporada idiota.

— De repente, sem mais nem por quê — continuou Tarr —, chegou uma requisição-relâmpago da residência de Hong Kong. Havia uma delegação soviética na cidade, de baixo nível, procurando aparelhos elétricos para o mercado de Moscou. Um dos delegados estava sempre metido em boates. Chamava-se Boris, o Sr. Guillam conhece os detalhes. Não tinha ficha. Mandaram vigiá-lo durante cinco dias, e a delegação iria demorar-se mais 12. A coisa era quente demais, politicamente, para os rapazes de Hong Kong lidarem com ela. Eles pensaram que uma abordagem-relâmpago seria capaz de dar certo. A safra não prometia ser assim tão especial, e daí? Talvez a comprássemos pelo preço de mercado, não é, Sr. Guillam?

Comprar pelo preço de mercado significava vender ou trocar alguma coisa com outro serviço secreto: um comércio de desertores mal pagos, com o qual lidam os caçadores de escalpos.

Não tomando conhecimento de Tarr, Guillam declarou:

— O Sudeste Asiático era a área de Tarr. Ele estava sem nada que fazer, por isso determinei que fosse realizar uma investigação in loco e apresentasse um relatório por telegrama.

Cada vez que outra pessoa dizia alguma coisa, Tarr mergulhava num sonho. Seu olhar se fixava em quem estivesse falando, seus olhos cobriam-se de névoa, e havia uma pausa, como se ele recobrasse os sentidos antes de recomeçar sua história.

— Fiz o que o Sr. Guillam determinou — disse ele. — Sempre procedo assim, não é, Sr. Guillam? Sou realmente um bom rapaz, mesmo quando impulsivo.

Tarr seguiu de avião na noite seguinte, 31 de março, um sábado, com passaporte australiano que o descrevia como vendedor de automóveis. E levou dois passaportes suíços, em branco, escondidos no forro da mala. Eram documentos para casos de emergência, e seriam preenchidos se as circunstâncias o exigissem: um para Boris e o outro para ele próprio. Marcou um encontro, num automóvel, com o residente de Hong Kong, não muito longe do hotel onde se hospedou, o Golden Gate, em Kowloon.

Nessa altura, Guillam inclinou-se para Smiley e murmurou:

— Thesinger, o palhaço peludo. Antigo major dos Carabineiros Africanos do Rei. Nomeação de Percy Alleline.

Thesinger apresentou um relatório sobre os movimentos de Boris, baseado em observações de uma semana.

— Boris era um verdadeiro mistério — disse Tarr. — Não consegui entender aquele homem. Vinha embriagando-se todas as noites, sem interrupção. Estava havia uma semana sem dormir, e os olheiros de Thesinger já andavam com as pernas bambas. Boris acompanhava a delegação o dia inteiro, enquanto ela inspecionava fábricas. E participava dos debates, portando-se como um jovem e brilhante funcionário soviético.

— Que idade tinha ele? — indagou Smiley.

Guillam interveio, dizendo que o pedido de visto do passaporte de Boris dizia que ele tinha nascido em Minsk, em 1946.

— À noite ele voltava para o hotel Alexandra — continuou Tarr —, uma velha casa na zona norte onde a delegação havia se metido. Fazia as refeições com o grupo. Em seguida, lá pelas 21 horas, saía de mansinho por uma porta lateral, tomava um táxi e *se mandava* para as casas noturnas mais conhecidas, do lado de Kowloon. O ponto que ele preferia frequentar era o Berço do Gato, na Queen's Road, onde pagava drinques para os negociantes do bairro e se portava como um grão-senhor. Poderia ficar ali até meia-noite. Do Berço do Gato cortava pelo túnel de volta a Wanchai, para um bar chamado Angelika, onde as bebidas eram mais baratas. Sozinho. O Angelika é um bar com um inferninho no subsolo, frequentado por turistas e marinheiros. E Boris parecia gostar disso. Tomava três ou quatro drinques e guardava os recibos. Bebia principalmente aguardente, mas, de vez em quando, tomava vodca para variar. Tivera um caso com uma garota eurasiana, e os olheiros de Thesinger foram atrás dela e lhe compraram a história. Ela contou que Boris era um solitário e que ficava sentado na cama, lamentando-se porque a mulher não tinha talento à altura do seu. Aquilo era uma verdadeira penetração nas linhas do inimigo — acrescentou Tarr sarcasticamente no momento em que Lacon avançou ruidosamente em direção ao fogo da lareira e o atiçou, aproximando uma brasa de outra, avivando-as. — Os olheiros de Thesinger tinham sido mandados para a cama, com um copo de leite. Não queriam saber das coisas.

Às vezes, enquanto Tarr falava, seu corpo permanecia absolutamente imóvel, como se estivesse ouvindo a própria voz, reproduzida para ele mesmo escutar.

— Boris chegou dez minutos depois de mim — prosseguiu Tarr — e veio acompanhado de uma loura grandalhona, uma sueca, que trazia uma garota chinesa a reboque. Como estava escuro, eu me mudei para uma mesa vizinha à deles. Pediram uísque. Boris pagou a despesa e fiquei sentado a uns 2 metros de distância, observando aquele grupo nojento e ouvindo sua conversa. A garota chinesa ficou de boca fechada, e a sueca foi quem mais falou. Conversavam em inglês. A sueca perguntou a Boris onde ele estava hospedado, e Boris disse que estava no Excelsior, uma deslavada mentira porque estava hospedado no hotel Alexandra, com o resto do pessoal. Muito bem: o Alexandra está no fim da lista dos hotéis, e o Excelsior soava melhor. Por volta de meia-noite, o grupo se separou. Boris declarou que precisava voltar para o hotel porque teria muito que fazer no dia seguinte. Isso foi a segunda mentira, porque ele não ia voltar para o hotel, mais do que..., quem foi mesmo?, o médico, sim, do livro *O médico e o monstro*, que se fantasiava e ia para a farra. Então quem era Boris?

Durante breves instantes, ninguém ajudou Tarr.

— Hyde — disse Lacon, olhando para suas mãos vermelhas e esfregando-as. Sentando-se novamente, cruzou as mãos no colo.

— Hyde — repetiu Tarr. — Obrigado, Sr. Lacon. Sempre o considerei versado em letras. Então eles pagaram a conta e fui caminhando até Wanchai para lá estar antes que ele chegasse ao Angelika. A essa altura eu tinha certeza de que andava fazendo a jogada errada.

E Tarr enumerou cuidadosamente suas razões, com seus dedos longos e secos:

— Primeiro, eu nunca tinha visto uma delegação soviética que não contasse com um par de gorilas, uma guarda de segurança, cujo papel seria manter os rapazes afastados da boa vida. Como Boris podia escapulir uma noite atrás da outra? Em segundo lugar, eu não gostava do jeito com que ele sacava seu dinheiro estrangeiro. Para um funcionário soviético isso seria contra a natureza — insistiu Tarr. — Um funcionário soviético não tem de forma alguma esse maldito dinheiro. E, se tivesse, compraria bugigangas para a mulher. Em terceiro lugar, não gostei do jeito de mentir que ele tinha. Era muito solto de língua, demais para ser decente.

Por isso Tarr ficou à espera de Boris no Angelika e, como esperado, passada uma meia hora o Sr. Hyde apareceu, desacompanhado. Sentou-se e pediu um drinque. Era a única coisa que ele fazia. Ficar sentado e beber como uma esponja.

Mais uma vez coube a Smiley ser gratificado com o calor do charme de Tarr:

— Então o que há, Sr. Smiley? O senhor me entende? Eu estava observando pequenas coisas — declarou ele, ainda dirigindo-se a Smiley. — A maneira como ele escolhia onde se sentar. O senhor pode acreditar em mim. Se estivéssemos naquele lugar não poderíamos ter sentado numa cadeira melhor do que Boris. Ele contava com as duas saídas e com a escada; descortinava uma ótima visão da entrada principal e de tudo que se passava, como também estava do lado direito e protegido pela parede do lado esquerdo. Boris era um profissional, Sr. Smiley, não havia a menor dúvida quanto a isso. Estava esperando algum contato, talvez operando com uma caixa postal, ou farejando à procura do passe de algum trouxa como eu. Agora escutem isso: uma coisa é "queimar" um agente comercial mal pago, mas outra bem diferente é se meter com alguém treinado num centro de espionagem. Não é isso, Sr. Guillam?

— Desde a reorganização dos caçadores de escalpos — respondeu Guillam —, eles não têm poderes para andar atrás de agentes duplos. Tudo deve ser comunicado a Londres, logo que essas pessoas forem localizadas. Os rapazes receberam uma ordem de Bill Haydon nesse sentido, de caráter permanente. Mesmo que haja um indício e oposição, devem abandonar o terreno.

E Tarr acrescentou para que Smiley o ouvisse de modo especial:

— Com o lateralismo, nossa autonomia foi reduzida ao mínimo. E eu já estive em jogadas mais do que duplas — confessou Tarr num tom de virtude ofendida. — Acredite em mim, Sr. Smiley, eles são uma cambada de vermes.

— Estou certo de que são — afirmou Smiley, ajustando os óculos.

Tarr telegrafou para Guillam, dizendo "não há vendas", e reservou passagem aérea de volta. Depois foi fazer umas compras. Mas como seu avião só sairia na quinta-feira, pensou, antes de deixar a cidade, apenas para fazer jus às despesas, bem que poderia invadir o quarto de Boris.

— O Alexandra é uma casa velha, um verdadeiro pardieiro em ruínas, perto da Marble Road, rodeado de varandas de madeira. Quanto às fechaduras, elas cedem quando veem gente se aproximando.

Por conseguinte, num abrir e fechar de olhos Tarr estava dentro do quarto de Boris, de costas para a porta, esperando que sua vista se habituasse com o escuro. Ainda estava ali, de pé, quando uma mulher lhe dirigiu a palavra em russo, sonolenta, deitada na cama.

— Era a mulher de Boris — explicou Tarr. — Estava chorando. Vou chamá-la de Irina, está bem? O Sr. Guillam conhece todos os detalhes.

Smiley já estava fazendo uma objeção. Era impossível que ela fosse mulher de Boris. O Centro jamais permitiu que um casal saísse junto da Rússia, na mesma ocasião. Uma pessoa ficava no país, e a outra se afastava...

— Concubinato — declarou Guillam secamente. — Casamento não oficial, mas de caráter permanente.

— Há muitas ligações que são o contrário, hoje em dia — disse Tarr, num inopinado esgar de riso dirigido a ninguém.

E Guillam lançou-lhe outro olhar frio.

6

Desde o início da reunião, Smiley assumira, de modo geral, um ar de inescrutabilidade budista que nem a história de Tarr nem as raras intervenções de Lacon ou de Guillam poderiam fazê-lo abandonar. Ficou recostado na cadeira, com as pernas curtas dobradas, a cabeça inclinada para a frente e as mãos gordas cruzadas sobre o generoso ventre. Seus olhos empapuçados se tinham fechado por detrás das grossas lentes, e o único movimento que fazia era o de limpar os óculos com o forro de seda da gravata. Quando assim procedia, seus olhos, úmidos e expostos, adquiriam um aspecto que embaraçava as pessoas que o surpreendessem nesse gesto. Sua intervenção, porém, e o tom professoral e vazio que veio em seguida à explicação de Guillam, agiram como advertência para o resto do grupo, resultando em um arrastar de cadeiras e um pigarrear.

Lacon adiantou-se, dizendo:

— George, quais são seus hábitos em matéria de bebidas? Posso oferecer-lhe um uísque, ou qualquer outra coisa? — Ofereceu o drinque de maneira solícita, como se fosse aspirina para uma dor de cabeça, e explicou: — Eu me ia esquecendo de dizer que George gosta de um trago. Vamos. Afinal, estamos no inverno. Um trago de alguma coisa?

— Não, obrigado — disse Smiley.

Teria gostado de tomar um pouco de café, mas, por algum motivo, não ousou pedi-lo. E também lembrou-se de que aquele café era horrível.

— E você, Guillam?

Também Guillam achou que era impossível aceitar qualquer bebida alcoólica de Lacon. Este nada ofereceu a Tarr, que prosseguiu imediatamente sua narrativa.

Tarr aceitou calmamente a presença de Irina. Tinha preparado um plano de retirada antes de entrar no hotel e começou a representar sua comédia. Não sacou do revólver, não tapou a boca da mulher com a mão, não fez qualquer dessas tolices, conforme se expressou. Disse que tinha vindo falar com Boris sobre um assunto particular, que sentia muito mas ia ficar ali sentado até que ele aparecesse. Em bom australiano, como assentava a um ofendido vendedor de automóveis lá de tão longe, explicou que embora não quisesse intrometer-se na vida de ninguém, preferia ir para o inferno a admitir que sua garota e seu dinheiro fossem furtados por um russo meio sujo, que não tinha recursos para pagar seus próprios prazeres. E falou sobre uma série de abusos, mas conseguiu manter um tom de voz tranquilo. Em seguida, ficou à espera do que iria fazer.

— Foi assim que tudo começou — disse Tarr.

Eram 23h30 quando ele entrou no quarto de Boris. Dele saiu à 1h30, prometendo encontrar-se com Irina na noite seguinte. A essa altura, a situação já era inteiramente outra.

— Nós nada fizemos de impróprio, Sr. Smiley. Tome nota. Ficamos apenas amigos — acrescentou.

Durante um momento, aquele brando sorriso escarninho deu a impressão de que pretendia conhecer os mais íntimos segredos de Smiley.

— Sem dúvida — assentiu Smiley num tom monótono.

Nada havia de exótico na presença de Irina em Hong Kong, e nenhuma razão para que Thesinger tivesse sabido disso, explicou Tarr. Ela era, de pleno direito, membro da delegação. Era técnica em compras de têxteis.

— Pense apenas nisso. Irina era muito mais bem qualificada do que o homem dela, se assim posso chamá-lo. Uma mulher simples, um pouco intelectualizada demais para meu gosto, mas era jovem e tinha um sorriso bonito mesmo, isto é, quando parava de chorar — acrescentou Tarr, enrubescendo de maneira estranha. — Era uma boa companhia — insistiu ele, como se estivesse argumentando contra a opinião generalizada. — Quando o Sr. Thomas, de Adelaide, entrou em sua vida, ela estava nas últimas, preocupando-se com o que haveria de fazer com o demônio do Boris. Pensou que eu fosse o Arcanjo Gabriel. Com quem poderia falar sobre o marido, que não soltasse os cachorros em cima dela. Não tinha amigos na delegação e ninguém em quem pudesse confiar em Moscou. Assim ela disse. Quem nunca passou por uma situação dessas não sabe o que significa uma pessoa fazer tudo para preservar uma relação meio destruída, enquanto vive sempre se deslocando de um lugar para outro.

Smiley mais uma vez mergulhara em profundo transe.

— Um hotel atrás do outro — continuou Tarr —, uma cidade após outra, e sem poder falar com naturalidade com as pessoas, retribuir o sorriso de um estranho, foi assim que ela descreveu a vida que levava. Irina considerava aquilo uma situação insuportável, Sr. Smiley, e havia um bocado de coisas atiradas pelo quarto e uma garrafa de vodca, vazia, ao lado da cama, como prova de tudo. Por que ela não poderia ser como as pessoas normais? Por que não teria o direito de apreciar o sol do bom Deus como o resto de nós? Ela gostava de ver coisas, gostava das criancinhas estrangeiras. Por que não poderia ter um filho? Ficava sempre dizendo: "Uma criança nascida em liberdade, e não no cativeiro. Sou uma criatura alegre, Thomas. Sou uma mulher normal, sociável. Gosto de gente. Por que terei de iludir as pessoas, se gosto delas?" Depois ela disse: "O problema é que tinha sido escolhida, muito tempo antes, para um trabalho que a congelava como se fosse uma velha, afastando-a de Deus." Por isso tinha tomado *umas e outras* e estava chorando. Àquela altura, esqueceu-se do marido, por assim dizer, e estava se desculpando por tomar mais um trago. — Tarr vacilou novamente, acrescentando: — Dizem que querer é poder, e Irina tinha poder, possuía qualidades. Ela talvez quisesse obter as coisas a todo custo, mas era capaz de se dar completamente. Percebo a generosidade de uma mulher ao primeiro encontro, Sr. Smiley. Tenho talento para isso. E aquela mulher era feita para ser generosa. Meu Deus! Como definir uma intuição? Certas pessoas são capazes de sentir o cheiro da água no subsolo...

Ele parecia estar à espera de algum sinal de compreensão.

— Entendo — disse Smiley, e ficou puxando o lobo da orelha.

Observando Smiley com uma expressão de estranha dependência, Tarr guardou silêncio durante mais algum tempo. Finalmente, disse:

— Cancelei meu voo e mudei de hotel.

Smiley arregalou os olhos abruptamente, indagando:

— O que o senhor mandou dizer a Londres?

— Nada.

— E por quê?

— Porque ele é um louco varrido — declarou Guillam.

— Talvez eu pensasse que o Sr. Guillam iria dizer: "Volte para Londres, Tarr" — respondeu ele, lançando para Guillam um olhar de quem sabe as coisas, olhar que não foi retribuído.

— Há muito tempo — prosseguiu Tarr —, quando eu era menino, cometi um erro e caí numa armadilha de uma mulher.

— Ele fez o papel de burro com uma garota polonesa — disse Guillam. — Percebeu generosidade nela também.

— Eu sabia que Irina não estava preparando nenhuma armadilha de amor. Mas como haveria de esperar que o Sr. Guillam acreditasse em mim? Não havia jeito.

— Contou o caso a Thesinger? — indagou Smiley.

— Deus me livre!

— E que razões apresentou a Londres para adiar seu voo?

— Eu deveria seguir no avião de quinta-feira. Imaginei que ninguém aqui sentiria minha falta até a terça-feira seguinte. Especialmente pelo fato de Boris ser um bobo que nada valia.

— Ele não apresentou razões — comentou Guillam —, e as secretárias registraram sua ausência, sem licença, na segunda-feira. Infringiu todos os artigos do regulamento e alguns que nem constam dele. Lá pelos meados da semana até Bill Haydon já estava em pé de guerra. E eu tinha de ouvir tudo — acrescentou Guillam, azedo.

Tarr e Irina encontraram-se na noite seguinte. E tomaram a se ver na outra noite. O primeiro encontro foi num café, e bem difícil: tomaram muito cuidado para não serem vistos porque Irina estava tremendo de medo, não exatamente do marido, mas da guarda de segurança da delegação, dos gorilas, como Tarr os chamava. Recusou-se a beber. Na segunda noite, Tarr ainda continuava à espera da generosidade de Irina. Tomaram um bondinho que sobe o pico Vitória, imprensados entre matronas americanas, de meias brancas e sombra nos olhos. Na terceira noite Tarr alugou um carro e a levou a passeio pelos Novos Territórios até que ficou muito nervoso por estar tão perto da fronteira chinesa. Tiveram de arranjar um esconderijo. Apesar disso, ela apreciou muito o passeio, os lagos de peixes e os arrozais. Tarr também gostou do passeio porque veio provar aos dois que não estavam sendo vigiados. Mas Irina ainda "não se tinha aberto", conforme disse ele.

— Agora vou contar uma coisa estranha sobre essa fase do caso. No começo, fiz o papel de Thomas, o australiano, sem hesitar. Contei uma porção de histórias sobre a fazenda de criação de carneiros que eu tinha, fora de Adelaide, e sobre um grande prédio, na rua principal da cidade, com uma fachada de vidro e um anúncio luminoso no qual se lia "Thomas". Ela não acreditou em mim. Ficou assentindo com a cabeça e deixou o tempo correr, esperando que eu abrisse meu jogo. E dizia, "sim, Thomas", "não, Thomas", mudando de assunto.

Na quarta noite, Tarr a levou de carro até as colinas que dominam a Praia do Norte, e Irina confessou: tinha se apaixonado por ele, trabalhava no Centro de Moscou com o marido. E declarou ter certeza de que Tarr também pertencia ao mesmo ofício que eles. Era capaz de dizer isso pela vivacidade dele e pelo jeito que ele tinha de "ouvir com os olhos".

— Irina concluíra que eu era coronel do Serviço Secreto inglês — declarou Tarr, sem esboçar o mais leve sorriso. — Começava a chorar e, logo em seguida, a rir. Na minha opinião ela estava à beira de tornar-se um caso de hospício. Às vezes falava como heroína louca, de livro de bolso, outras vezes como uma menina direita, de subúrbio. Os ingleses eram seu povo predileto, repetia sempre. São cavalheiros. Levei-lhe uma garrafa de vodca, e ela bebeu metade da garrafa mais ou menos em 15 segundos. Um "viva!" para os cavalheiros ingleses. Boris era o chefe e Irina sua auxiliar. O trabalho era dividido pelos dois. Um dia ela falaria com Percy Alleline e lhe contaria um grande segredo, somente a ele. Boris estava fazendo um serviço para os negociantes de Hong Kong e tinha, paralelamente, a tarefa de cuidar de uma caixa postal para a residência soviética do lugar. Irina desempenhava o papel de correio, codificava as informações e fazia as transmissões de rádio, em alta velocidade para despistar quem estivesse à escuta. Assim representavam seus papéis. O senhor compreende? As duas boates eram os pontos de encontro e de retirada de seu contato local, nessa ordem. Mas o que Boris queria realmente era beber e andar atrás das bailarinas, ou então curtir uma fossa. Às vezes fazia caminhadas de cinco horas porque não tolerava permanecer no mesmo quarto com a mulher. Irina se limitava a ficar à espera dele, chorando, embriagando-se e imaginando que estava sentada, sozinha, ao pé da lareira de Percy, contando-lhe tudo o que sabia. Fiquei ouvindo Irina falar, no alto do morro ou sentada no carro. Não me mexi para não quebrar o encanto. Ficamos olhando o crepúsculo baixar sobre a baía, vimos aparecer a lua, linda, e os camponeses que deslizavam perto de nós, com suas longas varas e seus lampiões de querosene. Só nos faltava Humphrey Bogart, de smoking. Mantive o aparato da garrafa de vodca e deixei que ela falasse. Não movi um músculo. Foi por isso mesmo, Sr. Smiley, exatamente isso — declarou Tarr, com o jeito vago de um homem ansioso por ser acreditado. Mas Smiley permanecia de olhos fechados, surdo a qualquer apelo.

— Ela se abriu completamente — Tarr explicou —, como se isso tivesse sido um repentino acidente, alguma coisa de que não participara. Contou-me a história de toda a sua vida, desde o nascimento até a chegada do coronel Thomas, isto é, minha chegada. O pai, os primeiros amores, o recrutamento, o treinamento, seu repugnante casamento pela metade, tudo, enfim. Contou como Boris e ela se conheceram no mesmo grupo de treinamento, tendo ficado juntos desde então. Disse seu verdadeiro nome, seu nome no trabalho, e os nomes de guerra com que tinha viajado e feito transmissões pelo rádio. Em seguida, apanhou a bolsa e começou a mostrar-me seu equipamento de trabalho: uma caneta-tinteiro que continha, no interior, o código de sinais; a máquina fotográfica oculta; essas coisas. "Aguarde até que Percy veja isso", falei, brincando. Era um material fabricado em série, reparem bem, nada de feito por artesãos. Mas, apesar disso, de primeira. E, para terminar, ela começou a falar na sujeira da organização soviética de Hong Kong, informações, lugares seguros, caixas do correio. Eu estava a ponto de ficar louco, procurando guardar tudo aquilo na memória.

— Mas você guardou — disse Guillam laconicamente.

— Guardei — concordou Tarr.

Ele de fato se lembrava de quase tudo. Sabia que ela não dissera toda a verdade, mas compreendia que falar a verdade é difícil no caso de uma mulher que tinha sido espiã desde a adolescência. E admitiu que, para uma principiante, ela estava se portando razoavelmente bem.

— Senti isso nela — disse Tarr, num outro lampejo de falsa condescendência. — Senti que estávamos no mesmo comprimento de onda. Não havia confusão alguma.

— Isso mesmo — declarou Lacon, numa de suas raras interferências.

Estava muito pálido, mas se era de cólera ou por causa do efeito da luz cinzenta das primeiras horas da manhã, que se filtrava através da persiana, não se poderia afirmar.

7

— Eu estava numa situação estranha — continuou Tarr. — Encontrei-me com Irina no dia seguinte e no outro, e calculei que, se ela não era esquizoide, iria retornar muito depressa. Ora falava que Percy ia dar-lhe um alto posto no Circus, onde trabalharia com o coronel Thomas, e travava discussões infernais comigo sobre a patente que teria, de tenente ou de major. No momento seguinte, declarava que não faria espionagem para mais ninguém: ia cultivar flores e fazer amor sobre o feno, com Thomas. Em seguida, pensava em um convento: as freiras batistas iam lavar-lhe a alma. Quase morri. Quem já tinha ouvido falar em freiras batistas, perguntei a ela? Não tem importância, disse Irina. Os batistas são os maiores, e a mãe dela, que era camponesa, sabia muito bem essas coisas. E o segundo segredo que ela ia me contar era aquele. Então qual seria o maior de todos? Nada de palpites. Tudo quanto ela disse foi o seguinte: nós estávamos em perigo de morte, um perigo maior do que eu poderia imaginar. Não haveria esperanças para nós dois, a menos que ela tivesse aquela conversa especial com o irmão Percy. Mas qual o perigo, pelo amor de Deus, indaguei? O que você sabe e eu não sei? Ela se mostrou frívola até não poder mais. Mas, quando insisti, fechou-se em silêncio, e tomei um susto de morte: e se ela voltasse para casa e contasse tudo a Boris?

“Meu tempo era curto — prosseguiu Tarr. — Era quarta-feira, e a delegação deveria tomar o avião para Moscou na sexta. O trabalho não era sujo, de maneira alguma, mas como eu poderia ter confiança numa doida daquelas? O senhor sabe como são as mulheres quando estão apaixonadas, Sr. Smiley. Mal conseguem...”

Guillam já o tinha interrompido, dizendo:

— Conserve a cabeça fria, está bem? — ordenou ele. E Tarr ficou emburrado durante alguns momentos.

— Tudo o que eu sabia — prosseguiu ele — é que Irina queria desertar, conversar com Percy, como o chamava. Tinha três dias pela frente e, quanto mais depressa desse o grande salto, melhor para todos nós. Se eu esperasse muito mais tempo, ela daria com a língua nos dentes. Por isso mergulhei de cabeça e fui procurar Thesinger. Ver minha cara foi a primeira coisa que lhe aconteceu quando estava abrindo a loja.

— Quarta-feira, dia 11 — murmurou Smiley. — Às primeiras horas da manhã, em Londres.

— Acho que Thesinger pensou que eu fosse um fantasma — declarou Tarr. — Eu quero falar com Londres, disse. Assunto pessoal com o chefe da Estação de Londres. Ele discutiu comigo como um possesso, mas concordou em fazer o que eu queria. Sentei-me na mesa de trabalho dele e mandei um telegrama em código, que eu mesmo elaborei, usando um bloco de papel, enquanto Thesinger ficou me observando como um cão doente. Precisávamos fazer a abertura e o fecho da mensagem como se fosse num código usado no comércio, pois Thesinger se fazia passar por agente de exportações. Isso me tomou mais meia hora. Eu estava nervoso, realmente nervoso. Em seguida, queimei o diabo do bloco e datilografei a mensagem na máquina do telégrafo. A essa altura, não havia ninguém na face da terra, exceto eu mesmo, que soubesse o que significavam aqueles números naquela folha de papel. Nem mesmo Thesinger. Ninguém, exceto eu. Solicitei que Irina recebeu o tratamento dispensado a desertores como medida de emergência. Solicitei todos os benefícios, coisas sobre as quais ela nunca havia me falado: dinheiro, cidadania britânica, uma nova identidade, nada de situação muito em evidência, e um canto para morar. Afinal de contas, eu era o "agente comercial" dela, por assim dizer. Não era isso mesmo, Sr. Smiley?

Smiley levantou os olhos como se estivesse surpreso com o fato de Tarr ter se dirigido a ele, e disse, de um jeito incrível:

— Sim. Creio que de certo modo o senhor era isso mesmo.

— Ele também ia levar sua parte, se é que o conheço bem — disse Guillam num resmungo.

Percebendo ou adivinhando o que isso significava, Tarr ficou furioso:

— Isso é uma deslavada mentira — esbravejou, enrubescendo fortemente. — Isso é uma... — Depois de encarar Guillam durante um momento, voltou à sua história: — Fiz um resumo da carreira dela até os últimos tempos, suas promoções, incluindo as tarefas que havia desempenhado no Centro de Moscou. Pedi a presença de *inquisidores* e o envio de uma aeronave da Real Força Aérea. Ela pensou que eu estava solicitando uma entrevista pessoal com Percy Alleline para ela, em campo neutro, mas imaginei que teríamos vencido um obstáculo quando tivéssemos acabado com aquilo. Sugeri que deveriam mandar uns dois informantes de Esterhase para tomarem conta dela, talvez um médico também.

— Por que informantes? — indagou Smiley rispidamente. — Eles não estão autorizados a lidar com desertores.

— Os informantes eram do grupo de Toby Esterhase, baseados em Brixton, não em Acton — disse Tarr. — A tarefa deles consistia em prestar serviços de apoio nas operações mais importantes: observar, ficar à escuta, levar informações e cuidar das casas de segurança.

— Bem. Toby veio ao mundo depois de seu tempo, Sr. Smiley — explicou Tarr. — Dizem que até seu pessoal subalterno só anda de Cadillac. E também furta o pão da boca dos caçadores de escalpos, se tiver oportunidade para isso, não é mesmo, Sr. Guillam?

— Eles se tornaram os assaltantes da Estação de Londres — declarou Guillam laconicamente. — Fazem parte do lateralismo.

— Calculei que os *inquisidores* levariam seis meses para tirar tudo a limpo sobre ela. E por certos motivos, Irina estava doida pela Escócia. Tinha grande vontade de passar o resto de seus dias ali. Com Thomas. Criando seus filhinhos nas charnecas. Eu pus no telegrama o endereço da Estação de Londres e classifiquei como *resposta-relâmpago* e a ser tratado só por uma autoridade.

— Essa é a nova fórmula de impor restrições máximas — informou Guillam. — Acredita-se que reduz a manipulação dos documentos nas salas de codificação.

— Não na Estação de Londres? — indagou Smiley.

— Isso é problema deles.

— Você ouviu falar que Bill Haydon conseguiu esse posto, creio eu — disse Lacon, voltando para Smiley. — É o chefe da Estação de Londres. Na realidade é o chefe de operações, exatamente como Percy o foi quando Control estava lá. Eles mudaram todos os nomes. Foi isso que aconteceu. Você sabe como são seus velhos camaradas em matéria de nomes. Você devia atualizar seu nome, Guillam.

— Obrigado. Creio que faço uma ideia — disse Smiley polidamente. E indagou de Tarr, num tom de voz vago e despistador: — Ela falou num grande segredo, o senhor disse?

— Isso mesmo.

— O senhor deixou transparecer alguma coisa sobre isso em seu telegrama para Londres?

Smiley havia tocado em um ponto sensível, sem a menor dúvida. Encontrara um ponto que doía porque Tarr estremeceu, lançando um olhar de suspeita a Lacon e outro a Guillam.

Percebendo o que significava aquilo, Lacon imediatamente repeliu:

— Smiley não sabe de mais nada além do que você lhe contou até agora, não é, Guillam?

Guillam assentiu com a cabeça, ficando a observar Smiley.

— Contei a Londres a mesma coisa que ela me falou — admitiu Tarr com irritação, como uma pessoa a quem tivessem surrupiado uma boa história.

— Em que palavras, precisamente? — indagou Smiley. — Será que o senhor se lembra?

— Ela disse que possuía outras informações importantíssimas, de interesse para o Circus, mas ainda não as revelara a mim. De qualquer modo, foi mais ou menos isso.

— Obrigado. Muito obrigado — disse Smiley.

Os três ficaram esperando que Tarr prosseguisse.

— Solicitei também ao chefe da Estação de Londres que informasse ao Sr. Guillam que eu estava com os pés bem firmes na terra e não andava brincando em serviço.

— Isso foi feito? — indagou Smiley.

— Ninguém me falou nada — declarou Guillam secamente.

— Fiquei por lá o dia inteiro, à espera de uma resposta — continuou Tarr. — Mas até o cair da noite, nada! Irina estava fazendo seu trabalho diário, normal. Insisti com ela, o senhor compreende. Ela quis simular uma febre para ficar de cama, mas não lhe dei atenção. A delegação iria visitar umas fábricas em Kowloon, e eu disse a Irina que fosse junto e fizesse uma cara inteligente. Obriguei-a a jurar que não tocaria em bebida de espécie alguma. Eu não queria que ela se envolvesse numa cena dramática, de amadora, nos últimos momentos. Queria que esses momentos fossem normais até a hora em que ela desse o salto. Esperei até a noite e enviei outro telegrama a Londres.

O olhar mortiço de Smiley fixou-se no rosto pálido que tinha diante de si. E indagou:

— O senhor naturalmente recebeu uma resposta, não?

— Sim. Recebi: "Lemos seu telegrama." Só isso. Sofri durante a noite inteira. Ao amanhecer, ainda não havia recebido outra resposta. Fiquei pensando: talvez o avião da RAF já esteja a caminho. Londres está esticando a coisa, fazendo todas as ligações antes de nos receber. Quero dizer, quando uma pessoa está assim tão longe das outras, *tem* de acreditar que elas são boa gente. Apesar de tudo quanto possa pensar sobre elas, essa pessoa precisa acreditar nisso. Isto é, às vezes os outros são bons, não é verdade, Sr. Guillam? — Ninguém veio em socorro de Tarr. — Eu estava preocupado com Irina, o senhor compreende? Tinha certeza de que, se ela tivesse de esperar mais um dia, iria desabar. Finalmente, veio a resposta. Mas não era resposta de espécie alguma. Era um pretexto para dificultar as coisas: "Informe em que seções ela trabalhou, os nomes de seus contatos anteriores e as relações que tem no Centro de Moscou, o nome de seu atual chefe, a data de sua admissão no Centro." Meu Deus, nem sei o que mais. Redigi uma rápida resposta porque tinha um encontro com Irina às 15 horas, perto da igreja.

— Que igreja? — indagou Smiley.

— A Igreja Batista Inglesa. — Para espanto geral, Tarr enrubesceu novamente. — Ela gostava de ir até lá — informou. — Não para assistir ao culto religioso, só para ficar olhando. Fiquei esperando na porta da igreja, aparentando normalidade, mas Irina não apareceu. Era a primeira vez que faltava a um encontro comigo. Nosso ponto de retirada era no alto da colina, três horas depois. Em seguida, descendo durante dois minutos até a igreja, até nos encontrarmos. Se ela estivesse com alguma dificuldade, deixaria a roupa de banho no peitoril da janela. Irina tinha mania de nadar: nadava todos os dias. Eu corri para o Alexandra: não havia roupa de banho à janela. Precisava matar o tempo durante duas horas e meia. Não poderia fazer outra coisa a não ser esperar.

— Qual foi a prioridade do telegrama da Estação de Londres para o senhor? — indagou Smiley.

— *Imediata* — disse Tarr.

— Mas a sua foi *relâmpago*, não foi? — insistiu Smiley.

— Os meus dois telegramas foram *relâmpago* — confirmou Tarr.

— O telegrama de Londres estava assinado? — perguntou Smiley.

Guillam interveio, dizendo:

— Os telegramas não são mais assinados. As pessoas que não fazem parte do grupo lidam com a Estação de Londres como uma unidade.

— Era do tipo chamado decifração pelo destinatário?

— Não — disse Guillam.

Ficaram esperando que Tarr prosseguisse.

— Dei um pulo no escritório de Thesinger — disse ele —, mas não era muito popular ali. Thesinger não gosta de caçadores de escalpos, tinha alguma grande operação em andamento na China Continental, e parecia estar pensando que eu quebrasse o galho dele. Por isso fiquei sentado num café e tive a ideia de que poderia ir até o aeroporto. Era uma ideia, como, o senhor poderia dizer, "é possível que eu vá ao cinema". Pedi ao motorista do táxi que corresse para valer. Nem discuti o preço com ele. O táxi voou como um bólido. Entrei na fila de informações e perguntei por todas as partidas ou conexões para a Rússia. Fiquei quase doido, percorrendo as listas de voos, esbravejando com os empregados chineses, mas não tinha havido saída alguma desde a véspera e nenhum avião levantaria voo até a noite. Então tive um palpite. Precisava saber se não teriam saído aviões especiais, ou havido algum voo que não constasse dos horários, aviões de carga, ou de passageiros, não previstos. Não havia nada, realmente nada, na rota de Moscou desde a manhã do dia anterior. Então uma jovem veio com a resposta que eu buscava: era uma das aeromoças chinesas que tinham uma queda por mim. Estava me fazendo um favor. Um avião soviético, que não constava das escalas de voo, decolara duas horas antes, transportando apenas quatro passageiros. O centro de atração da viagem era uma mulher inválida. Em coma. Tiveram de carregá-la até o avião, numa padiola, e o rosto estava envolto em ataduras. Dois enfermeiros e um médico a acompanharam. As pessoas eram essas. Fui até o Alexandra, numa derradeira esperança. Nem Irina nem o falso marido tinham registrado sua saída. Não obtive resposta. O desgraçado do hotel nem sabia que eles tinham partido.

Talvez a música já estivesse tocando havia muito tempo, mas só então Smiley reparou nela. Ouviu trechos soltos, provenientes de diversas partes da casa: uma escala de flauta, uma canção infantil num gravador, uma peça para violino, executada com mais segurança. As muitas filhas de Lacon estavam saindo da cama.

8

— Talvez ela tivesse ficado doente — declarou Smiley num tom apático, dirigindo-se mais a Guillam que a qualquer outra pessoa. — Talvez estivesse em coma. Pelo jeito, era uma pessoa bastante complicada, isso na melhor das hipóteses — acrescentou, olhando de soslaio para Tarr. — Afinal de contas, só haviam transcorrido 24 horas entre seu primeiro telegrama e a partida de Irina. O senhor dificilmente poderia fazê-lo chegar a Londres dentro desse prazo.

— Isso *é possível* — declarou Guillam, olhando para o chão. — É extremamente rápido, mas só daria certo se alguém em Londres... — Todos ficaram à espera da conclusão de Guillam. — Se alguém em Londres dispusesse de um bom mensageiro. E em Moscou também, naturalmente.

— Foi exatamente o que eu disse a mim mesmo — declarou Tarr orgulhosamente, valendo-se do argumento de Smiley e não tomando conhecimento do raciocínio de Guillam. — Foram minhas próprias palavras, Sr. Smiley. Relaxe, Ricki, eu disse a mim mesmo, você estará dando tiros no próprio pé, se não for cuidadoso.

— Ou então os russos perceberam as intenções dela — insistiu Smiley. — Os guardas de segurança descobriram o caso amoroso e a afastaram. Seria de admirar que não o tivessem descoberto, do jeito como vocês dois se portaram.

— Ou ela contou tudo ao marido — sugeriu Tarr. — Entendo de psicologia tanto quanto qualquer pessoa. Sei o que pode acontecer entre marido e mulher quando brigam. Irina quis aborrecer o marido. Espicaçar o homem, provocar uma reação dele: "Quer saber o que andei fazendo enquanto você ficava se embriagando e caindo na farra?" Coisas assim. Boris sai, conta tudo aos gorilas, eles a agarram à força e a levam para a Rússia. Examinei todas essas possibilidades, Sr. Smiley, acredite em mim. Examinei todas elas. Fiz o que qualquer homem faz quando sua mulher o abandona.

— Vamos ao caso, sim? — resmungou Guillam, irritado.

— Bem — disse Tarr. — Concordo que fiquei um pouco transtornado durante umas 24 horas. Mas não costumo ficar assim, não é, Sr. Guillam?

— Fica muitas vezes — disse Guillam.

— Eu estava me sentindo um bocado abatido. Frustrado, como se poderia dizer.

A convicção de que alguma coisa de que gostava lhe havia sido brutalmente arrancada levou Tarr a um estado de fúria que o deixou tresloucado. E o extravasou, percorrendo seus antigos pontos. Foi ao Berço do Gato, em seguida dirigiu-se até o Angelika e, pela madrugada, tinha visitado meia dúzia de outros lugares, para não mencionar algumas garotas pelo caminho. Em certo momento, atravessou a cidade e fez um rebuliço perto do Alexandra. Esperava trocar duas palavras com aqueles gorilas da segurança. Quando passou a carraspana, começou a pensar em Irina, nos momentos em que haviam estado juntos, e decidiu que, antes de tomar o avião de regresso a Londres, faria uma visita às caixas de cartas para ver se acaso ela não lhe teria escrito antes de partir.

— Até certo ponto — declarou Tarr —, era uma coisa que eu deveria fazer. Acho que não poderia suportar a ideia de uma carta de Irina ficar enfiada no buraco de uma parede, enquanto ela estaria sendo torturada — acrescentou Tarr, que era um homem sempre capaz de se redimir.

Havia dois pontos em que deixavam cartas um para o outro. O primeiro não ficava longe do hotel, situando-se no terreno de um edifício.

— O senhor já viu aqueles andaimes de bambu que eles usam? — perguntou Tarr, dirigindo-se a Smiley. — Já vi andaimes da altura de vinte andares, e os cules, aos montes, correm por cima deles, carregando chapas de concreto pré-moldado. Ficava em um pedaço de encanamento, abandonado — acrescentou Tarr —, bem à altura do ombro. Parecia mais provável, se Irina estivesse apressada, que o cano seria a caixa postal utilizada. Mas quando lá cheguei, a caixa estava vazia. O segundo ponto ficava atrás da igreja. Era a parede de um velho guarda-roupa. Quando a gente se ajoelha no último banco e começa a tatear encontra uma tábua frouxa. Por trás dessa tábua há um nicho de coisas imprestáveis, lixo e sujeira. Eu lhes digo uma coisa: era um ótimo lugar para deixar cartas. O melhor possível.

Seguiu-se uma breve pausa, iluminada pela visão de Ricki Tarr e sua amante, do Centro de Moscou, ajoelhados um ao lado do outro, no último banco de uma igreja batista, em Hong Kong.

— Nessa caixa de correspondência — continuou Tarr — encontrei não uma carta mas um diário completo. A letra era bonita, e o diário estava escrito nos dois lados do papel, de modo que a tinta preta de um lado por vezes era visível do outro. Fora escrito com muita pressa, e sem rasuras. Eu sabia que Irina mantinha um diário, em seus períodos lúcidos. Isto não é o diário, repare bem — disse Tarr. — É apenas minha cópia.

Enfiando sua longa mão dentro da camisa, Tarr tirou uma bolsa de couro, presa por uma grossa tira também de couro. Dela retirou um chumaço de papel, encardido.

— Acho que ela pôs o diário lá antes de eles a pegarem — continuou Tarr. — Talvez estivesse fazendo, ao mesmo tempo, suas últimas orações. Eu mesmo fiz a tradução .

— Não sabia que o senhor falava russo — disse Smiley, comentário que passou despercebido a todos, exceto a Tarr, que imediatamente esboçou uma imitação de riso.

— Um homem tem necessidade de possuir certas qualificações nessa profissão, Sr. Smiley — explicou enquanto ajeitava as páginas de papel. — Talvez eu não tenha sido grande coisa no estudo de direito, mas saber outra língua pode ser decisivo. Espero que o senhor conheça o que dizem os poetas. — E Tarr levantou os olhos, ao passo que seu trejeito de riso se acentuou: — "A posse de outra língua é a posse de outra alma." Quem escreveu isso foi um grande rei, Carlos V. Meu pai nunca se esquecia de uma citação. Repeti essa para ele. O engraçado é que o velho não sabia falar língua alguma além do inglês. Vou ler o diário em voz alta, se o senhor não se importar.

— Ele não sabe uma palavra de russo — disse Guillam. — Os dois falavam nossa língua o tempo todo. Irina tinha feito um curso de inglês de três anos.

Guillam decidira ficar olhando para o teto, e Lacon resolvera olhar para as próprias mãos. Somente Smiley ficou observando Tarr, que ria tranquilamente de sua inocente piada.

— Tudo pronto? — indagou ele. — Bem, então vou começar. — Ela me chamava por meu sobrenome: "Thomas, escute." Eu lhe disse que era Tony, mas para ela seria sempre Thomas. Entendido? "Este diário é um presente para você, caso eles me levem antes que eu converse com Alleline. Eu preferia dar minha vida a você e, naturalmente, meu corpo. Mas é mais provável que este mísero segredo seja tudo o que eu tinha para fazer você feliz. Aproveite-o bem." — Tarr levantou os olhos, dizendo: — Está datado de segunda-feira. Ela escreveu o diário em quatro dias.

A voz dele se tornara monótona, quase entediada.

— "No Centro de Moscou há mais tagarelice do que estimariam nossos superiores. Especialmente os pequenos gostam de se fazer de importantes, e dar a impressão de estar por dentro das coisas. Há dois anos estive ligada ao Ministério do Comércio e trabalhei como supervisora da seção de arquivos de sua sede, na praça Dzershinsky. O trabalho era muito chato, Thomas, o ambiente muito desagradável, e eu não era casada. Nós éramos levados a suspeitar uns dos outros. E uma pessoa fica tão tensa quando nunca pode abrir o coração! Subordinado a mim havia um empregado chamado Ivlov. Embora Ivlov não estivesse à minha altura, socialmente ou na hierarquia, a atmosfera opressiva resultou numa dependência mútua de nossos temperamentos. Perdoe-me, às vezes só o corpo fala por nós. Você devia ter aparecido antes, Thomas! Em várias ocasiões Ivlov e eu trabalhamos juntos no turno da noite e, finalmente, concordamos em desafiar o regulamento e nos encontrar fora do edifício. Ele era louco, Thomas, como você, e eu o queria. Nós nos víamos num café, num bairro pobre de Moscou. Na Rússia nos ensinam que não há bairros pobres, mas isso é mentira. Ivlov me disse que seu verdadeiro nome era Brod, mas que não era judeu. Trouxe-me um pouco de café, que lhe era enviado ilegalmente por um camarada, de Teerã, e também uns pares de meias. Ele era tão gentil! E disse que me admirava muito e que já tinha trabalhado numa seção encarregada do registro de todas as características dos agentes estrangeiros empregados pelo Centro. Ri e declarei que esse registro não existia: era uma ideia de sonhadores imaginar que tantos segredos pudessem estar reunidos num só lugar. Nós dois éramos sonhadores, creio eu."

Tarr novamente interrompeu a leitura dizendo:

— Chegamos a um outro dia. Ela se despede com uma penca de "bons dias, Thomas", orações e palavras de amor. "Uma mulher não pode escrever para o vento", dizia ela, por isso estava escrevendo para Thomas. O pai dela saía cedo, e Irina tinha uma hora a seu dispor. "Na segunda vez nos encontramos no quarto de um primo da mulher de Ivlov, professor da Universidade Estadual de Moscou. Não havia mais ninguém presente. O encontro, extremamente secreto, envolveu o que chamaríamos, num relatório, de ato incriminador. Penso, Thomas, que você mesmo deve ter praticado algum ato desses, mais de uma vez. Nesse encontro Ivlov me contou uma história que nos ligou numa amizade ainda mais íntima. Thomas, você precisa tomar cuidado. Já ouviu falar em Karla? Ele é uma velha raposa, a mais astuta do Centro, a mais secreta. Até o nome dele é desses que os russos não entendem. Ivlov parecia extremamente assustado ao contar-me essa história, que se referia, segundo ele, a uma grande conspiração, talvez a maior que temos. A história de Ivlov é a seguinte: você deve narrá-la apenas às pessoas de máxima confiança, Thomas, por causa de seu caráter extremamente sigiloso. Não deve contá-la a ninguém do Circus, porque não poderá confiar em ninguém até que o enigma tenha sido desvendado. Ivlov me disse que não tinha trabalhado nos registros dos agentes. Isso era mentira: inventara essa coisa apenas para provar a mim a grande profundidade de seus conhecimentos a respeito das atividades do Centro e para certificar-se de que eu não amava ninguém. A verdade é que havia trabalhado como auxiliar de Karla, numa dessas grandes conspirações, e de fato servira na Inglaterra, supostamente na qualidade de motorista e encarregado dos códigos, na Embaixada. Para isso deram-lhe o nome de guerra de Lapin. Desse modo, Brod tornou-se Ivlov, e Ivlov transformou-se em Lapin. O pobre Ivlov tinha muito orgulho disso. Eu não disse a ele o que significava *lapin* em francês. A fortuna de um homem é medida pelo número de nomes que ele usa! A tarefa de Ivlov era servir como "toupeira", isto é, agente de grande poder de penetração, assim chamado porque faz profundas escavações na estrutura do imperialismo ocidental, nesse caso, o inglês. As toupeiras são muito preciosas para o Centro porque são necessários longos anos para colocá-las, frequentemente de 15 a 20. A maior parte das toupeiras inglesas foi recrutada por Karla, antes da guerra, na mais alta burguesia, até mesmo na aristocracia e na nobreza. Eram pessoas revoltadas contra suas origens e que se tornaram secretamente fanáticas, muito mais fanáticas do que os camaradas ingleses da classe operária, que são preguiçosos. Várias estavam se inscrevendo no Partido quando Karla as fez parar a tempo, orientando-as para a execução de trabalhos especiais. Algumas lutaram na Espanha contra Franco, e os agentes de Karla, em busca de talentos na Espanha, as encontraram e as encaminharam a ele para que fossem recrutadas. Outras foram obtidas durante a guerra, quando houve aquela aliança de conveniência entre a Rússia Soviética e a Grã-Bretanha. Outras o foram posteriormente, desapontadas porque a guerra não trouxera o socialismo para o Ocidente..." — Aqui está ilegível — anunciou Tarr, sem olhar para coisa alguma além de seu manuscrito. — Escrevi "apagado". Acho que o homem voltou mais cedo do que ela esperava. A tinta é um borrão só. Deus sabe onde Irina enfiou aquela porcaria. Talvez debaixo do colchão.

Se aquilo pretendia ser uma piada, não produziu o menor efeito.

— "A toupeira com quem Lapin trabalhava em Londres era conhecida pelo nome de Gerald, em código. Fora recrutada por Karla e estava ligada a uma grande conspiração. O trabalho junto às toupeiras é executado somente por camaradas de alta capacidade, declarou Ivlov. Assim, embora Ivlov-Lapin parecesse um joão-ninguém na Embaixada, sujeito a muitas humilhações por causa de sua aparente insignificância, como ficar ao lado das empregadas, no bar, durante as recepções, era de fato pessoa importante, o assistente secreto do coronel Gregor Viktorov, cujo nome de guerra, na embaixada, era Polyakov."

A essa altura, Smiley fez sua única intervenção, solicitando que Tarr soletrasse esse nome. Como um ator interrompido em meio a uma fala, Tarr respondeu rudemente:

— P-O-L-Y-A-K-O-V. Entendeu?

— Obrigado — disse Smiley com imperturbável cortesia, de um jeito que indubitavelmente deu a entender que aquilo não tinha para ele a menor importância.

Tarr prosseguiu:

— "Viktorov é um antigo profissional e de grande astúcia, disse-me Ivlov. Seu cargo é, aparentemente, o de adido cultural, e nessa qualidade ele se entende com Karla. Como adido cultural, Polyakov organiza palestras nas universidades e associações britânicas, sobre assuntos culturais da União Soviética. Mas seu trabalho noturno, como coronel Gregor Viktorov, consiste em dar informações a Gerald, e dele receber informações, segundo instruções de Karla, do Centro de Moscou. Com esse propósito, o coronel Viktorov-Polyakov se utiliza de intermediários, e o pobre Ivlov foi um deles, durante algum tempo. Apesar disso, Karla, em Moscou, é quem de fato controla Gerald." Agora de fato o diário muda — declarou Tarr. — Ela escrevia à noite, às pressas, tensa e morta de medo porque estava rabiscando todas aquelas desgraçadas páginas. Fala em ruídos de passos no corredor, nos sórdidos olhares que os gorilas lançam para ela. Não foi transcrito. Certo, Sr. Smiley?

E, como Smiley assentisse, Tarr prosseguiu:

— "As medidas relativas à segurança de Gerald eram excepcionais. Os relatórios redigidos de Londres e enviados a Karla, para o Centro de Moscou, mesmo depois de codificados, eram divididos em duas partes, remetidas por correios distintos; alguns desses relatórios eram escritos com o emprego de uma tinta secreta, sob a correspondência convencional da Embaixada. Ivlov me contou que Gerald trazia material conspiratório em quantidade superior à que Viktorov-Polyakov era capaz de manipular de maneira conveniente. Grande parte desse material, constituído de filmes não revelados, frequentemente chegava a trinta rolos por semana. Quem abrisse o invólucro dos filmes do lado errado os exporia imediatamente à luz, velando-os. Outros tipos de material eram transmitidos oralmente por Gerald, em reuniões de caráter extremamente secreto, sendo gravados em fitas especiais, que só poderiam ser ouvidas com a utilização de complicadas máquinas. Tais fitas também seriam apagadas se expostas à luz ou colocadas em máquinas inadequadas. As reuniões eram de tipo relâmpago, sempre diferentes, sempre repentinas. Isso é tudo quanto sei, exceto que ocorreu na época em que a agressão fascista contra o Vietnã estava em sua pior fase. Na Inglaterra, os reacionários da extrema direita haviam novamente assumido o poder. E também sei que, segundo Ivlov-Lapin, Gerald era alto funcionário do Circus. Eu lhe conto isso, Thomas, porque gosto muito de você e me decidi a admirar todos os ingleses, você acima de todos. Não quero imaginar um cavalheiro inglês portando-se como traidor, embora, naturalmente, tenha acreditado que Gerald estava certo quando se aliou à causa dos operários. Também receio pela segurança de qualquer pessoa empregada pelo Circus para uma conspiração. Thomas, eu gosto muito de você. Tome cuidado com estas informações: elas poderiam causar dano também a você. Ivlov era um homem parecido com você, embora o chamassem de Lapin..."

Tarr fez uma pausa, hesitou e disse:

— Há um trecho, no fim, que...

— Leia-o — murmurou Guillam.

Erguendo o papel um pouco de lado, Tarr o leu com o mesmo ritmo arrastado:

— "Thomas, estou lhe contando isso porque ando com medo. Hoje de manhã, quando acordei, ele estava sentado na cama, olhando para mim como um doido. Quando desci para tomar café, os guardas Trepov e Novikov me observaram como animais, comendo muito displicentemente. Tenho certeza de que ali se encontravam já havia muitas horas, e com eles estava um rapaz da Residência Avilov. Você terá sido indiscreto, Thomas? Não terá falado mais do que me levou a crer? Agora você compreende por que só Alleline serviria. Você não precisa censurar-me, adivinho o que você disse a eles. Eu me sinto livre, no fundo do coração. Você viu apenas meu lado mau: a bebida, o medo, as mentiras em que vivemos. Mas meu eu profundo arde dentro de mim com uma luz nova e abençoada. Eu costumava pensar que o mundo secreto era um lugar à parte, e que eu havia sido para sempre desterrada, vivendo numa ilha de pessoas que só existem pela metade. No entanto, Thomas, não estou num lugar à parte. Deus me mostrou que Ele está aqui, bem no meio do mundo real, em torno de nós. E basta que uma pessoa abra a porta e saia para ser livre. Thomas, você precisa querer sempre obter a luz que eu encontrei. Ela se chama amor. Agora vou levar este papel para nosso lugar secreto, e lá deixá-lo enquanto ainda há tempo. Meu Deus, espero que ainda haja tempo. Meu Deus, dá-me um Santuário em Tua Igreja. Lembre-se disto: eu amei você lá também."

Tarr ficara extremamente pálido e suas mãos, no momento em que abriu a camisa para recolocar o diário na bolsa, estavam trêmulas e úmidas.

— Há ainda um trecho final — disse ele. — É assim: "Thomas, por que você só conseguia se lembrar de tão poucas orações de sua infância? Seu pai era um homem bom e generoso." Eu não lhes disse que ela era maluca? — comentou Tarr.

Lacon abrira as persianas e a suave luz do dia inundava a sala em sua plenitude. As janelas davam para um pequeno cercado onde Jackie Lacon, uma garotinha rechonchuda e de tranças, tendo à cabeça um pequeno chapéu-coco, estava cuidadosamente guiando seu pônei a meio galope.

9

Antes de Tarr sair, Smiley fez-lhe algumas perguntas, sem encará-lo. Seus olhos míopes ficaram olhando para algum ponto remoto, e seu rosto gorducho assumira uma expressão de desalento por causa daquela tragédia.

— Onde está o original desse diário? — indagou.

— Tornei a colocá-lo na caixa do correio. Imagine o seguinte, Sr. Smiley: no momento em que encontrei o diário, Irina já estava em Moscou havia umas 24 horas. Pensei que ela não teria muito fôlego quando chegasse a hora dos interrogatórios. É muito provável que a tenham castigado severamente no avião, e repetido a dose quando o aparelho aterrissou. E depois a tenham interrogado, logo que os rapazes acabaram de tomar o café da manhã. Assim é que eles fazem com as pessoas tímidas: primeiro a força bruta, depois as perguntas. Não é isso? Então deve ter sido uma questão de dois ou três dias para que o Centro enviasse uma pessoa a fim de dar uma busca atrás da igreja, não é verdade? Eu também precisava considerar minha própria segurança — concluiu Tarr sentenciosamente.

— Isso quer dizer que o Centro de Moscou estaria menos interessado em cortar-lhe a cabeça se tivesse pensado que ele não havia lido o diário — declarou Guillam.

— O senhor fotografou o relatório? — indagou Smiley.

— Eu não ando com máquinas fotográficas. Comprei um caderno de um dólar. Copiei o diário nele e tornei a pôr o original em seu lugar. Todo esse trabalho levou quatro horas.

Tarr falou sem encarar Guillam e, depois, desviou o olhar. À luz do dia, uma profunda expressão de medo ficou aparente em seu rosto.

— Quando voltei para o hotel — prosseguiu ele —, meu quarto era um verdadeiro pandemônio. Eles tinham arrancado até o papel das paredes. O gerente me disse: "Saia daqui. Vá para o inferno." E não quis dar explicações.

Smiley soltou um grunhido dispéptico de compreensão, e declarou:

— Esses encontros que o senhor e Irina tiveram. As caixas de cartas. Os sinais de segurança e os pontos de retirada. Quem propôs o esquema, o senhor ou ela?

— Ela — respondeu Tarr.

— Quais eram os sinais de segurança? — indagou Smiley.

— Linguagem corporal. Se eu estivesse de colarinho aberto, ela saberia que eu havia feito um reconhecimento e verificado que a barra estava limpa. Mas se eu estivesse de colarinho abotoado, era preciso adiar o encontro até o ponto de retirada.

— E Irina?

— Era a bolsa. Na mão direita ou na esquerda. Eu chegava primeiro e ficava esperando em algum lugar onde ela pudesse me ver. Isso lhe permitia escolher: ir em frente ou dar o fora.

— Tudo isso aconteceu há mais de seis meses. O que tem feito o senhor desde então?

— Tenho descansado — disse Tarr asperamente.

— Ele entrou em pânico e virou um bicho do mato. Foi para Kuala Lumpur e ficou numa das vilas nas montanhas. Isso é o que ele diz. Tem uma filha chamada Danny — informou Guillam.

— É. Danny é minha filhinha — acrescentou Tarr.

— Ficou escondido com Danny e a mãe dela — disse Guillam, interrompendo, como era de seu hábito, tudo quanto Tarr dizia. — Ele tem mulheres espalhadas pelo mundo inteiro, mas essa parece a mais importante de todas, no momento.

— Por que o senhor escolheu esta ocasião especial para vir nos procurar? — Tarr permaneceu em silêncio. — Não quer passar o Natal com Danny?

— Sem dúvida.

— Então o que aconteceu? Alguma coisa o amedrontou?

— Havia uns boatos — disse Tarr num tom indeciso.

— Que espécie de boatos?

— Uns franceses apareceram em Kuala Lumpur e disseram que eu estava devendo dinheiro a eles. Queriam botar um advogado no meu rastro. Eu não devo dinheiro a ninguém.

— Ele ainda está classificado no Circus como desertor? — indagou Smiley.

— Tudo leva a crer que sim — respondeu Guillam.

— E o que eles fizeram a esse respeito até agora? — perguntou Smiley.

— Isso está fora da minha alçada. Ouvi uns rumores de que a Estação de Londres realizou umas sessões belicosas contra ele, há algum tempo. Mas eu não fui convidado e não sei em que deram as coisas. Em nada, acho. Como de costume.

— Que passaportes ele tem usado?

— Joguei fora o de Thomas no dia em que cheguei à Malásia — disse Tarr, que já tinha sua resposta pronta. — Achei que Thomas não seria exatamente bem-vindo, em Moscou, e que seria melhor eu acabar imediatamente com a raça dele. Em Kuala Lumpur arranjei um passaporte britânico com o nome de Poole.

Tarr passou o passaporte a Smiley, acrescentando:

— Não é mau, pelo dinheiro que me custou.

— Por que o senhor não usou um de seus passaportes suíços, de emergência? — Seguiu-se uma cautelosa pausa. — Ou o senhor os perdeu quando deram busca em seu quarto no hotel?

— Ele escondeu os passaportes logo que chegou em Hong Kong — disse Guillam. — Procedimento normal.

— Então por que não se utilizou deles? — indagou Smiley.

— Estavam numerados, Sr. Smiley — respondeu Tarr. — Deveriam estar em branco, mas tinham numeração. Eu estava me sentindo um pouco agitado, para falar com franqueza. Se Londres soubesse os números, talvez Moscou também os soubesse, se o senhor compreende o que eu quero dizer.

— Então o que fez o senhor com os passaportes suíços de emergência? — indagou novamente Smiley, num tom cordial.

— Ele diz que os jogou fora — declarou Guillam. — É mais provável que os tenha vendido. Ou trocado por aquele outro.

— Como? Jogou fora de que modo? O senhor os queimou?

— Isso mesmo. Queimei os passaportes — declarou Tarr, num tom nervoso, de ameaça e medo ao mesmo tempo.

— Então quando disse que aquele francês estava perguntando pelo Sr....

— Ele estava procurando por Poole.

— Mas quem teria ouvido falar em Poole exceto o homem que falsificou o passaporte? — indagou Smiley, folheando-o. Tarr nada disse.

— Diga-me — continuou Smiley —, como viajou para a Inglaterra?

— Por uma rota fácil, a de Dublin. Não houve problemas. — Tarr mentia mal quando pressionado. Talvez seus pais devessem ser censurados por isso. Era excessivamente rápido quando não tinha uma réplica pronta, e agressivo demais quando inventava alguma resposta.

— Como o senhor chegou até Dublin? — perguntou Smiley, examinando os carimbos das fronteiras, no meio da página.

— Foi facílimo! Um caminho repleto de rosas — disse Tarr, que recobrara a confiança em si mesmo. — Tenho uma garota que é aeromoça da South African Lines. Um amigo me transportou como carga até a Cidade do Cabo. Então minha garota cuidou de mim e me arranjou uma viagem de carona até Dublin, com um dos pilotos. Como todo mundo sabe lá no Oriente, eu nunca saí da península.

— Estou fazendo o possível para verificar isso — disse Guillam, olhando para o teto.

— Bem, tome muito cuidado, meu amigo — replicou Tarr num tom áspero, voltando-se para Guillam. — Não quero ver gente errada nos meus calcanhares.

— Por que não veio procurar o Sr. Guillam? — indagou Smiley, ainda profundamente mergulhado no passaporte de Poole. O documento tinha aspecto de ser usado, bem manuseado, nem muito cheio de anotações, nem demasiado vazio. — Considerando o fato de que o senhor estava assustado, naturalmente — prosseguiu Smiley.

— O Sr. Guillam é meu chefe — declarou Tarr com virtuosa unção.

— Não lhe passou pela cabeça que ele poderia exatamente entregá-lo a Alleline? Afinal de contas, o senhor é um homem procurado pelo chefe supremo do Circus, não é verdade?

— Sem dúvida — concordou Tarr. — Mas acho que o Sr. Guillam não aprecia os novos arranjos mais que o Sr. Smiley.

— Tarr também tem muito amor à Inglaterra — explicou Guillam num tom sarcástico.

— Sem dúvida. Fico com saudades da pátria.

— O senhor não pensou em procurar outra pessoa, além do Sr. Guillam? Por que não uma das residências no exterior, onde correria menos perigo? Mackelvore ainda é o chefe em Paris? — Guillam confirmou com um aceno de cabeça. — Então o senhor poderia ter ido procurar o Sr. Mackelvore. Ele o recrutou e o senhor poderia confiar nele. É um veterano no Circus. O senhor poderia ter ficado em segurança, em Paris, em vez de arriscar a pele aqui. Meu bom Deus, Lacon! Depressa!

Smiley tinha se levantado. Apertou a boca com as costas da mão e ficou olhando pela janela. No cercado do pônei, Jackie estava chorando, deitada de bruços, enquanto o pônei, sem cavaleiro, galopava por entre as árvores. Eles ainda estavam observando a cena quando a mulher de Lacon, bonita, com seus cabelos compridos, e usando grossas meias de inverno, saltou por cima da sebe e levantou a criança do chão.

— Essas crianças estão sempre levando tombos — observou Lacon, bastante aborrecido. — Nessa idade elas não se machucam. — E num tom que mal se poderia considerar mais amável, acrescentou: — Você sabe, George. Uma pessoa não pode ser responsável por todo mundo.

Tornaram a sentar-se lentamente.

— E se o senhor fosse para Paris, que rota teria tomado? — recomeçou Smiley.

— A mesma que usei para ir à Irlanda. Em seguida, iria de Dublin a Orly, acho. O que o senhor haveria de esperar que eu fizesse: caminhar sobre as ondas?

Ao ouvir isso Lacon ficou rubro, levantando-se. Proferiu uma exclamação irritada. Mas Smiley pareceu não se alterar. Tomou novamente o passaporte, folheando-o devagar, de trás para a frente até o começo, e indagou:

— Como entrou em contato com o Sr. Guillam?

Guillam respondeu por Tarr, falando muito depressa:

— Ele sabia em que garagem eu guardo meu carro. Deixou um bilhete, dizendo que estava interessado em comprá-lo, e assinou seu nome de guerra: Trench. Sugeriu um lugar onde pudéssemos nos ver, acrescentando um velado apelo para que tivéssemos um encontro reservado, antes que eu me decidisse por um ponto. Eu trouxe Fawn comigo, de baby-sit...

Smiley o interrompeu, indagando:

— Fawn é aquele que esteve há pouco junto à porta?

— Isso mesmo. Ficou protegendo minha retaguarda, enquanto conversávamos — disse Guillam. — Eu o conservei perto de nós desde então. Logo que ouvi a história de Tarr, liguei para Lacon de um telefone público, pedindo-lhe uma entrevista. Mas, George, por que você não volta a tratar desse assunto só entre nós dois?

— Você telefonou para Lacon daqui ou de Londres? — indagou Smiley.

— Daqui — respondeu Lacon.

Houve uma pausa e Guillam explicou:

— Acontece que eu me lembrava do nome de uma moça do escritório de Lacon. Mencionei seu nome e disse que Lacon tinha me pedido que falasse com ele urgentemente sobre um assunto particular. Não foi perfeito, mas foi o melhor que pude imaginar, no momento... Bem, não havia razão alguma para eu supor que o telefone estivesse grampeado — acrescentou Guillam, rompendo o silêncio.

— Havia todas as razões para isso — disse Smiley para si mesmo.

Smiley tinha fechado o passaporte e estava examinando sua encadernação à luz de uma lâmpada de leitura a seu lado.

— É muito boa, não é verdade? — observou displicentemente. — De fato muito boa. Diria que é obra de um profissional. Não consigo encontrar uma falha.

— Não se preocupe, Sr. Smiley — retrucou Tarr, pegando de volta o passaporte. — Não foi feito na Rússia.

Quando chegou à porta, Tarr estava de novo sorridente. E declarou, dirigindo-se aos três, à saída da comprida sala:

— Se Irina tiver razão, os senhores vão precisar de um novo Circus. Por isso, se todos nós ficarmos juntos, penso que poderíamos nos instalar no andar térreo. — E dando um tapa na porta, acrescentou, num tom jocoso: — Vamos, querido, sou eu, Ricki.

— Obrigado. Agora está tudo bem. Abra a porta, por favor — bradou Lacon.

Passado um instante, alguém deu volta à chave, e surgiu a figura morena de Fawn, o baby-sitter. E o ruído dos passos de quatro pessoas foi se apagando no grande vazio da casa, acompanhado pelo choro distante de Jackie Lacon.

10

Do outro lado da cerca, longe do cercado do pônei, estendia-se uma quadra de tênis, oculta entre as árvores. Não era uma boa quadra, sendo raramente aparada. Na primavera, a grama ainda estava encharcada por causa do inverno, e o sol, por mais forte que fosse, não conseguia secá-la, ao passo que, no verão, as bolas desapareciam em meio à vegetação. Naquela manhã, a quadra achava-se coberta até a altura do tornozelo de folhas congeladas recolhidas do jardim inteiro. Mas no contorno da quadra, acompanhando mais ou menos o retângulo do aramado, uma vereda serpenteava por entre as faias, e nela vinham caminhando Smiley e Lacon. Smiley tinha ido apanhar seu casaco de viagem, mas Lacon vestia apenas um terno surrado. Talvez por esse motivo preferisse andar depressa e num ritmo descoordenado. Cada passo o levava a adiantar-se muito, de sorte que era constantemente obrigado a parar, com os ombros e os cotovelos erguidos, esperando até que Smiley, mais baixo que ele, o alcançasse. Em seguida, desabalava de novo, ganhando distância. Assim completaram duas voltas até que Lacon rompeu o silêncio:

— Quando você me procurou, há um ano, fazendo uma sugestão parecida, acho que o repeli. Creio que devo lhe pedir desculpas. Eu andava meio frouxo. — Seguiu-se um cômodo silêncio, enquanto Lacon pensava a respeito de sua negligência. — Eu lhe dei instruções para que você abandonasse suas investigações.

— Você me disse que eram contra o regulamento — declarou Smiley num tom lúgubre, como se estivesse relembrando o mesmo lamentável erro.

— Foram essas as palavras que empreguei? Meu Deus! Como fui solene!

Ouvia-se o choro incessante de Jackie, vindo da casa.

— Você nunca teve, não é mesmo? — Lacon exclamou imediatamente, num tom de voz aguda, com a cabeça cheia daquele choro.

— Tive o quê?

— Filhos. Você e Ann.

— Nunca.

— E sobrinhos?

— Um só.

— Do seu lado?

— Não. Do lado dela.

Talvez eu nunca tenha saído deste lugar, pensou Smiley, olhando a sua volta. As rosas trepadeiras, os balanços quebrados, os poços de areia encharcados, a casa agreste e vermelha, destacando-se de maneira gritante à luz da manhã. Talvez tenhamos ficado aqui desde a última vez.

Lacon estava novamente se desculpando:

— Eu lhe digo que não confiei absolutamente em seus motivos. Passou pela minha cabeça que Control o instigara, você me entende. Um meio de firmar-se no poder e manter Percy Alleline à margem — disse Lacon, recomeçando a andar aos trancos, em largas passadas, com as mãos afastadas do corpo.

— Isso não — replicou Smiley. — Control não sabia de nada.

— Agora percebo — declarou Lacon. — Naquela ocasião eu não compreendi. É um pouco difícil saber quando podemos confiar nas pessoas e quando não podemos. As pessoas vivem conforme padrões bem diferentes, não é verdade? Quero dizer, são obrigadas a viver assim. Admito. Não estou julgando ninguém. Nossos fins são os mesmos, afinal de contas, embora nossos meios sejam diferentes — acrescentou ele, saltando sobre uma valeta.

— Certa vez ouvi alguém afirmar que a moralidade é uma questão de método. Você aceita isso? Suponho que não. Você diria que a moralidade se consubstancia nas metas, eu espero. Mas é difícil saber quais são nossas metas. Esse é o problema, especialmente quando se nasce na Inglaterra. Não podemos esperar que as pessoas determinem para nós qual há de ser nossa política. A única coisa que podemos pedir é que a apoiem, não é? Uma coisa complicada.

Em vez de acompanhar Lacon, Smiley sentou-se no banco enferrujado de uma gangorra, aconchegando-se mais em seu sobretudo até que, afinal, Lacon retrocedeu furtivamente e instalou-se ao lado dele. Durante algum tempo, ficaram balançando-se ao ritmo das molas que gemiam.

— Por que cargas-d'água ela foi escolher Tarr? — murmurou finalmente Lacon, brincando com seus longos dedos. — Não consigo imaginar uma pessoa mais imprópria.

— Acho que você teria de fazer essa pergunta a uma mulher, não a mim — declarou Smiley, voltando a pensar onde seria Immingham.

— É verdade — concordou Lacon generosamente. — Um perfeito mistério. Vou encontrar-me com o ministro às 11 horas — anunciou num tom de voz mais baixo. — Tenho de colocá-lo a par da situação. Ele é seu primo, membro do Parlamento — acrescentou, forçando um gracejo íntimo.

— É primo de Ann, na realidade — corrigiu Smiley, no mesmo tom ausente. — Muito afastado, eu poderia acrescentar. Mas é primo dela, sem dúvida.

— E Bill Haydon também é primo de Ann? Nosso eminente chefe da Estação de Londres?

Eles já tinham feito esse jogo.

— Por um outro ramo da família. Bill também é primo dela. Ann pertence a uma antiga família, de sólida tradição política. Com o passar do tempo, ficou muito ramificada — acrescentou Smiley, de maneira totalmente supérflua.

— A tradição ficou ramificada? — Lacon apreciava acentuar uma ambiguidade.

— Não. A família.

Mais além daquelas árvores, pensou Smiley, os carros continuavam passando. Mais além daquelas árvores estendia-se todo um mundo. Mas Lacon é o dono deste castelo vermelho, e possui um senso de ética cristã que não lhe promete qualquer recompensa exceto um título de cavaleiro, o respeito de seus pares, uma polpuda pensão e dois ou três cargos de diretor, na City.

— De qualquer maneira, vou vê-lo às 11 horas. — Lacon tinha se levantado de maneira abrupta, e estava caminhando outra vez. Smiley teve a impressão de ouvir o nome "Ellis", que lhe voltava à lembrança, flutuando no ar da manhã, impregnado do odor das folhas. Durante um momento, como lhe acontecera no carro, ao lado de Guillam, um estranho nervosismo se apoderou dele.

— Afinal de contas — disse Lacon —, nossas posições eram perfeitamente honrosas. Achando que Ellis tinha sido traído, você propôs uma caça às bruxas. Meu ministro e eu achamos que tinha havido grande incompetência de Control, ponto de vista no mínimo compartilhado pelo Ministério do Exterior, e queríamos uma vassoura nova.

— Compreendo muito bem *seu* dilema — declarou Smiley, falando mais para si mesmo do que para Lacon.

— Fico satisfeito com isso. E não se esqueça, George, você era o homem de Control. Ele preferiu você a Haydon. Quando perdeu o domínio da situação, lá para o fim, e lançou aquela aventura absolutamente extraordinária, foi você quem se levantou em favor dele. Ninguém, a não ser você, George. Não é todos os dias que o chefe do nosso Serviço Secreto entra numa guerra particular contra os tchecos.

Era claro que ainda doía a lembrança de tudo aquilo. E Lacon prosseguiu:

— Em outras circunstâncias, suponho que Haydon poderia ter sido encostado, mas você estava em situação difícil...

— E Percy Alleline era o homem do ministro — comentou Smiley num tom de voz suficientemente brando para que Lacon se moderasse e lhe desse ouvidos.

— Não que você suspeitasse de alguém. Você não denunciou ninguém. Uma investigação desorientada pode ser terrivelmente destruidora.

— Ao passo que uma vassoura nova sempre varre melhor — comentou Smiley.

— Percy Alleline? Tudo considerado, ele tem agido muitíssimo bem. Proporciona informações em vez de criar escândalos, mantendo-se literalmente dentro de suas atribuições. E ganhou a confiança dos clientes. Que eu saiba, ainda não invadiu a Tchecoslováquia.

— Com Bill Haydon servindo de fiel, quem a teria invadido?

— Control o teria feito, sem a menor dúvida — declarou Lacon impetuosamente.

Eles tinham se detido junto à piscina vazia e estavam olhando para sua extremidade mais funda. Lá de suas águas sujas Smiley imaginou ouvir outra vez o tom insinuante de Martindale: "Pequenas salas de leitura no Almirantado, pequenas comissões com nomes esquisitos."

— Aquela fonte especial de Percy ainda está operando? — indagou Smiley. — O material Bruxaria, ou que nome tenha hoje em dia.

— Não sabia que você estava por dentro disso — declarou Lacon, num tom nada satisfeito. — Como está perguntando, respondo que sim. A fonte Merlin é nosso baluarte. E Bruxaria ainda é o nome de seu produto. Tanto quanto eu posso me lembrar, o Circus não obtinha havia muitos anos um material tão bom.

— E ainda está sujeito a todo aquele tratamento especial?

— Certamente. E agora que *isso* aconteceu, não tenho a menor dúvida de que teremos de tomar precauções ainda mais rigorosas.

— Eu não procederia assim, se fosse você. Gerald poderá desconfiar.

— Essa é a questão, não é mesmo? — observou Lacon rapidamente.

A força de Lacon era imprevisível, refletiu Smiley. Parecia um magro e debilitado lutador de boxe, cujas luvas fossem grandes demais para seus punhos. No entanto, logo em seguida punha-se a examinar as pessoas com sua compaixão cristã.

— Nós podemos agir. Podemos realizar uma investigação porque todos os instrumentos de um inquérito se acham em mãos do Circus, talvez com Gerald. Podemos observar, ficar à escuta, abrir a correspondência. Para fazer qualquer dessas coisas seria preciso contar com os recursos dos informantes de Esterhase. E o próprio Esterhase, como qualquer outro, deve ser considerado suspeito. Podemos fazer interrogatórios, podemos tomar medidas que limitem o acesso de determinadas pessoas aos segredos delicados. Mas fazer qualquer dessas coisas seria correr o risco de alarmar Gerald. Esse é o problema mais antigo de todos, George. Quem poderá espionar os espiões? Quem poderá farejar uma toupeira sem correr atrás dela?

E Lacon, numa terrível tirada de humor, acrescentou, num ousado aparte:

— Outra toupeira, sem dúvida.

Num assomo de energia, Smiley tinha se afastado e estava caminhando à frente de Lacon, pisando forte, pela vereda que dava para o cercado do pônei:

— Entre no jogo, Smiley. Procure o pessoal da segurança. É gente entendida. Fará o serviço para você.

— O ministro não aceitaria isso. Você sabe perfeitamente bem o que ele e Alleline pensam a respeito dessa coisa de competição. E estão certos, eu diria. Um grande número de antigos administradores das colônias a remexer nos papéis do Circus! Você poderia convocar o Exército para investigar a Marinha?

— Não há termo de comparação — objetou Smiley.

Mas, como servidor civil, Lacon já preparara sua segunda metáfora, dizendo:

— Muito bem. O ministro há de preferir ficar sob um telhado cheio de goteiras a ver seu castelo demolido por gente de fora. Isso o satisfaz? O ponto de vista dele é absolutamente certo, George. Temos agentes realizando trabalhos de campo e não daríamos grande coisa pela integridade física deles se os homens do Serviço de Segurança entrassem no páreo.

Então chegou a vez de Smiley moderar-se, indagando:

— Quantos são eles?

— Uns 600, mais ou menos.

— E por trás da cortina?

— Temos um orçamento para 120.

Lacon nunca hesitava em questões de números e fatos de qualquer espécie: eram o ouro com que lidava, arrancado do solo cinzento da burocracia.

— Tanto quanto eu possa calcular, diante dos mapas financeiros — continuou ele —, quase todas essas pessoas se acham atualmente em atividade.

Smiley deu um passo largo e acrescentou:

— Por isso eu posso dizer a ele que você fará isso, não posso? — acrescentou Lacon num tom inteiramente informal, como se os problemas fossem de pouca importância. — Você se encarregará da tarefa e irá limpar as estrebarias? Mexer-se, fazendo tudo o que for necessário? Afinal, é sua geração. Seu legado.

Smiley tinha aberto a porta do cercado do pônei, batendo-a com força às suas costas. Estavam um diante do outro, divididos pela frouxa estrutura da cerca. Lacon, ligeiramente corado, tinha nos lábios um sorriso conciliatório.

— Por que falo em Ellis? — indagou ele num tom coloquial. — Por que falo no caso de Ellis quando o nome do pobre homem era Prideaux?

— Ellis era o nome de guerra que ele tinha.

— Sem dúvida. Havia tantos escândalos naquele tempo que a gente se esquece dos detalhes. — Houve uma pausa. Lacon balançou o braço direito e disse: — Pulmões. Ele era amigo de Haydon, e não seu amigo.

— Eles foram colegas em Oxford, antes da guerra — comentou Smiley.

— E companheiros de sala, no Circus, durante a guerra e depois. A famosa associação Haydon-Prideaux. Meu predecessor falava interminavelmente sobre isso. Mas você nunca foi íntimo dele, foi? — indagou Lacon.

— De Prideaux? Não.

— Ele não é seu primo?

— Pelo amor de Deus — murmurou Smiley.

Lacon ficou novamente sem jeito, mas um propósito obstinado o levou a continuar encarando Smiley. E indagou:

— Não há uma razão emocional ou de qualquer outra natureza que você ache que possa afastá-lo dessa missão? Você precisa falar, George — insistiu Lacon ansiosamente, como se aquilo fosse o que ele mais desejasse. Esperou uma fração de segundo e, em seguida, recomeçou, dizendo: — Embora eu não veja que hoje exista um verdadeiro problema. Há sempre uma parte de cada um de nós que pertence ao domínio público, não é? O contrato social age nos dois sentidos, e você sempre soube que tenho razão. Prideaux também.

— Que significa isso? — indagou Smiley.

— Meu Deus! Ele levou um tiro, George. Uma bala nas costas é considerado um grande sacrifício. Até mesmo em seu mundo, não é verdade?

Quando se viu só, Smiley permaneceu de pé no extremo da cerca, debaixo das árvores gotejantes, procurando controlar suas emoções, respirando fundo. Como se fosse uma doença antiga, o ódio o colheu de surpresa. Desde que fora afastado, vinha negando a existência desse ódio, mantendo-se a distância de tudo quanto pudesse deflagrá-lo: jornais, ex-colegas, fofocas iguais às de Martindale. Transcorrida toda uma existência apoiada em seu talento e em sua considerável memória, tinha se decidido de corpo e alma pela profissão de esquecer. Havia forçado a si mesmo a dedicar-se a trabalhos de erudição, que o tinham ajudado bastante a distrair-se enquanto estava no Circus. Mas, agora que se via desempregado, não representavam coisa alguma, absolutamente nada. Ele poderia ter exclamado: Nada vezes nada!

"Queime tudo", Ann havia sugerido a título de colaboração, referindo-se a seus livros. "Ponha fogo na casa, mas não se deixe apodrecer."

Se para ela apodrecer significava conformar-se, tinha razão para perceber que esse era seu alvo. Havia tentado, realmente se esforçado para isso, ao aproximar-se do que os anúncios das companhias de seguros denominam o anoitecer da existência. Ser tudo quanto um *rentier* modelo deveria ser. Embora ninguém, especialmente Ann, reconhecesse esse esforço. Todas as manhãs, quando se levantava da cama, e todas as noites, quando ia deitar-se, geralmente sozinho, lembrava a si próprio que nunca havia sido indispensável. Ensinara a si mesmo a admitir que naqueles últimos e miseráveis meses da carreira de Control, quando os fracassos se sucediam numa rapidez vertiginosa, ele fora culpado por ver as coisas fora de suas justas proporções. E se o antigo profissional de vez em quando se rebelava dentro dele, e dizia: "Você sabia que o lugar tinha ficado ruim, sabia que Jim Prideaux fora traído. Que testemunho mais eloquente que uma ou duas balas nas costas?" "Bem", ele replicava, "vamos admitir que eu estivesse certo? Pura vaidade acreditar que um espião gordo, de meia-idade, haveria de ser a única pessoa capaz de manter o mundo em seu lugar", ele diria a si próprio. Em outras ocasiões pensava: "Nunca ouvi dizer que alguém tenha saído do Circus sem alguma tarefa inacabada..."

Somente Ann, embora não fosse capaz de penetrar no íntimo de suas atividades, recusava-se a aceitar tais evidências. Ela era de fato muito apaixonada em questões de trabalho, como só as mulheres são capazes de ser, e realmente o estimulava a retomar as tarefas no ponto em que as tivesse deixado, jamais se desviando delas por causa de argumentos fáceis. Não que soubesse dos fatos. Mas que mulher jamais parou por falta de informações? Ela sentia as coisas e o desprezava por não agir de acordo com sua intuição.

Agora, no momento exato em que estava bem perto de começar a crer em seus próprios dogmas, façanha que não era absolutamente facilitada pela paixão de Ann por um ator desempregado, o que acontecia era apenas o fato de os espectros de seu passado, todos reunidos, Lacon, Control, Karla, Alleline, Esterhase, Bland e, finalmente, o próprio Bill Haydon, entrarem em sua cela para informá-lo alegremente, ao arrastá-lo de volta para aquele mesmo jardim, que era verdadeiro tudo quanto ele vinha denominando vaidade.

"Haydon", repetia Smiley para si mesmo, "já é incapaz de deter o fluxo da memória. Até esse nome era como um golpe violento". "Dizem que você e Bill compartilhavam tudo, antigamente", comentara Martindale. Smiley ficou olhando para as mãos gordas, e reparou que estavam trêmulas. Estaria velho demais? Incapaz? Com medo de ir à caça? "Há sempre uma dúzia de razões para não se fazer nada", Ann gostava de dizer. Isso era, de fato, uma desculpa dileta para muitos de seus desacertos. E acrescentava: "Há apenas uma razão para a gente fazer alguma coisa: faz porque quer." Ou será obrigado a fazer? Isso Ann negaria com veemência: a coerção, diria ela, é apenas outra palavra para uma pessoa fazer o que quer, ou deixar de fazer aquilo de que tem medo.

Os filhos que nascem entre os irmãos mais velhos e os mais novos choram mais tempo que os outros. Apoiada ao ombro da mãe, acalmando sua dor e seu orgulho ferido, Jackie Lacon ficou olhando as pessoas que saíam. Primeiro, os dois homens que não tinha visto antes, um alto, o outro baixo e moreno. Partiram numa caminhonete pequena e verde. Ninguém lhes disse adeus, reparou ela, nem mesmo se despediu deles. Em seguida, o pai seguiu em seu carro. Finalmente, um homem louro e de boa aparência, e outro, baixo e gordo, enfiado num enorme sobretudo que parecia a manta de um pônei, dirigiram-se para um carro esporte que estava estacionado sob as faias. Durante um momento ela realmente pensou que alguma coisa deveria estar errada com o gordo: acompanhava o outro tão devagar e tão penosamente! Em seguida, vendo o bonito segurar a porta do carro para o gordo, este pareceu acordar e caminhou depressa, de um jeito saltitante. Inexplicavelmente, esses movimentos tornaram a perturbá-la. Um mar de tristeza se apoderou dela e sua mãe não conseguiu dar-lhe consolo.

11

Peter Guillam era um homem nobre e suas lealdades conscientes eram determinadas por suas afeições. As outras tinham se formado havia muito tempo, no Circus. Seu pai, um francês, homem de negócios, fora espião da rede do Circus durante a guerra, e sua mãe, inglesa, realizara misteriosas tarefas na seção de códigos. Até oito anos antes, disfarçado de agente de uma empresa de transportes, Guillam tivera seus próprios homens na África do Norte francesa, o que foi considerado uma tarefa de morte. Foi descoberto, seus homens foram enforcados, e ele entrou na longa meia-idade dos profissionais encostados. Trabalhou para terceiros em Londres, às vezes para Smiley, realizou algumas operações com base na Inglaterra, entre elas dirigir uma rede de garotas que não eram "interconscientes", como se diz no jargão profissional. E quando o grupo de Alleline tomou o poder, foi mandado pastar em Brixton porque, segundo ele próprio acreditou, seus contatos eram errados, entre eles Smiley. Assim teria resolutamente contado a história de sua vida até a última sexta-feira. No final, trataria principalmente de suas relações com Smiley.

Naquele tempo vivia principalmente junto às docas de Londres, aliciando redes de baixo nível, constituídas de marinheiros: quaisquer estranhos marujos poloneses, russos e chineses nos quais porventura conseguisse deitar a mão. Nos intervalos dessa atividade, ficava sentado numa pequena sala do primeiro andar do Circus a consolar Mary, uma bela secretária. E sentia-se perfeitamente feliz, salvo quanto ao fato de que ninguém, no exercício de cargo importante, jamais lhe respondesse aos memorandos que enviava. Quando usava o telefone, a linha estava sempre ocupada ou ninguém o atendia. Tinha vagamente ouvido dizer que havia problemas, mas sempre havia problemas. Era do conhecimento geral, por exemplo, que Alleline e Control estavam de ponta um com o outro. Mas não faziam outra coisa havia muitos anos. Soube também, como todas as demais pessoas, que uma grande operação fracassara na Tchecoslováquia e que Jim Prideaux, chefe dos caçadores de escalpos, o mais antigo auxiliar tcheco, um homem que tinha sido o braço direito de Bill Haydon durante a vida inteira, levara um tiro e fora encostado. Isso, resumiu ele, explicava todo aquele silêncio eloquente e aquelas fisionomias abatidas, e também justificava aquela cólera maníaca de Bill Haydon. As notícias a esse respeito faziam correr um frêmito nervoso por todo o edifício: era como a cólera de Deus, dizia Mary, que adorava as paixões violentas. Mais tarde, ouviu falar na catástrofe denominada Testemunho. Haydon lhe dissera muito depois que tinha sido a operação mais incompetente do mundo, lançada por um velho para sua glória agonizante, e Jim Prideaux fora o preço dessa catástrofe. Os jornais publicaram pequenos tópicos sobre o assunto, houve pedidos de informações no Parlamento, e até rumores, jamais oficialmente confirmados, de que tropas britânicas, na Alemanha, haviam sido colocadas em estado de alerta.

Finalmente, quando perambulava pelas salas de uma pessoa e outra, começou a perceber que todas já haviam tomado consciência desses fatos algumas semanas antes. O Circus não estava apenas mudo; mas também congelado. Nada lhe chegava ou dele saía. Nem mesmo no nível em que Guillam trabalhava. No prédio, as pessoas que ocupavam posições de comando tinham sido enterradas. E quando foi dia de pagamento, não havia envelopes amarelos nos escaninhos, isso porque, na opinião de Mary, as secretárias não tinham recebido as instruções mensais para preparar tais envelopes. De vez em quando alguém afirmava ter visto Alleline saindo de seu clube com uma cara furiosa, ou que Bill Haydon renunciara porque tinha sido desautorizado ou sabotado. Mas Bill vivia renunciando. Dessa vez, afirmavam os boatos, as razões eram um pouco diferentes: Haydon estava uma fera porque o Circus não pagara o preço exigido pelos tchecos para a repatriação de Jim Prideaux. Dizia-se que era excessivamente elevado, em matéria de agentes ou de prestígio. E que Bill explodira num de seus acessos de chauvinismo, tendo declarado que qualquer preço seria justo para trazer de volta à pátria um inglês leal: que se desse tudo a eles e se conseguisse o retorno de Jim.

Foi então, numa tarde, que Smiley surgiu à porta de Guillam e sugeriu um drinque. Mary não percebeu quem era e disse apenas "olá", com sua voz arrastada, num estilo sem classe. Quando eles saíram do Circus, um ao lado do outro, Smiley deu boa-noite aos porteiros com uma reserva fora do comum. Num bar, na Wardour Street, declarou: "Fui despedido. Isso foi o que houve."

Do bar eles foram até uma casa de vinhos, perto de Charing Cross, onde havia música, mas estava inteiramente vazia.

— Eles deram a razão? — indagou Guillam. — Ou foi porque você engordou?

Smiley estava impregnado da palavra *razão*. Naquela altura, já inteiramente bêbado, embora de maneira educada. Mas a palavra razão, enquanto caminhava, cambaleando, ao longo do aterro do Tâmisa, não lhe saía da mente.

— Razão como lógica, ou razão como motivo? — indagou ele, numa voz que mais parecia a de Bill Haydon que a dele próprio. O estilo polêmico de Haydon, no período anterior à guerra, na Oxford Union, parecia, naqueles dias, estar em todos os ouvidos. Ou razão como estilo de vida? Os dois sentaram-se num banco. — Eles não tinham de dar razões a mim. Posso escrever minhas próprias e malditas razões. Mas isso não é a mesma coisa — insistiu ele enquanto Guillam o conduzia cuidadosamente para dentro de um táxi, dava ao chofer dinheiro e o endereço de Smiley. — Isso não é a mesma coisa do que a tolerância idiota que resulta de não dar mais importância.

— Amém — disse Guillam, percebendo claramente, enquanto observava o carro que se afastava: segundo as normas do Circus, a amizade que existia entre eles dois terminara naquele instante. No dia seguinte, Guillam soube que outras cabeças tinham rolado, e que Percy Alleline deveria ficar como "vigia da noite", com o título de chefe interino, ao passo que Bill Haydon, para espanto geral, trabalharia sob as ordens de Alleline. Ou, como disseram os mais sábios, "acima" das ordens deste último. Pelo Natal, Control já tinha morrido. "Eles pegarão você a seguir", declarou Mary, que viu naqueles acontecimentos uma espécie de segundo assalto ao Palácio de Inverno. Ela chorou quando Guillam foi degredado para a Sibéria de Brixton a fim de preencher, ironicamente, a vaga de Jim Prideaux.

Subindo os quatro degraus do Circus, naquela tarde chuvosa de segunda-feira, a mente de Guillam iluminou-se com a perspectiva de uma felonia, e ele passou em revista os acontecimentos, decidindo-se a começar naquele dia a viagem de volta.

Passara a noite anterior em seu espaçoso apartamento, Eaton Place, em companhia de Camila, uma estudante de música longilínea e que tinha um rosto belo e triste. Embora não contasse mais de 20 anos, seus cabelos negros eram estriados de fios brancos, talvez em consequência de algum choque sobre o qual nunca fazia a menor referência. E, possivelmente, como outro efeito do mesmo trauma indescritível, não comia carne de espécie alguma, nada usava que fosse feito de couro e não tocava em qualquer bebida alcoólica. Parecia a Guillam que somente no amor ela era livre dessas misteriosas restrições.

Ele passara a manhã sozinho em seu quarto literalmente sórdido, em Brixton, fotografando documentos do Circus, tendo retirado uma máquina fotográfica minúscula de seu equipamento operacional, o que frequentemente fazia, para conservar a prática. O encarregado de guardar esse material indagara: "Luz do dia ou luz elétrica?" E eles tinham travado um cordial debate a respeito das características do filme. Guillam informara à secretária que não queria ser perturbado e, fechando a porta, começou a trabalhar de acordo com as exatas instruções de Smiley. As janelas ficavam no alto da parede. Mesmo sentado, porém, ele via o céu e a ponta do telhado de uma nova escola, na estrada.

Começou pelas obras de consulta, retiradas de seu próprio cofre. Smiley dera prioridade a isso. Primeiro, o guia do pessoal, distribuído apenas aos funcionários graduados e que fornecia os endereços, números de telefones, nomes verdadeiros e nomes de guerra de todo o pessoal do Circus lotado em Londres. Em segundo lugar, o manual dos encargos do pessoal, que incluía um diagrama, dobrado, da reorganização do Circus sob a chefia de Alleline. Ao centro do diagrama ficava a Estação de Londres, de Bill Haydon, como se fosse uma gigantesca aranha em sua teia. "Após o fiasco de Prideaux", dizia-se que Bill afirmara, num assomo de cólera, "não teremos mais esses malditos exércitos particulares, nem as mãos esquerdas sem saber o que as mãos direitas estão fazendo." Alleline, reparou Guillam, era incluído duas vezes no diagrama: uma como chefe e outra como diretor de Fontes Especiais. Segundo um boato, eram essas fontes que mantinham o Circus em marcha. Nada mais, na opinião de Guillam, poderia explicar a inércia do Circus, em matéria operacional, e o prestígio que desfrutava em Whitehall. A esses documentos, por insistência de Smiley, ele acrescentara a relação, revista, dos encargos dos caçadores de escalpos, sob a forma de uma carta de Alleline, que começava assim: "Caro Guillam", e estabelecia em seus detalhes a redução das atribuições dele. Em vários casos Toby Esterhase saíra ganhando: era o chefe dos informantes de Acton, o único órgão, fora do Circus, que de fato crescera com o lateralismo.

Em seguida, Guillam transportou sua mesa e fotografou, também segundo as instruções de Smiley, um punhado de circulares de rotina que poderiam ser úteis como leitura preliminar. Incluíam um estouro indignado de Admim sobre as casas de segurança da área de Londres — "Trate-as bem, como se fossem suas" — e outro acerca do abuso dos telefones do Circus, que não constavam da lista de assinantes, para chamadas de caráter particular. Finalmente, uma carta pessoal muito áspera, advertindo-o "pela última vez de que sua carteira de motorista, em seu nome de guerra, estava vencida" e que, se ele não se desse o trabalho de renová-la, "seu nome seria enviado às secretárias para a devida ação disciplinar".

Guillam guardou a máquina fotográfica e voltou a seu cofre. Na prateleira de baixo havia um monte de relatórios de informantes, com a assinatura de Toby Esterhase e carimbados com a palavra de código "Machadinha". Esses papéis davam os nomes e os *falsos* empregos de 200 ou 300 agentes de espionagem soviéticos que operavam em Londres sob o manto de exercerem atividades legais ou semilegais, no comércio, na agência Tass, na Aeroflot, na Rádio de Moscou, ou em funções consulares e diplomáticas. Onde era apropriado, davam também notícias das investigações dos informantes, ou nomes das "linhas auxiliares", o jargão para contatos realizados durante as investigações e não, necessariamente, levados até o fim. Os relatórios eram reunidos em volumes anuais e suplementos mensais. Guillam consultou primeiro os volumes e depois os suplementos. Às 11h12, fechou o cofre, telefonou para a Estação de Londres, pela linha direta, e mandou chamar Lauder Strickland, da seção bancária:

— Lauder, aqui fala Peter, de Brixton. Como vão as coisas?

— Peter? O que podemos fazer por você?

O tom foi rápido e reticente. Assim como se dissesse: "Nós, da Estação de Londres, temos amigos mais importantes."

Tratava-se do problema de um dinheiro sujo, explicou Guillam: financiar um trabalho contra um correio diplomático francês que parecia estar à venda. Com seu tom de voz mais brando, Guillam indagou se Lauder acaso poderia arranjar tempo para que eles dois se encontrassem e discutissem o assunto. Lauder indagou se o projeto já estava aprovado pela Estação de Londres, e Guillam respondeu que não, mas que já tinha enviado os papéis a Bill, pela mala direta. Lauder Strickland ficou mais manso e Guillam insistiu, dizendo que havia um ou dois aspectos encrencados, e que achava estar precisando de um cérebro como o dele, Lauder. Este declarou que poderia dispor de meia hora.

A caminho do West End, Guillam deixou os filmes na modesta loja de um farmacêutico chamado Lark, na Charing Cross Road. Lark, se aquele homem era ele, era muito gordo e tinha punhos imensos. A farmácia estava vazia.

— São uns filmes para ser revelados — declarou Guillam.

Lauder apanhou o embrulho, levou-o para uma sala que ficava nos fundos da farmácia e, quando voltou, disse, numa voz de chocalho:

— Tudo pronto. — Em seguida, bufou como se estivesse soltando uma baforada de cigarro, o que não era o caso. Acompanhou Guillam até a porta e a fechou ruidosamente. Onde, neste mundo de Deus, imaginou Guillam, George encontra gente assim? Comprara pastilhas para a garganta. Todos os movimentos deveriam ser levados em conta, Smiley o advertira: presuma que o Circus tenha soltado os cães em seu encalço durante as 24 horas do dia. Mas o que haveria de novo nisso?, pensou Guillam. Toby Esterhase poria seus cães no rastro da própria mãe se isso lhe rendesse um tapinha nas costas dado por Alleline.

De Charing Cross ele foi caminhando até o Chez Victor para almoçar com seu chefe, Cy Wanhofer e com um capanga que dizia chamar-se Lorimer e se vangloriava de compartilhar sua amante com o embaixador da Alemanha Oriental em Estocolmo. Lorimer declarou que a menina estava pronta a entrar no jogo, mas precisava obter cidadania britânica e receber muito dinheiro contra a entrega da primeira pescaria. Ela faria tudo, disse Lorimer: ler a correspondência do embaixador, dar buscas nos aposentos do homem e até pôr cacos de vidro no banho dele, o que se considerou ser uma piada. Guillam reparou que Lorimer estava mentindo, e sentiu-se inclinado a pensar que Wanhofer também estava mentindo. Mas foi bastante sensato para perceber que não se encontrava em condições de dizer de que maneira uma pessoa estaria então mentindo. Guillam gostava do Chez Victor, mas não tinha a menor lembrança do que comera. Ao sair do restaurante, entrou no vestíbulo do Circus e reparou no motivo de seu esquecimento: era a excitação que sentia.

— Olá, Bryant.

— Muito prazer em vê-lo, Sr. Guillam. Sente-se, por favor — disse Bryant.

— Obrigado, Bryant — disse Guillam, sem parar nem para tomar fôlego. E aboletou-se num banco de madeira, pensando em dentistas e em Camila. Ela era uma aquisição recente e um tanto caprichosa. Já fazia algum tempo que as coisas tinham para ele evoluído assim tão depressa. Conheceram-se numa festa e ela falou sobre a verdade, sozinha num canto, bebendo suco de cenoura. Guillam comentou, de passagem, que a ética não era seu forte. Por esse motivo, eles não poderiam ir para a cama juntos? Ela refletiu gravemente por alguns instantes. Em seguida, foi apanhar o casaco. Desde esse dia, Camila se deixou ficar, preparando rissoles de castanhas e tocando flauta.

O vestíbulo parecia mais sujo do que nunca. Três velhos elevadores, um balcão de madeira, um cartaz de chá Mazawattee, a guarita de sentinela, de Bryant, toda de vidro, com um calendário contendo paisagens da Inglaterra, e uma fileira de telefones empoeirados.

— O Sr. Strickland está a sua espera — disse Bryant ao aparecer. E com vagarosos movimentos carimbou uma ficha cor-de-rosa: “Hora — 14h25, P. Bryant, porteiro.” A grade do elevador do centro chocalhava como um molho de gravetos secos.

— Já era tempo de você pôr um pouco de óleo nesta geringonça — disse Guillam enquanto esperava que o elevador começasse a funcionar.

— Vivo implorando isso — declarou Bryant, repetindo sua queixa predileta. — Eles não tomam a menor providência. Um homem não pode viver pedindo as coisas até ficar roxo. Como vai passando sua família?

— Muito bem — respondeu Guillam, que não tinha família de espécie alguma.

— Ótimo — comentou Bryant. Olhando para baixo, Guillam viu aquela cabeça cor de creme desaparecer sob seus pés. Mary chamava Bryant de morangos com creme e baunilha, lembrou-se Guillam: cara vermelha, cabelos brancos e sem brilho.

Dentro do elevador, Guillam examinou o passe: "Licença para entrar no LS", dizia o cabeçalho. "Finalidade da visita: Seção Bancária." E mais: "Este documento deverá ser devolvido à saída." E um espaço em branco. para "a assinatura de quem vai receber".

— Prazer em vê-lo, Peter. Como vai? Um pouco atrasado, acho. Mas isso não tem importância.

Lauder estava esperando na barreira, com seu metro e meio de altura, de camisa branca e secretamente nas pontas dos pés, para receber sua visita. No tempo de Control, aquele andar do prédio era um ir e vir de pessoas atarefadas. Hoje em dia, uma barreira fechava-lhe a entrada, e um porteiro com cara de rato examinou detidamente o passe de Guillam.

— Meu Deus! Há quanto tempo você tem esse monstro? — indagou Guillam, curvando-se diante de uma nova e reluzente máquina de fazer café. Duas moças, que estavam enchendo grandes copos, olharam em torno e disseram "olá, Lauder", fitando Guillam. A mais alta o fez lembrar Camila: os mesmos olhos de brasas dormidas, censurando a insuficiência dos homens.

— Você não faz ideia de quantos homens-horas isso me poupa — exclamou Lauder. — É fantástico. Verdadeiramente fantástico. — E quase deu um esbarrão em Bill Haydon, em seu entusiasmo.

Bill estava saindo de sua sala, um aposento hexagonal que dava para a New Compton Street e para a Charing Cross Road. Vinha na mesma direção que eles, embora a um quilômetro por hora, velocidade máxima no caso de Bill. Na rua ele era outro. Guillam também já observara isso, nos jogos de treinamento, em Sarratt. E certa vez, numa encrenca noturna, na Grécia. Na rua, ele era rápido e cheio de vivacidade. Naquele úmido corredor, sombrio e remoto, seu rosto era outro. Mas ao ar livre, com seus traços fortes, parecia ser modelado pelos remotos lugares onde tinha servido. Era sempre assim: nenhum teatro de operações deixara de ter a marca de Haydon, observara Guillam, com admiração no olhar. Várias vezes, em sua própria carreira, Guillam tivera o mesmo e estranho encontro com aquela marcha exótica de Bill. Um ou dois anos antes, Guillam ainda trabalhava para o Serviço Secreto da Marinha e tinha, como uma de suas metas, reunir uma equipe de olheiros que espionassem o litoral vizinho aos portos chineses de Wenchow e Anoy. Então descobriu, com espanto, que esses olheiros de fato eram agentes chineses que tinham ficado naquelas cidades, havendo sido recrutados por Bill Haydon durante alguma esquecida façanha de guerra. Estavam equipados com rádios, possuíam material camuflado e, com isso, podiam estabelecer contatos. Em outra ocasião, examinando fichas de guerra de membros importantes do Circus, mais levado pela nostalgia por aquele período do que por otimismo profissional, Guillam encontrou duas vezes o nome de guerra de Haydon, em dois minutos: em 1941 ele estava dirigindo uma frota de barcos de pesca francesa, à entrada do estuário de Helford; no mesmo ano, tendo Jim Prideaux como seu auxiliar direto, estabeleceu linhas de correios através da Europa Meridional, dos Bálcãs a Madri. Para Guillam, Haydon pertencia àquela geração do Circus que estava desaparecendo e não se repetiria, à qual seu pai e George Smiley também haviam pertencido. Era uma geração única e, no caso de Haydon, de sangue azul, que vivera com vagar uma dúzia de vidas comparadas à sua própria existência apressada e que, transcorridos trinta anos, tinham dado ao Circus aquela sua atmosfera impregnada de aventura. E isso estava desaparecendo.

Avistando os dois homens, Haydon permaneceu imóvel como uma rocha. Havia um mês que Guillam falara com ele. Haydon provavelmente estivera fora, em alguma atividade não esclarecida. Agora, à luz do vão de sua porta aberta, parecia estranhamente moreno e alto. Tinha alguma coisa nas mãos, mas Guillam não pôde identificar o que seria: uma revista, uma pasta de arquivo ou um relatório. A sala dele, dividida em duas por sua própria sombra, era desordem do quarto de estudante universitário, com um aspecto monacal e caótico. Relatórios, papel de cópia e dossiês jaziam aos montes por toda parte; à parede, um quadro de avisos, de baeta, estava cheio de cartões-postais e recortes de jornais; ao lado desse quadro, torto e sem moldura, pendia uma das velhas telas do próprio Haydon, um quadro abstrato, arredondado, nas ásperas cores do deserto.

— Olá, Bill — disse Guillam.

Deixando a porta aberta — uma infração ao regulamento da Casa —, Haydon entrou antes deles, ainda sem dizer palavra. Estava vestido com sua habitual extravagância: as aplicações de couro de seu paletó haviam sido costuradas no feitio de losangos, e não de quadrados, o que lhe dava, visto de costas, o aspecto de um arlequim. Seus óculos estavam em cima de seu topete grisalho. Durante um momento, o olhar de Haydon o acompanhou de maneira incerta e, ainda sem qualquer aviso prévio, subitamente ele se voltou, parecendo uma estátua que estivesse girando lentamente sobre seu pedestal, e cravou aquele olhar em Guillam. Haydon esboçou um sorriso, suas sobrancelhas, em forma de crescentes, ergueram-se como as de um palhaço, e seu rosto tornou-se belo e absurdamente jovem.

— Que diabo você está fazendo por aqui, seu coisa? — indagou jovialmente.

Levando a pergunta a sério, Lauder começou a explicar o caso do francês e do dinheiro sujo.

— Não se esqueça de trancafiar os talheres — disse Bill, falando diretamente a ele. — Esses malditos caçadores de escalpos seriam capazes de roubar o ouro das obturações dos dentes de uma pessoa. E tranque as moças também — acrescentou ele, como se estivesse pensando melhor, com o olhar ainda fixo em Guillam — se elas consentirem. Mas desde quando os caçadores de escalpos "lavam" seu próprio dinheiro? Sua missão é essa, Lauder.

— Lauder estava fazendo isso. Nós estamos apenas gastando a grana.

— Eu só cuido de papéis — disse Haydon, dirigindo-se a Strickland num tom de súbita rispidez. — Não ando mais atravessando malditas cercas de arame.

— Já estão localizadas para você — declarou Guillam. — Provavelmente agora se encontram em sua bandeja de entrada de papéis.

Num último gesto de insistência para que passasse adiante dele, Guillam sentiu o olhar azul pálido de Haydon atravessando-lhe as costas durante toda a extensão que percorreu até dobrar a primeira volta do corredor.

— Um sujeito fantástico — declarou Lauder, como se Guillam nunca tivesse visto Bill Haydon. — A Estação de Londres não poderia estar em

melhores mãos. Uma capacidade incrível. Um passado incrível. Brilhante.
— Ao passo que você, pensou Guillam cheio de irritação, é brilhante por tabela, ao lado de Bill, da máquina de fazer café e dos bancos. Suas reflexões foram interrompidas pela voz cáustica e *cockney* de Roy Bland, que saía de uma porta diante deles.

— Espere um minuto, Lauder. Você encontrou Bill em algum lugar? Está sendo chamado com urgência.

O eco fiel e centro-europeu de Toby Esterhase veio na mesma direção: "Com urgência, Lauder. Estamos em estado de alerta por causa dele."

Tendo chegado ao último e estreito corredor, Lauder estaria talvez uns três passos adiante e já pensava qual seria sua resposta a essa pergunta no momento em que Guillam se aproximou do vão da porta aberta e olhou para dentro da sala. Bland, esparramado pesadamente em sua mesa de trabalho, tirara o paletó e estava agarrado a um jornal. Manchas de suor rodeavam-lhe as axilas. O pequenino Toby Esterhase debruçava-se sobre ele como um maître, um teso embaixador em miniatura, com seus cabelos prateados e o queixo estirado para a frente, numa expressão inamistosa, estendendo a mão para o jornal como se estivesse recomendando alguma especialidade da casa. Era evidente que haviam lido o mesmo documento quando Bland deu com os olhos em Lauder Strickland, que vinha passando.

— Eu de fato vi Bill Haydon — disse Lauder, que tinha o hábito de repetir as perguntas para torná-las mais interessantes. — Suspeito que esteja vindo ver vocês, neste momento. Acha-se a poucos passos daqui, lá no corredor. Trocamos algumas palavras sobre dois ou três assuntos.

O olhar de Bland desviou-se lentamente em direção a Guillam e se deteve, fixando-se nele. Sua gélida avaliação fez lembrar, desconfortavelmente, a de Haydon.

— Olá, Peter — disse ele. Nesse momento, o minúsculo Toby empertigou-se, endireitando a postura, e voltou os olhos também para Guillam. Eram castanhos e tranquilos como os de um *pointer*.

— Olá — disse Guillam. — Qual é a piada?

Saudaram-se não apenas de maneira muito fria, mas positivamente hostil. Guillam tinha vivido como carne e unha com Toby Esterhase durante três meses, numa operação muito cheia de artimanhas, na Suíça, e Toby não sorrira uma única vez. Por isso seu olhar não surpreendeu. Mas Roy Bland era uma das descobertas de Smiley, tipo impulsivo e de sangue quente. Tinha os cabelos ruivos, era corpulento, um intelectual primitivo cuja noção de dar boa-noite consistia em discorrer sobre Wittgenstein nos bares de Kentish Town. Passara dez anos como mercenário do Partido, perfazendo o circuito acadêmico através da Europa Oriental. Agora estava no Circus, do mesmo modo que Guillam, o que era coisa semelhante a um cativeiro. Seu estilo habitual era abrir-se num esgar de riso, dar um tapa no ombro das pessoas e despejar-lhes um bafo da cerveja que bebera na noite anterior.

— Não é piada nenhuma, Peter, amigo velho — disse Roy, esboçando um sorriso tardio. — Estou surpreso em vê-lo. É só isso. Estamos acostumados a ter este andar só para nós.

— Bill está aqui — declarou Lauder, muito satisfeito ao ver seu prognóstico tão prontamente confirmado. Numa réstia de luz, no momento em que Haydon entrou, Guillam reparou na estranha cor de suas faces: um vermelho vivo, muito acentuado sobre os malares, mas profundo, causado pela ruptura de minúsculas veias. Isso lhe dava, pensou Guillam no auge de seu nervosismo, um ligeiro ar de Dorian Gray.

O encontro de Guillam com Lauder Strickland durou uma hora e vinte minutos. Guillam o esticou durante todo esse tempo e, enquanto se prolongou, seus pensamentos tornaram a voltar-se para Bland e Esterhase. Ficou imaginando que diabo estariam fazendo.

— Bem. Suponho que seja melhor eu dar o fora e resolver tudo isso com a Dolphin — disse Guillam, finalmente. — Nós todos sabemos o que ela pensa a respeito dos bancos suíços. — As secretárias ficavam duas casas além dos bancos. — Vou deixar isto aqui — acrescentou ele, atirando o passe na mesa de Lauder.

A sala de Diana Dolphin cheirava a desodorante recém-aplicado. Sua bolsa de malha de metal estava num cofre, ao lado de um exemplar do

Financial Times. Ela era uma daquelas "noivas" bem cuidadas, do Circus, com quem ninguém se casava. Sim, declarou Guillam num tom fatigado, os documentos operacionais já haviam sido submetidos à Estação de Londres. Ele compreendia que ter as mãos livres em matéria de dinheiro sujo era coisa do passado.

— Nesse caso estudaremos o problema e informaremos a você — declarou ela, o que significava que iria perguntar a Phil Porteous, na sala ao lado.

— Então direi isso a Lauder — declarou Guillam antes de sair. E pensou: "Para a frente."

No lavatório dos homens, Guillam esperou trinta segundos diante da pia, observando a porta através do espelho e atento a qualquer rumor. Um estranho silêncio baixara sobre o andar inteiro. "Vamos", pensou ele, "você está ficando velho. Ande para a frente." Atravessou o corredor, entrou ousadamente na sala dos funcionários de serviço, bateu a porta e olhou em volta. Calculou que teria uns dez minutos, e reparou que a porta que ele batera tinha feito menos barulho, naquele silêncio, que uma porta subrepticiamente fechada. "Ande para a frente", pensou.

Guillam havia trazido sua máquina fotográfica, mas a luz era péssima. A janela, com uma cortina de filó, dava para um pátio cheio de canos enegrecidos. Ele não poderia arriscar uma lâmpada mais forte, mesmo que dispusesse de uma e, por isso, usou a memória. Não parecia que muita coisa havia mudado desde que Alleline assumira a direção. Durante o dia, aquela sala era usada como local de descanso para as moças. E continuava a ser, a julgar pelo odor de perfume barato que ainda exalava. Encostado a uma das paredes, havia um divã que, à noite, era transformado numa péssima cama. Ao lado dele, um estojo de primeiros socorros com a cruz vermelha a descascar-se de sua face anterior, e um aparelho de televisão que não funcionava. O armário de aço estava no mesmo lugar, entre o interruptor e os telefones trancados a cadeado. Guillam foi diretamente ao armário. Era um velho móvel e poderia ser arrombado com um abridor de latas. Ele trouxera suas gazuas e duas ferramentas de liga leve. Então lembrou-se de que a combinação costumeira era 32-22-11, e a experimentou: quatro para a esquerda, três para a direita, duas para a esquerda, depois para a direita até que a porta cedeu. Quando Guillam abriu o armário, rolou do fundo do mesmo uma nuvem de poeira. Ele se afastou um pouco, agachando-se. Em seguida, levantou-se lentamente, encaminhando-se na direção da janela escura. No mesmo instante, ouviu um som, como se fosse a nota isolada de uma flauta. Provavelmente tinha sido um carro que freara na rua, ou talvez a roda de um carrinho de arquivo, rangendo sobre o linóleo. Naquele instante, porém, era uma das longas e dolentes notas dos exercícios de escalas praticados por Camila. Ela tocava flauta exatamente quando lhe dava na veneta: à meia-noite, de manhã cedo, ou a qualquer outra hora. Não dava a menor importância aos vizinhos, e parecia inteiramente apática. Lembrou-se dela, na primeira noite: "Qual é o seu lado da cama? Onde vou pôr minha roupa?" Guillam orgulhava-se de seu jeito delicado em coisas desse tipo, mas Camila não se importava com isso: a técnica já era uma transigência, uma transigência com a realidade. Ela diria tratar-se de uma fuga da realidade. Muito bem, então me tire desta situação.

As folhas do registro do trabalho diário estavam na prateleira do alto, em volumes encadernados, com as datas coladas em suas lombadas. Pareciam livros de contabilidade de uma família. Ele tirou o volume de abril e estudou as listas de nomes na capa interna, imaginando se alguém não o estaria vendo da sala de duplicação, do outro lado do pátio. E se estivesse, haveria de importar-se com isso? Começou a examinar os verbetes, procurando as noites dos dias 10 e 11, quando teriam sido trocados os "sinais" entre a Estação de Londres e Tarr. Havia uma diferença de dez horas a mais entre Hong Kong e Londres, Smiley observara. O telegrama de Tarr e a primeira resposta de Londres tinham sido transmitidos fora de hora.

Veio do corredor um súbito e crescente ruído de vozes e, durante um momento, Guillam chegou a imaginar que estava identificando a voz de Alleline, que se elevava, contando alguma piada sem graça. Mas as fantasias eram muito fáceis, naquele momento. Guillam dispunha de uma desculpa já preparada, e uma parte do seu próprio eu chegava até a acreditar nela. Se fosse pilhado, todo o seu eu acreditaria nessa desculpa. E se os inquisidores de Sarratt o submetessem a um interrogatório, ele teria uma saída. Nunca trabalhava sem dispor de uma saída. As vozes cessaram, e o fantasma de Percy Alleline desapareceu com elas. O suor lhe escorria pelas costelas. Passou uma moça cantarolando uma canção de *Hair*. Se Bill ouvir você, ele vai matá-la, pensou Guillam. Se há uma coisa capaz de irritar Bill, é essa história de cantarolar. "O que você está fazendo aqui, seu coisa?"

Em seguida, em seu fugaz divertimento, Guillam chegou mesmo a ouvir a voz de trovão de Bill, furiosa, ecoando Deus sabe de que distância: "Pare com esses lamentos. Quem é essa maluca?"

Para a frente. Se você parar, nunca mais começará de novo: há um tipo de nervosismo especial, capaz de secar uma pessoa e fazer com que você dê o fora. Esse nervosismo lhe queima os dedos quando você toca nessas coisas, e lhe embrulha o estômago. Para a frente, Guillam tornou a colocar o volume de abril em seu lugar, e tirou outros quatro, ao acaso: os de fevereiro, junho, setembro e outubro. Folheou-os rapidamente, procurando encontrar comparações, voltou a pô-los na prateleira e abaixou-se de novo. Pediu a Deus que a poeira assentasse. Por que alguém não se queixava daquilo? É sempre a mesma coisa quando muita gente se utiliza de um lugar: ninguém é responsável; ninguém dá a menor importância. Ele estava procurando as listas de presença dos porteiros da noite. Encontrou-as na prateleira inferior, amontoadas junto a sacos de chá e latas de leite condensado: maços dessas folhas, em pastas do tipo de envelopes. Os porteiros as preenchiam e levavam para aí, duas vezes em cada turno de trabalho de 12 horas: à meia-noite e, novamente, às 6 da manhã. Podia-se lá confiar na correção deles, se o pessoal da noite estava espalhado por todo o edifício? Eles assinavam as listas, guardavam a terceira cópia e a enfiavam no armário, ninguém saberia por que motivo. Assim se fazia antes do Dilúvio, e parecia acontecer o mesmo agora.

Pó e sacos de chá na mesma prateleira, pensou Guillam. Há quanto tempo alguém teria tomado chá pela última vez?

Fixou novamente a atenção nos dias 10 e 11 de abril. Sua camisa estava colada em suas costelas. O que aconteceu? Meu Deus! Estou nas últimas.

Dobrou o corpo para a frente e para trás, novamente para a frente, duas, três vezes. Em seguida, fechou o armário. Aguardou um pouco, ficou à escuta, lançou um derradeiro olhar para aquela poeira e caminhou a passos firmes pelo corredor, de volta à segurança do banheiro dos homens. No meio do trajeto, um ruído feriu-lhe os ouvidos: eram as máquinas de codificar, o tilintar de telefones e a voz de uma moça que dizia: "Onde está o diabo do papel? Estava na minha mão." E de novo aquele misterioso som de flauta, porém já não igual ao de Camila, pela madrugada. Da próxima vez a trarei para realizar esta tarefa, pensou ele cheio de irritação, e sem qualquer transigência, cara a cara, do jeito como a vida deve ser.

Encontrou Spike Kaspar e Nick de Silsky no banheiro dos homens, de pé diante das pias, murmurando um para o outro, em frente ao espelho. Eram agentes das redes soviéticas de Haydon, e ficariam por aí anos a fio, conhecidos simplesmente como "os russos". Vendo Guillam, pararam imediatamente de falar.

— Olá, vocês dois. Meu Deus! Vocês *são* realmente inseparáveis!

Eram louros, atarracados, e pareciam mais russos que os verdadeiros russos. Guillam ficou esperando até que eles saíssem, lavou a poeira das mãos e voltou para a sala de Lauder Strickland.

— Deus me acuda! Como fala a tal da Dolphin — disse ele, displicentemente.

— É uma funcionária muito competente. A coisa mais parecida com o que há de indispensável que temos por aqui. Competentíssima, acredite em minha palavra — disse Lauder. Olhando atentamente para o relógio antes de assinar a ficha, acompanhou Guillam até o elevador. Toby Esterhase estava na barreira, conversando com o jovem e antipático porteiro.

— Você vai voltar para Brixton, Peter? — indagou num tom indiferente, com sua impenetrável expressão de costume.

— Por quê?

— Estou com um carro aí fora. Pensei que talvez pudesse levá-lo. Tenho coisas a tratar por aqueles lados.

Toby não falava perfeitamente nenhuma língua conhecida, mas falava todas as línguas. Na Suíça, Guillam ouvira o francês dele, com sotaque alemão. E o alemão de Toby tinha sotaque eslavo, ao passo que o inglês que ele falava era cheio de falhas, pausas e sons vocálicos errados.

— Seria ótimo, Toby, obrigado. Mas acho que vou direto para casa. Boa noite para você.

— Direto para casa? Eu levaria você. Só isso.

— Obrigado. Preciso fazer umas compras. Todos esses meus malditos afilhados.

— Sem dúvida — disse Toby, como se tivesse algum afilhado. E estirou para a frente seu pequeno queixo de granito, desapontado.

Que diabo ele quer?, pensou novamente Guillam. O pequenino Toby e o Meninão, os dois juntos. Por que me espionando? Alguma coisa que eles estavam lendo, ou alguma coisa que souberam?

Já na rua, Guillam foi descendo pela Charing Cross Road, olhando as vitrines das livrarias, ao passo que uma parte de sua mente estava atenta às calçadas de ambos os lados. Tinha esfriado muito, começara a ventar e havia um ar de esperança nas fisionomias das pessoas que passavam por ele. Guillam sentiu-se estimulado. Até agora tinha vivido demais no passado, concluiu. Já era hora de novamente fazer as coisas. Na Zwemmers, examinou um livro de arte com o título *Musical Instruments Down the Ages*, e lembrou-se de que Camila teria uma aula, bem tarde, com o Doutor Sand, seu professor de flauta. Retrocedeu até a Foyles, olhando, ao caminhar, as filas de pessoas à espera de ônibus. "Pense nisso num país estrangeiro", Smiley lhe dissera. Lembrando-se da sala de trabalho e do olhar de peixe morto de Roy Bland, Guillam não teve a menor dificuldade. E Bill também: Haydon teria a mesma suspeita que eles? Não, concluiu Guillam. Bill era de uma categoria igual à sua, incapaz de resistir a um impulso de lealdade que sentia por Haydon. Bill não participaria de coisa alguma que não fosse, em primeiro lugar, dele próprio. Comparados com Bill, os outros eram pigmeus.

Quando chegou ao Soho, pegou um táxi e mandou seguir para a Estação de Waterloo. Ali, usando um telefone nauseabundo, discou um número de

Mitcham, no Surrey, e falou com o inspetor Mendel, antigo membro do Setor Especial, conhecido de Guillam, de outros tempos. Quando Mendel atendeu, Guillam mandou chamar Jennie e ouviu Mendel dizer secamente que ali não morava nenhuma Jenny. Guillam pediu desculpas e desligou. Discou para o serviço de horas, e simulou uma agradável conversação com a gravação eletrônica, isso porque havia uma mulher idosa do lado de fora da cabine, esperando que ele terminasse. Agora Jennie deveria estar lá, pensou ele. Desligou e discou outro número de Mitcham. Dessa vez para uma cabine telefônica que ficava no extremo da avenida onde morava Mendel.

— Aqui fala Will — disse Guillam.

— Artur falando — disse Mendel jovialmente. — Como vai, Will?

Mendel era um tipo arguto, rápido no andar, de feições vivas e olhos brilhantes. Guillam imaginou imediatamente a figura exata de Mendel, debruçado sobre seu livro de apontamentos de policial, com o lápis pronto para tomar notas.

— Quero dar-lhe as informações principais agora, no caso de eu ficar embaixo de algum ônibus.

— Está bem, Bill — declarou Mendel num tom consolador. — Todo cuidado é pouco.

Guillam transmitiu lentamente sua mensagem, usando linguagem referente a escolas, código que haviam combinado como derradeira proteção contra a possibilidade de alguma interceptação telefônica. Falou em exames, alunos, provas que tinham sido furtadas. Cada vez que fazia uma pausa, ouvia apenas um débil ruído de lápis. Imaginou que Mendel estivesse escrevendo, devagar e de maneira legível, e que só falaria depois de ter tomado nota de tudo.

— Obtive essas ótimas fotos com o farmacêutico — disse Mendel finalmente, depois de ter conferido tudo o que escrevera. — Saíram excelentes. Não se perdeu nenhuma.

— Obrigado. Fico satisfeito com isso.

Mendel já tinha desligado.

Direi uma coisa a favor das toupeiras, pensou Guillam. O túnel é comprido e escuro em toda sua extensão. Enquanto segurava a porta para a senhora idosa entrar, observou o receptor do telefone em seu gancho, reparando como seu suor escorria dele a gotejar. Refletiu sobre sua mensagem a Mendel, pensou novamente em Roy Bland e em Toby Esterhase, ambos a fitá-lo do vão da porta, e ficou imaginando onde se encontraria com Smiley, e se ele estaria se prevenindo.

Voltou a Eaton Place: precisava demais de Camila, e sentiu-se um tanto amedrontado em face de suas razões. Seria realmente a idade que estava contra ele? De qualquer maneira, pela primeira vez na vida transgredira seus princípios de nobreza: parecia possuído do sentimento de que estava sujo, até mesmo enojado consigo mesmo.

12

Certos homens idosos retornam a Oxford e descobrem que sua juventude lá está novamente acenando para eles, das pedras dos edifícios. Smiley não era um desses. Dez anos antes poderia ter sentido uma forte emoção. Não agora. Passando pela Biblioteca Bodleian, pensou vagamente: eu trabalhei aqui. Avistando a casa de seu antigo tutor, na Parks Road, lembrou-se de que, antes da guerra, em seu comprido jardim, Jebedee sugerira pela primeira vez que Smiley possivelmente gostaria de conversar "com uma ou duas pessoas que ele, Jebedee, conhecia em Londres". E, ouvindo os sinos da Torre de Tom bater 18 horas, reparou que estava pensando em Bill Haydon e Jim Prideaux, que deviam ter chegado ali no ano em que Smiley saía, sendo então colhidos pela guerra. E ficou a divagar como seriam eles dois, juntos: Bill, pintor, polemista e homem de sociedade; Jim, um atleta, sóbrio de palavras. Em seus melhores dias, no Circus, refletiu Smiley, essa distinção entre um e outro praticamente desaparecera: Jim tornou-se destro em atividades intelectuais, e Bill, proficiente nos trabalhos de campo, onde não era nenhum incapaz. Somente no final afirmou-se a antiga polaridade: o cavalo de tiro voltou à cavalariça e o homem de pensamento à mesa de trabalho.

Estavam caindo pingos de chuva, mas Smiley não percebeu. Tinha viajado de trem e ido a pé da estação, fazendo voltas durante todo o caminho: Blackwell, seu velho *college*, e seguira, depois, caminhando a esmo até que, finalmente, tomou a direção norte. O crepúsculo ali baixara mais cedo, por causa das árvores.

Chegando a uma rua sem saída, andou ao acaso mais uma vez, e novamente se demorou a olhar as coisas. Passou por ele uma mulher envolta num xale, de bicicleta, deslizando através dos feixes luminosos das lâmpadas das ruas, que dilaceravam a neblina. Apeando-se, ela abriu um portão e desapareceu. Do outro lado da estrada, um vulto embuçado passeava com seu cão. Não se poderia dizer se era homem ou mulher. A não ser isso, a estrada estava deserta, e também a cabine telefônica. Em seguida, dois homens passaram abruptamente por ele, conversando em voz alta sobre Deus e a guerra. O mais novo era quem mais falava. Ouvindo que o mais velho concordava com ele, Smiley supôs que fosse um professor.

Smiley seguiu ao longo da alta cerca, que fazia uma saliência, coberta de arbustos. O portão do número 15 tinha dobradiças macias: era uma portão duplo, mas só um dos lados era utilizado. Quando Smiley o empurrou, verificou que o trinco estava quebrado. A casa ficava bem no fundo, a certa distância, e quase todas as suas janelas estavam iluminadas. Numa delas, do andar superior, um jovem se debruçava a contemplar a noite; em outra, duas moças pareciam discutir; e numa terceira, uma mulher muito pálida estava tocando viola, embora não conseguisse ouvir qualquer som. As janelas do andar térreo também se achavam iluminadas, mas suas cortinas haviam sido cerradas. A varanda era coberta de telhas, e a porta da frente, almofadada, tinha vitrais, e em sua ombreira haviam colocado um velho aviso: "Depois das 11 horas, use a porta lateral." Acima das campainhas, liam-se outros avisos: "Prince, três toques; Lumby, dois toques; Buss não está em casa durante a noite. Encontrarei você, Janet." A campainha mais abaixo de todas dizia "Sachs", e Smiley apertou-a. Cães começaram imediatamente a latir, e uma mulher pôs-se a esbravejar: "Flush, seu idiota. É apenas um estúpido qualquer. Cale essa boca, Flush!"

A porta abriu-se, apenas uma fresta, estando presa a uma corrente. Um corpo assomou na fresta. Enquanto Smiley se esforçava ao máximo para ver quem estaria na casa, dois olhos perspicazes, úmidos como os de um bebê, o mediram de alto a baixo, observaram sua pasta e seus sapatos enlameados, e desviaram-se para cima a fim de olhar para a alameda, que ficava além de seus ombros. Em seguida, mais uma vez o fitaram. Finalmente, o rosto pálido iluminou-se num sorriso encantador, e Connie Sachs, ex-rainha do Departamento de Pesquisas do Circus, manifestou sua alegria espontânea.

— George Smiley! — exclamou, com um riso meio tímido, ao fazê-lo entrar. — Ora essa, meu querido! Pensei que fosse um vendedor de aspiradores Hoover. Deus o abençoe! E era você todo o tempo, George!

Connie fechou rapidamente a porta. Era grandalhona, uma cabeça mais alta que Smiley. Uma mecha de cabelos grisalhos lhe emoldurava o rosto comprido. Vestia uma jaqueta marrom, espécie de blazer, e pantalonas com elástico na cintura. Tinha o ventre caído como o dos velhos. O fogo ardia lentamente na lareira. Gatos estavam deitados diante dele, e um *spaniel* sarnoso, cinzento, gordo demais para se mexer, estava acomodado num divã. Havia latas de comida e uma garrafa num carrinho. Da mesma tomada ela obtinha corrente elétrica para o rádio e para os ferros de enrolar o cabelo. Um rapaz, com cabelos até os ombros, estava deitado no chão, fazendo torradas. Vendo Smiley, descansou seu tridente de latão.

— Ah, meu querido Jingle, não poderíamos deixar para amanhã? — implorou Connie. — Não é sempre que meu mais antigo amor vem me ver.

Smiley se esquecera de como era a voz dela. Connie a modulava constantemente, elevando seu timbre até as mais estranhas alturas.

— Darei a você uma hora inteira livre, meu querido — continuou Connie —, só para você. Está bem? É um dos meus burrinhos — explicou ela, dirigindo-se a Smiley muito antes de o rapaz estar além do alcance de sua voz. — Eu ainda dou aulas, não sei por quê, George — murmurou, observando-o orgulhosamente do outro lado da sala, enquanto Smiley tirava uma garrafa de xerez da pasta e enchia dois cálices. — Entre todos os homens encantadores que conheci, *ele veio a pé* — explicou ela ao *spaniel*. — Olhe para os sapatos dele. Veio a pé de Londres, não foi George? Deus o proteja!

Beber era difícil para ela. Seus dedos artríticos eram virados para baixo como se todos tivessem sido quebrados no mesmo acidente. E tinha o braço duro.

— Você veio sozinho, George? — indagou, procurando pescar um cigarro solto, no bolso do blazer. — Não veio acompanhado, veio?

Smiley acendeu um cigarro para ela, que o segurou como se fosse uma criança fazendo bolinhas de sabão com um canudo preso na ponta dos dedos Em seguida, mediu Smiley de alto a baixo, com seus olhos astutos e róseos, e indagou:

— Então o que ele queria de Connie, esse menino travesso?

— Sua memória.

— Que parte da minha memória?

— Vamos voltar a assuntos antigos.

— Você está ouvindo só, Flush? — gritou para o *spaniel*. — Primeiro jogam a gente fora como um velho traste, depois vêm implorar coisas de nós. Mas que assuntos, George?

— Eu trouxe uma carta de Lacon para você. Ele vai estar em seu clube, hoje, às 19 horas. Se você ficar receosa, ligue para ele da cabine telefônica da estrada. Mas eu preferia que você não fizesse isso, Connie. Se você achar que deve agir dessa maneira, ele fará todos os ruídos necessários, capazes de impressioná-la.

Ela estivera segurando Smiley, mas agora deixara cair as mãos, pesadamente, ao longo do corpo. Durante um bom espaço de tempo ficou perambulando pela sala. Sabia em que lugares poderia apoiar-se, e quais os pontos que lhe dariam firmeza. E sempre a praguejar: "Esse demônio do George Smiley e todos os que o acompanham." Chegando à janela, talvez por uma questão de hábito, afastou a extremidade da cortina, mas não parecia haver coisa alguma que lhe desviasse a atenção.

— Ah, George! Você que se dane sozinho! Como você permite que Lacon entre no jogo? Você bem que poderia me deixar entrar nele, enquanto está metido nisso.

Havia sobre a mesa um exemplar do *Times* daquele dia, com a seção de palavras cruzadas voltada para cima: todos os quadrados tinham sido preenchidos a tinta, numa caligrafia laboriosa, não havendo espaços em branco.

— Hoje dei a minha — disse Connie lá do canto escuro, debaixo da escada, animando-se com um gole tirado do carrinho. — O encantador Will me possuiu. Meu burrinho predileto. Isso não foi notável da parte do rapaz? — Sua vozinha de criança soou de um jeito um pouco estranho. — Connie *esfriou*, George. Congelou. Congelou até os dedos dos pés.

Smiley percebeu que ela estava chorando e foi buscá-la lá no escuro e a levou até o sofá. O copo de Connie estava vazio e ele o encheu até o meio. Os dois beberam, um ao lado do outro, enquanto as lágrimas de Connie rolavam por seu blazer e caíam em suas mãos.

— Ah, George! — prosseguiu ela. — Você sabe o que ela me disse quando me mandou embora? Aquela perua do pessoal? — Connie estava segurando uma ponta do colarinho de Smiley, retorcendo-a entre os dedos enquanto se ia animando. — Você sabe o que ela disse? Com aquela voz de sargento-mor? "Você está perdendo seu senso de proporção, Connie. Já chegou a hora de você entrar no mundo da realidade." *Odeio* o mundo da realidade, *odeio* o mundo da realidade, George. Gosto do Circus e dos meus adoráveis rapazes.

Ela lhe segurou as mãos, procurando entrelaçar seus dedos nos dele.

— Polyakov — falou Smiley calmamente, pronunciando a palavra de acordo com as instruções de Tarr. — Aleksey Aleksandrovich Polyakov, adido cultural da Embaixada Soviética de Londres. Ele ressuscitou outra vez, exatamente como você previu.

Um carro estava parando na estrada. Ele ouviu apenas o ruído de suas rodas, pois o motor já tinha sido desligado. Em seguida, percebeu um rumor de passos, muito leves.

— É Janet, *contrabandeando* o namorado — sussurrou Connie, com os olhos debruados de rosa cravados nos dele, enquanto compartilhava seu momento de distração. — Ela pensa que eu não sei. Você está me entendendo? Saltinhos de metal. — O rumor cessara, e houve apenas um discreto ruído. — Ela está entregando a chave ao homem. Ele acha que faz menos barulho que ela. Não consegue — informou Connie.

A lingueta da fechadura girou com um forte estalido, e Connie acrescentou, num murmúrio:

— Vocês homens... — E num sorriso de desânimo, declarou: — Ah, George, por que você se mete nisso? — E durante algum tempo, ela chorou por Aleksey Polyakov.

Os irmãos dela tinham ensinado em Oxford, lembrou-se Smiley. Seu pai tinha sido professor de alguma coisa. Control a conhecera numa partida de bridge e inventara um emprego para ela.

Connie começou a narrar sua história como se fosse um conto de fadas.

— Era uma vez um desertor, chamado Stanley, lá pelo ano de 1963 — disse aplicando a sua exposição a mesma lógica espúria, em parte inspiração, em parte oportunismo intelectual, produto de sua maravilhosa mente que nunca amadurecera. E o rosto branco de Connie adquiriu o brilho de um rosto suave, de avó, cheio de encantadoras reminiscências. Sua memória era tão vasta como seu corpo e, com certeza, ela gostava mais da memória que do corpo, pois havia posto tudo de lado para ouvir suas lembranças: a bebida, o cigarro e, até mesmo, por algum tempo, a passiva mão de Smiley. Já não estava molemente largada na cadeira, mas ereta, a cabeça grande meio de banda, e brincava sonhadoramente com a branca lanugem do cabelo. Smiley presumira que ela iria começar logo por Polyakov, mas Connie principiou falando de Stanley. Ele se esquecera da paixão que ela tinha por árvores genealógicas.

— Stanley — prosseguiu Connie — era o nome de guerra de um inquisidor, usado por um desertor de quinta classe, do Centro de Moscou. — Foi em março de 1963. Os caçadores de escalpos o trouxeram, já de segunda mão, vindo dos holandeses, e o despacharam para Sarratt. Provavelmente, se não fosse aquela estúpida temporada, e se os inquisidores tivessem tido tempo, quem sabe se qualquer parte da coisa não teria vindo a público? Isso não aconteceu. O irmão Stanley tinha em seu poder um minúsculo pedaço de ouro, e os homens encontraram esse ouro. Os holandeses falharam, mas os inquisidores o acharam, e uma cópia do relatório deles veio ter às mãos de Connie. — O que foi outro milagre — comentou de mau humor —, considerando que todos, especialmente em Sarratt, mantinham como *princípio* absoluto deixar as pesquisas de lado em suas listas de distribuição.

Pacientemente Smiley ficou à espera do tal pequeno fragmento de ouro, pois Connie estava numa idade em que a única coisa que um homem lhe dá é tempo.

— Stanley havia desertado — continuou ela —, quando realizava uma tarefa de correio em Haia. Era uma espécie de assassino profissional, e tinha sido mandado à Holanda para matar um emigrado russo que estava atacando os nervos do Centro. Em vez disso, decidiu entregar-se. Uma mulher o havia feito bancar o idiota — declarou com profundo desprezo. — Os holandeses prepararam para ele uma armadilha de amor, meu querido, e o homem caiu nela de olhos completamente fechados. No propósito de prepará-lo para a missão, o Centro o colocara num de seus campos de treinamento, fora de Moscou, para que se aperfeiçoasse nas artes negras: atos de sabotagem, matar sem levantar suspeitas. Os holandeses, depois que deitaram a mão nele, ficaram chocados com isso e fizeram do assunto o ponto central de seus interrogatórios. Puseram o retrato dele nos jornais e mandaram que fizesse desenhos de balas de cianureto e de todas as armas terríveis que o Centro tanto adora. Mas os inquisidores da Nursery sabiam essas coisas de cor. São uma espécie de milionários em Sarratt. Elaboraram um plano de todo o conjunto, que abrangia várias centenas de hectares de florestas e terras cobertas de lagos, e nele localizaram todas as construções de que Stanley se lembrava: lavanderias, cantinas, cabanas para palestras, estandes de tiro, todo esse lixo. Stanley estivera ali diversas vezes, e se lembrava de muita coisa. Eles pensaram que a história estava quase no fim quando Stanley ficou muito calado. Pegou um lápis e desenhou, no canto noroeste, mais cinco cabanas rodeadas de uma dupla cerca por causa dos cães de guarda. Essas cabanas eram novas, declarou Stanley, construídas nos últimos meses. Chegava-se até elas por uma estrada particular. Ele tinha visto algumas do alto de um morro quando fazia uma caminhada com seu instrutor, Milos. Na opinião de Milos, que era *amigo* de Stanley — disse Connie num tom muito sugestivo —, abrigavam uma escola especial, recém-fundada por Karla para treinamento de militares nas técnicas de conspiração. Assim, meu caro, lá estávamos nós. Durante *anos*, tínhamos ouvido rumores de que Karla estava procurando organizar um exército particular, dele próprio, no Centro de Moscou. Mas, pobrezinho, não tinha forças para isso. Nós sabíamos que ele tinha agentes espalhados pelo mundo inteiro e, *naturalmente*, quando começou a envelhecer, ficou preocupado. Era o mais antigo no posto, pensando que não seria capaz de dirigir seus agentes sozinho. Sabíamos que ele, como acontece com todo mundo, era terrivelmente cioso desses agentes, e não podia nem ouvir falar em entregá-los às residências localizadas nos países visados. Isso ele não faria de jeito algum, você sabe como Karla detestava as residências: excesso de pessoal, lugares inseguros. E odiava também a velha guarda: uns covardes, como a chamava. Está certo. Agora ele dispunha de força e estava fazendo alguma coisa com isso, como procederia qualquer homem de verdade. Março de 1963 — repetiu Connie, caso Smiley tivesse se esquecido do ano.

E prosseguiu:

— Depois nada, naturalmente. O jogo de sempre: ficar sentada, continuar fazendo outros trabalhos, à espera de que o vento tornasse a soprar. E Connie ficou assim durante três anos, até que o major Mikhail Fedorovich Komarov, adido militar assistente da Embaixada Soviética de Tóquio, foi apanhado em flagrante, entregando seis rolos contendo dados secretíssimos do Serviço de Informações, obtidos por um antigo funcionário do Ministério da Defesa do Japão.

Komarov era o herói do segundo conto de fadas de Connie: não um desertor, mas um soldado, com as divisas da arma de artilharia.

— E que medalhas, meu caro! Medalhas a granel! — explicou ela.

Komarov teve de sair de Tóquio tão às carreiras que seu cachorro ficou trancado no apartamento dele e foi mais tarde encontrado morto de fome, coisa que Connie não perdoaria. Ao passo que o agente japonês de Komarov foi devidamente interrogado, sem a menor dúvida e, por um feliz acaso, o Circus conseguiu comprar o relatório de Tika.

— E por que, George? Pense nisso: foi você quem tratou do negócio.

Com um muxoxo de vaidade profissional, bastante peculiar, Smiley admitiu que poderia ter sido ele.

— A essência do relatório era simples. O funcionário do Ministério da Defesa do Japão era uma toupeira. Tinha sido recrutado antes da guerra, durante a invasão japonesa da Manchúria, por um certo Martin Brandt, jornalista alemão que parecia estar ligado ao Comintern. Brandt — declarou Connie — era um dos nomes de Karla na década de 1930. O próprio Komarov nunca fora membro da residência oficial de Tóquio, subordinada à Embaixada: trabalhara sozinho com um informante, em ligação direta com Karla, tendo eles feito a guerra juntos como oficiais. E, melhor ainda, antes de chegar a Tóquio, frequentara um curso especial de treinamento numa nova escola, fora de Moscou, fundada especialmente para discípulos de Karla, escolhidos a dedo. Conclusão: o irmão Komarov foi nosso primeiro e, infelizmente, não muito distinto diplomado pela escola de treinamento de Karla. Foi fuzilado, pobrezinho — acrescentou ela, com um tom de voz dramático. — Eles nunca enforcam ninguém: são impacientes demais, aqueles homens horrorosos.

Então Connie sentiu que poderia ir até a cidade. Sabendo que amigos procurar, pesquisou o arquivo de Karla. Passou três semanas percorrendo os boletins de designações do Exército soviético, em busca de registros disfarçados até que, em meio a um grande número de suspeitos, achou que tinha em mãos três novos e identificáveis pupilos de Karla. Todos eram militares, conheciam Karla pessoalmente e tinham de 10 a 15 anos menos que ele. Connie deu seus nomes como sendo Bardin, Stokovsky e Viktorov, todos coronéis.

Quando esse terceiro nome foi mencionado, pesou uma sonolência sobre a fisionomia de Smiley, e seus olhos tornaram-se muito fatigados, como se estivessem afastando o tédio.

— Mas o que aconteceu a todos eles? — indagou.

— Bardin mudou de nome, passando a ser Sokolov e depois Rusakov. Foi membro da Delegação Soviética enviada aos Estados Unidos, em Nova York. Não possuía ligação declarada com a residência local, não se envolveu em operações triviais, como andar atrás de pessoas, buscar talentos. Uma boa e sólida tarefa aparente. Ainda se encontra por lá, que eu saiba.

— E Stokovsky?

— Caiu na clandestinidade. Montou um negócio de fotografia em Paris com o nome franco-romeno de Grodescu. Fundou uma filial em Bonn, e acreditava que dirigia outras fontes de Karla, na Alemanha Ocidental, através da fronteira.

— E o terceiro, Viktorov?

— Desapareceu sem deixar vestígios.

— Meu Deus! — disse Smiley, e seu tédio pareceu tornar-se mais fundo.

— Treinados e desaparecidos da face da Terra — acrescentou Connie. — Poderão ter morrido, sem dúvida. A gente *tende* a esquecer as causas naturais.

— De fato — concordou Smiley. — É isso mesmo.

Ele tinha aquela arte, produto de muitos e muitos anos de trabalho no Serviço Secreto, a arte de ouvir por assim dizer com a *parte anterior* da mente, permitindo que os incidentes mais importantes se desenrolassem diretamente diante dele, ao passo que outra faculdade, inteiramente distinta, se empenhava num corpo a corpo com o contexto histórico. Esse contexto passava por Tarr e ia até Irina, e de Irina ao seu pobre amante, tão orgulhoso por ser chamado de Lapin e servir a um certo coronel Gregor Viktorov, cujo nome de guerra, na Embaixada, era Polyakov. Em sua memória, essas coisas eram como parte de sua infância: nunca as esqueceria.

— Houve fotografias, Connie? — indagou lugubremente. — Você obteve uma descrição física de todos?

— De Bardin, nas Nações Unidas, naturalmente. E de Stokovsky também. Tínhamos uma velha foto publicada na imprensa, de seus dias de soldado. Mas nunca pudemos verificar isso exatamente.

— E de Viktorov, que desapareceu sem deixar vestígios? Poderia ter sido qualquer nome. Vocês não tinham bons retratos dele também? — indagou Smiley, atravessando a sala para servir-se de mais bebida.

— Viktorov, o coronel, George — repetiu Connie com um sorriso terno e perdido. — Ele lutou como um *terrier* em Stalingrado. Não. Nunca tivemos uma fotografia dele. É pena. Dizem que ele era 100 furos acima dos outros. — Connie empertigou-se, afirmando: — Embora não saibamos nada sobre os outros, sem a menor dúvida, cinco cabanas e um curso de dois anos. Bem, meu querido, isso soma bastante mais que três diplomados depois de todo esse tempo.

Com um pequeno suspiro de desapontamento, como a significar que até então não havia coisa alguma em toda aquela narrativa, principalmente quanto à pessoa do coronel Gregor Viktorov, que o levasse adiante em sua laboriosa busca, Smiley sugeriu que passassem ao fenômeno Polyakov, inteiramente sem qualquer relação com tudo mais: Aleksey Aleksandrovich Polyakov, da Embaixada Soviética de Londres, mais conhecido por Connie como o querido Aleks Polyakov, e estabelecer exatamente em que ponto ele se enquadraria nos planos de Karla, e por que ela havia sido proibida de continuar suas investigações sobre ele.

13

Connie ficou então muito mais animada. Polyakov não era um herói de conto de fadas, era seu amado Aleks, embora nunca tivesse falado com ele e, provavelmente, nunca o tivesse visto em carne e osso. Puxara outra cadeira para mais perto da lâmpada de leitura, uma cadeira de balanço que aliviava certas dores: não conseguia ficar sentada por muito tempo em outro lugar. Inclinara a cabeça para trás de sorte que Smiley estava olhando as brancas rugas do pescoço de Connie, enquanto ela balançava as mãos de um jeito galante, lembrando-se de indiscrições de que não se arrependera, ao mesmo tempo que as especulações de sua mente lúcida, em termos de aceitáveis normas do Serviço Secreto, pareciam ainda mais desvairadas do que nunca.

— Ah, ele era tão bom! — disse ela. — Por sete longos anos Aleks esteve aqui entre nós sem que tivéssemos a mais vaga suspeita. Sete anos, meu caro, e nem uma *leve desconfiança*. Imagine só!

Connie referiu-se aos pedidos originais de visto no passaporte dele, durante aqueles nove anos: Polyakov, Aleksey Aleksandrovich, diplomado pela Universidade Estatal de Leningrado, adido cultural com o título de segundo secretário, casado mas desacompanhado da esposa, nascido no dia 3 de março de 1922, na Ucrânia, filho de um transportador de cargas, educação anterior não mencionada. Ela prosseguiu, com um sorriso nos lábios ao dar a primeira descrição da rotina dos informantes: altura: 1,88m, constituição robusta, olhos verdes, cabelos pretos, nenhum outro sinal característico visível. Um belo gigante. Grande contador de piadas, ela declarou dando uma risada.

— Ele era bom *demais* — afirmou Connie orgulhosamente. — Tinha uma voz encantadora: cheia como a sua. Eu costumava ouvir as fitas duas vezes, só para ouvi-lo falar. Ele ainda estará mesmo por aqui, George? Eu nem gosto de perguntar, você compreende? Tenho medo de que eles todos mudem, e não quero mais saber deles.

— Ele ainda está por aqui — assegurou Smiley. — Com o mesmo nome suposto, o mesmo posto.

— E ainda morando naquela horrenda casinha suburbana de Highgate, que os olheiros de Toby tanto detestavam? Meadow Close, 40, andar superior. Ah, era um lugar incômodo! Gosto de homens que vivem realmente seu papel, e Aleks fez isso. Era o mais atarefado falcão da cultura que havia na Embaixada. Se você quisesse que alguma coisa fosse de fato realizada com rapidez, conferência, música, era só dizer. Aleks vencia a burocracia mais depressa que qualquer outro homem...

— Como ele conseguia fazer isso, Connie?

— Não como você está pensando, George Smiley — disse ela, e o sangue lhe afluiu ao rosto. — Não. Aleksey Aleksandrovich não era nada mais do que parecia ser. Pergunte a Toby Esterhase ou a Percy Alleline. Puro como um lírio. Sem mácula, sob qualquer aspecto. Toby o informará a esse respeito.

— Ei! — murmurou Smiley, enchendo o copo de Connie. — Calma. Vamos voltar ao assunto.

— Mentira — exclamou ela, sem ficar mais calma. — Tudo mentira. Aleksey Aleksandrovich Polyakov era um espião de primeira classe, treinado por Karla, e os nossos nem me ouviam. "Você está descobrindo espiões embaixo da cama", dizia Percy. "Nossos informantes estão a postos", afirmava Percy, com aquele sotaque escocês. "Nós aqui não temos condições para luxos." Luxo, meu Deus! Pobre George — prosseguiu Connie, chorando novamente. — Você procurou ajudar. Mas o que poderia fazer? Você estava por baixo, George, não vá à caça com Lacon. Por favor, não vá.

Smiley tornou a guiá-la brandamente para o assunto Polyakov, e indagou por que ela tinha tanta certeza de que ele era um espião de Karla, diplomado pela tal escola especial.

— Foi no Dia do Armistício — soluçou Connie. — Fotografamos as medalhas. Fotografamos mesmo.

Novamente o ano um, o ano um de seu caso amoroso de oito anos com Aleks Polyakov. O curioso é que, segundo disse, ela tinha ficado de olho nele desde o momento em que ele chegou.

— Olá, pensei — disse Connie. — Vou me divertir um pouco com você.

Ela não sabia exatamente por que assim julgava. Talvez fosse por causa da autossuficiência dele, talvez por seu jeito decidido de andar, produto direto dos desfiles militares. E Connie declarou:

— Ele era rijo como o quê. O Exército impregnava nele tudo aquilo. Ou talvez fosse por causa de seu estilo de vida. Escolheu uma casa, em Londres, da qual os informantes não conseguiam aproximar-se à distância de 50 metros. Quem sabe, talvez fosse por causa do trabalho dele. Já havia três adidos culturais: dois eram espiões, e a única coisa que o terceiro fazia era levar flores ao cemitério de Highgate para o túmulo do pobre Karl Marx.

Ela estava meio tonta, de modo que Smiley a fez novamente andar um pouco, aguentando todo o peso dela, quando tropeçava.

— Bem — prosseguiu Connie. — A princípio Toby Esterhase concordou em colocar Aleks na Lista A, e mandar que seus informantes de Acton o observassem durante vários dias ao acaso, 12 em cada 30. E sempre que o seguiam, ele se revelava puro como um lírio. Meu querido, você pensa que eu iria telefonar para ele a dizer-lhe: "Aleksey Aleksandrovich, cuidado com o que fizer porque pus os cães de Toby em seu rastro. Por isso viva de acordo com as aparências e não faça asneiras"?

"Ele comparecia a solenidades, conferências, passeava no parque, jogava tênis. E a não ser por dar doces às crianças, não poderia ser mais respeitável. Lutei para que houvesse uma cobertura permanente de suas atividades, mas foi uma batalha perdida. A máquina continuou funcionando, e Polyakov foi transferido para a Lista B: ser observado de seis em seis meses, ou na medida em que os recursos o permitissem.

“Essa vigilância semestral não deu o menor resultado e, ao cabo de três anos, ele foi classificado como *Persil:* investigado em profundidade e considerado não interessar ao Serviço de Informações. Não pude fazer nada e, realmente, havia praticamente começado a aceitar essa avaliação até que, num lindo dia de novembro, o encantador Teddy Hankie telefonou, quase sem poder respirar, de Acton, para informar que Aleks Polyakov havia mandado às favas sua suposta identidade e exibido suas verdadeiras cores, afinal. Elas estavam totalmente desfraldadas no topo do mastro.

“Teddy era um velho amigo. Veterano no Circus, e muito querido. Não me importava que ele tivesse 90 anos. Havia acabado o serviço e estava a caminho de casa quando o Volga do embaixador soviético passou por ele, indo para a cerimônia de colocar uma coroa de flores em algum lugar. Conduzia os três adidos. Um deles era Polyakov, que tinha mais medalhas que uma árvore de natal. Teddy seguiu depressa para Whitehall com sua máquina fotográfica e tirou fotos dos três, do outro lado da rua. Meu caro, alguma coisa estava a nosso favor: o tempo era perfeito; tinha chovido um pouco, mas depois, à tarde, fez um sol encantador. Teddy poderia ter captado o sorriso nas costas de uma mosca, a 300 metros de distância. Revelamos as fotos e lá estavam elas: por atos de bravura e duas por participação em campanhas. Aleks Polyakov era um veterano de guerra e nunca dissera isso a ninguém durante sete anos. Fiquei emocionada e nem tive tempo de planejar minha campanha. Telefonei para Toby imediatamente, e disse: ‘Escute o que vou lhe contar, um momento, seu anão húngaro envenenado. Foi uma ocasião em que o ego finalmente levou a melhor sobre o disfarce. Quero que você vire Aleks Aleksandrovich *pelo avesso* para mim, não há nenhum *se*, nem *mas*. O pequeno palpite aqui da Connie deu certo.’”

— E o que disse Toby? — indagou Smiley.

O spaniel cinzento deu um suspiro e ferrou novamente no sono.

Connie ficou subitamente muito desolada. Mas falou:

— Toby? Ah, o pequenino Toby me gratificou com sua vozinha de taquara rachada e declarou que Percy Alleline era o chefe de Operações. Isso era atribuição dele, destacar os recursos. Logo soube que alguma coisa ia mal, mas pensei que fosse Toby. — Connie ficou em silêncio por alguns instantes e resmungou, de mau humor: — Fogo desgraçado! Basta a gente dar as costas e ele morre. Você sabe o resto. O relatório foi enviado a Percy. — Ela havia perdido o interesse. — "E daí?", indagou Percy. "Polyakov esteve no Exército russo. Era um Exército grande e nem todos os que nele lutaram eram agentes de Karla."

"Muito engraçado — declarou Connie. — Ele me acusou de deduções anticientíficas. Mas que expressão é esta?, indaguei. "Não é dedução de espécie alguma. É indução." Declarei: "Meu caro Percy, onde quer que tenha aprendido palavras como essa, você me parece um detestável doutor ou outra coisa qualquer." Ele ficou danado, meu caro Smiley. E a título de conciliação soltou os cães no rastro de Aleks, e nada aconteceu. Cerque a casa dele, falei. O carro dele. Tudo. Arranje um fotógrafo. Vire o homem pelo avesso, ponha alguém para escutar o que ele diz. Forje uma identidade falsa. Dê uma busca. Mas, pelo amor de Deus, faça alguma coisa porque eu aposto uma libra contra um rublo que Aleks Polyakov está trabalhando com uma toupeira inglesa. Então Percy mandou me chamar, todo cheio de altivez, de novo com aquele sotaque, e falou: "Você tem de largar de mão o Polyakov. Precisa tirar esse homem da cabeça tola de mulher que você tem. Está me entendendo? Você e seu maldito Poli, como é mesmo o nome dele? Vocês são uma praga dos diabos, por isso deixe o homem para lá." Logo depois ele me mandou uma carta malcriada: "Nós falamos e você ficou de acordo." E acrescentou: "Cópia para a chefe do pessoal." Escrevi "Sim, quer dizer, não" ao pé da carta e a devolvi para ele.

Connie voltou àquele tom de sargento-mor, dizendo: "Você está perdendo o senso de proporção. É hora de sair para o mundo da realidade."

Connie estava de ressaca. Novamente sentada, debruçou-se sobre o copo. Tinha fechado os olhos e sua cabeça pendia para um lado.

— Meu Deus! — murmurou, tornando a acordar. — Oh, meu Senhor!

— Polyakov tinha um informante? — indagou Smiley.

— Por que haveria de ter? Ele, um falcão da cultura. Os falcões da cultura não precisam de informantes.

— Komarov tinha um, em Tóquio. Você disse.

— Komarov era militar — acrescentou Connie num tom soturno.

— Polyakov também era. Você viu as medalhas dele

Smiley segurou a mão de Connie e ficou esperando.

— Lapin, o coelho — declarou Connie —, escriturário e motorista da Embaixada.

A princípio ela não conseguiu entender o que ele era. Suspeitava que fosse um certo Ivlov, também conhecido por Brod, mas não conseguiu comprová-lo e ninguém a ajudou em coisa alguma. Lapin passava praticamente o dia inteiro caminhando pelas ruas de Londres, olhando para as moças, mas sem coragem de dirigir-lhes a palavra. No entanto, pouco a pouco ela começou a perceber as conexões. Polyakov deu uma recepção, Lapin ajudou a servir as bebidas. Polyakov foi recolher-se, tarde da noite e, ao cabo de meia hora, Lapin apareceu, provavelmente para decifrar um telegrama. E quando Polyakov voou para Moscou, Lapin, o coelho, mudou-se para a Embaixada e passou a nela dormir até o regresso de Polyakov. E Connie acrescentou:

— Ele estava fazendo o serviço dele e do outro.

— Você comunicou isso também? — indagou Smiley.

— Claro.

— O que aconteceu?

— Fui despedida, e Lapin voltou para sua pátria, todo fagueiro — disse Connie, dando uma risada. Depois bocejou, acrescentando: — Zás! Dias tranquilos. Comecei a despencar ladeira abaixo, não foi, George?

O fogo estava quase apagado. Ouviu-se um baque surdo, vindo de algum lugar, lá do andar de cima. Talvez fosse Janet e seu amante. Connie começou a cantarolar e a bambolear-se ao som de sua própria música.

Smiley deixou-se ficar, tentando animá-la. Deu-lhe mais bebida e, finalmente, conseguiu despertá-la.

— Venha cá — disse ela. — Vou mostrar minhas medalhas a você.

Mais diversão no quarto de dormir. Ela guardava as medalhas numa pasta, em desordem, que Smiley teve de puxar de baixo da cama. Primeiro, surgiu uma verdadeira medalha, num estojo, e uma citação datilografada, referindo-se a Connie por seu nome de guerra, Constance Salinger, e colocando-a na Lista do Primeiro-Ministro.

— Isso porque Connie era uma boa moça — explicou ela, de rosto encostado no de Smiley. — E gostava de todos os magníficos rapazes.

Em seguida, surgiram fotografias de antigos membros do Circus: Connie, de pé, entre Jebedee e o velho Bill Magnus, tiradas em alguma parte da Inglaterra. Connie ao lado de Bill Haydon e de Jim Prideaux, os homens vestindo uniformes de críquete, e todos três parecendo muito bem, assim Connie se expressou, num campo de críquete, de verão, em Sarratt, que se estendia por detrás dela com sua relva cortada e batida pelo sol, as telas de críquete brilhando. E depois, uma enorme lente, com várias assinaturas nela gravadas: de Roy, Percy, Toby e muitos outros: "Para Connie, com amizade, e a quem nunca diremos adeus!"

Finalmente, a contribuição especial de Bill: uma caricatura de Connie, deitada em toda a extensão dos jardins do Palácio de Kensignton, a espiar para a Embaixada Soviética com um telescópio: "Com afeto e cordiais recordações para a muito querida Connie."

— Eles ainda se lembram dele aqui, você sabe. O menino de ouro. A sala dos professores do Colégio de Christ Church tem um ou dois quadros dele. Eles os retiram da parede com frequência. Giles Langley me fez parar em High Street outro dia e indagou: "Você tem notícias de Haydon?" Não sei o que lhe respondi: "Sim. Não." A irmã de Giles ainda pertence às casas de segurança, você sabia? — Smiley não sabia. — Giles disse: "Sentimos falta do faro dele. Não educam mais as pessoas como Bill Haydon." Giles deve estar meio caduco. Declarou que tinha ensinado História Moderna a Bill antes que a palavra Império se tornasse um nome sujo. E perguntou também por Jim Prideaux, "seu *alter ego*, poderíamos dizer, hem, hem, hem." Você nunca apreciou Bill, não é mesmo? — Connie prosseguiu falando vagamente, enquanto tornava a arrumar tudo em seus lugares, embrulhando as medalhas em pedaços de plástico e pano. E prosseguiu: — Eu nunca soube se você tinha ciúmes dele, ou se ele tinha ciúmes de você. Ele tinha *charme* demais, creio eu. Você sempre desconfiou de gente bonita. Só quanto a homens, repare bem.

— Não seja absurda, minha querida Connie — replicou George, baixando a guarda dessa vez. — Bill e eu éramos muito bons amigos. Que diabo leva você a dizer uma coisa dessas?

— Nada. — Ela quase se esquecera do que havia falado. — Ouvi dizer que ele uma vez deu um passeio no parque com Ann, só isso. Ele não é primo dela, ou coisa parecida? Sempre pensei que vocês se dariam tão bem um com o outro, você e Bill, se as coisas estivessem funcionando! Você teria trazido de volta o velho espírito. Em vez daquele escocês. Bill reconstruindo Camelot e George...

Connie deu uma risada.

— George apanhando as migalhas — completou Smiley.

Os dois sorriram, Smiley hipocritamente.

— Me dê um beijo, George. Um beijo só.

Ela o acompanhou através da horta, caminho que seus inquilinos usavam. E disse gostar mais dele do que da vista sórdida dos novos bangalôs que os porcos de Harrison tinham atirado no jardim da casa ao lado. Uma chuva fina estava caindo, e as poucas estrelas cintilavam grandes e pálidas, em meio à neblina. Na estrada, caminhões seguiam ruidosamente rumo ao norte, cortando a noite. Agarrando-se em Smiley, Connie subitamente ficou tomada de terror.

— Você é um grande malvado, George. Está me ouvindo? Olhe para mim. Não olhe para aquele lado. Está todo cheio de luzes fluorescentes e de Sodoma. Me dê um beijo. Gente maldita, no mundo inteiro, está reduzindo nossa época a nada. E por que você ajuda essa gente? Por quê?

— Não estou ajudando ninguém, Connie.

— Está sim, com certeza. Olhe para mim. Foi um bom tempo, está me ouvindo? Um bom tempo mesmo. Os ingleses podiam orgulhar-se disso. Vamos nos orgulhar disso agora.

Connie puxou o rosto dele para junto do seu. Por isso Smiley a beijou na boca.

— Pobres amores. — Ela respirava forte, talvez não por causa de qualquer emoção, mas em razão de um confuso misto das emoções que a percorriam, como se fossem várias bebidas. — Pobres amores. Treinados para servir ao Império, para governar os mares. Tudo acabado. Tudo extinto. Adeus, mundo. Você é o último, George. Você e Bill são os últimos. E o sujo do Percy também, até certo ponto.

Ele sabia que tudo ia acabar assim, mas não de maneira tão horrível. Tinha escutado essa mesma história de Connie em todos os Natais, nas pequenas reuniões onde todos ficavam em torno de drinques e que se realizavam pelos cantos, no Circus.

— Você não conhece Millponds, conhece? — indagou ela.

— O que é Millponds?

— É onde mora meu irmão. Uma linda casa, num terreno encantador, perto de Newbury. Um dia abriram uma estrada. Um ruído infernal. Uma rodovia. Tiraram todo o terreno. Cresci nesse lugar, você entende? Eles não venderam Sarratt, venderam? Eu tinha medo de que eles fizessem isso.

— Tenho certeza de que não venderam.

Smiley estava ansioso por livrar-se dela, mas Connie se agarrava a ele mais impetuosamente, a ponto de Smiley sentir-lhe o coração que batia de encontro a seu peito.

— Se é ruim, não volte — prosseguiu ela. — Você promete? Sou um leopardo velho, velho demais para mudar minhas manchas. Quero lembrar-me de vocês como eram. Rapazes adoráveis, adoráveis mesmo.

Smiley não estava com ânimo de deixá-la naquela escuridão, cambaleando por entre as árvores. Por isso foi andando com ela até a metade do caminho de volta a casa. Nenhum dos dois falou nada. Quando Smiley ia descendo pela estrada, ouviu Connie novamente a cantarolar, tão alto que parecia estar gritando. Mas nada se comparava à confusão de seu íntimo, naquele momento: as correntes de alarme, ódio e repugnância, naquela caminhada noturna às cegas. E só Deus poderia dizer que cadáveres haveria no final.

Smiley pegou um trem parador com destino a Slough, onde Mendel estava a sua espera com um automóvel de aluguel. Enquanto ambos se afastavam lentamente em direção ao brilho cor de laranja da cidade, ele ouviu o resumo das pesquisas feitas por Peter Guillam. Os livros de escrituração dos funcionários de plantão não encerravam qualquer registro das noites de 10 e 11 de abril, Mendel foi contando. As páginas haviam sido cortadas a gilete. Os relatórios dos porteiros, referentes às mesmas noites, talvez estivessem faltando, como também os relatórios acerca das transmissões.

— Peter acha que isso foi feito recentemente. Há uma nota escrita em má caligrafia na página seguinte, dizendo: "Todos os inquéritos foram enviados ao chefe da Estação de Londres." A letra é de Esterhase e a data é de sexta-feira.

— Sexta-feira *passada?* — indagou Smiley, voltando-se tão de súbito que seu cinto de segurança deu um rangido de queixa. — Foi o dia em que Tarr chegou a Londres.

— É tudo, segundo Peter — comentou Mendel num tom imperturbável. E finalmente, que a respeito de Lapin, aliás Ivlov, e acerca do adido cultural Aleksandrovich Polyakov, ambos da Embaixada Soviética em Londres, os relatórios do informante de Toby Esterhase não continham quaisquer elementos a eles desfavoráveis. Ambos haviam sido objeto de investigações e tinham sido classificados como *Persil,* a categoria mais limpa que existia. Lapin fora designado para servir em Moscou, um ano antes.

Mendel também trouxera, numa pasta, fotografias tiradas por Guillam, o resultado de sua pilhagem em Brixton, reveladas e ampliadas, do tamanho de uma grande prancha. Perto da Estação de Paddington, Smiley saiu do carro e Mendel passou-lhe a pasta.

— Tem certeza de que não quer que eu vá com você? — indagou Mendel.

— Obrigado. São apenas 100 metros.

— Que sorte a sua o dia ter 24 horas.

— É mesmo.

— Boa-noite.

Mendel ainda estava segurando a pasta.

— Talvez eu tenha encontrado a escola — disse ele. — Fica num lugar chamado Thursgood, perto de Tauton. Ele primeiro trabalhou durante meio semestre no Berkshire, como substituto. Em seguida, parece que se mandou para o Somerset. Arranjou um reboque, segundo ouvi dizer. Quer que eu verifique isso?

— Como você fará?

— Vou bater à porta dele. Vender-lhe um aspirador de pó Hoover, conhecer o homem no terreno social.

— Desculpe-me — disse Smiley. — Acho que estou me atirando contra sombras. Sinto muito. Foi uma grosseria de minha parte.

— O jovem Guillam também está se atirando contra sombras — declarou Mendel com firmeza. — Dizem que ele anda com uma cara engraçada por toda parte. Dizem que há alguma coisa, e que todos estão metidos nela. Falei com ele para tomar um drinque bem forte.

— Sim, é isso — concordou Smiley depois de refletir um pouco. — Isso é o que deve ser feito. Jim é um profissional — explicou ele. — Um homem de campo, da velha guarda. E bom de trabalho, o que quer que possam ter feito com ele.

Camila tinha voltado tarde para casa. Guillam entendera que a lição de flauta com Sand terminaria às 21 horas. No entanto, já eram 23 horas quando Camila entrou em casa, e Guillam, por isso, foi seco com ela, não conseguiu ser de outro jeito. Camila estava deitada, com os cabelos pretos, já meio grisalhos, espalhados sobre o travesseiro, olhando para ele, que estava de pé junto à janela escura, olhando para a praça.

— Você comeu? — indagou ele.

— O Doutor Sand me deu comida.

— Deu o quê?

Sand era persa, ela já lhe tinha dito.

Camila não respondeu. Sonhando, talvez? Sonhos? Bife com nozes? Amor? Ela nunca se mexia na cama, salvo para abraçá-lo. Quando dormia, mal respirava. Às vezes ele acordava e ficava olhando para ela, imaginando como se sentiria caso estivesse morta.

— Você gosta muito de Sand?

— Às vezes.

— Talvez você deva andar com ele e não comigo.

— Não é isso — disse Camila. — Você não entende.

Não. Ele não entendia. Primeiro, tinha sido um par amoroso, beijando-se no banco de trás de um Rover; depois, um solitário e estranho homossexual, com um chapéu de feltro, mole, exercitando seu cão *Sealyham*; em seguida, duas moças fazendo um telefonema de uma hora, de uma cabine diante de sua porta da frente. Não precisava haver mais nada, exceto que os acontecimentos tinham sido consecutivos, como uma mudança de guarda. Agora uma caminhonete parara e ninguém dela saíra. Mais amantes, ou uma equipe noturna de informantes. A caminhonete já estava ali uns 10 minutos quando o Rover se afastou.

Camila estava dormindo. Guillam, deitado ao lado dela, acordado, à espera do dia seguinte quando, a pedido de Smiley, pretendia furtar o arquivo do caso Prideaux, conhecido por Escândalo Ellis ou, no Circus, por Operação Testemunho.

14

Em matéria de felicidade, aquele dia vinha em segundo lugar na curta existência de Bill Roach. O dia mais feliz de todos ocorrera pouco tempo antes da dissolução de seu lar, quando seu pai descobrira um ninho de vespas no telhado e chamara Bill para que o ajudasse a destruí-lo com o emprego de fumaça. O pai de Bill não era de fazer coisas ao ar livre, nem mesmo seria pessoa jeitosa. Mas depois que Bill consultou o verbete "Vespas" em sua enciclopédia, eles foram de carro até a farmácia e compraram arsênico, queimando-o num prato debaixo do beiral, e mataram as vespas.

Hoje, Bill assistira à abertura solene da corrida de automóveis de Jim Prideaux. Até então eles tinham apenas desmontado o Alvis, polido o carro e o montado novamente. Mas hoje, como recompensa pelo que haviam feito, com a ajuda de Latzy, o DP, colocando um monte de fardos de palha no lado pedregoso da pista, em seguida cada um por sua vez tinha tomado o volante. Jim, de cronômetro na mão, atravessou os portões, bufando e fazendo proezas, diante do vozerio dos que torciam por eles. "O melhor carro que já se fez na Inglaterra", assim Jim apresentara seu automóvel. "Não é mais fabricado por causa do socialismo." O carro tinha sido pintado, ostentava a bandeira inglesa no capô, sendo, indubitavelmente, o mais belo e o mais veloz na face da Terra. Na primeira volta, Roach chegara em terceiro lugar entre 14 competidores e, agora, em segundo lugar, alcançara os castanheiros sem se deter uma só vez, em marcha para a volta final e para bater um recorde. Nunca imaginara que alguma coisa pudesse lhe dar tanto prazer. Ele gostava muito do carro, gostava muito de Jim e chegava até mesmo a gostar da escola. Pela primeira vez na vida, gostava de tentar vencer. Ouvia Jim a bradar, "Vamos, Jumbo!", e via Latzy pular com uma improvisada bandeira de controle. Mas ao passar ruidosamente pelo poste, percebeu que Jim já não o estava mais observando, mas olhava para a pista, em direção às faias.

— Qual foi o tempo? — indagou Bill, ofegante. Houve um leve murmúrio.

— Cronometrista — falou Spikely, arriscando a sorte. — O tempo, por favor.

— Foi muito bom, Jumbo — disse Latzy, também olhando para Jim.

Dessa vez, nem a impertinência de Spikely, nem os pedidos de Roach tiveram resposta. Jim estava com os olhos cravados no outro lado do campo, na direção do caminho que o limitava a leste. Um rapaz chamado Coleshaw estava de pé ao lado dele — tinha o apelido de Repolho Cru. Era um mau aluno da Terceira Série B, famoso por bajular os professores. O terreno era muito plano naquele ponto, antes de altear-se até as colinas. Após alguns dias de chuva, era comum ficar inundado. Por esse motivo, não havia uma boa sebe ao lado do caminho, mas uma cerca de moirões e arame. E também não havia árvores, apenas a cerca, o chão sem relevo e, por vezes, viam-se ao fundo os Quantocks, que hoje tinham desaparecido no meio da brancura geral. Esse trecho plano poderia ter sido um pântano que acabava num lago, ou simplesmente naquela brancura sem fim. Recortado nesse esbatido pano de fundo vinha caminhando um vulto isolado, um pedestre elegante, mas sem chamar atenção, magro de rosto, com um chapéu de feltro, mole, uma capa de chuva cinzenta e uma bengala que raramente usava. Observando-o também, Roach concluiu que o homem queria andar mais depressa, mas estava caminhando devagar por algum motivo.

— Você tem aí seus óculos, Jumbo? — indagou Jim, fitando aquele vulto que estava quase à altura do poste que vinha a seguir.

— Tenho sim.

— Quem é ele, então? Parece Solomon Grundy.

— Isso eu não sei.

— Você já viu esse homem por aqui?

— Eu não.

— Não é professor, nem é da vila. Então quem é ele? Um mendigo? Um ladrão? Por que ele não olha para este lado, Jumbo? O que haverá de errado conosco? Você não olharia, se visse uma porção de rapazes fazendo um carro dar o máximo? Será que ele não gosta de carros? Nem de rapazes?

Roach ainda estava pensando em sua resposta a todas essas perguntas quando Jim começou a falar com Latzy, num tom murmurado e monocórdio, que levou Roach imediatamente a pensar que havia alguma cumplicidade entre eles, uma espécie de vínculo à parte. Essa impressão foi robustecida pela resposta de Latzy, claramente negativa, dada com a mesma absoluta tranquilidade.

— Acho que ele tem alguma ligação com a igreja, professor — disse Coleshaw. — Eu o vi conversando com Wells Fargo, depois do serviço religioso.

O nome do vigário era Spargo, e ele era muito idoso. Corria em Thursgood uma lenda de que ele era, na realidade, o grande Wells Fargo aposentado.

Diante dessa informação, Jim refletiu por alguns instantes e Roach, furioso, disse a si mesmo que Coleshaw estava inventando aquela história.

— Você ouviu o que eles conversaram, Coleshaw?

— Não, senhor. Ele estava examinando as listas dos nomes nos bancos da igreja. Mas eu não pude perguntar nada a Wells Fargo.

— Nossas listas dos bancos da igreja? As listas dos bancos da igreja de Thursgood?

— Isso mesmo. As listas dos bancos da igreja que pertencem à escola de Thursgood. Com todos os nossos nomes, e onde nos sentamos.

"E também onde os professores se sentam" pensou Roach, muito perturbado.

— Quem vir esse homem de novo me fale. Ou quem enxergar qualquer pessoa estranha. Vocês estão entendendo? — Jim se dirigia a todos eles, levando a coisa na caçoada. — Não se metam com gente estranha, que fique rondando a escola. Na última escola em que ensinei tínhamos um desgraçado bando dessa gente. Eles deram uma limpa na escola: carregaram prata, dinheiro e os relógios e rádios dos rapazes. Só Deus sabe o que não roubaram. Da próxima vez, ele vai roubar meu Alvis. O melhor carro que se fabricou na Inglaterra, e que não se fabrica mais. Qual a cor do cabelo dele, Jumbo?

— É preto.

— E a altura dele, Repolho Cru?

— Um metro e oitenta.

— Todo mundo parece ter 1,80m para o Repolho Cru, professor — disse um rapaz espirituoso, porque Coleshaw era miúdo e diziam que ele tinha sido alimentado a gim, em criancinha.

— E a idade dele, Spikely?

— Noventa e um anos.

A situação acabou em risadas. Foi concedida a Roach a chance de dar outra volta, mas ele se saiu mal. Naquela noite Roach ficou angustiado, cheio de ciúmes porque o clube inteiro dos automobilistas, para não mencionar Latzy, fora recrutado em massa para fazer parte do seleto grupo de olheiros. Era um triste consolo garantir a si mesmo que a vigilância deles jamais seria igual à sua, e que a ordem de Jim não duraria mais de um dia. Ou que ele, Roach, dali em diante deveria redobrar seus esforços para enfrentar o que era, sem dúvida, uma ameaça iminente.

O estranho de rosto magro desapareceu. Mas no dia seguinte, Jim fez uma visita imprevista ao cemitério que ficava ao lado da igreja. Roach viu que ele conversava com Wells Fargo, diante de um túmulo aberto. A partir de então, Roach observou que a fisionomia de Jim assumiu um permanente aspecto sombrio e adquiriu uma vivacidade, a qual por vezes nele se assemelhava à cólera, quando caminhava, sozinho, diariamente, ao crepúsculo, ou quando ficava sentado em cima de um montículo, do lado de fora do reboque, indiferente ao frio e à chuva, fumando seu minúsculo charuto e sorvendo sua vodca até que a escuridão o envolvesse.

Segunda Parte

15

O Hotel Islay, em Sussex Gardens, onde George Smiley, no dia seguinte à visita a Ascot, instalara, sob o nome de Barraclough, seu quartel-general de operações, era um lugar muito tranquilo, considerada sua posição. e perfeitamente adequado às necessidades de seu hóspede. Ficava a uns 100 metros ao sul da Estação de Paddington, sendo uma das velhas mansões de um platô, separado da avenida principal por uma fileira de plátanos e uma área de estacionamento de automóveis. O tráfego não cessava, ruidosamente, durante a noite inteira. Mas no interior do hotel, embora ele fosse uma verdadeira orgia de papel de parede de cores destoantes e abajures de cobre, era extraordinariamente calmo. Nada acontecia no hotel como também nada se passava naquele mundo, e essa impressão era fortalecida pela presença da Sra. Pope Graham, a proprietária do hotel. viúva de um major e dona de uma voz extremamente langorosa, que provocava uma sensação de profunda fadiga ao Sr. Barraclough ou a qualquer outra pessoa que lhe buscasse a hospitalidade. O inspetor Mendel, de quem ela havia sido informante por muitos anos, insistiu que o nome dela era o apelativo comum, Graham. O Pope fora acrescentado para conferir dignidade, ou em deferência a Roma.

Smiley pagou-lhe 50 libras adiantadamente, por uma estada de duas semanas, e ela lhe deu o quarto número 8 porque ele desejava trabalhar. Smiley pediu uma mesa e ela providenciou uma mesa de jogo, de pernas bambas. Norman, o *boy* do hotel, a levou ao quarto.

— É georgiana — suspirou ela, supervisionando a entrega da mesa. — O senhor vai gostar da mesa por minha causa, não é mesmo? — disse a Sra. Pope Graham. — Na verdade eu não deveria emprestar essa mesa ao senhor. Pertenceu ao major.

Mendel havia particularmente acrescentado mais 20 libras às 50, do seu próprio bolso, em notas sujas de uma libra, como as chamava. Mais tarde Smiley o reembolsou. E disse à proprietária:

— Nem um pio sobre isso, a senhora entendeu?

— O senhor não precisa dizer nada — acrescentou a Sra. Pope Graham, enfiando gravemente as notas no decote do vestido.

— Quero todos os detalhes — advertiu Mendel, refestelado nos aposentos dela, no porão, diante de uma garrafa da bebida que ela apreciava. — Horas de entrada, contatos, estilo de vida e, acima de tudo — disse ele, erguendo um dedo enfático —, acima de tudo, mais importante do que a senhora possa imaginar, quero saber quais as pessoas suspeitas que mostrem qualquer interesse por seus empregados, sob qualquer pretexto, ou lhes façam perguntas. — Mendel lançou-lhe um olhar de comando, acrescentando: — Mesmo que elas declarem ser as guardas da Rainha e Sherlock Holmes combinados.

— Aqui somos apenas eu e Norman — declarou a Sra. Pope Graham, apontando para um rapaz trêmulo, enfiado num sobretudo preto, ao qual ela havia acrescentado um colarinho de veludo bege. — E eles não conseguiram grande coisa com o Norman, não é mesmo, querido? Você é sensível demais.

— E a mesma coisa quanto às cartas que forem recebidas — declarou o inspetor. — Quero saber as datas dos carimbos do Correio, a hora em que foram postadas, quando isso for legível. Mas nada de violar a correspondência ou de retê-la. E faça o mesmo em relação aos objetos dele. — O inspetor permitia-se falar num murmúrio quando deu com os olhos num grande cofre, uma das peças características do mobiliário. E acrescentou: — De vez em quando ele irá pedir que a senhora guarde certos objetos. Principalmente se forem papéis, talvez livros. Só uma pessoa terá permissão para examinar tais objetos, além dele. — E o inspetor deu um súbito arremedo de riso: — Eu. A senhora compreendeu? Ninguém poderá saber que os tem em seu poder. E não remexa nesses objetos porque ele descobriria. É muito vivo. É necessário que sejam manuseados por um perito. Não vou dizer mais nada — concluiu Mendel, embora comentasse com Smiley, pouco depois de ambos voltarem de Somerset, que se as 20 libras fossem tudo quanto lhes haviam custado Norman e sua protetora, isso representaria o mais barato serviço de *baby-sitting* do mercado.

Ele estaria perdoavelmente enganado em relação a essa bravata, pois lhe seria difícil saber que Jim recrutara o clube de automóveis inteiro. Nem poderia imaginar os meios pelos quais Jim conseguiu, subsequentemente, remontar às origens das cautelosas investigações de Mendel. E este último, ou qualquer outra pessoa, jamais teria adivinhado o estado elétrico de alerta a que teria sido Jim aparentemente levado pela cólera e a tensão de ficar à espera, talvez somadas a um grão de loucura.

O quarto 8 ficava no último andar. Suas janelas davam para o parapeito. Além desse parapeito estendia-se uma rua transversal onde havia uma livraria escura e uma agência de viagens chamada Vasto Mundo. A toalha de mão tinha bordadas as palavras Swan Hotel Marlow.

Lacon apareceu na mesma noite, trazendo uma gorda pasta que continha a primeira fornada de papéis de seu escritório. Eles se sentaram na cama um ao lado do outro para conversar, e Smiley ligou um rádio transistorizado no intuito de abafar o som de suas vozes. Lacon considerou aquilo meio piegas: ele próprio parecia de certa forma um pouco velho demais para aquele piquenique. Na manhã seguinte, enquanto se dirigia ao trabalho, Lacon tornou a pegar os documentos e devolveu os livros que Smiley lhe dera para rechear sua pasta. Lacon sentia-se no pior estado de espírito nesse papel. Suas maneiras eram de quem se considerava ofendido e a contragosto. Deixou claro que detestava aquelas irregularidades. Com o frio que estava fazendo, ele adquirira um rubor permanente. Mas Smiley não poderia ler as pastas dos arquivos durante o dia, porque estariam à disposição do pessoal de Lacon, e sua falta teria causado um grande alarido. Nem Smiley queria fazer isso. Sabia melhor do que ninguém que o tempo era desesperadamente curto. Durante os três dias que se sucederam, sua maneira de proceder variou muito pouco. Todas as noites, quando ia apanhar o trem na Estação de Paddington, Lacon deixava os documentos no hotel, ao passo que a Sra. Pope Graham furtivamente informava a Mendel que aquele homem desagradável e desengonçado tinha novamente aparecido, um homem que olhava de cima para ela e para Norman. Todas as manhãs, após três horas de sono e de haver tomado uma nauseante primeira refeição, composta de salsichas mal cozidas e tomates cozidos demais — não havia outra escolha no cardápio —, Smiley ficava aguardando a chegada de Lacon. Em seguida, saía naqueles frios dias de inverno, satisfeito, indo tomar seu lugar entre os colegas.

Foram noites extraordinárias para Smiley, sozinho, sem dormir, naquele último andar. Tempos depois, pensando nelas, embora os dias que medearam entre aquelas noites tivessem sido exatamente tão cheios e, na aparência, tão atarefados, como outros quaisquer, ele se recordava daquelas noites como se tivessem constituído uma única jornada, praticamente uma única noite. "E você fará a coisa", Lacon dissera no jardim, despudoradamente, "andar para a frente e para trás?"

Quando Smiley relembrou os caminhos que trilhara em seu passado, um após outro, já não havia a menor diferença entre as duas coisas: para a frente ou para trás, tudo não passava da mesma jornada, e o destino estava à sua dianteira. Não havia coisa alguma, naquele quarto, nenhum objeto em meio àquele amontoado de coisas sem valor, naquele hotel, que o afastasse das salas de que se recordava. Estava de volta ao último andar do Circus, em sua sala simples, gravuras de Oxford nas paredes, exatamente como a deixara um ano antes. Além de sua porta ficava a antessala de teto baixo, onde as mulheres grisalhas, de Control, as matronas, batiam a máquina sem fazer ruído e atendiam aos telefones, ao passo que no hotel, um gênio ainda incógnito, no fundo do corredor, martelava pacientemente, dia e noite, uma velha máquina de escrever. No extremo da antessala, no mundo da Sra. Pope

Graham, havia um banheiro e um aviso para que não fosse usado — ao passo que uma porta desnuda dava para o santuário de Control: um corredor com velhos armários de aço e velhos livros vermelhos, onde pairava um cheiro adocicado de pó e chá de jasmim. Por detrás de sua mesa de trabalho, lá estava Control, então uma ruína, com seu topete grisalho e seu sorriso morno, igual ao de uma caveira.

Essa transposição mental foi tão completa que Smiley, ao ouvir o telefone — a extensão era um extra que tinha de ser pago à vista —, teve de dar tempo a si mesmo para lembrar-se de onde estava. Outros sons exerciam sobre ele efeitos igualmente confusos, como o arrulhar dos pombos no parapeito e o ranger do mastro da antena de televisão, açoitada pelo vento, e a chuva que gorgolejava em catadupas na revessa do telhado. Também esses sons pertenciam ao seu passado e, em Cambridge Circus, só eram percebidos no quinto andar. Seu ouvido com certeza os selecionava por esse motivo: eram a trilha sonora de seu passado. Certa vez, de manhã cedo, percebendo o rumor de passos no corredor junto à porta do quarto, Smiley de fato se encaminhou até a porta, esperando fazer entrar o encarregado dos códigos do Circus, que vinha à noite. Estava mergulhado nas fotografias de Guillam, naquele momento, procurando adivinhar, diante de informações demasiado escassas, qual teria sido o provável procedimento do Circus, dominado pelo lateralismo, ao lidar com um telegrama vindo de Hong Kong. Mas em vez do encarregado dos códigos deparou com Norman, descalço e de pijama. Havia confetes espalhados pelo tapete, e dois pares de sapatos estavam diante da porta do quarto em frente, um de homem, outro de mulher, embora ninguém, no Isley Hotel, especialmente Norman, jamais fosse engraxá-los.

— Deixe de ficar me espionando e vá deitar-se — disse Smiley. E quando Norman mal o fitou, ordenou: — Vá embora, está bem? — Quase acrescentou, mas se conteve a tempo: homenzinho imundo.

"Operação Bruxaria", lia-se no título do primeiro volume que Lacon lhe trouxera naquela primeira noite. "Diretrizes relativas à distribuição do Produto Especial." O resto da capa estava coberto de etiquetas de advertência e de instruções relativas ao manuseio do volume, incluindo uma que aconselhava, de maneira estranha, a quem acaso encontrasse o volume, que o devolvesse sem ler ao arquivista-chefe, no gabinete do ministro. No segundo volume lia-se “Operação Bruxaria”. “Estimativas suplementares para o Tesouro, acomodações especiais em Londres, disposições financeiras especiais, gratificações etc.” “Fonte Merlin”, dizia o terceiro volume, que estava ligado ao primeiro por uma fita cor-de-rosa. “Avaliações de Clientes, custo real, explorações mais amplas. Ver também o Anexo Secreto.” Mas esse Anexo Secreto não estava junto com o volume. E quando Smiley o solicitou, houve da parte de Lacon uma fria reação.

— O ministro o guarda em seu cofre pessoal — disse ele num tom ríspido.

— Você conhece o segredo do cofre?

— Decerto que não — replicou Lacon, indignado.

— Qual é o título do Anexo?

— Não poderá interessar a você, de maneira alguma. Não consigo atinar por que você deveria perder tempo andando atrás desse material. Isso, em primeiro lugar. Além do mais, é rigorosamente secreto e fizemos tudo quanto foi humanamente possível para que um mínimo de pessoas o lesse.

— Até um Anexo Secreto tem título — disse Smiley num tom conciliatório.

— Esse não tem.

— Ele dá a identidade de Merlin?

— Não seja ridículo, Smiley. O ministro não exigiria isso, e Alleline não haveria de querer informá-lo a esse respeito.

— O que significa exploração mais ampla?

— Eu me recuso a ser interrogado, Smiley. Você já não pertence à família, e sabe disso. De direito, eu deveria deixar você fora disso.

— Fora da Operação Bruxaria?

— Isso mesmo.

— Temos uma lista das pessoas que foram afastadas dessa maneira? — indagou Smiley.

— Estava no arquivo de diretrizes — replicou Lacon, e quase bateu a porta na cara dele antes de se retirar, ouvindo o canto lento *Onde foram todas as flores?*, apresentado por um *disc-jockey* australiano.

— O ministro — recomeçou Lacon. — O ministro não gosta de explicações tortuosas. Ele diz o seguinte: só acredita no que possa ser escrito num cartão-postal. E fica muito impaciente quando lhe dão alguma coisa que não possa apreender.

— Não se esqueça de Prideaux, está bem? — acrescentou Smiley. — Qualquer coisa que você tenha sobre ele, mesmo pequenas informações esparsas, são melhor do que nada.

Depois dessas palavras, Smiley deixou que Lacon o fuzilasse com o olhar durante algum tempo, e tentou uma segunda saída.

— Você não está ficando maluco, está, George? Você sabe que Prideaux provavelmente nunca ouviu falar em Operação Bruxaria antes de levar um tiro? Eu realmente não consigo perceber por que você não consegue se preocupar com o problema principal, em vez de estar cavoucando em volta.

Mas dessa vez Lacon tinha saído do quarto de Smiley.

Smiley voltou-se para o último volume do lote: "Operação Bruxaria." "Correspondência com o Departamento." A palavra Departamento era um dos muitos eufemismos de Whitehall para designar o Circus. Esse volume fora organizado sob a forma de memorandos oficiais trocados entre o ministro — imediatamente reconhecíveis por sua caprichada letra de menino de escola — e Percy Alleline, naquela época ainda destacado para servir nos escalões inferiores da hierarquia de pessoal de Control.

Foi uma temporada muito chata, refletiu Smiley, examinando aqueles arquivos tão manuseados, para uma guerra tão longa e cruel.

16

Foi essa guerra longa e cruel que Smiley agora revivia, com suas principais batalhas, ao iniciar a leitura. Os arquivos continham somente o registro mais sucinto das coisas: a memória de Smiley abrangia muito mais. Os protagonistas eram Alleline e Control, e as origens da guerra eram nebulosas. Bill Haydon, que acompanhou com vivo interesse os acontecimentos, assegurava que os dois homens haviam aprendido a odiar-se em Cambridge, durante a breve temporada de Control como professor da universidade, sendo Alleline um estudante do curso de graduação. Segundo Bill, Alleline fora aluno de Control, mau aluno, e este o cobria de escárnio.

A história era bastante grotesca para que Control se divertisse com ela: "Percy e eu somos irmãos de sangue, segundo dizem. Fizemos travessuras juntos, imagine só." Ele nunca afirmou se isso era verdade.

Às meias lendas dessa natureza Smiley poderia acrescentar alguns fatos incontestáveis, de seu conhecimento, sobre o começo das vidas dos dois homens. Enquanto Control não tinha pais ilustres, Percy Alleline era um escocês das Terras Baixas, natural de Manse. Seu pai era um pastor presbiteriano, e Percy, se não compartilhava sua fé, havia sem dúvida herdado sua obstinada capacidade de persuadir as pessoas. Escapou de ir para guerra, por um ou dois anos, e ingressou no Circus, vindo de uma empresa na City. Em Cambridge, fizera um pouco de política (um tanto à direita de Gengis Khan, dissera Haydon que não era, Deus sabe, um liberal água com açúcar) e também praticara atletismo. Foi recrutado por uma figura sem importância, um certo Maston, que conseguiu, durante um breve período, um recanto no Serviço de Contraespionagem. Maston viu um grande futuro em Alleline, mas, tendo apregoado seus méritos de maneira veemente, caiu em desgraça. Percebendo que Alleline era um estorvo, o pessoal do Circus o despachou para a América do Sul, onde ele viajou extensamente, supostamente na qualidade de empregado consular, sem voltar à Inglaterra.

Até o próprio Control admitiu que Percy se portou extremamente bem na América do Sul, lembrava-se Smiley. Os argentinos, que gostavam de seu tênis e de seu estilo de montar, tomaram-no por um cavalheiro, assim disse Control, e presumiram que Percy fosse um tolo, o que ele nunca foi. Quando passou o posto a seu sucessor, havia organizado uma rede de agentes ao longo dos dois litorais e estava abrindo as asas também para o norte. Depois de um período de licença, que passou em seu país, e de umas duas semanas de instrução, foi transferido para a Índia, onde seus agentes pareciam considerá-lo a reencarnação do Raj britânico. Pregou-lhes a lealdade, não lhes pagando quase nada; e quando lhe pareceu conveniente, descartou-os. Da Índia foi para o Cairo. Esse posto deve ter sido difícil para Alleline, senão impossível, pois o Oriente Médio fora até então a área preferida de Haydon. As redes do Cairo referiam-se a Bill exatamente nos mesmos termos que Bill Haydon empregara a respeito dele naquela noite fatal, em seu clube anônimo: um Lawrence da Arábia dos dias de hoje. Todos eles estavam combinados para transformar num inferno a vida do sucessor de Haydon. Mas, de certo modo, Percy abriu seu caminho. E, se tivesse apenas se conservado longe dos americanos, talvez fosse lembrado como melhor do que Haydon. Em vez disso, porém, houve um escândalo e um desentendimento declarado entre Percy e Control.

As circunstâncias em que tudo isso ocorreu ainda eram obscuras. O incidente aconteceu muito antes de Smiley ter sido elevado ao posto de Grande Camareiro de Control. Sem qualquer autorização de Londres, segundo parecia, Alleline envolveu-se numa estúpida conspiração americana que pretendia substituir um potentado local por outro de sua confiança. Alleline sempre demonstrara uma reverência fatal pelos americanos. Da Argentina, observara com admiração o modo como haviam desbaratado os políticos de esquerda através de todo o hemisfério; na Índia, encantara-se com sua habilidade em dividir as forças de centralização. Control, ao contrário disso, como a maior parte do pessoal do Circus, desprezava os americanos e todas as suas atividades, que ele frequentemente procurava solapar.

A conspiração fracassara, as companhias britânicas de petróleo ficaram furiosas e Alleline, conforme a feliz expressão da gíria profissional, "dera o fora sem sapatos". Posteriormente, Alleline alegou que Control o instara a prosseguir e, em seguida, lhe dera uma rasteira. E mais ainda, havia até mesmo denunciado a trama a Moscou. Quaisquer que tenham sido os fatos, quando Alleline chegou a Londres, encontrou uma ordem que o despachou para servir diretamente junto à Nursery, onde deveria ser o responsável pelo treinamento dos principiantes que estavam fazendo seu estágio probatório. Era um posto reservado ao pessoal "cansado", cujos contratos de trabalho deveriam terminar dentro de alguns anos, quando seriam aposentados. Restavam apenas alguns cargos em Londres, naquela época, para um homem com tantos anos de serviço e tantas qualificações como Percy, explicou Bill Haydon, chefe do pessoal.

"Então você terá de inventar um para mim", declarou Percy. Ele tinha razão. Conforme Bill confessou francamente a Smiley, algum tempo depois, ele, Bill, não tinha levado em conta o poder de pressão de Alleline.

"Mas quem são essas pessoas?" Smiley costumava indagar. "Como conseguem obrigar você a aceitar um homem, quando você não o quer?

"Os jogadores de golfe" dizia Control rispidamente. "Eles e os conservadores."

Alleline naquele tempo andava de namoro com a Oposição e era recebido de braços abertos nada menos que por Miles Sercombe, o tal que era lamentavelmente primo afastado de Ann e atual ministro de Lacon. Mas

Control quase não tinha forças para resistir. O Circus encontrava-se em estagnação, e falava-se abertamente em jogar fora todo o material que havia para começar tudo em outro lugar e com material novo. Os insucessos naquele mundo tradicionalmente ocorriam em séries, mas essa série estava se revelando excepcionalmente longa. O produto caíra bruscamente, e uma quantidade cada vez maior desse produto tornava-se suspeita. Nas questões importantes, o pulso de Control não se revelava muito forte.

Essa incapacidade temporária não perturbou a alegria de Control ao redigir a folha de atribuições de Percy Alleline como diretor de Operações. Ele a denominou a carapuça de burro posta na cabeça de Percy.

Smiley nada poderia fazer. Bill Haydon então se achava em Washington, tentando negociar um tratado de troca de informações com o que denominava os fascistas puritanos da agência norte-americana. Mas Smiley fora elevado ao quinto andar, e uma de suas tarefas consistia em manter os postulantes afastados de Control. Por isso Alleline teve de procurar Smiley e indagar: "Por quê?" Percy ia à sala de Smiley quando Control estava ausente, só para convidá-lo a visitar aquele horrível apartamento que ele tinha, tomando cuidado prévio de mandar sua amante ao cinema. E interrogava Smiley, naquele seu sotaque lamentoso: "Por quê?" Chegou mesmo a investir numa garrafa de uísque de malte, que obrigou Smiley a beber liberalmente, enquanto ele próprio se contentou com outra marca, mais barata.

"O que eu fiz a ele, George, de tão desgraçadamente especial? Tivemos uma ou duas escaramuças, mas o que há de tão fora do comum nisso, diga-me? Por que ele tem essa marcação comigo? Tudo o que eu peço é um lugar na mesa alta. Deus é testemunha de que meu passado me dá direito a isso."

Referindo-se à mesa alta, ele queria dizer o quinto andar.

A folha de atribuições que Control redigiu para Alleline, à primeira vista, escrita numa forma capaz de impressionar, dava-lhe o direito de examinar todas as operações antes de serem lançadas. Mas havia uma ressalva que tornava esse direito dependente da seguinte condição: o assentimento das seções operacionais. E Control tomou todas as cautelas para que isso não ocorresse. A folha de atribuições declarava que Alleline deveria "coordenar recursos e eliminar rivalidades regionais", uma ideia que Alleline havia desde então tornado realidade com a criação da Estação de Londres. Mas as seções que dispunham de recursos, com seus informantes, falsificadores, olheiros etc. recusaram-se a abrir seus livros ao exame de Alleline, que não tinha poderes para obrigá-las a fazê-lo. Por isso Alleline estava à míngua, e suas bandejas de papéis viviam sempre vazias a partir da hora do almoço.

"Sou um medíocre. Então é isso? Hoje em dia temos de ser gênios, prima-donas, e não desgraçados integrantes do coro. Somos velhos. É isso." Mas Alleline, embora isso pudesse facilmente ser esquecido ao olhar-se para ele, ainda era um homem bastante jovem para sentar-se à mesa alta, tendo oito ou nove anos menos que Haydon. E a diferença de idade seria ainda maior em relação a Control.

Control mostrou-se irredutível. "Percy Alleline seria capaz de vender a própria mãe para receber o título de cavaleiro, e vender este Serviço para obter uma cadeira na Câmara dos Lordes." E mais ainda, quando sua horrível doença começou a miná-lo, disse: "Eu me recuso a legar o trabalho de toda minha vida a um cavalo de batalhão. Sou excessivamente orgulhoso para deixar-me lisonjear, velho demais para ser ambicioso, e sou feio como um sapo. Percy é exatamente o contrário, e existe um número bastante grande de homens de espírito, em Whitehall, que preferem seu tipo ao meu."

Poderia afirmar-se que Control indiretamente colocou a Operação Bruxaria em sua própria cabeça.

"George, venha cá", falou Control num tom incisivo, um belo dia, usando o telefone interno. "O irmão Percy está querendo me pisar nos calos. Venha cá senão vai correr sangue."

Foi numa época, Smiley se recordava, em que os guerreiros fracassados estavam regressando de terras estrangeiras. Roy Bland acabara de chegar de avião, de Belgrado, onde, com a ajuda de Toby Esterhase, estivera procurando salvar os destroços de uma rede em seus últimos estertores; Paul

Skordeno, naquela época o chefe na Alemanha, acabara de enterrar seu melhor agente soviético em Berlim Oriental. Quanto a Bill, após sua infrutífera viagem, estava de volta ao Circus, furioso com a arrogância do Pentágono, a burrice do Pentágono, a duplicidade do Pentágono, afirmando que havia chegado a hora de negociar com os malditos russos.

Já passava da meia-noite em Islay. Uma visita retardatária estava tocando a campainha. Isso lhe custaria 10 xelins, que teria de dar a Norman, pensou Smiley, para quem a nova moeda inglesa ainda era coisa que o deixava perplexo. Com um suspiro, puxou para perto de si a primeira pasta dos arquivos da Operação Bruxaria, e condescendendo em dar uma cautelosa lambida no dedo indicador e no polegar, começou a trabalhar, associando a memória oficial à sua própria.

"Nós falamos", escreveu Alleline, apenas uns dois meses após aquela entrevista, numa carta pessoal e ligeiramente histérica, dirigida ao eminente primo de Ann, o ministro, e registrada no arquivo de Lacon. "Os relatórios da Operação Bruxaria provêm de uma fonte extremamente sensível. Em minha opinião, nenhum dos métodos de distribuição que existem em Whitehall está à altura do caso. O sistema de malas de despachos que utilizamos para a Operação Moscardo desabou quando os clientes de Whitehall perderam as chaves, ou por ocasião do vergonhoso caso em que um subsecretário, assoberbado de trabalho, deu sua própria chave a um assistente pessoal. Já me comuniquei com Lilley, do Serviço de Informações da Marinha, que está pronto a colocar à nossa disposição uma sala especial de leitura no prédio principal do Almirantado, onde o material ficará à disposição dos clientes desse serviço, sob a fiscalização de um porteiro sênior. A sala de leitura será conhecida pela denominação de sala de conferências do Partido Trabalhista do Adriático, ou sala do PTA. Os clientes que tiverem direito à leitura não serão portadores de passes, uma vez que esses passes estão sujeitos a abusos. Em vez disso, deverão identificar-se pessoalmente ao *meu* porteiro (Smiley reparou no pronome possessivo), que estará de posse de uma lista com as fotografias desses clientes..."

De Lacon ao Tesouro, ainda não convencido, por intermédio de seu odioso patrão, o ministro, diante de cujo nome sua submissão era invariável: "Mesmo admitindo que isso seja necessário, a sala de leitura terá de ser muito remodelada:

1. O Senhor autoriza as despesas?
2. No caso afirmativo, tais despesas deverão correr por conta do Almirantado. O Departamento o reembolsará de maneira reservada.
3. Há também o problema dos porteiros extras. Mais uma despesa..."

E há o problema da maior glória de Alleline, refletiu Smiley ao fechar lentamente o volume. Sua glória já brilhava como um fanal, por toda parte. Percy estava a caminho da mesa alta, e Control já poderia estar morto.

Veio da escada um canto lindo. Um hóspede galês, completamente embriagado, estava dando boa-noite a todos.

Quanto à Operação Bruxaria, lembrava-se Smiley, novamente apelando para sua memória, os arquivos não conheciam nada de mais humano. A Operação Bruxaria era, sem dúvida, a primeira tentativa de Percy Alleline, em seu novo posto, no intuito de lançar uma operação que fosse de fato sua. Mas como as atribuições que possuía o obrigavam a obter a aprovação de Control, os antecedentes dessa operação haviam nascido mortos. Durante algum tempo, por exemplo, ele se concentrara em escavar um túnel. Os americanos haviam aberto túneis de escuta em Berlim e em Belgrado, e os franceses tinham conseguido fazer algo de parecido contra os americanos. Pois bem: sob a bandeira de Percy, o Circus entraria no mercado. Control considerou o plano com benevolência: foi criada uma comissão constituída de pessoas dos vários serviços (conhecida pela denominação de Comissão Alleline); uma equipe de membros da Seção de Engenharia realizou uma investigação sobre os alicerces da Embaixada Soviética de Londres, onde Alleline contava com o apoio irrestrito do mais recente regime militar, o qual, como os que o haviam precedido, ele muito admirava. Em seguida, de um jeito muito brando, Control derrubou a construção de Percy com alguns golpes certeiros, e ficou aguardando que ele aparecesse com algum novo projeto. Após vários golpes trocados entre os dois, era exatamente o que Percy estava fazendo naquela manhã cinzenta quando Control intimou peremptoriamente Smiley para que tomasse parte na festa.

Control estava sentado à sua mesa de trabalho, e Alleline permanecia de pé, junto à janela, havendo entre eles uma pasta simples, de cor amarela, fechada.

— Sente-se aí e dê uma olhadela nessa bobagem — disse Control.

Smiley acomodou-se na poltrona e Alleline continuou onde estava, apoiando os grandes cotovelos no peitoril da janela e olhando por sobre os telhados a Coluna de Nelson e as torres de Whitehall, que ficavam mais além.

Havia na pasta uma fotografia do que parecia ser um despacho naval soviético, de alto nível, com 15 páginas.

— Quem fez a tradução? — indagou Smiley, pensando que era boa demais para ter sido obra de Roy Bland.

— Foi Deus — respondeu Control. — Deus fez esta tradução, não é isso, Percy? Não pergunte nada a ele, George. Ele não dirá a você.

Chegara o momento de Control parecer excepcionalmente jovem. Smiley lembrou-se de como Control perdera peso, como suas faces estavam rosadas, e como as pessoas que o conheciam pouco sempre o felicitavam por sua boa aparência. Somente Smiley, talvez, notara as minúsculas gotas de suor que, mesmo naqueles dias, habitualmente pontilhavam o repartido do cabelo de Control.

O documento consistia precisamente numa apreciação, supostamente elaborada pelo Alto Comando Soviético, de uma recente manobra naval russa no Mediterrâneo e no Mar Negro. No arquivo de Lacon, fora registrada simplesmente como Relatório Nº II, sob o título “Naval”. Durante meses o Almirantado havia implorado ao Circus que lhe fornecesse qualquer coisa sobre essa manobra. Por conseguinte, o documento tinha uma impressionante atualidade, que o tornou imediatamente suspeito aos olhos de Smiley. Era pormenorizado, mas tratava de assuntos de que Smiley não entendia, nem mesmo de maneira vaga: poder de desferir ataques de represália, procedimentos de radiativação do sistema de alerta do inimigo, em suma, a alta matemática do equilíbrio do terror. Se fosse verdadeiro, o documento seria ouro em pó. Mas não havia qualquer razão concebível para supor-se que fosse de fato verdadeiro. Todas as semanas o Circus processava dezenas de documentos tidos como soviéticos, não solicitados. Alguns deles eram deliberadamente oferecidos pelos aliados, no seu próprio interesse; outros eram russos. Muito raramente, um deles era valioso; geralmente, porém, depois de haver sido rejeitado.

— Que iniciais são estas? — indagou Smiley, referindo-se a umas anotações em russo, feitas à margem, a lápis. — Alguém sabe?

Control voltou a cabeça em direção a Alleline e declarou:

— Pergunte à autoridade. Não pergunte a mim.

— São de Zharov — disse Alleline. — Almirante da Esquadra do Mar Negro.

— Não estão datadas — objetou Smiley.

— São um rascunho — comentou Alleline, complacentemente, com o sotaque mais forte que de costume. — Zharov assinou-as na quinta-feira. O despacho definitivo, com essas emendas, começou a circular na segunda-feira, devidamente datado.

Era terça-feira.

— De onde veio? — indagou Smiley, ainda meio perdido.

— Percy não está capacitado a nos informar — disse Control.

— O que dizem seus avaliadores?

— Eles não examinaram o documento — declarou Alleline. — E mais, não vão pôr os olhos nele.

— Lilley, meu irmão em Cristo — acrescentou Control —, do Serviço de Informações da Marinha, deu um parecer preliminar, não foi isso, Percy? Percy mostrou-lhe o documento ontem à noite, enquanto bebericavam um gim com vermute, não foi, Percy? No Traveller's?

— No Almirantado.

— O irmão Lilley, sócio do Clube Caledoniano, que é o de Percy, é pessoa normalmente sóbria em louvores. Mas telefonou para mim há meia hora, e foi positivamente exagerado. Chegou até a dar-me parabéns. Considera o documento genuíno e pede nossa permissão, a de Percy, suponho que deveria falar assim, para informar seus colegas do Almirantado a respeito das conclusões do documento.

— Isso é absolutamente impossível — disse Alleline. — O documento é apenas para ele ver, pelo menos durante mais umas duas semanas.

— A coisa é tão quente — explicou Control — que temos de deixá-la esfriar para que possa ser distribuída.

— Mas de onde veio isso? — insistiu Smiley.

— Ah, Percy imaginou um nome suposto. Não se preocupe. Ele nunca foi mole quando se trata de arranjar nomes falsos, não é, Percy?

— Mas qual foi o tipo de acesso? Que funcionário tratou do caso?

— Você vai gostar disso — prometeu Control, num aparte. Estava indignado. Durante um convívio já tão longo com ele, Smiley não conseguiu lembrar-se de vê-lo assim tão furioso. Suas mãos finas e cobertas de sardas estavam trêmulas, e seus olhos, normalmente sem vida, fuzilavam de cólera.

— Fonte Merlin — disse Alleline, fazendo preceder sua declaração por um sugar dos dentes, ligeiro, mas bem escocês. — É uma fonte altamente colocada, que tem acesso aos níveis mais delicados dos órgãos soviéticos que definem os rumos da política. — E acrescentou como se isso fosse um título de propriedade: — Conferimos ao produto o título de Bruxaria.

Ele empregara o mesmo tipo de palavras, observou Smiley, numa carta altamente sigilosa e pessoal, dirigida a um amigo do Tesouro, pedindo maior arbítrio e pagamento *ad hoc* para os agentes.

— Ele vai dizer que ganhou no próximo bolão esportivo — advertiu Control. Apesar de sua *segunda juventude*, revelava a imprecisão de um velho quando se tratava de empregar linguagem popular. — Agora, Smiley, faça com que ele diga por que não quer contar as coisas a você.

Alleline permaneceu irredutível. Também enrubescera, mas de triunfo, não de doença. Estufou o grande peito para pronunciar um longo discurso, dirigindo-se exclusivamente a Smiley, num tom monocórdio que parecia o de um sargento de polícia escocês prestando depoimento perante algum tribunal.

— A identidade da Fonte Merlin é um segredo que não me cabe divulgar. É fruto de um longo trato de certas pessoas deste Serviço. Pessoas ligadas a mim, como estou a elas ligado. E que não se mostram de modo algum alegres com o índice de insucessos desta Casa. Há muita coisa a ser jogada fora. Muita coisa que se perde e se desperdiça. Escândalos demais. Eu já disse isso muitas vezes, mas poderia muito bem ter lançado palavras ao vento, diante da atenção que me dispensaram.

— Ele está se referindo a mim — explicou Control, em aparte. — Eu sou o *ele* desta arenga, você compreende, Smiley?

— Os princípios gerais das atividades de segurança foram esquecidos neste Serviço. É preciso saber: onde estão eles? Uma descentralização em todos os níveis. Onde estão eles? Há um excesso de críticas caluniosas, em nível regional, estimuladas pela cúpula.

— Outra referência a mim — acrescentou Control.

— Dividir para reinar, eis o princípio que nos governa hoje. As pessoas que deveriam estar ajudando a lutar contra o comunismo vivem todas elas tentando esganar-se. Estamos perdendo nossos parceiros mais altamente colocados.

— Ele se refere aos americanos — explicou Control.

— Estamos perdendo nossos meios de subsistência, nosso respeito próprio. Já tivemos o bastante. Na verdade, ficamos empanturrados.

Alleline apanhou o relatório e o enfiou debaixo do braço.

— E como todas as pessoas que já tiveram o bastante — disse Control no momento em que Alleline saiu ruidosamente da sala —, ele quer mais ainda.

Durante algum tempo, os arquivos de Lacon e não a memória de Smiley retomaram a história. Era típico da atmosfera daqueles últimos meses que Smiley, trazendo à baila um problema, não recebesse subsequentes informações sobre como o caso evoluíra. Control detestava os fracassos, como detestava as doenças e, acima de tudo, seus próprios fracassos. Sabia que admitir um insucesso era viver com ele. E sabia que um serviço que não luta é incapaz de sobreviver. Detestava os agentes que usavam camisas de seda e avançavam em gordas fatias do orçamento, em prejuízo das redes, que viviam sobriamente e nas quais depositava confiança. Gostava do sucesso, mas odiava milagres se estes afastassem seus outros propósitos situados no centro dos acontecimentos. Detestava a debilidade, como abominava o sentimentalismo e a religião, e não suportava Percy Alleline, que possuía a maior parte desses atributos em grau apreciável. A maneira como Control lidava com tudo isso consistia, a rigor, em fechar a porta e retirar-se para a encardida solidão de suas salas no andar superior, sem receber visitas e mandando que todas as chamadas telefônicas fossem a ele encaminhadas pelas matronas. Aquelas mesmas tranquilas matronas serviam seu chá de jasmim e lhe forneciam um número infinito de pastas de arquivos do escritório, que ele mandava buscar e devolvia, aos montes. Smiley as via empilhadas em frente à porta quando por ali andava, tratando de seus afazeres ou tentando manter o resto do Circus à tona, impedindo que tudo submergisse. Muitas daquelas pastas eram antigas, datando de antes da época em que Control começara a chefiar o grupo. Algumas eram de caráter pessoal, biografias de antigos e atuais membros do Serviço.

Control nunca dizia o que estava fazendo. Se Smiley o indagasse às matronas, ou se acaso Bill aparecesse na sala de Control — era seu predileto — e fizesse alguma pergunta, elas se limitariam a balançar a cabeça ou a franzir o cenho, silenciosamente, erguendo os olhos para os céus. "Era um caso em conclusão", diziam aqueles olhares amáveis. "Estamos condescendendo com um grande homem, no final de sua carreira." Mas Smiley, agora folheando pacientemente uma pasta após outra, lembrava-se, num desvão de sua mente complexa, da carta de Irina para Ricki Tarr. Smiley sabia disso e, num sentido muito positivo, sentiu-se reconfortado com o fato: afinal, ele não era o primeiro a realizar essa viagem de exploração, pois o fantasma de Control era seu companheiro nas mais remotas paragens, e poderia mesmo ter permanecido presente em toda a Operação Testemunho, na undécima hora, se a morte não o tivesse obrigado a parar.

Outro café da manhã, e um galês muito moderado, que não se mostrava inspirado por salsichas malpassadas e tomates cozidos demais.

— Você quer isso de volta? — indagou Lacon. — Ou já acabou? Não há de ser muito esclarecedor, pois nem contém os relatórios.

— Hoje à noite, por favor, se você não se importar.

— Imagino que você já reparou que está parecendo uma ruína.

Smiley não o percebera. Mas na Bywater Street, quando ali voltou, o belo espelho de Ann, com sua moldura dourada, mostrou-lhe que seus olhos estavam vermelhos e suas fartas bochechas revelavam fadiga. Dormiu durante algum tempo. Em seguida, prosseguiu em seus misteriosos caminhos. Ao cair da noite, Lacon já estava a sua espera. Smiley entregou-se imediatamente à leitura.

Durante seis semanas, de acordo com os arquivos, o despacho naval não tivera um sucessor. Outras seções do Ministério da Defesa refletiam o entusiasmo do Almirantado diante do despacho original, e o Ministério do Exterior observara que "o documento lançara extraordinárias luzes acerca do agressivo pensamento soviético", o que quer que isso pudesse significar. Alleline persistira em suas exigências para que fosse dispensado um tratamento especial à matéria, mas parecia um general que não dispunha de tropa. Lacon referiu-se friamente ao "acompanhamento um tanto atrasado", e sugerira a seu ministro que ele deveria "esclarecer a situação junto ao Almirantado". Quanto a Control, não havia coisa alguma, segundo o arquivo. Talvez ele estivesse de joelhos e rezando para que o assunto não desse em nada. Nessa calmaria, o observado Tesouro de Moscou notara que Whitehall tinha visto muita coisa igual àquela nos últimos anos: um estimulante relatório inicial, depois o silêncio ou, pior ainda, um escândalo.

Ele estava enganado. Na última semana, Alleline anunciou a publicação de mais três relatórios da Operação Bruxaria, todos no mesmo dia. E todos sob a forma de correspondência trocada entre os departamentos soviéticos, embora os assuntos fossem muito diferentes uns dos outros.

Bruxaria Nº 2, conforme o sumário de Lacon, descrevia as tensões do Comecon e se referia ao efeito degenerador das transações comerciais do Ocidente com seus membros mais débeis. Segundo o Circus, tratava-se de um relatório clássico do território de Roy Bland, abrangendo efetivamente o alvo que a rede Agravar, com base na Hungria, em vão atacara durante anos. "Excelente *tour d'horizon*", escreveu um cliente do Ministério do Exterior, "apoiado por alguns bons colaterais."

O Bruxaria Nº 3 discutia o revisionismo na Hungria e os reiterados expurgos de Kadar nos setores da vida política e acadêmica. A melhor maneira de pôr um fim àquele falatório, na Hungria, dizia o autor do documento, tomando de empréstimo uma expressão criada por Kruschov muito tempo antes, seria fuzilar mais alguns intelectuais. "Advertência salutar", escreveu o mesmo comentarista do Ministério do Exterior, "a todos os que se comprazem em pensar que a União Soviética está usando de brandura com seus satélites".

Esses dois relatórios eram, em essência, de caráter preliminar, mas o Bruxaria Nº 4 continha 60 páginas, sendo considerado pelos clientes como sem paralelo. Era uma apreciação, de caráter altamente técnico, feita pelo Serviço Exterior Soviético, sobre as vantagens e desvantagens de negociar-se com um presidente norte-americano debilitado. A conclusão, em síntese, era que, se a União Soviética desse uma colher de chá ao presidente, ajudando-o perante seu eleitorado, poderia obter valiosas concessões nos futuros debates sobre os mísseis nucleares de ogivas múltiplas. Mas o relatório punha seriamente em dúvida a conveniência de permitir-se que os Estados Unidos sentissem estar perdendo demais, porquanto isso poderia induzir o Pentágono a desferir um golpe punitivo ou antecipado. O relatório provinha do verdadeiro âmago do território de Bill Haydon. Mas como o próprio Haydon escreveu, num tocante memorando dirigido a Alleline, que foi prontamente copiado à revelia do próprio Haydon e enviado ao ministro, sendo arquivado em seu gabinete, "em 25 anos de investidas contra as metas nucleares soviéticas, ele jamais pusera as mãos em coisa alguma daquela qualidade". E concluiu: "Salvo se eu estiver muitíssimo enganado, tampouco fizeram os americanos, nossos irmãos em armas. Sei que os dias de hoje ainda não são favoráveis. No entanto, ocorre-me que, se alguém levar esse material a Washington, poderá realizar uma ótima barganha. De fato, se Merlin mantiver seus padrões, eu me aventuro a prever que poderemos comprar qualquer coisa que houver em estoque na agência americana."

Percy Alleline tinha sua sala de leitura. E George Smiley fez café no desprezado bico de gás que ficava ao lado do lavatório. O medidor do meio-dia estava a zero e Smiley, de mau humor, chamou Norman e mandou que ele lhe trouxesse cinco libras, trocadas em xelins.

17

Smiley continuou sua jornada, com crescente interesse, através do magro registro daquela primeira reunião dos protagonistas, até os dias de hoje. Naquela época, tamanho clima de suspeição dominava o Circus que mesmo entre Smiley e Control o assunto Fonte Merlin se transformara em tabu. Alleline trouxe os relatórios da Operação Bruxaria e ficou aguardando na antessala enquanto as matronas os levaram a Control, que os assinou imediatamente, só para demonstrar que não os lera. Alleline levou os arquivos de volta, enfiou a cabeça através da porta de Smiley, resmungou um bom-dia e desceu as escadas, pisando forte. Bland ficou a distância, e mesmo as alegres visitas de Bill Haydon, que constituíam, tradicionalmente, uma parte da vida do Circus, e as conversas sobre questões de trabalho que, nos velhos tempos, Control gostava de estimular entre seus assistentes mais graduados tornaram-se mais raras e mais breves, acabando por cessar de todo.

— Control está ficando maluco — Haydon disse a Smiley, com desprezo. — E se não estou enganado, está morrendo também. É apenas uma questão do que vai tomar conta dele primeiro.

As habituais reuniões das terças-feiras foram suspensas, e Smiley viu-se constantemente acossado por Control para que viajasse ao exterior, cumprisse alguma missão confusa, ou visitasse os distantes postos no país, Sarratt, Brixton, Acton e os demais, como seu enviado pessoal. Sentia cada vez mais que Control desejava mantê-lo a distância. Quando os dois conversavam, Smiley percebia o pesado tom de suspeita que havia entre eles, de tal sorte que pensou seriamente se Bill não teria razão e se Control não estaria incapacitado para o trabalho.

Os arquivos do gabinete do ministro esclareceram que os meses subsequentes testemunharam o firme desenvolvimento da Operação Bruxaria, sem qualquer ajuda de Control. Os relatórios chegavam à razão de dois ou mesmo três mensalmente, e seu padrão, segundo os clientes, continuava excelente, embora o nome de Control raramente fosse neles mencionado, não sendo ele jamais convidado a comentá-los. Por vezes os avaliadores davam opiniões evasivas. Mais frequentemente, queixavam-se de que a corroboração dos relatórios não seria possível porque Merlin os conduzia a áreas inexploradas. Não seria possível solicitar aos americanos que verificassem as coisas? Não poderíamos pedir-lhes isso, declarara o ministro. Ainda não, dissera Alleline, que acrescentou, num memorando confidencial e que não foi lido por ninguém. "Quando o assunto estiver maduro, faremos mais do que barganhar nosso material pelo deles. Não estamos interessados numa única transação. Nossa tarefa consiste em estabelecer a pista de Merlin, sem dúvida alguma. Quando isso estiver feito, Haydon poderá dirigir-se ao mercado..."

Já não havia a menor dúvida sobre isso. Entre os poucos escolhidos, admitido às câmaras do Partido Trabalhista do Adriático, Merlin era um vencedor. Seu material era preciso, frequentemente confirmado retrospectivamente por outras fontes... Uma Comissão Bruxaria foi instituída sob a presidência do ministro, e Alleline foi nomeado seu vice-presidente. Merlin tornara-se uma indústria, e Control nem mesmo foi por ela empregado. Por esse motivo, em desespero, ele despachara Smiley, com sua tigela de mendigo: "Eles são três, além de Alleline", disse Control. "Interrogue-os, George. Tente os homens. Importune-os. Dê-lhes o que quiserem comer."

Os arquivos eram também abençoadamente omissos acerca dessas reuniões, e elas se situavam nos piores desvãos da memória de Smiley. Ele já então sabia nada haver na despensa de Control que pudesse matar a fome daqueles três homens.

Era o mês de abril. Smiley regressara de Portugal, onde estivera pondo uma pedra em cima de certo escândalo. Verificou, em seu regresso, que Control estava vivendo sob estado de sítio. Os arquivos jaziam espalhados pelo chão; novos fechos tinham sido adaptados às janelas. Control pusera o abafador de chá sobre seu telefone e, do teto, pendia um sonofletor de proteção contra escuta clandestina, algo parecido com um ventilador, que variava constantemente a altura do som que emitia. Durante as três semanas em que Smiley estivera ausente, Control se tornara um velho.

— Diga-lhes que estão comprando seu ingresso com dinheiro falso — ordenara ele, mal levantando os olhos de seus arquivos. — Diga-lhes qualquer coisa. Preciso de tempo.

"Eles são três, além de Alleline", Smiley repetia para si mesmo, sentado à mesa de jogo do major, estudando a lista de Lacon que continha os nomes dos que haviam sido afastados da Operação Bruxaria. Eram então 68 visitantes, portadores de cartões que lhes permitiam entrar na sala de leitura do Partido Trabalhista do Adriático. Cada um deles, como se fosse um membro do Partido Comunista, era numerado conforme a data de sua admissão. A lista havia sido novamente datilografada depois da morte de Control.

De repente, o cérebro de Smiley, alerta enquanto lia todas as inferências, todas as conexões indiretas, foi tomado de uma visão bastante estranha: ele e Ann estavam caminhando sobre os penhascos da Cornualha. Isso acontecera logo depois da morte de Control, a pior fase de seu longo e confuso casamento de que Smiley seria capaz de se recordar. Estavam numa parte bem avançada do litoral, em algum lugar entre Lamorna e Porthcurno, e tinham se dirigido até fora da estação, aparentemente para que Ann respirasse o ar marinho a fim de curar sua tosse. Haviam tomado a estrada litorânea, perdidos em seus pensamentos: ela a lembrar-se de Haydon, supunha Smiley, ao passo que ele pensava em Control, Jim Prideaux e Operação Testemunho. Não havia a mais leve harmonia entre ambos. Tinham perdido completamente a tranquilidade quando estavam juntos. Eram um mistério um para o outro, e a conversação mais banal poderia tomar rumos estranhos e incontroláveis. Em Londres, Ann vivera de maneira desvairada, aceitando qualquer homem que a quisesse. Ele sabia apenas que ela estava procurando esquecer alguma coisa que a magoava ou preocupava muito. Mas Smiley não sabia como se aproximar dela.

— Se eu tivesse morrido — perguntou Ann subitamente — em vez de Control, como você se sentiria em relação a Bill?

Smiley ainda estava pensando em uma resposta quando ela acrescentou:

— Às vezes eu acho que sou um penhor de sua opinião sobre ele. Seria isso possível? Que eu de certo modo preservo a união entre vocês dois. Será isso possível?

— É possível — declarou Smiley, acrescentando: — Acho que dependo de Bill, de certo modo.

— Bill é importante no Circus?

— Mais do que era, provavelmente.

— Ele ainda vai a Washington, lida com eles e os vira de cabeça para baixo?

— Acho que sim. Ouço dizer.

— Ele é tão importante como você era?

— Suponho que sim.

"Eu suponho", repetiu Ann: "Eu espero. Eu ouço dizer."

— Então ele é *melhor*. Melhor do que você para agir. Melhor na estratégia? Diga-me, por favor, diga-me. Você precisa fazer isso.

Ela estava estranhamente excitada. Seus olhos, lacrimejantes por causa do vento, fitavam Smiley com desespero. Segurou-lhe o braço com as duas mãos e, como se fosse uma criança, puxava-o para obter uma resposta.

— Você sempre me disse que não se deve comparar os homens — respondeu ele meio sem jeito. — Você sempre me disse que não pensava nesse tipo de comparação.

— Diga-me.

— Bem. Não. Ele não é melhor que eu.

— Ele é tão bom quanto você?

— Não.

— E se eu não estivesse aqui, o que você pensaria dele? Se Bill não fosse meu primo, não fosse nada meu? Diga-me. Você pensaria melhor ou pior a respeito dele?

— Pior, acho.

— Então pense pior agora. Eu o repeli da família, de nossas vidas, de tudo. Aqui neste momento. Estou jogando Bill no mar. Você está me entendendo?

Smiley compreendeu apenas o seguinte: volte para o Circus, acabe seu trabalho. Era uma das dez maneiras que ela tinha de dizer a mesma coisa.

Ainda perturbado com essa intromissão de sua memória, Smiley levantou-se meio agitado e dirigiu-se até a janela, seu ponto habitual de observação quando ficava distraído. Uma fileira de gaivotas, meia dúzia delas, havia pousado no parapeito. Ele devia ter ouvido seus pios e se recordado daquela caminhada em Lamorna.

"Eu tusso quando há coisas que não posso dizer", Ann lhe havia declarado certa vez. O que, então, ela não poderia dizer?, indagou ele soturnamente aos tubos das chaminés do outro lado da rua. Connie poderia dizer, Martindale também. Então por que Ann não poderia?

"Eles são três, além de Alleline", Smiley murmurou de maneira audível. As gaivotas tinham desaparecido, voando todas de uma vez, como se houvessem descoberto algum lugar melhor. "Diga-lhes que estão comprando seu ingresso com dinheiro falso." E se os bancos aceitarem esse dinheiro? Se os peritos declararem que ele é verdadeiro, e se Bill Haydon o louvar até os céus? E se os arquivos do gabinete do ministro estiverem cheios de aplausos pelos novos bravos de Cambridge Circus que, afinal, acabaram com a má sorte?

Smiley escolhera primeiro Esterhase porque Toby lhe devia a carreira. Ele o recrutara em Viena. Era um estudante que estava morrendo de fome, morando nas ruínas de um museu do qual seu falecido tio fora curador. Smiley o levou a Acton e o submeteu a um interrogatório, em sua mesa de trabalho, de nogueira, com aquela fileira de telefones cor de marfim. Na parede os *Reis Magos* ajoelhados, uma duvidosa pintura italiana do século

XVII. Viam-se através da janela um pátio fechado, cheio de carros que ali se amontoavam, caminhões, caminhonetes e motocicletas, e também cabanas de repouso onde os informantes matavam o tempo entre seus turnos de serviço. Primeiro, Smiley indagou a Toby acerca de sua família: ele tinha um filho que estava em Westminster e uma filha que cursava o primeiro ano de uma escola de medicina. Em seguida, Smiley disse a Toby que os informantes estavam com dois meses de atraso em seus cronogramas e, quando Toby se esquivou, Smiley perguntou-lhe diretamente se seus rapazes haviam estado executando algumas tarefas especiais nos últimos tempos, no país ou no exterior, o que Toby, por bons motivos de segurança, julgou que não deveria mencionar em seus relatórios.

— Para quem eu faria isso, George? — indagara Toby, com aqueles olhos mortiços. — Você sabe que em meu *livro* isso é inteiramente ilegal. — As expressões idiomáticas, no livro de Toby, tinham um jeito de tornar-se ridículas.

— Bem. Imagino que você faria isso por Percy Alleline — insinuou Smiley, fornecendo-lhe uma desculpa. — Afinal de contas, se Percy *mandou* que você fizesse alguma coisa e não a registrasse, você estaria numa posição muito difícil.

— Mas que espécie de coisa, George?

— Limpar uma caixa postal estrangeira, "viciar" um cofre, espionar alguém, cercar uma Embaixada. Percy é o diretor de Operações, afinal de contas. Você poderia pensar que ele estaria agindo de acordo com instruções do quinto andar. Acho que isso poderia acontecer de maneira bem razoável.

Toby olhou cautelosamente para Smiley. Tinha um cigarro na mão. No entanto, embora o tivesse acendido, não estava fumando. Era um cigarro desses que a própria pessoa enrola, que ele tirara de uma cigarreira de prata. Depois de acendê-lo, não o pôs na boca uma única vez. Ficou balançando o cigarro, de um lado para outro, por vezes aprumando-o como se fosse colocá-lo na boca, mas nunca o fez. Nesse meio-tempo Toby falou, fazendo uma de suas afirmações de cunho pessoal, supostamente definitivas, acerca da situação em que se encontrava nessa etapa da vida.

Gostava do Serviço, assim disse. Preferia permanecer nele. Era sentimental a respeito do Serviço. Tinha outros interesses e, a qualquer momento, eles poderiam exigir todo o seu tempo. Mas o Serviço era do que mais gostava. Seu problema, dizia ele, era ser promovido. Não que ele o desejasse por motivos de ambição. Diria que seus motivos eram de caráter social.

— Você sabe, George, depois de tantos anos de trabalho eu me sinto muito constrangido quando esses rapazes jovens me dão ordens. Você entende o que quero dizer? Mesmo Acton. Só esse nome, Acton, é ridículo para eles.

— Ah! — exclamou Smiley, num tom brando. — Que rapazes são esses?

Mas Esterhase perdera o interesse. Completada a declaração que havia feito, sua fisionomia reassumiu aquela familiar expressão neutra, e seus olhos baços fixaram-se num ponto a meia distância.

— Você se refere a Roy Bland? — indagou Smiley. — Ou a Percy? Percy é jovem. Quem são eles, Toby?

— Eu não dei certo — exclamou Toby. — George, quando um homem já passou da época de ser promovido e está metendo a cara no trabalho, qualquer pessoa que estiver acima dele na hierarquia parece jovem.

— Talvez Control pudesse fazer você subir — sugeriu Smiley, não se preocupando em cumprir ele próprio essa tarefa.

A resposta de Toby deu-lhe um calafrio:

— Bem, na realidade, você sabe, George, eu não tenho assim tanta certeza de que ele possa de fato agir dessa maneira. Escute uma coisa: eu quero dar um presente a Ann — acrescentou ele, abrindo uma gaveta. — Quando ouvi dizer que você vinha aqui, telefonei para uns franceses, amigos meus. Alguma coisa bonita, para uma mulher impecável. Você sabe que eu nunca me esqueço de Ann, desde que nos encontramos, certa vez, num coquetel de Bill Haydon.

Foi assim que Smiley conquistou o prêmio de consolação, um perfume caro, contrabandeado, presumiu ele, por um dos informantes de Toby que regressara à Inglaterra. E Smiley levou sua tigela de mendigo a Bland sabendo que, ao proceder assim, estava se aproximando mais de Haydon.

Voltando à mesa do major, Smiley deu uma busca nos arquivos de Lacon até encontrar um volume fino, marcado com a etiqueta "Operação Bruxaria — Subsídios Diretos", que registrava as primeiras despesas com a Fonte Merlin. "Por motivos de segurança, propomos", escrevera Alleline em outro memorando pessoal dirigido ao ministro e datado de quase dois meses antes, "manter o financiamento da Operação Bruxaria *absolutamente* separado de todos demais documentos do Circus. Até que se possa encontrar uma adequada denominação sigilosa, solicito que sejam pagas *subvenções diretamente do Tesouro*, em vez de meros suplementos da verba do Voto Secreto, as quais, no momento oportuno, *certamente acharão seu caminho até a contabilidade do Circus. Então eu lhe prestarei contas pessoalmente*".

"Aprovado", despachou o ministro ao cabo de uma semana. "Desde que..."

Não havia ressalvas. Um rápido olhar lançado à primeira série de números mostrou a Smiley tudo quanto ele precisava saber: já em maio daquele ano, quando se realizou aquela entrevista em Acton, Toby Esterhase fizera nada menos que oito viagens à custa do orçamento da Operação Bruxaria: duas a Paris, outras tantas a Haia, uma a Helsinki e três a Berlim. A finalidade de cada uma dessas viagens fora sucintamente descrita como "coleta de produtos". De maio a novembro, quando Control desapareceu da cena, Esterhase realizou mais 19 viagens. Uma delas o levou a Sófia, outra a Istambul. Nenhuma dessas viagens exigiu mais de três dias de ausência. Foram realizadas, em sua maioria, nos fins de semana. Em várias delas, Toby foi acompanhado por Bland.

Para não levar as coisas ao extremo, Toby Esterhase, Smiley disso nunca duvidara seriamente, mentira de maneira deslavada. Era agradável encontrar um registro que confirmava essa impressão.

Os sentimentos de Smiley para com Roy Bland eram, naquela época, de caráter ambivalente. Evocando-os agora, concluiu que ainda tinham esse mesmo caráter. Um professor o descobrira, e Smiley o recrutara. A combinação havia sido estranhamente semelhante à que trouxera Smiley para a rede do Circus. Nessa ocasião, entretanto, não havia nenhum monstro alemão capaz de acender uma flama patriótica, e Smiley sempre ficara um tanto constrangido com os protestos anticomunismo. A exemplo de Smiley, Bland não tivera verdadeira infância. Seu pai era um estivador, membro apaixonado de seu sindicato e do Partido Comunista. A mãe morreu quando ele era menino. O pai detestava a educação, como detestava a autoridade. E quando Bland tornou-se um intelectual, o pai meteu na cabeça que perdera o filho em benefício da classe dominante e procurou sufocá-lo. Bland abriu seu caminho na escola secundária e, durante as férias, trabalhava como um mouro, assim diria Toby, para conseguir renda extra. Quando Smiley o encontrou na sala de seu orientador, em Oxford, ele tinha o aspecto exausto de alguém que acabava de chegar de uma péssima viagem.

Smiley o tomou a seu cargo e, durante vários meses, foi aproximando-se de uma proposta, que Bland aceitou, principalmente, conforme Smiley presumiu, por causa de sua animosidade contra o pai. Vivendo de biscates estranhíssimos, Bland trabalhou com afinco na Biblioteca em Memória de Marx, e escreveu documentos esquerdistas para pequenas revistas que teriam desaparecido havia muito tempo se o Circus não as subsidiasse. Durante as noites, ele erguia brindes em reuniões impregnadas de fumaça, nos bares e auditórios de escolas. Nas férias, ia para a Nursery, onde um fanático, de nome Thatch, dirigia uma escola para agentes de penetração que deveriam trabalhar em países estrangeiros, instruindo um aluno de cada vez. Thatch treinou Bland no ofício e cautelosamente empurrou suas opiniões progressistas mais para perto do campo marxista de seu pai. Três anos após a data de seu recrutamento, em parte graças a seu *pedigree* proletário e à influência do pai na King Street, Bland conseguiu ser nomeado, pelo prazo de um ano, assistente de Economia na Universidade de Poznan. Estava lançado.

Na Polônia ele se candidatou, com êxito, a um cargo na Academia de Ciências de Budapeste e, durante os oito anos seguintes, levou a existência nômade de um intelectual de esquerda, de segunda categoria, em busca de luzes, frequentemente estimulado, embora jamais inspirasse confiança. Esteve em Praga, voltou à Polônia, passou dois horríveis semestres em Sófia e seis em Kiev, onde teve um esgotamento nervoso, o segundo em dois meses. Mais uma vez a Nursery o tomou sob seus cuidados, dessa vez no propósito de pô-lo em forma. Foi considerado "limpo"; suas redes foram confiadas a outros homens, e foi trazido para o Circus a fim de administrar, principalmente de sua mesa de trabalho, as redes que havia recrutado no campo. Recentemente, parecera a Smiley que Bland se tornara de fato colega de Haydon. Se Smiley convidasse Roy para conversar, haveria 50% de probabilidades de que Bill estaria refestelado em sua poltrona, rodeado de papéis, mapas e fumaça de cigarro. Se procurasse Bill, não seria surpresa encontrar Bland, com sua camisa encharcada de suor, caminhando pesadamente de um lado para outro, sobre o tapete. Bill tinha a Rússia, Bland, os países satélites. No entanto, naqueles remotos dias da Operação Bruxaria, tal distinção quase desapareceu.

Eles se encontraram num bar em St. John's Wood, ainda em maio, às 17h30, num dia morto, quando o jardim estava vazio. Roy trouxera um menino de seus 5 anos, um Bland em miniatura, bonito, levado, de faces rosadas. Não explicou quem era o menino, mas enquanto conversaram, Bland por vezes se calava e ficava observando o menino, que estava num banco, longe deles, comendo nozes. Apesar dos esgotamentos nervosos, Bland ainda trazia o *imprimatur* da filosofia de Thatch quanto a agentes no campo inimigo: confiança em si mesmo, participação positiva, uma sedução de Pied Piper e todas aquelas expressões incômodas que haviam transformado a Nursery, no auge da guerra fria, em algo semelhante a um centro de rearmamento moral.

— Então qual é o assunto? — indagou Bland afavelmente.

— Não há realmente um assunto, Roy. Control acha que a situação atual não é saudável. Ele não estimaria ver você comprometido numa intriga. Nem eu.

— Ótimo. Então qual é o assunto?

— O que você quer comer?

Havia sobre a mesa um galheteiro, encharcado pela chuva que caíra antes, ali deixado desde a hora do almoço, e um molho de palitos de madeira, embrulhados em papel, no compartimento central do galheteiro. Apanhando um deles, Bland atirou o papel na relva e começou a limpar os molares com a extremidade mais larga de um palito.

— Bem. Que tal 5 mil libras, do Fundo dos Répteis?

— E também uma casa e um carro? — indagou Smiley, à guisa de piada.

— E mandar o rapaz para Eton — acrescentou Bland, piscando o olho para o menino ao passo que continuava a palitar os dentes. — Eu já paguei, você compreende, George. Você sabe disso. E não sei o que comprei, mas paguei um dinheirão. Quero um pouco de volta. Dez anos de solidão em benefício do quinto andar. Isso é muito dinheiro em qualquer idade. Até mesmo na sua. Deve ter havido alguma razão que me fez deixar-me cativar por todo aquele *spiel*, mas não consigo me lembrar do que foi. Deve ter sido sua personalidade magnética, Smiley.

O copo de Smiley ainda não estava vazio, por isso Bland foi buscar outro copo para ele próprio, no bar, e também alguma coisa para o menino.

— Você é um tipo de suíno bem-educado — declarou ele com naturalidade. — O artista é um cara capaz de sustentar dois pontos de vista diametralmente opostos e assim mesmo funcionar. Quem bolou isso?

— Scott Fitzgerald — respondeu Smiley, pensando durante um momento que Bland estava se propondo a dizer alguma coisa sobre Bill Haydon.

— Bem. Fitzgerald sabia das coisas — afirmou Bland. Enquanto bebia, seus olhos ligeiramente esbugalhados desviaram-se para o lado, em direção à cerca, como se estivessem procurando alguém. — Estou positivamente na minha, George. Como bom socialista, ando atrás de dinheiro. E como bom capitalista, estou firmemente ao lado da revolução porque, se não conseguimos derrotá-la, devemos espioná-la. Não me olhe desse jeito, George. É o nome do jogo, hoje em dia: você mexe com minha consciência. Eu levo você para casa em meu carro, está bem?

Bill já estava erguendo um braço quando disse o seguinte:

— Estarei com você num minuto. — E gritou para o outro lado da relva: — Vire mais um para mim!

Duas moças estavam andando de um lado para outro, além da cerca de arame.

— É essa a grande piada de Bill? — indagou Smiley, subitamente muito irritado.

— Que piada?

— Uma das piadas de Bill sobre a materialista Inglaterra, a sociedade dos que levam a vida na flauta?

— Poderia ser — disse Bland, e terminou sua bebida. — Você não gosta da piada?

— Não muito. Nunca ouvi dizer que Bill fosse um reformista radical. O que aconteceu com ele de repente?

— Isso não é ser radical — replicou Bland, ressentindo-se de qualquer menosprezo a seu socialismo, ou ao de Haydon. — É simplesmente olhar para fora da maldita janela. É exatamente a Inglaterra de hoje, meu amigo. Ninguém quer isso, não é?

— Então como você propõe — indagou Smiley, ouvindo a própria voz soar pomposamente, da pior maneira possível — destruir os instintos de aquisição e competição da sociedade ocidental, sem igualmente destruir...

Bland tinha acabado de beber. O encontro chegara ao fim.

— Por que você há de se preocupar? Você conseguiu o cargo de Bill. O que mais você quer enquanto isso durar?

E Bill conseguiu minha mulher, pensou Smiley, quando Bland se levantou para retirar-se. E ele que vá para o inferno porque contou tudo a você.

O menino tinha inventado uma brincadeira. Virara a mesa de lado, e estava rolando uma garrafa vazia até que ela caísse no cascalho. Cada vez soltava a garrafa de mais alto, do tampo da mesa. Smiley se retirou antes que a garrafa se despedaçasse.

Ao contrário de Esterhase, Bland nunca se preocupava em mentir. Os arquivos de Lacon não hesitavam em mencionar seu envolvimento na Operação Bruxaria.

"A Fonte Merlin", escrevera Alleline, num memorando datado de pouco depois da saída de Control, "é, sob todos os aspectos, uma operação a ser realizada por uma comissão... Não posso honestamente afirmar qual dos meus três assistentes merece maiores louvores. A energia de Bland foi a inspiração de todos nós..." Estava respondendo à sugestão do ministro no sentido de que os responsáveis pela Operação Bruxaria fossem incluídos na lista dos que seriam agraciados no ano-novo. "... embora o talento operacional de Haydon por vezes tenha ficado um pouco abaixo do engenho do próprio Merlin", acrescentou ele. Todos três receberam medalhas. Foi confirmada a nomeação de Alleline para o cargo de chefe e, com isso, ele recebeu seu amado título de cavaleiro.

18

O que me deixou Bill, pensou Smiley.

Durante a maior parte das noites de Londres, há uma trégua de qualquer agitação. Passam-se 10, 20, 30 minutos, até mesmo uma hora, sem que um bêbado comece a gemer, uma criança a chorar ou os pneus de um carro a cantar, colidindo em outro carro. Nos Jardins de Sussex isso acontece por volta das três horas da madrugada. Naquela noite tudo ocorreu antes, à uma hora, quando Smiley já estava de pé, mais uma vez, junto a sua janela de água-furtada, espiando para baixo, como um prisioneiro, o pedaço de terreno, coberto de areia, da Sra. Pope Graham, onde uma caminhonete parara pouco antes. O teto da caminhonete estava cheio de frases: "Sidney, 90 dias; Atenas, viagem direta; Mary Lou, nós estamos aqui." Uma luz brilhava no interior do veículo e Smiley presumiu que algumas crianças estavam nela dormindo abençoadamente, filhos de pais que não eram casados. Deviam ser chamados de "bichinhos". As janelas da caminhonete tinham cortinas.

O que me deixou Bill, pensou ele, ainda olhando para as cortinas cerradas da caminhonete e sua resplendente proclamação de *globe-trotter*. O que me deixou Bill, e nossa cordial conversa na Bywater Street, nós dois a sós, velhos amigos, antigos camaradas de armas, "que partilhavam tudo um com o outro", conforme Martindale dissera com tanta elegância. Mas Ann havia saído naquela noite, para que os dois pudessem ficar a sós. O que me deixou

Bill, repetiu Smiley em pensamento, sentindo o sangue subir-lhe ao rosto e acentuarem-se as cores de sua visão, ao passo que seu senso de moderação começava a descair perigosamente.

Quem era ele? Smiley já não conseguia vê-lo com nitidez. Cada vez que pensava nele, figurava-o grande demais, diferente. Até o caso de Ann com ele. Smiley pensava conhecer Bill bastante bem: seu brilho e suas limitações. Ele pertencia àquele grupo de antes da guerra, que parecia se ter extinguido para sempre, e conseguia ser ignominioso e magnânimo ao mesmo tempo. O pai dele era juiz de um tribunal superior; duas de suas lindas irmãs eram casadas com aristocratas. Em Oxford, ele era partidário da direita, que estava fora da moda, e não da esquerda, então em voga, mas jamais a ponto de exceder-se. Desde os 17 ou 18 anos havia sido um explorador entusiasta e pintor amador, de atitudes corajosas, embora superambicioso. Várias de suas telas encontravam-se agora nas pretensiosas paredes do palácio de Miles Sercombe, nos Jardins Carlton. Tinha relações em todas as embaixadas e consulados do Oriente Médio, e delas se valia implacavelmente. Aprendia línguas estrangeiras com facilidade e, quando chegou o ano de 1939, o Circus o apanhou, pois já estivera pensando nele havia muitos anos. A guerra foi para Bill algo de deslumbrante. Tinha o dom da ubiquidade e o mérito de encantar as pessoas. Não era nada ortodoxo e, por vezes, mostrava-se imoderado. Seria provavelmente heroico. Era inevitável a comparação com Lawrence da Arábia.

Era verdade, admitiu Smiley, que Bill, em seu tempo, havia lidado com substanciais parcelas da História. Propusera toda espécie de grandes projetos, capazes de restaurar a influência e a grandeza da Inglaterra e, como Rupert Brooke, raramente empregava a palavra Britânia. Mas Smiley, em seus raros momentos de objetividade, só conseguia lembrar-se de poucos desses projetos que tivessem ido além de sua etapa inicial.

Era, por contraste, o outro lado da natureza de Haydon que ele, como colega, achara mais fácil respeitar: a capacidade, que ardia em fogo brando, de ser um administrador natural de agentes; seu raro senso de equilíbrio; a habilidade para lidar com agentes duplos; a montagem de operações fraudulentas; a arte de estimular afeições e até amor, embora isso contrariasse um grande número de outras lealdades suas.

Como testemunha disso, minha mulher, pensou Smiley.

Talvez Bill seja realmente fora de série, refletiu Smiley desanimadamente, ainda se esforçando por chegar a um senso de proporções. Pensando nele agora, ao lado de Bland, Esterhase e mesmo de Alleline, não parecia sinceramente a Smiley que todos estes fossem, em maior ou menor grau, imitações imperfeitas do original que era Haydon. E seus pendores eram como etapas visando ao mesmo ideal inatingível do homem completo, ainda que essa noção fosse mal concebida ou mal colocada e que Bill fosse inteiramente indigno dela. Bland, com sua rude impertinência, Esterhase, com seu altivo e artificial inglesismo, Alleline, com sua débil capacidade de liderança. Sem Bill eles eram uma confusa massa. Smiley igualmente sabia, ou julgava saber — a ideia lhe ocorreu agora como um ligeiro vislumbre de iluminação interior —, que Bill, por sua vez, valia muito pouco por si mesmo. Embora seus admiradores, Bland, Prideaux, Alleline, Esterhase e todo o resto de seu fã-clube pudessem nele ver o homem completo, a verdadeira habilidade de Bill consistia em usá-los, viver através deles para se completar: um pedaço aqui, outro ali, de suas identidades passivas, assim dissimulando o fato de que ele era menos, muito menos que a soma de suas qualidades aparentes... e, finalmente, ocultar essa dependência sob a arrogância de um artista, chamando-os de criaturas de sua mente.

“Chega”, disse Smiley em voz alta.

Afastando-se abruptamente de sua iluminação interior, pondo-a de parte, cheio de irritação, como se fosse mais uma teoria acerca de Bill, Smiley refrescou a mente superaquecida com as recordações de seu último encontro com Bill.

— Suponho que você queira me atormentar sobre o maldito Merlin — começou Bill. Parecia cansado e nervoso. Era hora de seguir para Washington. Nos velhos tempos, teria trazido consigo uma garota imprópria e mandado que ela fosse ficar sentada ao lado de Ann, no andar de cima, enquanto eles tratariam de negócios, esperando que Ann louvasse seus talentos junto à garota, pensou Smiley cruelmente. Todas eram a mesma coisa: tinham a metade da idade dele, enlameadas pela escola de artes, viscosas, grosseiras. Ann costumava dizer que ele tinha um estoque daquelas meninas. Certa vez, para chocar, arranjou uma jovem horrorosa chamada Steggie, auxiliar de barman de um dos botequins de Chelsea, que vestia uma camisa aberta e tinha uma corrente de ouro na cintura.

— Bem, eles de fato afirmam que é você quem escreve os relatórios — explicou Smiley.

— Pensei que isso fosse tarefa de Bland — declarou Bill com seu sorriso de raposa.

— Roy faz as traduções — declarou Smiley. — Você reduz os relatórios a um código. São datilografados em sua máquina de escrever. O material nunca é entregue às datilógrafas.

Bill ficou ouvindo atentamente, de cenho franzido, como se pudesse, a qualquer momento, interromper Smiley com alguma objeção ou um tópico mais adequado. Em seguida, ergueu-se de uma funda poltrona e caminhou até uma estante de livros onde ficou de pé, uma prateleira mais alto que Smiley. Retirou um volume que puxou com seus dedos afuselados, examinou-o e fez um esgar de riso.

— Percy Alleline não faria os relatórios — anunciou, virando uma página. — É essa a premissa?

— Mais ou menos isso.

— O que significa que Merlin também não os faria. Merlin seria capaz de redigir os relatórios se tivesse minhas fontes, não é isso? O que aconteceria se o desgraçado Bill procurasse Control e lhe dissesse que havia fisgado um grande peixe, e queria cuidar dele sozinho? "Isso é muito elegante de sua parte, Bill, meu garotão", diria Control. "Faça exatamente como você quiser, Bill. Decerto você agirá assim. E tome um pouco desse horrível chá." Ele me daria uma medalha, agora, em vez de mandar você espionar pelos corredores. Nós éramos gente de classe. Por que hoje somos tão vulgares?

— Ele pensa que Percy está interessado em tirar proveito disso — declarou Smiley.

— E está. Eu também. Quero ser o chefe dos *boys*. Você sabia disso? O tempo fez de mim alguma coisa, George. Meio pintor, meio espião. Houve uma época em que eu era de tudo um pouco. Desde quando a ambição é pecado em nosso imundo conjunto de predicados?

— Quem o manobra, Bill?

— Percy? É Karla. Quem haveria de ser? Um indivíduo de classe inferior, dotado de fontes das mais altas classes, há de ser um tipo vulgar e pretensioso. Percy está vendido a Karla, *esta* é a única explicação. -- Bill vinha cultivando havia muito tempo a arte de não entender deliberadamente as coisas. E acrescentou: — Percy é a toupeira da nossa Casa.

— Eu quis dizer quem manobra Merlin? Quem é Merlin? O que está se passando?

Afastando-se da estante, Haydon começou a caminhar pela sala, examinando os desenhos de Smiley, e indagou:

— Este é um Callot, não é? — retirando da parede um pequeno desenho emoldurado em ouro, e erguendo-o contra a luz. — É bonito. — Ajustou os óculos, inclinando-os para que servissem de lentes de aumento. Smiley tinha certeza de que Bill já havia olhado aquele desenho dezenas de vezes antes.

— É muito bonito. Alguém poderia pensar que meu nariz está destroncado? Devo ser o encarregado do alvo russo, você sabe. Dei-lhe os melhores anos de minha vida, organizei as redes, os descobridores de talentos. Vocês rapazes do quinto andar se esqueceram de como se dirige uma operação que exige três dias de uma pessoa para pôr uma carta no correio, e nem mesmo recebe uma resposta pelo trabalho que tiver.

Smiley declarou lealmente:

— Sim, eu me esqueci. Sim, eu compreendo. Não, Ann não está em parte alguma de meus pensamentos. Nós somos colegas, afinal de contas, e homens civilizados. E estamos aqui para conversar sobre Merlin e Control.

— E vem esse carreirista chamado Percy, um desgraçado mascate caledoniano, sem sombra de classe, empurrando um vagão carregado de mercadorias russas. É de amargar, você não acha?

— Acho, sim. Muito.

— O problema é que minha rede não é muito boa. É muito mais fácil espionar Percy do que...

Ele parou, cansado da própria tese. Sua atenção se concentrara num minúsculo Van Mieris a giz, uma cabeça. E declarou:

— Gosto muito disto.

— Foi Ann quem me deu.

— Alguma reparação?

— Provavelmente.

— Deve ter sido um pecado bem grande. Há quanto tempo você tem este quadro?

Mesmo então Smiley se lembrava de ter observado como a rua estava quieta. Terça-feira? Quarta-feira? E ele se recordava de haver pensado: Não, Bill. Por sua causa eu ainda não ganhei um prêmio de consolação. Até esta noite você não vale nem mesmo um par de chinelos. Pensou, mas não disse.

— Control já morreu? — indagou Haydon.

— Está apenas ocupado.

— E o que ele faz o dia inteiro? Parece um eremita com aquela língua dele, esgaravatando em volta de si mesmo, naquela caverna lá em cima. Todos esses malditos arquivos que ele lê. Para que isso, pelo amor de Deus? Uma viagem sentimental a um passado pouco atraente, aposto que é isso. Tem cara de gato doente. Suponho que isso também é culpa de Merlin. Será mesmo?

Novamente Smiley nada disse.

— Por que ele não come com a gente na cozinha? Por que não procura a companhia das pessoas, em vez de ficar desencavando coisas, em busca de raízes, lá em cima? Ele anda atrás de quê?

— Não sei se ele anda atrás de alguma coisa — disse Smiley.

— Ah, deixe de fitas. Com certeza ele anda atrás de alguma coisa. Eu tenho uma fonte lá em cima, uma das matronas, você não sabia disso? Ela dá com a língua nos dentes em troca de chocolate. Control tem estado trabalhando com afinco nos dossiês pessoais dos velhos heróis folclóricos do Circus, chafurdando na sujeira, vendo quem era simpatizante do comunismo, quem era astro. Metade deles já está debaixo da terra. Fazendo um estudo de todos os nossos fracassos. Você consegue imaginar isso? E por quê? Porque tivemos o êxito em nossas mãos. Ele está louco, George. Apanhou aquela doença que se chama paranoia senil. Acredite em minha palavra. Acredite no que estou lhe dizendo. Ann algum dia falou com você a respeito do perverso Tib Fry? Ele pensava que os criados estavam fuçando as rosas para descobrir onde ele tinha escondido o dinheiro. Afaste-se dele, George. A morte é uma coisa chata. Corte as amarras. Desça alguns andares. Junte-se à plebe.

Ann ainda não tinha voltado e por isso eles foram andando, um ao lado do outro, descendo a King's Road, à procura de um táxi. Bill explicou sua última visão acerca da política, ao passo que Smiley se limitava a dizer, "sim, Bill", "não, Bill", pensando como haveria de comunicar os fatos a Control. Smiley se esquecera de qual era a visão particular de Bill em assuntos de política. No ano anterior, Bill havia sido um grande falcão. Tinha querido destruir as forças conservadoras da Europa e substituí-las inteiramente por armas nucleares. Era a única pessoa de Whitehall que ainda acreditava numa força dissuasora independente da Grã-Bretanha. Neste ano, se as recordações de Smiley eram válidas, Bill era um enérgico pacifista inglês, e desejava a solução da Suécia, sem os suecos.

Não apareceu um táxi. A noite estava linda e, como dois velhos amigos, continuaram a caminhar lado a lado.

— A propósito, se quiser se desfazer daquele Mieris, fale comigo, está bem? Pagarei por ele um preço decente.

Pensando que Bill estivesse fazendo mais uma piada de mau gosto, Smiley voltou-se para ele, pelo menos disposto a mostrar-se irritado. Bill estava olhando para a rua, com o comprido braço erguido, fazendo sinal para um táxi que se aproximava.

— Meu Deus! Olhe para eles — bradou irritado. — O táxi está cheio de malditos judeus que vão para o charco.

— O traseiro de Bill deve estar parecendo uma grelha — resmungou Control no dia seguinte. — Passou dez dias sentado na cerca.

E ficou encarando Smiley durante alguns momentos, com um olhar perdido, como se estivesse querendo ver, através dele, alguma coisa diferente, menos carnal. Em seguida, baixou rapidamente os olhos e pareceu estar prosseguindo sua leitura.

— Fico satisfeito por ele não ser meu primo — disse Control.

Na segunda-feira seguinte as matronas tinham surpreendentes novidades para Smiley. Control seguira de avião para Belfast a fim de participar de debates com o Exército. Mais tarde, verificando as verbas para viagens, Smiley certificou-se de que aquilo era mentira. Ninguém do Circus tinha ido de avião para Belfast naquele mês, mas havia o registro de uma despesa referente a uma viagem de ida e volta a Viena, de primeira classe. E a pessoa que a autorizara era indicada como tendo sido G. Smiley.

Haydon, que também procurara Control, ficara aborrecido, dizendo: "Então, agora qual é o jogo? Arrastar a Irlanda para dentro da rede, criando uma diversificação ou um órgão qualquer, suponho. Meus Deus, nosso homem é um chato!"

A luz da caminhonete tinha se apagado, mas Smiley continuou a olhar para sua capota espalhafatosa. De que maneira eles vivem?, pensou. O que fazem para obter água, arranjar dinheiro? Tentou entender a logística da existência de um troglodita nos Jardins Sussex: água, esgotos, luz. Ann faria isso muito bem, assim como Bill.

Os fatos. Quais seriam os fatos?

Os fatos eram os seguintes: num suave verão, anterior à Operação Bruxaria, ele voltou inesperadamente de Berlim, à noite, e encontrou Bill Haydon estirado no chão da sala de visitas de uma certa casa na Bywater Street, ao passo que Ann ouvia Liszt, na vitrola. Estava sentada do outro lado da sala, de roupão e sem maquiagem. Não houve uma cena, e os dois portaram-se com a maior naturalidade. Bill explicou que tinha dado uma passada por ali, vindo do aeroporto, pois acabava de voltar de Washington. Ann estava recolhida, mas insistira em levantar-se e recebê-lo. Admitimos que era uma pena não termos vindo juntos de Heathrow, de carro. Bill se retirou e Smiley perguntou a Ann:

— O que ele queria?

— Deitar a cabeça no meu ombro e chorar.

Bill estava com um problema. Uma garota, e precisava abrir o coração, dissera Ann. Ele tem a Felicity, em Washington, que quer ter um filho, e a Jan, em Londres, que está esperando um bebê.

— De Bill? — indagou Smiley.

— Deus é quem sabe. Tenho certeza de que Bill não sabe de quem é o filho.

Na manhã seguinte, Smiley verificou, involuntariamente, que Bill havia regressado a Londres dois dias antes, e não apenas um. Após aquele episódio, Bill mostrou uma deferência característica para com Smiley, e este a retribuiu com gestos de cortesia que normalmente se associam a uma amizade mais recente. Smiley observou, no momento oportuno, que o segredo se tornara evidente, e ainda estava perplexo diante da rapidez com que tudo havia acontecido. Supunha que Bill teria se vangloriado daquilo com alguém, talvez Bland. Se aquilo fosse verdade, Ann transgredira três de suas próprias normas: Bill era do Circus e pertencia ao seu grupo, palavra que ela empregava quando se referia à família e a suas ramificações. De qualquer maneira, ela o recebera na Bywater Street, o que significava uma transgressão declarada do decoro territorial.

Recolhendo-se mais uma vez à sua vida solitária, Smiley ficou à espera de que Ann dissesse alguma coisa. Passou a dormir no quarto de hóspedes e arranjou uma série de compromissos noturnos para não ficar por demais informado das andanças de sua mulher. Pouco a pouco percebeu que ela se sentia profundamente infeliz: emagreceu, perdeu o senso de humor, e, se ele não a conhecesse tão bem, teria jurado que Ann estava atravessando uma forte crise de sentimento de culpa, de autodesprezo. Quando Smiley era atencioso com ela, Ann o repelia. Não demonstrou o menor interesse pelas compras de Natal e começou a ter uma tosse que a consumia. Smiley sabia que isso, no caso de sua mulher, era um sinal de ansiedade. Se não fosse a Operação Testemunho, eles teriam ido mais cedo para a Cornualha. Em face da situação, tiveram de adiar a viagem até janeiro e, a essa altura, Control já tinha morrido, Smiley estava sem emprego e a balança se desequilibrara. Ann, para sua própria mortificação, estava escamoteando a *carta* de Haydon que, a exemplo de muitas outras, poderia ter tirado do baralho.

Então o que teria acontecido? Teria ela acabado com o caso? Haydon o fizera? Por que ela nunca falara a respeito do assunto? E seria aquilo importante, um caso entre tantos outros? Smiley desistiu. Como o gato de Cheshire, o rosto de Bill Haydon parecia recuar logo que Smiley avançava em sua direção, deixando ficar apenas aquele sorriso. Mas Smiley sabia que Bill tinha de certa forma magoado Ann profundamente, o que era o maior dos pecados.

19

Voltando com um suspiro à pouco atraente mesa de jogo, Smiley recomeçou a leitura dos progressos de Merlin desde seu afastamento compulsório do Circus. Reparou imediatamente que o novo regime de Percy Alleline acarretara prontas e várias modificações favoráveis no estilo de vida de Merlin. Uma espécie de maturação, de fixação. As escapadas noturnas às capitais europeias haviam cessado, o fluxo de informações se tornara mais regular e menos afoito. Havia ainda dores de cabeça, sem dúvida. Os pedidos de dinheiro, feitos por Merlin, solicitações, nunca em tom ameaçador, prosseguiam. E diante do firme declínio do valor da libra, esses substanciais pagamentos em moeda estrangeira causaram grandes aflições ao Tesouro. A certa altura, houve a sugestão, nunca posta em prática, de que tendo nosso país sido escolhido por Merlin, ele deveria estar disposto a arcar com sua parcela das nossas vicissitudes financeiras. Haydon e Bland aparentemente explodiram diante desse argumento. "Eu não tenho ânimo", escreveu Alleline ao ministro, com rara franqueza, "para falar novamente sobre esse assunto com meu pessoal."

Houve também uma pendência a propósito de uma nova máquina fotográfica que havia sido desmontada, com grandes despesas, em vários componentes tubulares, trabalho executado pela Seção de Engenharia, e adaptada a uma lâmpada comum, de fabricação soviética. A lâmpada, depois de gritos de dor, dessa vez provindos do Ministério do Exterior, foi despachada para Moscou pela mala diplomática. Depois, foi o problema da entrega. A Casa não podia ser informada a respeito da identidade de Merlin, e não sabia qual o conteúdo da lâmpada. A lâmpada era pesada e não coube na mala do carro da Casa. Após várias tentativas, conseguiram efetuar sua entrega, mas a máquina fotográfica nunca funcionou, havendo um empurra-empurra entre o Circus e a Residência de Moscou por causa disso. Um modelo menos ambicioso foi levado até Helsinki por Esterhase e entregue — assim dizia o memorando de Alleline ao ministro — a um "intermediário de confiança, que atravessaria a fronteira sem ser molestado".

De repente, Smiley sentou-se num sobressalto.

"Nós falamos sobre o assunto", escreveu Alleline ao ministro, num memorando datado de 27 de fevereiro do ano em curso. "E o senhor concordou em submeter ao Tesouro uma estimativa provisória, referente à instalação de uma Casa em Londres, para ser levada à conta do orçamento da Operação Testemunho."

Smiley tornou a ler o memorando e o releu mais uma vez, lentamente. O Tesouro aprovara a despesa de 60 mil libras para a compra da propriedade, e mais 10 mil que se destinariam a móveis e instalações. No propósito de reduzir os custos, desejava o Tesouro que seus advogados cuidassem da escritura de transmissão do imóvel. Alleline recusou-se a revelar o endereço do prédio. E pelo mesmo motivo houve uma discussão a respeito de quem deveria guardar a escritura. Dessa vez o Tesouro fez pé firme, e seus advogados redigiram os documentos para que a casa fosse reivindicada caso Alleline morresse ou se tornasse insolvente. Mas este guardou segredo acerca do endereço do prédio, também se absteve de justificar esse excepcional e dispendioso acréscimo a uma operação que estava, aparentemente, sendo realizada num país estrangeiro.

Smiley tentou ansiosamente encontrar uma explicação para tudo aquilo. Os arquivos financeiros, confirmou ele rapidamente, tiveram o escrúpulo de não fornecer qualquer explanação. Continham apenas veladas referências à casa de Londres, e isso aconteceu quando as despesas foram duplicadas. Memorando do ministro a Alleline: "Presumo que o terminal de Londres ainda seja necessário." E de Alleline ao ministro: "Indubitavelmente. Eu diria, mais do que nunca. Acrescentaria que os conhecimentos do Circus ainda não aumentaram desde nossa conversa." Que conhecimentos?

Somente quando voltou aos arquivos que avaliavam o produto da Operação Bruxaria Smiley encontrou a solução. O prédio fora pago em fins de março e ocupado sem demora. Exatamente na mesma data, Merlin começou a adquirir personalidade, o que se verificou pelos comentários dos clientes. Até então, aos olhos suspicazes de Smiley, Merlin havia sido uma máquina: impecável quanto à técnica de espionagem, estranha em matéria de acesso, livre das tensões que tornam tão difícil lidar com a maioria dos agentes. Agora, e de súbito, estava tendo um assomo de mau humor.

"Transmitimos a Merlin sua pergunta a respeito do ponto de vista predominante em Moscou sobre a venda dos excedentes de petróleo russo aos Estados Unidos. Sugerimos a ele, a pedido seu, que isso estava em contradição com o relatório do mês passado, segundo o qual o Kremlin estava de namoro com o Governo de Tanaka acerca de um contrato de venda de petróleo da Sibéria no mercado japonês. Merlin não viu qualquer contradição entre os dois relatórios e declinou prever que mercado poderia ser favorecido em última instância."

Whitehall lamentou essa temeridade.

"Merlin não repetirá seu relatório, nem lhe acrescentará coisa alguma a respeito da repressão ao nacionalismo da Geórgia, e da rebelião em Tbilisi. Não sendo georgiano, aceita o ponto de vista russo de que todos os georgianos são ladrões e vagabundos, sendo melhor que fiquem atrás das grades..."

Whitehall concordou em não exercer qualquer pressão.

Merlin subitamente chegara mais perto. Seria apenas a aquisição de uma casa em Londres que dava a Smiley esse novo sentimento da proximidade física de Merlin? Do remoto silêncio de um inverno em Moscou, Merlin parecia estar, de repente, ali sentado diante dele, naquele quarto, em petição de miséria. Ou estaria na rua, além de sua janela, onde ele sabia que

Mendel ficaria postado, de vez em quando, em sua vigilância solitária. Aqui, inesperadamente, estava um Merlin que falava e respondia, dando suas opiniões gratuitamente. Um Merlin que tinha tempo para ser visto. Visto aqui, em Londres. Alimentado, obsequiado, dando informações, numa casa de 60 mil libras, enquanto se tornava descomedido e fazia piadas sobre os georgianos? O que era esse círculo de conhecimento que se formara dentro do círculo maior dos iniciados nos segredos da Operação Bruxaria?

De JPR ao Partido Trabalhista do Adriático (PTA): "Permiti-me respeitosamente chamar vossa atenção para uma aparente discrepância em matéria de datas. Operação Bruxaria, nº 104 (Discussões franco-soviéticas sobre a produção conjunta de aeronaves), datado de 21 de abril. Conforme a minuta que o capeia, Merlin obtivera essa informação diretamente do general Markov, no dia seguinte àquele em que as partes contratantes chegaram a um acordo sobre a troca secreta de notas. Mas naquele dia, 21 de abril, segundo nossa Embaixada em Paris, Markov ainda se encontrava nessa cidade, e Merlin, conforme testemunha seu relatório de nº 109, estava visitando um centro de pesquisas sobre mísseis, fora de Leningrado..."

O memorando citava nada menos que quatro discrepâncias "similares", as quais, em seu conjunto, sugeriam um grau de mobilidade da parte de Merlin, que teria dado crédito a seu milagroso homônimo.

J. P. Ribble recebeu uma ordem, redigida com o mesmo número de palavras, para cuidar de sua vida. Todavia, num memorando à parte, dirigido ao Ministro, Alleline admitiu, de maneira fora do comum, algo que lançou uma luz inteiramente nova quanto à natureza da Operação Bruxaria.

"Rigorosamente sigiloso e pessoal. Nós nos referimos a Merlin, como o senhor já está há algum tempo informado, não como uma única fonte, mas como diversas fontes. Embora tenhamos envidado o máximo de esforços, por motivos de segurança, para dissimular esse fato junto aos nossos leitores, o simples volume do material torna extremamente difícil manter tal ficção. Não seria chegado o momento de esclarecer as coisas, pelo menos em bases limitadas? Pela mesma razão, não causaria nenhum mal ao Tesouro ficar sabendo que os 10 mil francos suíços do salário mensal de Merlin, e igual quantia destinada a cobrir suas despesas correntes, mal poderiam ser considerados excessivos quando o pano precisa ser cortado de tantas e diferentes maneiras."

O memorando terminava, porém, num tom incisivo: "Não obstante, ainda que concordemos em abrir as portas parcialmente, considero de importância fundamental que o conhecimento da existência da casa de Londres, bem como a finalidade para a qual é utilizada, seja mantido, de modo absoluto, em grau mínimo. Na verdade, se fosse conhecida pelos nossos leitores a pluralidade de Merlin, isso agravaria a delicadeza da operação em Londres."

Inteiramente perplexo, Smiley leu a correspondência diversas vezes. Em seguida, como se lhe ocorresse uma ideia súbita, levantou os olhos da leitura, com a fisionomia expressando a mais completa confusão. Na realidade, seus pensamentos eram tão intensos e complexos que o telefone tocou diversas vezes em seu quarto até que ele o atendeu. Olhou para o relógio: eram 18 horas, e estivera lendo por meia hora, se tanto.

— É o Sr. Barraclough? Aqui é Lofthouse, das Finanças.

Peter Guillam, usando a técnica de emergência, solicitava, por meio de expressões previamente combinadas, um encontro de urgência, e parecia estar abalado.

20

A entrada principal do Circus não dava acesso aos arquivos. Os dois homens caminharam dando voltas através de uma série de salas sujas, cheias de pessoas, e prosseguiram por pequenos lances de escadas, na parte posterior do prédio, que mais se assemelhava a um sebo, igual àqueles que proliferavam em volta, do que à memória organizada de um grande departamento. Chegaram até um triste vão de porta, na Charing Cross Road, apertado entre uma casa de molduras e um café que ficava aberto o dia inteiro e que o pessoal era proibido de frequentar. Uma placa, encimando a porta, dizia, "Escola de Línguas da Cidade e do Campo. Privativa do Pessoal." Havia outra placa onde se lia "Q e L Distribuidora Ltda". Para ter acesso aos arquivos apertava-se uma ou outra campainha e ficava-se à espera de Alwyn, um fuzileiro naval efeminado que só falava em seus fins de semana. Até quarta-feira, mais ou menos, falava no último fim de semana e, depois disso, no seguinte. Naquela manhã, terça-feira, estava num estado de espírito de indignado desassossego.

— Mas que tempestade é essa? — indagou ao empurrar o livro sobre o balcão para que Guillam o assinasse. — Desse jeito poderíamos viver num farol. Durante todo o sábado e o domingo inteiro fiquei só dizendo ao meu amigo: "Estamos no centro de Londres e escute só." O senhor quer que eu cuide disso?

— Você deveria ter estado por onde andei — disse Guillam, passando a maleta de lona parda às mãos de Alwyn, que o esperava. — Você fala em escutar. Mal consegue ficar em pé!

Não seja cordial em excesso, pensou ele.

— Mesmo assim, é do campo que eu gosto — confidenciou Alwyn, guardando a maleta num dos armários abertos que ficavam por detrás do balcão. — O senhor quer um número? Tenho que lhe dar um número. Dolphin me mataria se soubesse que me esqueci de lhe dar um número.

— Confio em você — disse Guillam. Subindo os quatro degraus, abriu a porta de vaivém que dava para a sala de leitura. Parecia um salão de conferências improvisado: uma dúzia de mesas, todas voltadas na mesma direção, e uma parte mais alta onde ficava a cadeira da arquivista. Guillam ocupou uma mesa perto da parede dos fundos da sala. Ainda era cedo, 10h10 pelo seu relógio, e o único outro leitor era Ben Thurston, do Departamento de Pesquisas, que ali passava a maior parte de seu tempo. Muitos anos antes, fingindo ser um dissidente lituano, Ben havia participado de umas correrias pelas ruas de Moscou, com outros revolucionários, bradando morte aos opressores. Agora ele se debruçava sobre seus papéis como um velho padre, com seus cabelos brancos, absolutamente imóvel.

Vendo Guillam de pé ao lado de sua mesa, a arquivista sorriu. Muitas vezes, quando Brixton ficava em ponto morto, Guillam passava um dia inteiro ali, pesquisando casos antigos, em busca de algum que pudesse ser reativado. Ela se chamava Sal: uma jovem gorducha e esportiva, que dirigia um clube para moças em Chiswick. Era faixa preta no judô.

— Você quebrou alguns pescoços neste fim de semana? — indagou ele, apanhando um maço de papeletas de requisição.

Sal passou-lhe às mãos as notas que guardara para ele em seu armário de aço.

— Uns dois ou três. E você? O que fez de bom?

— Andei visitando umas tias em Shropshire.

— Umas tias — repetiu Sal.

Ainda em sua mesa, ela preencheu as papeletas das duas referências que vinham a seguir na lista de Guillam. Ele a ficou observando, enquanto Sal as carimbava, destacava as cópias e as enfiava por uma fenda, em sua mesa.

— Corredor D — murmurou Sal, devolvendo as primeiras vias. — Os dois *oito* ficam a meia distância à sua direita, e os *três* ficam na alcova logo abaixo.

Abrindo uma porta no extremo da sala, Guillam entrou no salão principal. Ao centro do mesmo, um elevador, que mais parecia uma gaiola de mineiros, transportava os arquivos para o corpo principal do Circus.

Dois insignificantes empregados subalternos o estavam enchendo, ao passo que um terceiro permanecia de pé para fazer funcionar o elevador. Guillam adiantou-se lentamente por entre as estantes, lendo as fichas fluorescentes dos seus números.

— Lacon jura que não tem papéis arquivados sobre a Operação Testemunho — Smiley lhe explicara com seu jeito habitual de quem estava preocupado. — Ele tem alguns papéis de reajustamento, relativos a Prideaux, e nada mais. — E acrescentou, no mesmo tom lúgubre: — Receio que tenhamos de encontrar um meio de deitar a mão no que possa haver no Registro do Circus.

No que se refere a "deitar a mão" deveria entender-se *furtar*, no dicionário de Smiley.

Havia uma jovem de pé, numa escada. Oscar Allitson, o conferente dos manuscritos que eram manuseados, estava enchendo uma cesta de roupas com pastas dos espiões, de primeiro time, e Astrid, o encarregado da manutenção, consertava um radiador. As prateleiras eram de madeira, fundas como beliches, divididas em escaninhos por folhas de compensado. Guillam já sabia que a referência Testemunho era quatro-quatro-oito-dois, o que significava alcova 44, onde então se encontrava. E significava "extinto", sendo usado apenas no caso de operações concluídas. Guillam contou até o oitavo escaninho, a partir da esquerda. Testemunho deveria ser o segundo a partir da esquerda, mas não havia jeito de certificar-se disso porque as lombadas dos volumes não estavam marcadas. Completada sua operação de reconhecimento, retirou os dois arquivos que tinha solicitado, deixando as papeletas verdes nos ganchos de aço que havia para esse fim.

"Não será muita coisa, tenho certeza disso", Smiley lhe dissera, como se os arquivos finos fossem mais fáceis. "Mas deve haver alguma coisa, a julgar pelas aparências", ele acrescentara. Isso era outro aspecto da personalidade de Smiley que Guillam não apreciou naquele momento: Smiley falava como se as pessoas acompanhassem seu raciocínio, como se elas estivessem dentro de sua mente.

Guillam sentou-se e fingiu que estava lendo, mas passou todo tempo pensando em Camila. Que deveria fazer? Bem cedo, naquela manhã, quando estava em seus braços, Camila lhe dissera que tinha sido casada. Às vezes falava daquele jeito, como se tivesse vivido vinte vidas. Tinha sido um erro, por isso ela e o marido se separaram.

— O que deu errado?

— Nada. Nós não servíamos um para o outro.

Guillam não acreditou nela.

— Você obteve o divórcio? — indagou.

— Espero que sim.

— Não seja tola. Você deve saber se está divorciada ou não.

— Os pais dele trataram de tudo. Ele era estrangeiro.

— Ele manda dinheiro para você?

— Por que haveria de mandar? Não me deve nada.

Depois, ela tocou flauta novamente, no quarto de hóspedes, notas longas e intermináveis, à meia-luz, enquanto Guillam fazia café. Será ela uma impostora ou um anjo? E passou pela lembrança de Guillam, num ímpeto, escrever o nome dela nos registros. Camila iria ter lição com Sand dentro de uma hora.

Armado com uma ficha verde e uma referência quatro-três, Guillam voltou a recolocar os dois arquivos em seus lugares e postou-se na alcova vizinha à da Operação Testemunho.

Percurso sem unidades, pensou ele.

A jovem ainda estava em sua escada. Allitson desaparecera, mas a cesta de roupa ainda se encontrava no mesmo lugar. O radiador já havia deixado Astrid exausto, e ele estava sentado ao lado do mesmo, lendo o *Sun*. A papeleta verde dizia quatro-três-quatro-três, e Guillam encontrou o arquivo imediatamente porque já o havia assinalado. Tinha uma sobrecapa cor-de-rosa, como o da Operação Testemunho. E, tal como este, possuía um razoável índice no corte das páginas. Guillam prendeu no gancho a papeleta verde. Voltou a atravessar o corredor que ficava entre as estantes, observou novamente Allitson e as moças e foi, em seguida, buscar o arquivo da Operação Testemunho, recolocando-o em seu lugar, em substituição ao arquivo que tinha nas mãos.

"Acho que o essencial, Peter", dissera Smiley, "é não deixar nenhum espaço vazio. Por isso eu lhe sugiro requisitar um arquivo parecido, fisicamente comparável, quero dizer, colocar esse arquivo no espaço vazio deixado por..." "Estou entendendo", replicara Guillam.

Sobraçando naturalmente o arquivo da Operação Testemunho em sua mão direita, com o título de encontro ao corpo, Guillam retomou à sala de leitura e sentou-se outra vez a sua mesa. Sal ergueu as sobrancelhas e disse alguma coisa. Guillam fez um sinal de cabeça para significar que tudo ia bem, pensando que isso era o que ela estava perguntando. Mas a moça fez-lhe um aceno para que se aproximasse. Pânico momentâneo. Levar o arquivo ou deixá-lo na mesa? O que faço habitualmente?, ele se perguntou. E deixou o arquivo sobre a mesa.

— Juliet vai buscar café — sussurrou Sal. — Você quer um pouco?

Guillam pôs um xelim em cima do balcão.

Olhou para o relógio da sala e, em seguida, para seu próprio relógio. Meu Deus! Pare de olhar para seu maldito relógio! Pense em Camila, pense nela, que está começando a lição, pense naquelas tias com quem você não passou o fim de semana, pense em Alwyn, que não vai examinar sua pasta. Pense em qualquer coisa, menos nas horas. Você tem 18 minutos de espera.

"Peter, se você tiver a menor reserva, realmente não deverá prosseguir. Nada será mais importante do que isso", dissera Smiley. Ótimo. Como uma pessoa há de identificar uma reserva quando sente engulhos e seu suor parece uma chuva secreta a escorrer por dentro da camisa? Nunca, ele jurou, nunca tinha passado tão mal assim.

Abrindo o arquivo da Operação Testemunho, Guillam tentou ler alguma coisa.

Ele não era tão fino, mas também não era grosso. Mais parecia um "boneco", como Smiley havia dito: o primeiro conjunto de páginas continha uma descrição do que não havia nesse arquivo. "Anexos 2 e 8 guardados na Estação de Londres, referências cruzadas a P.F. s ELLIS, Jim, PRIDEAUX, Jim, HAJEK, Vladimir, COLLINS, Sam ... e Tio Tom Cobley e tudo mais. Em referência a esses arquivos, consulte H/Estação de Londres ou CC", o que significava Chefe do Circus e as matronas por ele nomeadas. Não olhe para seu relógio, olhe para o relógio da sala e trabalhe, seu idiota. Oito minutos. É estranho furtar pastas de arquivos sobre um antecessor. É estranho ter Jim como antecessor, pense nisso, e uma secretária que tinha uma queda por ele, sem jamais mencionar seu nome. O único vestígio vivo que Guillam encontrara de Jim, além de seu nome de guerra nos arquivos, foi uma raquete de *squash*, enfiada atrás do cofre, em sua sala, com as iniciais J. P. gravadas à mão no cabo. Guillam mostrou-a a Ellen, uma rija e velha irlandesa, capaz de fazer Cy Vanhofer intimidar-se como um menino de escola. Ela desatou a chorar copiosamente, embrulhando-a, e mandou-a às secretárias pela primeira mala, com uma nota pessoal dirigida a Dolphin, insistindo para que devolvesse a raquete a ele, "se fosse humanamente possível". Como vai seu jogo de *squash* atualmente, Jim, com um par de balas tchecas nas costas?

Ainda oito minutos.

"Agora você poderá manobrar", dissera Smiley, "isto é, se não lhe for muito incômodo levar seu carro para ser lubrificado na garagem de seu bairro. Usando o telefone de casa para marcar o encontro, naturalmente, pois Toby poderá estar à escuta...", acrescentara ele.

Vamos ter esperança. Meu Deus do céu. E todas as suas conversas íntimas com Camila? Ainda oito minutos.

O resto do arquivo parecia consistir em telegramas do Ministério do Exterior, recortes de jornais tchecos, relatórios sobre o controle do rádio de Praga, trechos de um arquivo de diretrizes sobre o reajustamento e a reabilitação de agentes que haviam sido descobertos, esboços submetidos ao Tesouro, e uma autópsia feita por Alleline, censurando Control pelo fiasco. Antes você do que eu, George.

Guillam começou mentalmente a medir a distância que separava sua mesa da porta dos fundos, onde Alwyn cochilava no balcão de recepção. Calculou que eram cinco passos, e decidiu fazer um ensaio tático. A dois passos da porta havia uma caixa de mapas que parecia um grande piano amarelo. Estava cheio de vários tipos de material de referência: mapas em grande escala, cópias antigas do *Who's Who*, velhos *Baedeckers*. Metendo um lápis entre os dentes, Guillam apanhou o arquivo da Operação Testemunho, encaminhou-se até a arca, escolheu um catálogo de telefones de Varsóvia e começou a escrever nomes numa folha de papel. Meu Deus, uma voz clamou em seu íntimo: minha mão está tremendo através da página inteira. Veja só esses algarismos. Eu poderia estar bêbado. Por que ninguém notou? Juliet aproximou-se com uma bandeja e pôs uma xícara em sua mesa. Ele lhe jogou um beijo distraído. Escolheu outro catálogo, pensou que era de Poznan e o colocou ao lado do primeiro. Quando Alwyn cruzou a porta, Guillam nem levantou os olhos.

— Telefone — murmurou ele.

— Que inferno! — exclamou Guillam, mergulhado no catálogo. — Quem será?

— Linha externa. É alguém grosseiro. É da garagem, creio eu, a propósito de seu carro. O homem está dizendo que tem más notícias para o senhor — declarou Alwyn muito satisfeito.

Guillam estava segurando o arquivo da Operação Testemunho com as duas mãos, aparentemente comparando-o com o catálogo. Mantinha-se de costas para Sal e sentia que seus joelhos estavam tremendo dentro das pernas das calças. Ainda conservava o lápis enfiado na boca. Alwyn adiantou-se e segurou a porta de vaivém para ele passar, o que fez, lendo o arquivo. Parecia um menino do coro de uma igreja, pensou Guillam. Ficou esperando que um raio se abatesse sobre ele, que Sal gritasse "assassinato!", ou que o velho Ben, o superespião, saltasse subitamente em cima dele, mas nada disso aconteceu. Sentiu-se muito melhor: Alwyn é meu aliado, eu confio nele. Estamos unidos contra Dolphin, posso ir em frente. A porta de vaivém fechou-se, Guillam desceu os quatro degraus e lá estava novamente Alwyn, segurando a porta, aberta, da cabine do telefone. A parte interior dessa cabine era revestida de madeira, e a superior era de vidro. Tirando o receptor do gancho, Guillam colocou a pasta do arquivo a seus pés, e ouviu a voz de Mendel, que lhe dizia que seu carro precisava de uma nova caixa de marchas e que o trabalho custaria umas 100 libras. Eles tinham combinado isso para obsequiar as matronas ou quem quer que lesse as fitas gravadas das conversações telefônicas. Guillam continuou aquele jogo até que Alwyn estivesse atrás do balcão, tentando escutar suas palavras. Está dando certo, pensou ele. Já levantei voo. Afinal, tudo está dando certo. "Bem, pelo menos obtenha dados sobre os principais agentes primeiro e descubra quanto tempo eles levam para fornecer a maldita coisa. Você obteve os números deles?" E concluiu, irritadamente: "Desligue."

Guillam entreabrira a porta e mantinha o bocal do telefone apertado contra as nádegas porque estava muito empenhado em que essa parte da conversa não fosse gravada. "Alwyn, segure aquela pasta para mim durante um minuto, por favor."

Alwyn trouxe a pasta zelosamente, como um homem que presta socorros urgentes num jogo de futebol.

— Perfeito, Sr. Guillam. Quer que eu abra a pasta para o senhor?

— Não. Atire-a aí. Obrigado.

A pasta estava no chão, do lado de fora do cubículo. Guillam curvou-se, arrastou-a para dentro do cubículo e abriu o zíper. No meio da mala, junto com suas camisas e uma porção de jornais, havia três "bonecos" de pastas, um amarelo, outro verde e um terceiro cor-de-rosa. Ele retirou a pasta cor-de-rosa e um livro de endereços, substituindo-os pela pasta da Operação Testemunho. Correu o zíper, ficou de pé e deu a Mendel um número de telefone, realmente o número certo. Desligou o telefone, entregou a Alwyn a mala e voltou para a sala de leitura com a pasta falsa. Remexeu na caixa dos mapas, manuseou mais dois ou três catálogos e encaminhou-se para o arquivo, levando a pasta falsa. Allitson estava cumprindo a comédia de uma rotina, empurrando e puxando a cesta de roupa.

— Peter, me dê uma ajuda, estou atolado.

— Um segundo.

Tornando a apanhar a pasta quatro-três do escaninho da Operação Testemunho, substituiu-a pelo "boneco", restabeleceu sua correta posição na alcova quatro-três e retirou a papeleta verde do gancho. Deus está no céu e a primeira noite foi um êxito. Guillam poderia ter cantado em voz alta: Deus está no céu e eu ainda posso voar.

Entregou a papeleta a Sal, que a assinou e a colocou num espigão, como sempre fazia. Mais tarde, naquele mesmo dia, iria fazer sua verificação. Se a pasta estivesse no lugar certo, jogaria fora a papeleta verde e a cópia da caixa. E nem mesmo a inteligente Sal se lembraria de que ele estivera ao lado da alcova quatro-quatro. Guillam estava prestes a voltar para o arquivo e dar uma ajuda ao velho Allitson quando encontrou os dois olhos castanhos e inamistosos de Toby Esterhase.

— Peter — disse Toby em seu inglês não muito perfeito. — Sinto tanto incomodá-lo, mas estamos com uma pequena crise e Percy Alleline gostaria de dar-lhe uma palavra urgente. Você poderia ir lá agora? Seria muito gentil de sua parte.

Eles já estavam à porta, no momento em que Alwyn os deixava sair, quando Toby acrescentou:

— Ele de fato quer uma opinião sua — comentou com a obsequiosidade de um homem sem importância, mas que está subindo. — Quer consultá-lo, saber sua opinião.

Num momento desesperadamente inspirado, Guillam voltou-se para Alwyn e disse:

— Há uma mala ao meio-dia para Brixton. Você poderia dar um telefonema para o Serviço de Transportes e pedir que levem isso até lá para mim?

— Pois não — disse Alwyn. — Cuidado com o degrau.

Reze por mim, pensou Guillam.

21

"Nossa sombra de ministro do Exterior", assim o chamava Haydon. Os porteiros o apelidaram de Branca de Neve por causa de seus cabelos brancos. Toby Esterhase vestia-se como um modelo, mas no momento em que baixava os ombros e fechava seus minúsculos punhos, parecia, sem dúvida, um lutador. Acompanhando-o através do corredor do quarto andar e tornando a reparar na máquina de fazer café e na voz de Lauder Strickland explicando que "ele" não podia atender, Guillam pensou: Santo Deus, estamos de volta a Berna e em fuga.

Passou-lhe pela cabeça dizer isso a Toby, mas concluiu que a comparação seria imprudente.

Sempre que pensava em Toby, era isso que lhe vinha à lembrança: a Suíça de oito anos passados, quando Toby era apenas um olheiro qualquer, com uma reputação cada vez maior de escutar as coisas como quem não queria nada. Guillam estava à toa na África do Norte, por isso o Circus despachou os dois para Berna a fim de realizarem determinada operação: estragar os planos de uns belgas, negociantes de armas, que estavam se utilizando dos suíços para distribuir sua mercadoria em lugares inconvenientes. Alugaram uma *villa* ao lado da casa que estava em sua mira e, na mesma noite, Toby abriu uma caixa de junção e adaptou-a de sorte que eles ouviam as conversações dos belgas no próprio telefone dos pobres homens. Guillam era o chefe e Toby seu informante. Duas vezes por dia Toby deixava as fitas gravadas na Residência de Berna, usando um carro estacionado, que servia de caixa de correio. Com a mesma facilidade Toby subornou o carteiro local para que lhe permitisse ver em primeira mão a correspondência dos belgas antes que a entregasse a seus destinatários, e subornou a faxineira para que colocasse um microfone na sala de visitas onde eles realizavam a maior parte de suas conversações. Em matéria de diversão, iam ao Crikito, e Toby dançava com as garotas mais jovens. De vez em quando trazia uma delas para casa, mas a moça sempre já se retirara, pela manhã, e Toby conservava as janelas abertas para livrar-se do perfume.

Viveram assim durante três meses, mas Guillam, no final desse período, não o conhecia melhor do que no primeiro dia, nem mesmo sabia qual seu país de origem. Toby era um esnobe e sabia onde comer e ser visto. Lavava a própria roupa e, para dormir, prendia os cabelos com uma rede. No dia em que a polícia deu uma batida na *villa* e Guillam teve de pular o muro dos fundos, encontrou Toby no Hotel Bellevue, mastigando *pâtisseries* e apreciando o *thé dansant*. Ele ouviu o que Guillam tinha a dizer, deu gorjetas primeiro ao chefe da orquestra, depois a Franz, chefe dos porteiros, em seguida caminhou à frente de Guillam, percorrendo uma série de corredores e escadas até chegar à garagem, no subsolo, onde ocultara o carro para sua fuga e os passaportes. Também ali, escrupulosamente pediu a conta. Os corredores eram intermináveis, com as paredes cobertas de espelhos e cheios de candelabros de Versalhes, de sorte que Guillam não estava seguindo apenas um Esterhase, mas uma delegação inteira de sósias dele.

Aquela visão lhe voltou à lembrança naquele momento, embora a estreita escada de madeira que levava à sala de Alleline estivesse pintada de verde-iodo, e apenas um abajur de pergaminho, em mau estado, fazia recordar os candelabros.

— Ver o chefe — anunciou Toby, num jeito agourento, dirigindo-se ao jovem porteiro que os deixou passar com um insolente sinal de cabeça. Na antessala do quarto andar, diante de quatro máquinas de escrever cinzentas, estavam sentadas as quatro matronas grisalhas, com seus colares de pérolas e conjuntos de lã. Cumprimentaram Guillam com a cabeça mas não tomaram conhecimento de Toby. Um aviso à porta de Alleline dizia "Ocupado". Ao lado dele, erguia-se um cofre-armário de cerca de 1,80m, novo em folha. Guillam pensou em como o piso aguentava aquela carga. Em cima do cofre, garrafas de xerez sul-africano, copos e pratos. Terça-feira, ele se lembrou, era dia da reunião informal e do almoço da Estação de Londres.

— Não vou atender a ninguém no telefone — gritou Alleline quando Toby abriu a porta. — Diga isso a eles.

— O chefe não atenderá o telefone, por favor — disse Toby num tom rebuscado, segurando a porta para Guillam entrar. — Estamos em conferência.

Uma das mulheres disse: "Nós ouvimos."

Foi uma reunião belicosa.

Alleline estava sentado à cabeceira da mesa, em sua cadeira lavrada, de megalomaníaco, lendo um documento de duas páginas, e não se moveu quando Guillam entrou. Limitou-se a resmungar: "Você fique lá. Ao lado de Paul! Além de Sal." E continuou sua leitura, profundamente absorvido.

A cadeira à direita de Alleline estava desocupada e Guillam sabia que era de Haydon por causa da almofada curva e que se acomodava a sua postura, nela amarrada por um cordão. À esquerda de Alleline sentava-se Roy Bland, que também estava lendo, mas levantou os olhos quando Guillam passou por ele, dizendo "cuide-se, Peter" e seguindo-o com seus olhos claros e esbugalhados através de toda a extensão da mesa. Ao lado da cadeira vazia, de Bill, estava Mo Delaware, a mulher-símbolo da Estação de Londres, de cabelos curtos e vestindo um terninho de *tweed* marrom. Em frente a ela ficava Phil Porteous, chefe da administração interna, homem rico e poderoso, que tinha uma grande casa num subúrbio. Quando avistou Guillam, parou de ler, fechou ostensivamente sua pasta, pôs as nédias mãos sobre ela e abriu-se num sorriso afetado e disse:

— Além de Sal quer dizer ao lado de Paul Skordeno — continuando a sorrir afetadamente.

— Obrigado. Estou entendendo — disse Guillam.

Em frente a Porteous estavam os russos de Bill, os últimos a serem vistos no banheiro dos homens, no quarto andar, Nick Silski e seu amigo, Kaspar. Eram incapazes de sorrir, tanto quanto Guillam sabia, e seriam analfabetos porque não havia documentos diante deles. Eram os únicos que não os tinham. Estavam sentados com suas quatro mãos gordas apoiadas sobre a mesa, como se alguém estivesse apontando um revólver às suas costas. Limitaram-se a fitar Guillam com seus quatro olhos castanhos.

Mais além de Porteous sentava-se Paul Skodeno, tido então como o braço direito de Roy Bland junto às redes satélites, embora outras pessoas afirmassem que ele exercia essas funções para Bill. Paul era magro e insignificante, tinha 40 anos e um rosto moreno, coberto de marcas, braços compridos. Guillam havia certa vez chegado às vias de fato com ele numa dura partida de golfe, e quase tinham se matado.

Guillam afastou a cadeira de Paul e sentou-se. Por isso, Toby sentou-se ao lado dele, com a outra metade da guarda pessoal. Que diabo estarão esperando que eu faça?, pensou Guillam. Dar uma corrida a fim de escapar? Todos estavam observando Alleline, que enchia seu cachimbo quando Bill Haydon se postou atrás dele. A porta se abriu e Bill apareceu, segurando uma xícara de café com as duas mãos, tapada com o pires. Levava uma pasta listrada debaixo do braço e tinha os óculos sobre o nariz, para variar, pois devia ter feito sua leitura em algum outro lugar. Todos estiveram lendo o documento, exceto Guillam, que não sabia do que se tratava. Imaginou que talvez fosse o mesmo documento que Esterhase e Roy haviam lido na véspera e concluiu, sem qualquer prova, que assim era. O documento chegara no dia anterior. Toby o trouxera a Roy e o documento o perturbara, tornando-os imediatamente possuídos de grande excitação, se é que excitação seria a palavra certa.

Alleline ainda não levantara os olhos de sua leitura. No extremo da mesa, Guillam só conseguia ver sua vasta cabeleira negra e um par de largos ombros, enfiados num *tweed*. Mo Delaware torcia um cacho de cabelos da testa, enquanto lia. Percy tinha duas mulheres, lembrou-se Bill, no momento em que Camila mais uma vez perpassou através de sua mente, que pululava de ideias, e ambas eram alcoólatras, o que devia significar alguma coisa. Guillam só havia conhecido a *edição* de Londres. Percy estava organizando seu fã-clube e dera uma festa no amplo apartamento que tinha, coberto de lambris, nas Mansões do Palácio de Buckingham. Guillam chegara atrasado e estava tirando o sobretudo no vestíbulo quando uma loura pálida veio timidamente em sua direção, estendendo-lhe a mão. Ele pensou que fosse a empregada que pretendia segurar seu casaco.

"Eu sou Joy", disse ela, com uma voz teatral, como se estivesse declarando "eu sou a Virtude", ou "eu sou a Continência". Não era o sobretudo que ela queria, mas um beijo. Acedendo ao pedido, Guillam aspirou o duplo prazer de Je Reviens e de uma alta concentração de xerez barato.

— Bem, meu jovem Peter Guillam — disse Alleline —, você estará finalmente à minha disposição ou tem outras visitas a fazer a minha casa?

Ele erguera parcialmente a cabeça e Guillam reparou em dois minúsculos triângulos róseos em cada uma de suas faces descoradas. E Alleline prosseguiu, virando uma página do documento:

— O que você tem andado fazendo lá na filial, nesses últimos dias? Além de andar atrás das virgens do lugar, se é que existem virgens em Brixton, o que eu duvido muito, se você me perdoa esta liberdade, Mo. E gastando o dinheiro do Estado em almoços caros?

Aqueles gracejos eram o instrumento de comunicação de Alleline, e poderiam ser cordiais ou hostis, impregnados de censura ou de louvor. Mas, no final, pareciam um martelar constante no mesmo ponto.

— Uns dois ou três trabalhos árabes parecem bastante promissores. Cy Vanhofen obteve uma *dica* de um diplomata alemão. É sobre isso.

— Árabes — repetiu Alleline, empurrando a pasta para o lado e sacando do bolso um cachimbo rústico. — Qualquer idiota é capaz de queimar um árabe, não é isso, Bill? Você compra todo um maldito gabinete árabe por meia coroa, se quiser.

Alleline tirou do outro bolso um estojo de fumo, jogando-o displicentemente em cima da mesa, e continuou:

— Ouvi dizer que você andou falando com nosso falecido e lamentado irmão Tarr. Como vai ele?

Uma porção de pensamentos acudiram à mente de Guillam quando ouviu sua própria resposta. A vigilância de seu apartamento não havia começado até a noite anterior, disso ele tinha certeza. Durante o fim de semana estivera livre, a menos que Fawn, o *baby-sitter* cativo, houvesse dobrado serviço, o que teria sido muito penoso para ele. Roy Bland era muito parecido com o falecido Dylan Thomas. Roy sempre o fizera lembrar-se de alguém, mas até aquele momento nunca conseguira definir a semelhança. E Mo Delaware tinha sido aceita como mulher por causa de sua masculinidade trigueira. Guillam ficou imaginando se Dylan Thomas teria aqueles extraordinários olhos azul-claros, de Roy. Toby Esterhase estaria tirando um cigarro de sua cigarreira de ouro, e Alleline não permitia, via de regra, que ninguém fumasse cigarros, apenas cachimbo. Por isso, Toby devia estar com prestígio junto a Alleline. Bill Haydon parecia estranhamente jovem, e os rumores que corriam no Circus a respeito de sua vida amorosa não seriam, afinal de contas, motivo para alguém rir. Diziam que ele era gilete. Paul Skordeno estava com a palma da mão morena apoiada sobre a mesa e com o polegar ligeiramente erguido, de um jeito que endurecia o dorso da mão. Guillam pensou também em sua mala de lona: teria Alwyn despachado a mala no trem, ou saído para o almoço e deixado a mala no Registro, para ser examinada por um daqueles novos e jovens porteiros, ansiosos por obter uma promoção? Guillam então pensou, pela primeira vez, exatamente há quanto tempo Toby estivera rondando o Registro antes de haver nele reparado.

Guillam optou pelo tom brincalhão:

— É verdade, chefe. Tarr e eu tomamos chá em Fortnum's todas as tardes.

Alleline estava sugando o cachimbo vazio, para verificar se tinha fumo.

— Peter Guillam — disse ele num tom decidido, com seu sotaque incisivo. — Você talvez não tenha consciência disso, mas tenho um temperamento muito capaz de perdoar. Estou positivamente cheio de boa vontade. Tudo quanto lhe exijo é o assunto de sua conversa com Tarr. Não estou pedindo a cabeça dele, nem qualquer outra parte de sua maldita anatomia, e conterei meus impulsos de eu próprio estrangular esse homem. Ou você. — Riscou um fósforo e acendeu o cachimbo, produzindo uma enorme chama. E prosseguiu: — Eu chegaria mesmo a pensar em dependurar uma corrente de ouro em seu pescoço, Peter, e trazê-lo para o palácio, tirando você daquela odiosa Brixton.

— Nesse caso eu não posso esperar que ele apareça — disse Guillam.

— E Tarr será amplamente perdoado até que eu ponha as mãos nele.

— Eu direi isso a Tarr. Ele ficará emocionado.

Uma espessa nuvem de fumaça rolou sobre a mesa.

— Estou muito desapontado com você, meu jovem Peter. Dando ouvidos a grandes calúnias de natureza divisionista e insidiosa. Eu lhe pago um dinheiro honesto e você me apunhala pelas costas. Considero uma retribuição muito insatisfatória para que eu o conserve com vida. Apesar dos rogos em contrário de meus assessores, posso dizer.

Alleline adotara um novo maneirismo que Guillam muitas vezes já observara em homens vaidosos de meia-idade: segurava uma dobra de carne debaixo do queixo e a ficava massageando entre o polegar e o indicador, na esperança de reduzi-la.

— Conte-nos mais alguma coisa sobre as circunstâncias ligadas a Tarr. Faça isso agora — declarou Alleline. — Fale-nos acerca de seu estado emocional. Ele tem uma filha, não é verdade? Uma filha pequenina, chamada Danny. Tarr fala nela?

— Costuma falar.

— Regale-nos com algumas histórias sobre ela.

— Não sei de nenhuma. Ele gosta muito da filha, é tudo que sei.

— Gosta dela de maneira obsessiva? — indagou Alleline, cuja voz se alteou subitamente, impregnada de cólera. — Para que esse dar de ombros, Guillam? Por que diabos você está fazendo isso comigo? Estou lhe falando sobre um desertor e sua maldita seção. Estou acusando você de estar tramando com ele às minhas costas, de estar participando de malditos e idiotas jogos de salão quando sabe o que se acha em causa. E tudo o que você faz é dar de ombros, da ponta da mesa? Há uma lei, Peter Guillam, contra a associação com agentes do inimigo. Talvez você não saiba disso. Estou com muita vontade de atirar um livro em você.

— Mas não o tenho visto — disse Guillam, e a cólera também veio salvá-lo. — Não sou eu quem tem estado praticando jogos de salão. É você. Por isso saia de trás de mim.

No mesmo instante percebeu uma descontração em torno da mesa, semelhante a uma descaída muito discreta para o tédio, como se Alleline tivesse usado toda sua munição e o alvo estivesse limpo de marcas. Skordeno estava manipulando entre os dedos um pedaço de marfim, um amuleto que trazia sempre consigo. Bland lia novamente, e Bill Haydon tomava seu café, achando-o horrível, pois fizera uma careta para Mo Delaware, descansando a xícara no pires. Toby Esterhase, segurando o queixo com a mão, franzira as sobrancelhas e estava olhando para a lareira vitoriana. Somente os russos continuavam a observar Guillam, sem pestanejar, como se fossem dois *terriers* que não queriam acreditar que a caçada terminara.

— Então ele costumava conversar com você sobre Danny, hein? E lhe disse que gostava muito dela — declarou Alleline, que voltara a examinar o documento que tinha diante de si. — Quem é a mãe de Danny?

— Uma eurasiana.

Foi então que Haydon falou pela primeira vez, indagando:

— Eurasiana, sem sombra de dúvida, ou poderia ela passar por alguma coisa mais chegada à nossa pátria?

Alleline leu em voz alta: "12 anos, cabelos louros, compridos, olhos castanhos." E indagou:

— Danny é assim?

— Acho que poderia ser. Parece ela.

Houve um longo silêncio e nem mesmo Haydon parecia inclinado a rompê-lo.

— E se eu lhe dissesse — recomeçou Alleline, escolhendo as palavras com extremo cuidado — que Danny e sua mãe deveriam chegar ao Aeroporto de Londres há três dias, num voo direto, de Cingapura, presumo que você compartilharia nossa perplexidade.

— Sem dúvida.

— E que você ficaria de bico calado, quando saísse daqui. Não contaria isso a ninguém, nem mesmo aos seus 12 melhores amigos?

Ouviu-se, vindo de não muito longe, o ronronar de Phil Porteous:

— A fonte é extremamente secreta, Peter. Poderá parecer a você uma informação comum a respeito de voos, mas não se trata disso, absolutamente. É ultra, ultraespecial.

— Bem, nesse caso procurarei conservar minha boca *ultrafechada* — declarou Guillam a Porteous, que enrubesceu, ao passo que Bill Haydon deu outro arremedo de riso de menino de escola.

Alleline voltou à carga:

— Então o que você faria com essa informação? Vamos, Peter. — E novamente gracejando: — Vamos, você era o patrão dele, o guia, o filósofo, o amigo. Onde está sua psicologia, pelo amor de Deus? Por que Tarr voltou para a Inglaterra?

— Não foi isso, absolutamente, o que você disse. Você disse que a mulher de Tarr e a filha, Danny, eram esperadas há três dias. Talvez ela tenha vindo visitar parentes. Talvez tenha arranjado outro amigo. Como vou saber?

— Não seja obtuso, homem. Não ocorre a você que, onde Danny estiver, Tarr não poderá estar muito longe? Se ele já não estiver aqui, o que me sinto inclinado a acreditar, porque os homens costumam vir primeiro e trazer a bagagem depois. Peço-lhe desculpas, Mo Delaware, foi um lapso.

Pela segunda vez, Guillam se permitiu ficar um tanto irritado:

— Não. Até agora isso não tinha me ocorrido. Até agora Tarr era um desertor. É a norma dos administradores da Casa já há sete meses. Estou certo ou errado, Phil? Tarr estava plantado em Moscou e tudo quanto ele soubesse deveria ser julgado sabido pelo inimigo. Certo, Phil? E talvez foi considerado um motivo suficiente para "apagar as luzes" de Brixton, e dar uma boa fatia das nossas responsabilidades de trabalho à Estação de Londres, e outra aos informantes de Toby. O que Tarr estaria fazendo agora: tornando a desertar para o nosso lado?

— Desertar de novo seria maneira desgraçadamente caridosa de considerar as coisas. Vou informá-lo de graça — replicou Alleline, voltando ao papel que tinha diante de si. — Escute exatamente o que eu vou dizer e lembre-se disso. Porque você, como o resto do meu pessoal, tem uma memória igual a uma peneira, disso eu não tenho a menor dúvida. Todas as prima-donas são assim. Danny e a mãe estão viajando com passaportes ingleses, falsos, com o nome de Poole, o mesmo que tem a baía. Os passaportes foram falsificados pelos russos. Um terceiro passaporte foi entregue ao próprio Tarr, o conhecido *Mister* Poole. Tarr já se encontra na Inglaterra, mas nós não sabemos onde. Partiu antes de Danny e da mãe, e aqui chegou por uma rota diferente. Nossos investigadores sugerem que foi uma rota secreta. Ele instruiu a mulher, a amante, ou seja lá o que for — Alleline disse isso como se não houvesse coisa igual àquela. — Você me perdoe outra vez, Mo, para que viesse uma semana depois dele, segundo tudo leva a crer. Tal informação só nos chegou ontem, por isso ainda temos de trabalhar muito, de nos mexer um bocado. Tarr deu instruções a Danny e à mãe para que, se acaso ele não entrasse em contato com elas, as duas deveriam apelar para a misericórdia de um certo Peter Gillam. Trata-se de você, eu acredito.

— Se elas eram esperadas há três dias, o que lhes aconteceu?

— Algum atraso. Perderam o avião. Mudaram de planos. Perderam as passagens. Como vou saber?

— Ou então a informação está errada — sugeriu Guillam.

— Não está — declarou Alleline incisivamente.

Ressentimento, perplexidade. Guillam aferrou-as às duas coisas.

— Está bem. Os russos devolveram Tarr. E mandaram a família dele, só Deus sabe por quê. Pensei que o tinham posto na prisão, e o mandaram também. Por que tudo isso há de ser tão excitante? Que espécie de espião ele poderá ser, plantado aqui, se nós não acreditamos numa única palavra do que ele diz?

Dessa vez Guillam observou, com satisfação, que as pessoas que o ouviam estavam voltadas para Alleline, observando-o. E este pareceu a Guillam estar hesitando entre dar-lhe uma resposta indiscreta ou fazer papel de tolo.

— Não se preocupe com o tipo de espião. Pôr lama nuns lagos, envenenar uns poços. Coisas assim malditas. Dar-nos uma rasteira quando todos nós estivermos em casa, em sossego.

As circulares de Alleline também tinham esse estilo, pensou Guillam As metáforas perseguindo umas as outras pela página.

— Mas lembre-se disso — continuou Alleline. — Antes do primeiro pio, ao primeiro murmúrio que você ouvir sobre ele ou a mulher dele e a filha, meu jovem Peter Guillam, você nos procure porque somos pessoas crescidas. Todas as que você está vendo nesta mesa. Mas não procure outra maldita criatura. Você está entendendo perfeitamente o que quero dizer? Há mais coisas em jogo do que você possa imaginar ou tenha o direito de saber...

Tudo subitamente tornou-se uma conversação cheia de movimentos. Bland metera as mãos nos bolsos e caminhava de ombros caídos pela sala, apoiando-se à porta que ficava mais distante. Alleline voltara a acender o cachimbo e estava apagando o fósforo com um longo movimento do braço, ao mesmo tempo que olhava irritadamente para Guillam por entre a fumaça.

— Quem você está namorando atualmente, Peter? Quem é a felizarda? — perguntou.

Porteous estava fazendo circular uma folha de papel em torno da mesa, para ser assinada por Guillam, e disse:

— É para você, Peter, por favor.

Paul Skordeno murmurava alguma coisa ao pé do ouvido de um dos russos, e Esterhase estava junto à porta, dando ordens às matronas. Somente os olhos castanhos e despretensiosos de Mo Delaware ainda continuavam a fitar Guillam.

— Leia primeiro, você não quer? — aconselhou Porteous de modo insinuante.

Guillam já tinha lido metade do documento, que dizia o seguinte: "Declaro haver sido informado, hoje, acerca do conteúdo do Relatório Nº 308, da Operação Bruxaria, Fonte Merlin." Assim terminava o primeiro parágrafo. E mais: "Comprometo-me a não divulgar a existência da Fonte Merlin. Comprometo-me, igualmente, a informar imediatamente a respeito de qualquer assunto que chegue a meu conhecimento e que se afigure ter relação com o material dessa fonte."

A porta permanecera aberta e, no momento em que Guillam assinou o papel, o segundo escalão da Estação de Londres entrou na sala em fileira, vindo à frente as matronas, trazendo bandejas de sanduíches: Diana Dolphin, Lauder Strickland, parecendo suficientemente retesado a ponto de poder estourar a qualquer momento, as meninas da distribuição e um antigo veterano de guerra, de fisionomia agressiva, chamado Haggard, que era o suserano de Ben Thruxton. Guillam saiu lentamente da sala, contando quantas pessoas se encontravam ali, pois tinha certeza de que Smiley haveria de querer saber quem ali estivera. Chegando à porta, viu, com surpresa, que Haydon viera juntar-se a ele, parecendo haver decidido que o resto da festividade não era para ele.

— Cabaré mais estúpido — comentou Bill, apontando vagamente para as matronas. — Percy está ficando cada dia mais insuportável.

— Parece que é isso mesmo — disse Guillam calorosamente.

— Como vai Smiley? Você tem estado muito com ele? Você era um bocado chegado a ele, não era?

O mundo de Guillam, que estava até então apresentando indícios de firmar-se num ritmo razoável, desabou de maneira violenta.

— Não — declarou ele. — Smiley anda desaparecido.

— Não venha me dizer que você levou a sério todas aquelas asneiras — resmungou Bill. Os dois haviam chegado à escada. Haydon tomou a dianteira.

— E você? — indagou Guillam. — Tem se encontrado muito com ele?

— E Ann bateu a linda plumagem — disse Bill, não tomando conhecimento da pergunta. — Levada por um jovem marinheiro, um garçom ou coisa que o valha. Isso é certo?

A porta da sala de Haydon achava-se aberta de par em par, e sua mesa de trabalho estava coberta por um monte de arquivos secretos.

— Eu não sabia. Pobre George.

— Quer café?

— Obrigado. Acho que vou andando.

— Tomar chá com o irmão Tarr?

— Isso mesmo. Em Fortnum's. Até a vista.

Alwyn voltara do almoço e estava na Seção de Arquivos.

— A mala seguiu — disse ele jovialmente. — A estas horas deve estar em Brixton.

— Que diabo — praguejou Guillam, disparando seu último cartucho. — Nela havia alguma coisa de que eu estava precisando.

Uma ideia repugnante lhe ocorrera: parecia tão claro e tão horrivelmente óbvio que só podia ficar imaginando por que motivo aquilo lhe viera à mente tão tarde. Sand era o marido de Camila. Ela estava levando uma vida dupla. Agora, abria-se para ele todo um quadro de embustes. Seus amigos, seus amores, até o Circus se associavam e formavam reiteradamente um infinito caleidoscópio de intrigas. Uma frase de Mendel voltou-lhe à lembrança: tinha sido pronunciada duas noites antes, quando eles estavam tomando cerveja num lúgubre botequim de subúrbio: "Ânimo, Peter, meu filho. Jesus Cristo só teve 12 discípulos, e um deles era traidor."

Tarr, ele pensou. Aquele maldito Ricki Tarr.

22

O quarto de dormir era comprido e baixo, um antigo quarto de empregada, e ficava no sótão. Guillam estava de pé junto à porta, e Tarr, sentado na cama, imóvel, com a cabeça inclinada para trás, as mãos ao longo do corpo e os dedos separados, apoiado no teto. Havia uma lucarna que se abria acima dele e, do ponto em que Guillam se achava, podia avistar longos trechos do campo escuro do Suffolk e uma fileira de árvores negras desenhadas de encontro ao céu. O papel de parede era marrom, com flores grandes e vermelhas. Uma única lâmpada pendia de uma trave preta de carvalho, iluminando seus rostos e dando-lhes estranhas formas geométricas. Quando um deles se mexia, Tarr, na cama, ou Smiley, na cadeira de cozinha, feita de madeira, parecia que seus movimentos levavam a luz com eles a uma certa distância até que novamente tornasse a se fixar.

Guillam teria sido áspero com Tarr se lhe fosse permitido agir sozinho. Não tinha a menor dúvida a esse respeito. Seus nervos estavam à flor da pele, e ao guiar o carro pela alameda ele chegara a fazer 140 quilômetros por hora até que Smiley o advertiu rispidamente para que dirigisse direito. Entregue a seus impulsos, teria ficado tentado a arrancar os olhos de Tarr e, se necessário, trazido Fawn para ajudá-lo. Enquanto dirigia o carro, imaginara nitidamente o quadro que seria abrir a porta da frente da casa onde Tarr morava e golpeá-lo no rosto várias vezes, e trazer-lhe lembranças de Camila e de seu ex-marido, o famoso doutor da flauta. E talvez na tensão com ele compartilhada por Smiley, naquele dia, este último captara telepaticamente aquele mesmo quadro, pois o pouco que falara tinha sido claramente orientado no sentido de acalmar Guillam. "Tarr não mentiu para nós, Peter. Sob qualquer aspecto material. Ele fez simplesmente o que fazem os agentes, no mundo inteiro: não nos contou a história completa. Por outro lado, foi bastante inteligente." Longe de compartilhar a perplexidade de Guillam, Smiley parecia estranhamente confiante, mesmo complacente, a ponto de permitir-se um sentencioso aforismo de Steed Asprey acerca da arte de trair: alguma coisa a respeito de não ser buscada a perfeição, mas uma vantagem, o que levou Guillam mais uma vez a pensar em Camila. "Karla nos admitiu em seu tabernáculo", anunciou Smiley, e Guillam soltou a infeliz piada de que eles poderiam trocar de carro em Charing Cross. Depois disso Smiley contentou-se em dar instruções sobre o rumo a ser tomado e em observar o espelho lateral.

Tinham-se encontrado no Palácio de Cristal, numa caminhonete de entregas dirigida por Mendel. Seguiram até Bansbury, diretamente para uma oficina de consertos de carroçarias, que ficava no extremo de uma viela calçada de pedras arredondadas, cheia de crianças. Foram recebidos com discretas manifestações de entusiasmo por um velho alemão e seu filho, que removeram a lataria da caminhonete quase antes de eles dela saírem, e os conduziram a um Vauxhall com seu motor superalimentado, pronto para ser posto em movimento e ir em frente pelo outro extremo da oficina. Mendel lá ficou com o arquivo da Operação Testemunho, que Guillam trouxera de Brixton em sua maleta. Smiley disse: "Procure a A12." Havia muito pouco tráfego, mas perto de Colchester eles encontraram uma fila de caminhões e Guillam subitamente perdeu a paciência. Smiley foi obrigado a mandar que ele forçasse a ultrapassagem. A certa altura, encontraram pela frente um velho que ia a 40 quilômetros por hora na pista de alta velocidade. No momento em que o ultrapassaram, pelo lado direito, o homem deu uma guinada de louco em direção a eles: estaria embriagado ou doente, talvez apenas aterrorizado. E também encontraram mais além uma muralha de neblina, que surgiu sem aviso prévio, parecendo cair do céu sobre eles. Guillam atravessou-a, com receio de usar os freios por causa do gelo compacto que havia na estrada. Além de Colchester eles tomaram pequenas estradas. Nas placas liam-se nomes como Little Horkesley, Wormingford e Bures Green. Depois desapareceram as placas e Guillam teve a sensação de não estar em parte alguma.

— Vire à esquerda agora, e novamente à esquerda e continue até onde puder — disse Smiley.

Chegaram a um lugar que parecia uma pequena aldeia, mas não havia luzes, habitantes visíveis, nem lua. Quando saíram do carro sentiram frio e Guillam aspirou o cheiro de um campo de críquete e de fumaça de lenha, o que imediatamente lhe evocou o Natal. Ficou pensando que nunca estivera num lugar tão quieto, frio e remoto. A torre de uma igreja alteava-se em frente a eles; uma coroa branca estendia-se num dos lados; e no alto de uma encosta erguia-se uma construção que julgou ser uma reitoria. Era baixa e irregular, em parte coberta de colmo, e ele reparou na silhueta do telhado, recortada de encontro ao céu. Fawn estava à espera deles. Aproximou-se quando pararam o carro, e nele entrou silenciosamente, acomodando-se no banco traseiro.

— Hoje Ricki foi muito melhor — informou. Era evidente que vinha prestando muitas informações a Smiley nos últimos dias. Era um rapaz calmo, de fala mansa e grande empenho em ser agradável, mas o resto do pessoal de Brixton parecia ter medo dele, Guillam não sabia por quê. — Não está tão nervoso, mais descontraído, eu diria. Hoje de manhã ele jogou na loteria esportiva. Ricki aprecia mesmo a loteria esportiva. Esta tarde cortamos abetos para Miss Ailsa, para que ela possa levá-los ao mercado. E de noite jogamos uma boa partida de cartas e fomos cedo para a cama.

— Ele tem saído sozinho? — indagou Smiley.

— Não, senhor.

— Tem usado o telefone?

— Não, meu Santo Deus! Não, enquanto estive por aqui. E tenho certeza de que não usou o telefone enquanto Miss Ailsa andou por perto.

A respiração deles embaçara as janelas do carro, mas Smiley não quis ligar o motor, e por isso não funcionavam o aquecedor nem o limpador de para-brisa.

— Ele mencionou a filha, Danny?

— Falou muito nela, no final da semana. Agora parece se ter acalmado quanto a isso. Acho que ele afastou as duas da lembrança, por causa do aspecto emocional.

— Ele não falou em vê-las de novo?

— Não, senhor.

— Nada a respeito de providências para encontrá-las quando tudo isto estiver terminado?

— Não, senhor.

— Nem em trazê-las para a Inglaterra?

— Não, senhor.

— Nem em arranjar-lhes documentos?

— Não, senhor.

Guillam interrompeu a conversa, irritado:

— Então sobre o que ele falou, pelo amor de Deus?

— Falou sobre a russa, Irina. Ele gosta de ler o diário dela. Diz que, quando a toupeira for apanhada, vai fazer o Centro trocá-la por Irina. Então arranjaremos um bom lugar para ela, como o de Miss Ailsa, mas na Escócia. Lá é melhor. Ele diz que vai também acertar minha vida. Me dar um empregão no Circus. Ele tem me incentivado a aprender uma língua estrangeira para aumentar meu campo.

Não seria preciso dizer, ao som daquela voz monótona que se ouvia por atrás dele, na escuridão, o que Fawn fizera a respeito desse conselho.

— Onde ele está agora?

— Na cama.

— Feche as portas sem fazer barulho.

Ailsa Brimley estava à espera deles na varanda da frente: era uma mulher grisalha, de 60 anos, com uma expressão decidida e inteligente. Pertencia aos velhos quadros do Circus, assim dissera Smiley. Era uma das encarregadas dos códigos que trabalharam com Lorde Landsbury, no tempo da guerra. Agora estava aposentada, mas ainda era temível. Vestia um costume marrom elegante. Apertou a mão de Guillam, dizendo "como vai", passou o ferrolho na porta e, quando Smiley tornou a olhar, ela já havia desaparecido. Smiley subiu ao primeiro andar, à frente dos outros. Fawn deveria ficar aguardando no primeiro patamar, caso sua presença fosse necessária.

— É Smiley — disse ele, batendo à porta de Tarr. — Quero ter uma conversa com você.

Tarr abriu a porta sem demora. Devia ter ouvido que eles se aproximavam e estaria à sua espera, do outro lado da porta. Abriu-a com a mão esquerda, segurando o revólver com a direita e olhando para o corredor, para além de Smiley.

— É apenas Guillam — declarou Smiley.

— Os filhotes também mordem — disse Tarr. — É o que estou pensando.

Os dois entraram no quarto. Tarr estava enfiado em calças largas e agasalhado numa espécie de manta malaia, ordinária. Havia fichas contendo letras espalhadas pelo chão, e o ar estava impregnado do cheiro de caril, de algum prato que ele havia preparado num fogareiro.

— Lamento importuná-lo — disse Smiley num tom de sincera comiseração. — Mas preciso perguntar-lhe novamente o que o senhor fez com aqueles dois passaportes suíços que levou para Hong Kong.

— Por quê? — indagou Tarr.

O desembaraço dele havia desaparecido. Mostrava aquela palidez das prisões, tinha perdido peso enquanto estava ali, sentado na cama, com o revólver a seu lado sobre o travesseiro. Seus olhos os interrogaram nervosamente, fitando um de cada vez, sem confiar em coisa alguma.

— Escute — prosseguiu Smiley. — Eu quero acreditar em sua história. Nada mudou. Depois que soubermos tudo, respeitaremos sua vida íntima. Mas precisamos saber as coisas. É muitíssimo importante. Todo seu futuro está em jogo.

E muito mais ainda, pensou Guillam, que o observava: todo um conjunto de deduções e cálculos pendia de um fio, se é que Guillam conhecia Smiley.

— Eu lhe disse que queimei os passaportes. Não faço a menor ideia dos números. Acho que eles eram conhecidos. Usar aqueles passaportes seria a mesma coisa que pôr uma placa no pescoço: Procura-se Tarr, Ricki Tarr.

As perguntas de Smiley sucediam-se de modo terrivelmente lento. Até para Guillam era penoso ficar à espera dessas perguntas, em meio ao profundo silêncio da noite.

— Com que você os queimou?

— Que importância tem isso?

Mas Smiley não parecia disposto a declarar as razões de suas perguntas, preferindo que o silêncio produzisse seus efeitos, e parecia confiar que isso acontecesse. Guillam já assistira a interrogatórios inteiros conduzidos desse modo: um longo questionário envolto em espessas roupagens de rotina, pausas cansativas durante o tempo em que cada resposta era escrita por extenso e o cérebro do suspeito ficava assediado por mil indagações para cada pergunta de seu inquiridor. Assim, a firmeza com que um acusado se aferrava à sua história se ia tornando cada dia mais débil.

— Quando você comprou seu passaporte britânico com o nome de Poole? — indagou Smiley, após transcorrer outra eternidade. — Você comprou outros passaportes na mesma fonte?

— Por que eu haveria de fazer isso? — indagou Tarr. — Pelo amor de Deus! Não sou colecionador de passaportes. Tudo o que eu queria era sair do buraco.

— E proteger sua filha — sugeriu Smiley, com um sorriso de compreensão. — E proteger também a mãe dela, se pudesse. Tenho certeza de que você pensou muito nisso — acrescentou num tom de louvor — Afinal de contas, você não poderia deixá-las à mercê daquele francês que vivia a procurá-lo, não é isso mesmo?

Enquanto aguardava uma resposta, Smiley parecia estar examinando as fichas do dicionário, lendo as palavras de cima para baixo e da esquerda para a direita. Nelas nada havia: eram palavras reunidas ao acaso. Uma estava escrita errado, observou Guillam: "epístola", com as duas últimas letras invertidas. O que Smiley tinha estado fazendo, imaginou Guillam, naquele hotel nauseabundo, um verdadeiro ninho de pulgas? Que secretos e estreitos caminhos a mente de Smiley teria estado palmilhando, lá trancafiado, com garrafas de molhos e caixeiros-viajantes?

— Está bem — declarou Tarr num tom soturno. — Eu obtive os passaportes para Danny e a mãe dela. A Sra. e a Srta. Poole. E o que vamos fazer agora? Ficar arrebatados de alegria?

Novamente o silêncio acusou.

— Por que você não nos disse isso antes? — perguntou Smiley, no tom de um pai desapontado. — Não somos monstros. Não desejamos nenhum mal a elas. Por que você não nos contou tudo? Talvez até pudéssemos ter ajudado. — E Smiley voltou a examinar as fichas. Tarr devia ter usado dois ou três grupos dessas fichas, pois estavam espalhadas no tapete de fibra de coco. — Não é crime cuidar das pessoas de quem gostamos.

Se elas deixarem, pensou Guillam, lembrando-se de Camila.

No propósito de facilitar as respostas de Tarr, Smiley começou a fazer-lhe sugestões úteis:

— Foi porque você comprometeu suas despesas operacionais na compra desses passaportes britânicos? Foi esse o motivo que o induziu a nada nos dizer? Meu Deus! Aqui ninguém está preocupado com dinheiro. Você nos trouxe uma informação de caráter vital. Por que haveríamos de discutir sobre 2 ou 3 mil dólares? — E o tempo ia passando sem que ninguém o aproveitasse. — Ou então foi porque você estava envergonhado — sugeriu Smiley.

Guillam endireitou-se, esquecendo-se de seus problemas.

— Envergonhado com razão, de certo modo, suponho. Afinal não foi um ato de grande bravura deixar Danny e a mãe com passaportes de números conhecidos à mercê daquele francês que estava procurando o Sr. Poole com tanto empenho. Enquanto isso, você escapou para ter todo esse tratamento de pessoa muito importante. É horrível pensar numa coisa dessas — afirmou Smiley, como se Tarr, e não ele próprio, tivesse feito aquela observação. — É horrível imaginar a que extremos iria Karla para obter seu silêncio, Tarr. Ou seus serviços.

O suor que escorria pelo rosto de Tarr era insuportável. Tão abundante que ele parecia estar coberto de lágrimas. As fichas já não interessavam a Smiley, e seu olhar se fixara num jogo diferente. Era um brinquedo, feito de dois bastões de aço, como as hastes de uma pinça. O jogo consistia em rolar por eles uma esfera de aço. Quanto mais longe ela rolasse, maior número de pontos seriam ganhos quando a esfera caísse dentro de orifícios que havia sob as hastes. Smiley continuou:

— A outra razão que teria levado você a nada nos dizer, creio eu, é que você queimou os passaportes. Você queimou os passaportes britânicos, quero dizer, e não os suíços.

Vá devagar, George, pensou Guillam, dando calmamente um passo à frente para cobrir a distância entre os dois homens. Vá devagar.

— Você sabia que o nome Poole era conhecido, por isso queimou os passaportes de Poole, que havia comprado para Danny e a mãe dela — prosseguiu Smiley. — Mas guardou o seu, porque não lhe restava alternativa. Em seguida, reservou as passagens para duas pessoas em nome de Poole para convencer a todos que ainda acreditava nos passaportes de Poole. Falando em "todos", acho que quero dizer os bandidos de Karla. Você falsificou os passaportes suíços, adulterou-os, um para Danny e outro para a mãe, e correu o risco de que seus números não fossem notados, e fez outra série de arranjos que não divulgou. Esses arranjos ficaram prontos mais cedo que os que você fez para os Poole. Como teria sido isso? Por exemplo, permanecer no Oriente, mas em algum outro lugar, como Jacarta. Um lugar onde você tivesse amigos.

Mesmo onde estava Guillam foi demasiado lento. As mãos de Tarr já se agarravam ao pescoço de Smiley, a cadeira tombara e Tarr estava caído no chão, esganando Smiley. Guillam segurou o braço direito de Tarr e prendeu-o atrás de suas costas, chegando quase a parti-lo ao fazer isso. Fawn surgiu então, apanhou o revólver que estava sobre o travesseiro e dirigiu-se a Tarr como se fosse ajudá-lo a levantar-se. Smiley estava endireitando a roupa ao passo que Tarr, novamente em cima da cama, limpava o canto da boca com um lenço.

— Não tenho a menor ideia de onde elas estão — declarou Smiley. — Tanto quanto eu saiba, não lhes aconteceu mal algum. Você acredita nisso, não é mesmo?

Tarr estava com os olhos fixos em Smiley, à espera de alguma coisa. Tinha um olhar de fúria, mas Smiley mostrava-se novamente tranquilo, e Guillam percebeu que se tratava da confiança que Smiley estava novamente procurando conquistar.

— Era melhor que você tomasse mais conta de sua maldita mulher, e deixasse a minha em paz — sussurrou Tarr, tapando a boca com a mão. Guillam deu um salto para a frente, exclamando qualquer coisa, mas Smiley o conteve.

— Desde que você não procure comunicar-se com elas — prosseguiu Smiley —, provavelmente será melhor que eu não saiba onde elas estão. A menos que você queira que eu faça alguma coisa por elas. Dinheiro, proteção ou algum conforto?

Tarr balançou a cabeça. Sua boca estava sangrando muito, e Guillam percebeu que Fawn devia ter-lhe dado um murro, mas não conseguia imaginar quando.

— Não vai demorar muito — declarou Smiley. — Talvez uma semana. Até menos, se eu puder. Procure não pensar demais.

Quando eles saíram, o homem já estava rindo outra vez, por isso Guillam pensou que a visita, o insulto a Smiley ou o murro na cara tinham feito bem a Tarr.

— Esses talões da loteria esportiva — falou Smiley tranquilamente, dirigindo-se a Fawn no momento em que entravam no carro —, você os põe no correio em qualquer lugar?

— Não, senhor.

— Bem, vamos ter a esperança de que Deus não o faça um ganhador — comentou Smiley, num acesso de comicidade muito fora do comum, que despertou uma gargalhada geral.

A memória prega estranhas peças a um cérebro exausto e sobrecarregado. Guillam, enquanto dirigia o carro, mantinha uma parte de seu consciente atenta à estrada, e outra parte miseravelmente aferrada a suspeitas ainda mais bárbaras em relação a Camila. Estranhas imagens desse e de outros dias perpassavam livremente por sua memória: dias de terror absoluto, no Marrocos, quando seus agentes lhe chegavam mortos, um após outro, e cada ruído de passos na escada o fazia correr até a janela e inspecionar a rua; dias de ociosidade, em Brixton, quando ficava a olhar esse pobre mundo prosseguir sua marcha e se punha a imaginar há quanto tempo havia nele ingressado. E de repente, lá estava aquele relatório diante dele, em sua mesa de trabalho, escrito com um estilete em papel de cópia azul porque era informação provinda de fonte desconhecida e provavelmente indigna de confiança. E cada palavra do relatório voltava à sua lembrança, escrita em letras de 30 centímetros.

> ***Segundo um prisioneiro recentemente libertado de Lubianca, o Centro de Moscou realizou uma execução secreta, em julho, no prédio onde são aplicadas as penas. As vítimas foram três de seus próprios funcionários. Um deles era uma mulher. Todos foram mortos com tiros na nuca.***

— Tinha o carimbo de "interno" — declarou Guillam num tom acabrunhado.

Eles haviam parado o carro no acostamento, ao lado de uma hospedaria cheia de lanternas de vidro.

— Um funcionário da Estação de Londres havia escrito no papel: *Poderá alguém identificar os corpos?* — acrescentou Guillam.

À luz colorida das lanternas, Guillam reparou que o rosto de Smiley contraiu-se de repugnância.

— Sim — concordou ele finalmente. — Sim, nós sabemos que a mulher era Irina, não é isso? E os homens eram Ivlov e Boris, o marido dela. Suponho que foram esses dois. — O tom de voz de Smiley conservou-se extremamente natural. — Tarr não deve saber disso — prosseguiu como se estivesse libertando-se de um sentimento de lassitude. — É fundamental que ele não tenha a menor suspeita disso. Deus sabe o que faria, ou não faria, se soubesse que Irina está morta.

Durante alguns momentos nenhum dos dois se moveu: talvez, por diferentes razões, não tivessem forças nem ânimo para isso.

— Preciso dar um telefonema — declarou Smiley, mas não fez a menor tentativa para sair do carro.

— George?

— Tenho de dar um telefonema — murmurou ele. — Para Lacon.

— Então dê.

Estendendo o braço diante dele, Guillam abriu a porta do carro. Smiley saiu do automóvel com dificuldade, caminhou sobre a pista asfaltada até uma certa distância, mas pareceu mudar de ideia e retornou.

— Vamos comer alguma coisa — disse enfiando a cabeça através da janela, no mesmo tom preocupado. — Não acredito que o pessoal de Toby nos siga até aqui.

Aquele lugar havia sido um restaurante. Agora era um café para motoristas e preservava restos de sua antiga grandeza. O cardápio era revestido de uma capa de couro, manchada de gordura. O garçom que o trouxe estava quase dormindo.

— Dizem que o *coq au vin* é sempre uma boa pedida — declarou Smiley num lamentável esforço para ser engraçado, ao voltar da cabine telefônica, que ficava num dos extremos da sala. E num tom de voz mais tranquilo, que não alcançou seu objetivo nem despertou o menor eco, acrescentou: — Diga-me, o que você sabe a respeito de Karla?

— Mais ou menos o que sei sobre a Operação Bruxaria e a Fonte Merlin e também o que se diz no documento que assinei para Porteous.

— Parece uma resposta muito boa. Você pensou nela como uma censura, espero, mas acontece que a analogia foi muito pertinente.

O rapaz reapareceu, sacudindo uma garrafa de borgonha como se fosse um taco de golfe. Smiley disse:

— Deixe o vinho respirar um pouco, por favor.

O garçom fitou-o como se Smiley estivesse louco.

— Abra a garrafa e deixe-a ficar na mesa — disse Guillam num tom ríspido.

Smiley não contou a história inteira. Posteriormente Guillam reparou que nela havia diversas lacunas. Mas fora o bastante para elevar-lhe o ânimo daquele estado de abatimento, quando se separaram.

23

— Faz parte das pessoas que dirigem agentes secretos transformarem-se em mitos — começou a dizer Smiley, como se estivesse fazendo uma palestra de instrução na Nursery. — Eles assim procedem, em primeiro lugar, para impressionar seus agentes. Posteriormente, experimentam fazer o mesmo com os colegas e, segundo minha experiência pessoal, em consequência disso se portam como asnos fora do comum. Alguns vão a ponto de tentar proceder da mesma maneira consigo mesmos: são os charlatães, e devemos nos livrar deles depressa. Não há outro jeito. No entanto, os mitos se formam, e Karla era um deles. Até sua idade constituía um mistério. Muito provavelmente Karla não era seu verdadeiro nome. Dezenas de anos de sua vida não eram conhecidos e, provavelmente, jamais o seriam, pois as pessoas com quem trabalhava tinham um jeito de sumir ou conservar as bocas fechadas. Dizem que o pai dele esteve na Ocrana e que, mais tarde, reapareceu na República Tcheca. Não acredito que isso seja verdade, mas é possível que tenha acontecido. Dizem também que ele trabalhou como ajudante de cozinha num trem blindado que operava contra as tropas japonesas de ocupação, no Oriente. Afirma-se que aprendeu seu ofício com Berg, e que foi, de fato, a menina dos olhos dele, o que significa, até certo ponto, ter aprendido música com um grande compositor. Tanto quanto eu saiba, sua carreira começara na Espanha, em 1936, porque pelo menos isso está documentado. Passava por um jornalista russo branco, favorável à causa de Franco, e recrutou um bando de agentes alemães. Foi uma operação muitíssimo complicada, notável, tratando-se de um jovem. Em seguida, surgiu na contraofensiva soviética, em Smolensk, no outono de 1941, como agente do serviço de espionagem, sob a direção de Konev. Tinha a incumbência de dirigir redes de partisans, na retaguarda das linhas alemãs. Nesse meio-tempo, descobriu que seu operador de rádio se bandeara para o inimigo e estava transmitindo-lhe mensagens. Karla o afastou e, a partir de então, praticou um verdadeiro jogo pelo rádio, que levou o inimigo a movimentar-se em todas as direções.

— Isso constituiu outra parte da lenda — declarou Smiley. — Em Yelnya, graças a Karla, os alemães bombardearam suas próprias linhas avançadas.

"E entre essas duas aparições — prosseguiu Smiley —, em 1936 e 1941, Karla esteve na Grã-Bretanha, e acreditamos que aqui permaneceu durante seis meses. Mas até hoje não sabemos, isto é, eu não sei, que nome ele usou ou que atividade suposta exerceu. Isso não significa que Gerald não o saiba. Mas não é provável que nos diga qualquer coisa, pelo menos deliberadamente.

Smiley nunca havia conversado com Guillam daquela maneira. Não era dado a confidências nem a longas palestras. Guillam sabia que ele era um homem retraído, a despeito de todas as suas vaidades, e que esperava comunicar-se pouco com as pessoas. Mas ele continuou:

— Em meados da década de 40, tendo lealmente servido a seu país, Karla passou uma temporada na prisão e, depois disso, algum tempo na Sibéria. Não houve nada de pessoal. Aconteceu, simplesmente, que pertencia a uma das seções do Serviço de Espionagem dos vermelhos que deixou de existir durante algum expurgo.

— E certamente — prosseguiu Smiley —, após ser reintegrado, quando Stalin já havia morrido, foi para os Estados Unidos, isso porque, no verão de 1955, quando as autoridades da Índia o prenderam, em Déli, vagamente acusado de ter infringido as leis de imigração, ele acabara de ali chegar de avião, vindo da Califórnia. Dizia-se no Circus que estaria ligado a grandes escândalos, em matéria de traição, na Grã-Bretanha e nos Estados Unidos.

Smiley sabia ainda mais: Karla caíra novamente em desgraça. Moscou andava atrás de sua cabeça, e julgávamos que poderíamos persuadi-lo a desertar. Por isso fora de avião a Déli. Para ter uma conversa com ele.

Houve uma pausa enquanto o cansado garçom se aproximou negligentemente, indagando se eles estavam satisfeitos. Smiley lhe assegurou, com grande solicitude, que estava plenamente satisfeito.

— A história do seu encontro com Karla — continuou Smiley — integrou-se em grande parte no estado de espírito dominante naquela época. Em meados da década de 1950, o Centro de Moscou estava desmantelado. Seus funcionários mais antigos estavam sendo fuzilados ou submetidos a expurgos em grande escala, e os que pertenciam aos graus inferiores da hierarquia se encontravam dominados por uma paranoia coletiva. Como primeiro resultado disso, houve uma quantidade de defecções entre os funcionários do Centro que serviam no além-mar. Em toda parte, em Cingapura, Nairóbi, Estocolmo, Canberra, Washington, observou-se esse mesmo fluxo constante, provindo das residências: não apenas os graúdos, mas também informantes, motoristas, decifradores de códigos, datilógrafos. Foi preciso reagir a isso de algum modo, e nem sempre se percebe como a indústria estimula sua própria inflação. Num abrir e fechar de olhos, tornei-me uma espécie de caixeiro-viajante, voando para uma capital e, no dia seguinte, para um sujo posto avançado de fronteira, certa vez até para um navio que se achava no mar, tudo isso para contratar desertores russos, para semear, peneirar, estabelecer condições, fazer os interrogatórios e finalmente dispor dessas pessoas.

Guillam o estava observando durante todo o tempo, mas, mesmo sob aquela impiedosa luz de gás néon, a fisionomia de Smiley nada revelava, exceto um ar de concentração ligeiramente marcado de ansiedade.

— Nós estabelecemos — prosseguiu Smiley —, como você poderia dizer, três tipos de contratos para aqueles cujas histórias faziam nexo. Se o acesso não fosse interessante, poderíamos mandá-lo para outro país e esquecê-lo.

Comprá-lo pelo preço do mercado, como você diria, muito à maneira como hoje procedem os caçadores de escalpos. Ou poderíamos recambiá-lo à Rússia, isto é, desde que presumíssemos que sua defecção ainda não tivesse sido notada. Ou então, se ele tivesse sorte, nós o tomaríamos a nosso serviço: obtínhamos todas as informações que ele possuísse e tornávamos a estabelecê-lo no Ocidente. Geralmente Londres era quem tomava as decisões. Não era eu. Naquele tempo, Karla, ou Gerstmann, como ele próprio se chamava, era apenas mais um cliente. Eu lhe contei a história dele do fim para o começo; não quis ser reservado com você, mas agora você precisa pensar, diante de tudo quanto aconteceu entre nós dois, ou do que não aconteceu, e isso é mais importante, que tudo quanto eu ou qualquer pessoa do Circus sabia, quando voei para Déli, era que um homem, que chamava a si próprio Gerstmann, estabelecera uma ligação radiofônica entre Rudnev, chefe das redes ilegais do Centro de Moscou, e o aparelho dirigido pelo mesmo Centro, na Califórnia, o qual estava ficando abandonado por falta de meios de comunicação. Isso é tudo. Gerstmann contrabandeara um transmissor através da fronteira canadense e estivera em São Francisco durante três semanas, treinando o novo operador. A presunção era essa, e havia uma série de transmissões feitas a título de provas, que lhe davam apoio. Para essas transmissões de provas entre Moscou e a Califórnia — explicou Smiley — foi empregado um código. Um belo dia, Moscou enviou uma ordem incisiva.

— Ainda nesse código? — indagou Guillam.

— Precisamente. Essa é a questão. Devido a uma desatenção momentânea dos criptógrafos de Rudnev, já estávamos adiante deles no jogo. Os espiões do primeiro time decifraram o código e foi por isso que obtivemos as informações. Gerstmann deveria sair de São Francisco imediatamente e dirigir-se a Déli para encontrar-se com um correspondente da agência Tass, um localizador de talentos que havia conhecido um chinês de valor e necessitava de orientação imediata. Por que eles arrastaram Karla de São Francisco até Déli e por que tinha de ser ele e não outro qualquer, bem, isso é uma história que fica para outro dia. A ordem foi enviada pessoalmente por Rudnev. Era assinada com o nome de guerra de Rudnev e era meio rude, mesmo para os padrões russos. O único fato que interessa é que na ocasião do encontro de Gerstmann com o homem da agência Tass, em Déli, este lhe entregou uma passagem de avião e disse que fosse imediatamente para Moscou. Depois disso o homem da agência Tass tomou o avião e deixou Gerstmann de pé, na calçada, com uma porção de perguntas a fazer e 24 horas de espera até seu avião decolar. Ele não estaria lá há muito tempo quando as autoridades indianas o prenderam a nosso pedido e o despacharam para o presídio de Déli. Tanto quanto eu me lembro, tínhamos prometido aos indianos uma parte do produto que colhêssemos. *Acho* que o trato foi esse — observou Smiley e, como alguém subitamente chocado por uma falha de sua própria memória, permaneceu em silêncio e ficou olhando distraído para o chão da sala coberto de umidade. — Ou talvez tenhamos dito que eles poderiam ficar com o homem depois que tivéssemos acabado de lidar com ele.

— Isso de fato não tem importância — declarou Guillam.

— Pelo menos uma vez durante a vida de Karla, como estou lhe dizendo, o Circus se adiantara a ele — prosseguiu Smiley, tendo tomado um pequeno gole de vinho e assumido uma expressão amarga. — Karla não poderia sabê-lo, mas a rede de São Francisco, à qual ele havia acabado de prestar um serviço, tinha sido completamente desmantelada no dia em que ele seguiu para Déli. Logo que Control foi informado da história, ele a transmitiu aos americanos, entendendo que haviam deixado de agarrar Gerstmann, mas pegariam o restante da rede de Rudnev, na Califórnia. Gerstmann voou para Déli sem saber disso, e ainda nada sabia quando cheguei ao presídio de Déli para vender-lhe um seguro, conforme Control o denominou. A escolha de Karla era muito simples. Não poderia haver a menor dúvida, em face das condições então predominantes, que a cabeça de Gerstmann estava condenada, em Moscou, onde, para salvar a própria pele, Rudnev empenhava-se em denunciá-lo pela destruição da rede de São Francisco. O caso tinha despertado grande rebuliço nos Estados Unidos, e Moscou mostrava-se muito indignada com a publicidade que isso tivera. Eu levava comigo fotografias da prisão, tiradas pela imprensa americana, do rádio que Karla havia importado e dos planos de sinais que ele ocultara antes de partir. Você sabe como ficamos irritados quando as coisas são publicadas nos jornais.

Guillam ficara irritado e, num sobressalto, lembrou-se da pasta do arquivo da Operação Testemunho, que havia deixado com Mendel naquela noite, pouco tempo antes.

— Em resumo — prosseguiu Smiley —, Karla era o proverbial órfão da guerra fria. Saíra de seu país para executar uma tarefa no exterior. Essa tarefa foi desbaratada diante dele, mas não poderia voltar à Rússia: sua pátria era-lhe mais hostil que aquele país estrangeiro. Não tínhamos poderes para obter sua prisão em caráter permanente, por isso competia a Karla solicitar nossa proteção. Acredito nunca haver lidado com um caso mais claro que exigiria uma deserção. Bastaria convencê-lo da prisão da rede de São Francisco, mostrar-lhe as fotografias e os recortes dos jornais, retirados de minha pasta, conversar um pouco com ele sobre a inamistosa conspiração do irmão Rudnev, em Moscou, e enviar um telegrama para os inquisidores de Sarratt, que estavam um tanto assoberbados de trabalho. Se eu tivesse um pouco de sorte, poderia chegar a Londres até o fim da semana. Acho que tinha comprado entradas para o Sadlers Wells. É isso mesmo: foi o grande ano de balé para minha mulher.

Guillam também já ouvira falar naquilo; um Apolo galês de 20 anos. A temporada daquele jovem maravilhoso. A companhia estava entusiasmando Londres havia alguns meses.

— O calor era horrível na prisão — prosseguiu Smiley. — A cela tinha ao centro uma mesa de ferro, e correntes embutidas na parede. Eles o trouxeram algemado, o que me pareceu tolo, pois Karla era tão fraco! Pedi que lhe soltassem as mãos e, quando eles assim o fizeram, Karla pôs as algemas em cima da mesa e ficou reparando no sangue que lhe refluía às mãos. Deve ter sido doloroso, mas não fez qualquer comentário. Já estava preso havia uma semana, e vestia uma túnica de morim. Era vermelha. Não lembro o que significava vermelho: alguma coisa da ética da prisão.

Sorvendo um pouco de vinho, Smiley novamente ficou abatido. Em seguida, corrigiu a expressão de sua fisionomia quando as recordações mais uma vez o dominaram.

— Bem, à primeira vista ele não me impressionou muito. Seria muito difícil para mim reconhecer naquele homem tão pequeno, diante de mim, o mestre da astúcia do qual ouvimos falar na carta de Irina, pobre mulher. Suponho que meus nervos sensitivos teriam ficado muito embotados por causa de tantos encontros parecidos com aquele, ocorridos nas últimas semanas, também por causa de minhas viagens e por causa... das coisas em casa.

Durante todo o tempo em que Guillam conhecia Smiley, foi aquela a primeira vez que ele reconhecera as infidelidades de Ann.

— Por algum motivo, aquilo me doeu muito — prosseguiu. Os olhos de Smiley ainda continuavam abertos, mas seu olhar se fixara num mundo interior. A pele de sua testa e de seu rosto ficara lisa como se em consequência do esforço de sua memória. Todavia, nada poderia ocultar de Guillam a solidão evocada por aquela única vez em que Smiley admitira a infidelidade da mulher. — Tenho uma teoria que suspeito que seja bastante imoral — disse Smiley, já num tom mais alegre. — Cada um de nós possui um certo grau de compaixão. Se voltarmos nossas preocupações para todos os gatos perdidos, jamais poderemos chegar ao centro das coisas. O que você pensa sobre isso?

— Qual era o aspecto de Karla? — indagou Guillam, tratando a questão como se fosse de caráter retórico.

— Parecia um tio de alguém. Modesto, com cara de tio. Teria ficado bem vestido de padre: esse tipo de padre meio sujo, nanico, que vemos nas pequenas cidades italianas. Um homem baixo, magro mas vigoroso, de cabelos grisalhos, olhos castanhos e brilhantes, cheio de rugas. Ou então seria um professor de escola secundária. Teria sido um bom mestre: duro, o que quer que isso possa significar, e sagaz, dentro dos limites de sua experiência. Mas, de qualquer modo, uma figura menor. Ele não me causou qualquer outra impressão inicial, exceto que seu olhar era firme e que ele não tirou os olhos de mim desde o começo de nossa conversa. Se é que você chamaria aquilo de conversa, pois Karla jamais pronunciou uma única palavra. Nem uma palavra, durante todo o tempo em que estivemos juntos. Nem uma sílaba. Além disso, fazia um calor insuportável e eu estava morto de tanto viajar.

Mais por uma questão de maneiras do que por apetite, Smiley começou a comer, levando o garfo à boca sem o menor prazer, antes de recomeçar sua narrativa. "Isso", murmurou ele, "para não magoar o cozinheiro."

— Na verdade eu estava um tanto predisposto contra Gerstmann. Todos temos nossos preconceitos, e eu os tenho para com os operadores de rádio. Segundo minha experiência, são um bando de pessoas que nos enfadam por completo. Não prestam para os trabalhos de campo, são excessivamente tensos e não merecem confiança quando realizam suas tarefas. Tive a impressão de que Gerstmann era apenas mais um membro desse clã. Talvez eu esteja procurando desculpas por haver trabalhado junto a ele com menos — Smiley hesitou — cuidado, menos prudência do que, dados os seus antecedentes, teria sido apropriado. — E Smiley subitamente tornou-se mais resoluto, dizendo: — Embora eu não tenha a menor impressão de que preciso apresentar quaisquer desculpas.

Nessa altura, Guillam percebeu um impulso de cólera fora do comum, no sorriso espectral que assomou aos lábios pálidos de Smiley, que murmurou:

— Que isso vá para o inferno.

Guillam ficou aguardando o resto, cheio de perplexidade.

— Lembro-me também — continuou Smiley — que a prisão parecia tê-lo quebrado muito depressa, naqueles sete dias. Ele tinha uma camada cinzenta sobre a pele e não estava transpirando. Eu suava copiosamente. Recitei meu papel, como já o fizera uma dúzia de vezes naquele ano, exceto que não havia, obviamente, a menor possibilidade de Karla ser recambiado à Rússia na qualidade de agente nosso. "Você não tem alternativa. O problema é seu, de mais ninguém. Venha para o Ocidente, podemos oferecer-lhe, dentro do razoável, uma vida decente. Depois de um interrogatório, para o qual esperamos que você coopere, o ajudaremos a recomeçar a vida: um novo nome, uma situação de isolamento e uma certa quantia em dinheiro.

Por outro lado, você poderá ir para seu país e suponho que eles irão fuzilá-lo, ou então jogá-lo num campo de concentração. No mês passado, mandaram Bykow para um desses campos, como também Shur e Muranov. Por que você não me diz seu verdadeiro nome?" Falei mais ou menos assim. Depois fiquei sentado, enxugando o suor, à espera de que ele dissesse: "Está bem, muito obrigado." Ele nada disse. Nenhuma palavra. Ficou simplesmente sentado, empertigado e miúdo, sob um ventilador grande, mas que estava parado, olhando para mim com aqueles olhos castanhos e vivos, e com as mãos estendidas diante do corpo. Estavam muito calejadas. Lembro-me de ter pensado que deveria perguntar-lhe onde havia feito tantos trabalhos manuais. Karla conservava as mãos assim, apoiadas sobre a mesa com as palmas voltadas para cima e os dedos um pouco dobrados como se ainda estivesse algemado.

O rapaz do restaurante, pensando que Smiley, fazendo aquele gesto, estivesse mostrando que precisava de alguma coisa, aproximou-se num passo arrastado. Mas Smiley assegurou-lhe que tudo estava ótimo: o vinho, de modo especial, era muito fino, e ele realmente estava pensando onde o haviam obtido. O garçom se afastou, rindo entre os dentes, intimamente divertido, e bateu com seu guardanapo na mesa vizinha.

— Foi então, creio eu, que um extraordinário sentimento de mal-estar começou pouco a pouco a apoderar-se de mim. O calor de fato estava me fazendo mal. O cheiro era insuportável e eu me lembro de ouvir o pingar do meu próprio suor, que caía sobre a mesa de ferro. Não era apenas o silêncio dele: sua imobilidade física começou a atacar-me os nervos. Eu já conhecia desertores que levavam tempo para falar. Às vezes é preciso grande esforço para que uma pessoa treinada a guardar segredos até para os amigos mais íntimos de repente abra a boca e despeje esses segredos para seus inimigos. Também me passou pela lembrança que as autoridades da prisão talvez tivessem pensado, a título de cortesia, em amaciá-lo um pouco antes de o levarem à minha presença. Elas me garantiram que não haviam feito isso; mas, naturalmente, nunca se sabe. Por isso, a princípio atribuí seu silêncio a um estado de choque. Mas sua imobilidade, aquela imobilidade total e vigilante, era coisa diferente. De modo especial porque tudo, em mim, encontrava-se em tamanha agitação: Ann, as batidas do meu coração, os efeitos do calor e da viagem...

— Compreendo — declarou Guillam serenamente.

— Compreende mesmo? Ficar sentado é coisa eloquente, qualquer ator lhe dirá isso. Nós nos sentamos conforme nossa natureza. Nós nos estiramos e nos escarrapachamos, descansamos como lutadores de boxe entre um assalto e outro, mostramo-nos irrequietos, ficamos empoleirados, cruzamos e descruzamos as pernas, perdemos a paciência, perdemos a resistência. Gerstmann não fez nada disso. Sua postura era firme e irredutível, e seu pequeno corpo anguloso parecia um promontório de rochas. Ele poderia ficar sentado daquele jeito o dia inteiro, sem mover um músculo. Ao passo que eu ... — Desatando uma risada contrafeita e embaraçada, Smiley tornou a provar o vinho, que não estava melhor do que antes. — Estava ansioso por ter alguma coisa diante de mim: papéis, um livro, um relatório. Acho que sou uma pessoa desassossegada, irrequieta, instável. Pelo menos pensei assim, naquela ocasião. Achei que não tinha capacidade de repouso filosófico. Que não tinha filosofia, se você quiser. Meu trabalho estava me atormentando mais do que eu havia até então percebido. Mas naquela cela imunda eu de fato me senti aflito. Senti que toda a responsabilidade da guerra fria caíra sobre meus ombros, o que era uma tolice, naturalmente. Eu estava simplesmente exausto e meio adoentado.

Smiley tornou a beber um pouco de vinho e prosseguiu, num tom insistente:

— Eu lhe digo uma coisa — declarou, novamente bastante irritado consigo mesmo: — Ninguém tem de pedir desculpas pelo que eu fiz.

— O que você fez? — perguntou Guillam, dando uma risada.

— De certo modo houve uma brecha — prosseguiu Smiley, sem dar importância à pergunta. — Não se poderia dizer que foi obra de Gerstmann, pois o homem era outra brecha. Então, foi minha. Eu tinha recitado meu papel; havia exibido as fotografias, das quais ele sequer tomou conhecimento. Posso afirmar que ele parecia perfeitamente disposto a aceitar minhas palavras quanto ao fato de a rede de São Francisco ter sido desbaratada. Tornei a expor esse aspecto da coisa, depois outro; falei empregando certas variações e, finalmente, minha garganta secou. Ou melhor, fiquei lá sentado, transpirando como um animal. Bem, qualquer imbecil sabe que quando uma coisa dessas acontece, a pessoa se levanta e vai embora, dizendo: "Aceite ou deixe para lá." Ou qualquer outra coisa como, "Virei vê-lo amanhã de manhã", ou então, "Vá embora e pense no assunto durante uma hora". Mas a primeira coisa que reparei estar falando era a respeito de Ann. — E Smiley não deu a Guillam tempo para que este soltasse uma exclamação entre os dentes. — Não — prosseguiu ele. — Não foi sobre *minha* Ann, não com estas palavras. Foi sobre a Ann *dele*. Presumi que ele teria uma Ann. Havia perguntado a mim mesmo, sem dúvida por preguiça mental, o que um homem pensaria numa situação daquelas, o que eu pensaria? E veio à minha cabeça uma resposta subjetiva: a mulher dele. Isso se chama projeção ou substituição? Detesto tais termos, mas tenho certeza de que um deles poderia ser aplicado. Troquei minha situação pela dele, essa é a questão. E agora percebe que comecei a fazer um interrogatório a mim mesmo. Ele nada disse. Você pode imaginar? Havia certas condições externas, é bem verdade, às quais liguei minha abordagem. Ele *parecia* ter um ar conjugal; *parecia* uma união pela metade; *parecia* completo demais para viver sozinho a vida inteira. E havia o passaporte dele, que o descrevia como casado, sendo um hábito de todos nós fazer de nossa história falsa, da personalidade que assumimos, pelo menos um paralelo com a realidade. — Smiley novamente mergulhou numa reflexão momentânea, e acrescentou: — Pensei nisso muitas vezes, e até comentei com Control: deveríamos levar mais a sério as histórias aparentes de nossos adversários. Quanto maior o número de identidades que uma pessoa tem, mais expressam o que essa pessoa oculta. O homem de 50 anos que reduz sua idade em cinco anos; o homem casado que se declara solteiro; o que não é pai e diz ter dois filhos... Ou o que faz um interrogatório e se projeta na vida de um homem que se recusa a falar. Poucas pessoas são capazes de resistir ao impulso de dar expressão a seus anseios quando estão fantasiando a respeito delas próprias.

Smiley estava novamente perdido e Guillam ficou pacientemente à espera de que ele voltasse ao assunto. Enquanto Smiley poderia ter fixado sua atenção em Karla, Guillam se concentrara em Smiley. E, naquele momento, teria ido a qualquer lugar com ele, dobrado qualquer esquina para permanecer a seu lado e ouvir toda a história.

— Eu também sabia — prosseguiu — que os relatórios dos observadores americanos informavam que Gerstmann fumava uma certa marca de cigarros: Camel. Mandei buscar vários maços deles. Tive a impressão de que Gerstmann vira algo de simbólico na transação monetária entre mim e o indiano. Naquele tempo eu usava uma cinta para levar meu dinheiro. Precisei tatear e puxar uma nota, retirando-a de um maço. O olhar de Gerstmann fez-me sentir um opressor imperialista de quinta classe. — Smiley sorriu. — O que eu não sou, sem dúvida alguma. Bill será isso, se você quiser. Ou Percy. Mas eu não. — Smiley chamou o garçom, no propósito de afastá-lo de perto deles. E lhe disse: — Poderia nos trazer um pouco de água? Um jarro e dois copos? Obrigado.

E recomeçou a história.

— Por isso indaguei a ele a respeito da Sra. Gerstmann. Perguntei onde ela estava. Foi uma indagação que gostaria muito que fosse respondida quanto a Ann. Ele não respondeu coisa alguma, mas conservou aquele olhar firme. Os olhos dos dois guardas, um de cada lado dele, pareciam tão insignificantes, comparados aos daquele homem! Ela terá de começar vida nova, eu disse. Não haverá outro jeito. Ele não teria um amigo com quem pudesse contar, capaz de cuidar dela? Talvez pudéssemos encontrar um meio de entrar em contato com ela, secretamente.

Eu o fiz ver que regressar a Moscou nada adiantaria para ela. Eu estava ouvindo a mim mesmo, e continuei a falar. Não conseguia parar. Talvez eu não quisesse fazer aquilo. Eu estava realmente pensando em deixar Ann, você compreende, eu julgava que havia chegado a hora de assim proceder. Regressar seria um ato quixotesco, declarei a ele, destituído de qualquer valor material para sua mulher, ou para qualquer pessoa. Muito pelo contrário. Ela seria banida. Na melhor das hipóteses, permitiriam que ela o visse durante breves momentos, antes de o fuzilarem. Por outro lado, se ele tentasse a sorte do nosso lado, poderíamos trocá-la por alguém; possuíamos um grande número de espiões deles presos por nós, naquela época, lembre-se disso, Guillam, e uma parte dessa gente iria voltar para a Rússia por meio de trocas. Embora por que motivo, em nome de Deus, deveríamos usar uma troca para aquela finalidade que eu estava propondo? Aquilo estava além do meu alcance. Eu disse que ela, sem dúvida, preferiria saber que ele se encontrava em segurança e em boa situação, no Ocidente, havendo razoáveis probabilidades de que ela viesse para a companhia dele; antes isso do que vê-lo fuzilado ou morto de fome, na Sibéria.

"Realmente fiquei martelando sobre ela: a expressão de Gerstmann me encorajou. Eu poderia jurar que estava sensibilizando o homem, que tinha encontrado uma brecha em sua armadura quando tudo que eu estava realmente fazendo era mostrar-lhe onde havia uma brecha na minha. E quando mencionei a Sibéria, toquei em algum ponto sensível. Senti isso, como se fosse um nó em minha garganta; percebi em Gerstmann um arrepio de repugnância. Bem, eu naturalmente toquei num ponto sensível — comentou Smiley com azedume —, pois havia pouco tempo que ele era um prisioneiro. Finalmente, o guarda voltou com os cigarros, uma quantidade deles debaixo do braço, atirando-os ruidosamente sobre a mesa de ferro. Conferi o troco, dei uma gorjeta ao guarda e enquanto assim fazia reparei na expressão dos olhos de Gerstmann. Imaginei ter observado que ele estava achando graça naquilo, mas eu já não me encontrava em condições de saber o que se passava. Observei que o rapaz recusou a gorjeta; suponho que ele não gostava dos ingleses. Abri um maço e ofereci um cigarro a Gerstmann. "Tome", eu disse, "você fuma esta marca, todos sabem. É sua marca predileta". Minha voz soou num tom forçado e tolo, e eu não consegui falar de outro modo. Gerstmann levantou-se e indicou polidamente aos guardas que gostaria de voltar para sua cela.

Fazendo uma pausa, Smiley empurrou para o lado o prato que deixara pelo meio e sobre o qual brancos flocos de gordura haviam se formado como se fossem uma geada própria da estação.

— Quando ele ia saindo da cela — prosseguiu Smiley — mudou de opinião e apanhou um maço de cigarros e o isqueiro, que estavam sobre a mesa. Meu isqueiro, um presente de Ann: "Para George, de Ann, com todo meu amor." Eu jamais havia sonhado em deixar que ele levasse o isqueiro como coisa normal. Mas aquele jeito dele não era normal. Na verdade achei absolutamente certo que ele levasse o isqueiro de Ann. Pensei, Deus me perdoe, que aquilo era o símbolo de um vínculo entre nós dois. Ele pôs o isqueiro e os cigarros no bolso de sua túnica vermelha e estendeu as mãos para as algemas. Eu disse: "Acenda um cigarro, se você quiser." E declarei aos guardas: "Deixem que ele acenda um cigarro, por favor." Ele, porém, não fez o menor movimento. "Eles pretendem pôr você no avião de amanhã com destino a Moscou, a menos que você concorde com nossas condições", acrescentei. Talvez ele não tenha me ouvido. Fiquei observando os guardas conduzirem-no e regressei a meu hotel.

"Alguém me levou de carro, mas até hoje eu não poderia dizer quem foi. Eu já não sabia como me sentia e estava mais confuso e doente do que admitiria até a mim mesmo. Jantei mal, bebi demais e tive um febrão. Fiquei deitado, banhado em suor, e Gerstmann surgia em meus pesadelos. Eu queria desesperadamente ficar lá. Em minha leviandade, eu tinha realmente me decidido a não perdê-lo, a refazer-lhe a vida, se possível organizar de novo a vida daquele homem ao lado da mulher, em condições idílicas. Torná-lo um homem livre; retirá-lo para sempre da guerra. Eu queria desesperadamente que ele não voltasse para a Rússia. — Smiley levantou os olhos com uma expressão de ironia para consigo mesmo, e acrescentou: — O que eu estou dizendo, Peter, é o seguinte: Smiley, e não Gerstmann, estava saindo da guerra naquela noite."

— Você estava doente — insistiu Guillam.

— Digamos que eu estivesse cansado. Durante a noite inteira, entre aspirinas, quinino e visões do casamento de Gerstmann, que tornava a existir, uma imagem se repetia em mim. Era a de Gerstmann, plantado no peitoril da janela, olhando para a rua lá embaixo, com aqueles olhos castanhos e fixos, ao passo que eu lhe falava, reiteradamente: "Fique. Não pule." Sem perceber, naturalmente, que eu estava sonhando com minha própria insegurança, e não com a dele. De manhã cedo um médico me aplicou uma injeção para baixar a febre. Eu deveria ter abandonado aquele caso, telegrafado pedindo que fosse substituído. Deveria ter aguardado um pouco antes de ir até a prisão, mas na minha mente só existia uma ideia: Gerstmann. Eu precisava saber a decisão dele. Às 8 horas eu já estava sendo acompanhado às celas onde os presos passam as noites. Ele estava sentado, ereto como uma vareta de fuzil, num banco de madeira. Pela primeira vez reparei no soldado que havia nele, e sabia que ele, como eu, não dormira a noite inteira. Não havia feito a barba e seu queixo estava coberto de uma penugem prateada que lhe dava à fisionomia o aspecto de um velho. Nos outros bancos dormiam indianos, e ele, com sua túnica vermelha e aquela cor prateada, parecia muito alvo no meio deles. Tinha o isqueiro de Ann na mão, e o maço de cigarros estava a seu lado, sobre o banco, não tendo sido tocado. Concluí que ele aproveitara a noite e os cigarros desprezados para decidir se poderia enfrentar a prisão, os interrogatórios e a morte. Um olhar para sua expressão me informou que ele decidira ser capaz disso. Nada lhe implorei — declarou Smiley, e prosseguiu: — Ele jamais seria movido por gestos histriônicos. Seu avião decolaria às 10 horas, e eu ainda dispunha de duas horas. Sou o pior advogado do mundo, mas durante aquelas duas horas procurei reunir todas as razões a meu alcance para que ele não voasse para Moscou. Eu julgava, você compreende, ter visto alguma coisa em seu rosto que era superior a um simples dogma, sem perceber que aquilo era um reflexo de mim mesmo. Eu me convencera de que Gerstmann seria, em última instância, acessível aos argumentos humanos comuns, provenientes de um homem de sua idade e que tinha a mesma profissão que ele e, bem, a mesma resistência. Não lhe prometi mulheres, fortuna, Cadillac e manteiga barata. Admiti que essas coisas não teriam valor para ele. Àquela altura eu pelo menos tive o bom senso de não tocar no assunto da mulher dele. Não lhe fiz discursos sobre a liberdade, o que quer que isso signifique, ou sobre a boa vontade fundamental do Ocidente. Além disso, aqueles tempos não eram favoráveis para tentar *vender* uma história desse tipo, e eu próprio não me achava num estado de clareza ideológica. Segui o critério de nossas afinidades, e disse: "Veja, estamos ficando velhos, e passamos nossas vidas procurando encontrar as debilidades dos nossos sistemas. Eu sou capaz de reconhecer os valores do Leste exatamente como você percebe os do Oeste. Nós dois, estou certo disso, experimentamos *ad nauseam* as satisfações de ordem técnica dessa miserável guerra. Mas agora seu próprio lado vai matá-lo. Você não acha que chegou a hora de reconhecer que há tão pouca coisa valiosa do seu lado como do meu? Repare, em nossa profissão temos somente uma visão negativa das coisas. Nenhum de nós dois tem para onde ir. Quando éramos jovens, endossamos *grandes* visões..." Novamente senti nele um impulso, a Sibéria, eu havia tocado no ponto nevrálgico, mas não fazemos mais isso. Não é? Instei com ele para que respondesse apenas àquela pergunta. Não lhe ocorreu que ele e eu poderíamos muito bem ter alcançado as mesmas conclusões a respeito da vida, por caminhos diferentes? Ainda que minhas conclusões fossem o que ele chamaria de preconceituosas, não seria certo dizer que nossos meios eram idênticos? Ele não acreditava, por exemplo, que as generalidades políticas não tinham sentido? E que agora só o particular, na vida, tinha valor? Que os grandes projetos, nas mãos dos políticos, não alcançam qualquer objetivo a não ser novas formas da velha miséria? E que sua vida, por conseguinte, salvá-la de outro pelotão de fuzilamento sem sentido era mais importante, moralmente, eticamente mais importante do que o sentimento de dever, obrigação ou compromisso, o que quer que fosse e que o mantinha em seu caminho rumo à autodestruição? Não lhe ocorreu pôr em dúvida, após todas as andanças de sua vida, a integridade de um sistema que se propunha a matá-lo a sangue-frio por erros que ele nunca havia cometido? Supliquei-lhe, sim, implorei-lhe, estávamos a caminho do aeroporto e ele ainda não tinha me dirigido uma única palavra que demonstrasse no que realmente acreditava; se a fé no sistema que servira seria para ele honestamente possível naquele momento. — Durante alguns momentos Smiley permaneceu sentado, sem nada dizer. — Eu tinha atirado a psicologia às urtigas, minha psicologia. E minha profissão também. Você pode imaginar o que me disse Control. Minha história o divertiu, de qualquer maneira. Ele gostava de conhecer as debilidades das pessoas. E, por algum motivo, minhas debilidades, de modo especial.

Smiley retomara seu tom objetivo, e prosseguiu:

— Lá estávamos nós. Quando o avião chegou, fui a bordo com ele e voei uma parte do caminho: naquele tempo nem todos os aviões eram a jato. Não consegui um argumento que o demovesse. Desisti de falar, mas lá estava eu, se ele quisesse mudar de opinião. Ele preferia morrer a repudiar o sistema político com o qual estava comprometido. A última coisa que dele vi, tanto quanto me lembro, foi seu rosto sem expressão, emoldurado pela janela da cabine do avião, observando-me descer a escada. Dois facínoras com caras de russos tinham se aproximado de nós e estavam acomodados nos assentos atrás dele, e já não tinha sentido minha permanência. Tomei o avião para a Inglaterra, e Control disse: "Bem, Deus queira que o fuzilem" e me reconfortou com uma xícara de chá. Aquela repugnante beberagem chinesa que ele toma, limão e jasmim, ou seja lá o que for, que manda buscar na mercearia da esquina. Quero dizer, mandava buscar. Em seguida, deu-me três meses de licença, sem direito de recusá-la, declarando: "Eu gosto que você tenha dúvidas. Isso me informa em que posição você está. Mas não faça dessas dúvidas um culto, porque você se tornaria um chato." Aquilo era uma advertência, e eu a ouvi. Control me aconselhou que eu parasse de pensar tanto nos americanos, assegurando-me que mal se lembrava deles.

Guillam olhou para Smiley, à espera da resolução, indagando:

— Mas o que você fez com essa advertência? — Num tom que sugeria haver sido logrado por não saber o final da história. — Karla alguma vez pensou realmente em ficar na Inglaterra?

— Tenho certeza de que isso jamais passou pela cabeça dele — declarou Smiley num tom de revolta. — Eu me portei como um louco manso. O verdadeiro arquétipo do frouxo liberal do Ocidente. Mas, apesar de tudo, prefiro ser o tipo de louco que sou a ser o tipo de louco que ele é — repetiu Smiley com vigor —, que nem meus argumentos nem a situação difícil em que ele se encontrava, junto ao Centro de Moscou, teriam, em última instância, pelo menos feito hesitar. Presumo que ele passou a noite pensando como sacar a arma antes de Rudnev fazê-lo, quando chegasse a seu país. Rudnev foi fuzilado um mês depois, devo dizer antes que me esqueça. Karla obteve o cargo de Rudnev e começou a trabalhar, reativando seus antigos agentes. Entre eles Gerald, sem a menor dúvida. É estranho pensar que durante todo o tempo em que ficou olhando para mim poderia estar pensando em Gerald. Espero que eles tenham dado boas gargalhadas por causa disso.

O episódio teve ainda outro resultado, conforme declarou Smiley. Desde sua experiência em São Francisco Karla nunca mais se utilizou do rádio clandestino, cortando esse tipo de atividade por uma decisão de seu próprio punho. E Smiley prosseguiu:

— As ligações com a Embaixada são outra coisa. Mas, nos trabalhos de campo, os agentes dele não podem se aproximar do rádio. E Karla ainda conserva o isqueiro de Ann.

— Seu isqueiro — corrigiu Guillam.

— Sim, naturalmente, meu isqueiro. E diga-me uma coisa — prosseguiu ele: — Tarr estava se referindo a alguém em particular quando fez aquela referência desagradável sobre Ann?

— Acho que sim.

— Os rumores são assim tão precisos? — indagou Smiley. — E chegam até o pessoal subalterno? Mesmo até Tarr?

— Sim.

— E o que se diz, precisamente?

— Que Bill Haydon é amante de Ann Smiley — declarou Guillam, sentindo aquela frieza apoderar-se dele, o que constituía uma atitude de defesa quando dava más notícias como, por exemplo, você foi descoberto, está demitido, está à morte.

— Compreendo. Obrigado.

Houve um silêncio constrangedor.

— E havia uma Sra. Gerstmann? — indagou Guillam.

— Karla casou-se com uma jovem em Leningrado, uma estudante. Suicidou-se quando ele foi mandado para a Sibéria.

— Então Karla é à prova de fogo — disse Guillam, finalmente. — Não pode ser comprado e não pode ser batido?

Voltaram para o carro.

— Devo dizer que foi bem caro pelo que comemos — confessou Smiley. — Você acha que o garçom me furtou?

Mas Guillam não estava disposto a conversar sobre o custo de más refeições na Inglaterra. Novamente no volante do carro, aquele dia outra vez se tornou para ele um pesadelo, uma estonteante confusão de perigos e suspeitas mal percebidos.

— Então quem é a Fonte Merlin? — indagou. — De onde poderia Alleline ter obtido aquelas informações, se não dos próprios russos?

— Ele as obteve exatamente dos russos.

— Por amor de Deus. Mas se os russos enviaram Tarr...

— Eles não fizeram isso. Nem Tarr usou os passaportes britânicos, usou? Os russos se enganaram. O que Alleline obteve constituiu uma prova de que Tarr os tinha logrado. Essa é a mensagem vital que aprendemos de toda essa tempestade num copo d'água.

— Então que diabo Percy quer dizer com "poços de lama"? Ele deve ter falado sobre Irina, meu Deus.

— E sobre Gerald — concordou Smiley.

Novamente continuaram a rodar em silêncio, e o abismo que havia entre ambos subitamente pareceu intransponível.

— Escute, Peter. Eu não estou exatamente por dentro. Mas quase. Karla virou o Circus pelo avesso. Isso eu entendo, e você também. E se você quiser um sermão, eu lhe digo que Karla não é à prova de fogo porque é um fanático. E algum dia, se eu estiver envolvido nisso, essa falta de moderação será a ruína dele.

Estava chovendo quando eles chegaram à estação do metrô de Stratford. Um grupo de pedestres se aglomerava debaixo do abrigo.

— Peter, de agora em diante eu quero que você relaxe um pouco.

— Três meses de licença, sem opção?

— Descanse, mantendo-se em seu posto.

Fechando a porta do carro, Guillam teve ímpetos de dar boa-noite a Smiley, ou desejar-lhe boa sorte. Por isso inclinou-se no assento, abriu a janela e tomou fôlego para falar. Mas Smiley já desaparecera. Guillam não conhecia uma pessoa capaz de sumir tão depressa em meio à multidão.

Durante o resto daquela noite, a luz da lucarna do sótão do Sr. Barraclough, no Hotel Islay, permaneceu acesa ininterruptamente. Sem trocar de roupa e sem fazer a barba, George Smiley ficou debruçado sobre a mesa do major, lendo, comparando, anotando, consultando referências cruzadas, com uma intensidade que, tivesse ele sido um observador de si próprio, certamente o teria feito lembrar-se dos últimos dias de Control, do quinto andar de Cambridge Circus. Espalhando os documentos, consultou as escalas de licenças e as listas dos doentes que remontavam ao ano anterior, e as dispôs ao lado dos planos de viagens a Moscou, de suas viagens para fora de Londres, conforme os relatórios enviados ao Ministério do Exterior pelo Departamento Especializado e pelas autoridades de imigração. Tornou a compará-las com as datas nas quais Merlin aparentemente fornecera suas informações e, sem saber claramente o que estava fazendo, classificou os relatórios da Operação Bruxaria, os que eram evidentemente de caráter tópico na época em que foram recebidos, e aqueles que poderiam ter sido feitos e guardados um ou dois meses antes por Merlin ou seus controladores, no propósito de preencher períodos vazios, tais como documentos opinativos, estudos a respeito de membros importantes da administração, fragmentos de mexericos do Kremlin, que poderiam ter sido coletados em qualquer época e guardados para dias de penúria de informações. Tendo feito uma lista dos relatórios de caráter tópico, lançou suas datas numa única coluna e deixou de lado os restantes. Nessa altura, seu estado de espírito poderia ser comparado ao de um cientista que percebe, instintivamente, estar à beira de fazer uma descoberta e que fica aguardando alguma conexão lógica a surgir a qualquer momento. Mais tarde, em conversa com Mendel, ele a isso denominou “jogar tudo num tubo de ensaio e ver se irá explodir”. O que mais o fascinava, declarou, era a observação que Guillam havia feito a respeito da lúgubre advertência de Alleline aos poços enlameados. Em outras palavras, estava à procura do "último e inteligente nó" que Karla havia feito e obter uma explicação das suspeitas precisas que tinham adquirido forma com a carta de Irina.

Obteve alguns curiosos achados preliminares. Em primeiro lugar, em nove ocasiões em que Merlin enviou relatórios de caráter tópico, Polyakov havia estado em Londres ou Toby Esterhase tinha feito uma rápida viagem ao exterior. Em segundo lugar, durante o período crítico que sucedeu à aventura de Tarr em Hong Kong, Polyakov encontrava-se em Moscou, realizando urgentes consultas de natureza cultural; e que pouco depois surgia Merlin com alguns de seus mais espetaculares informes de fatos correntes, versando sobre a "penetração ideológica" dos Estados Unidos, incluindo uma apreciação da cobertura feita pelo Centro, abrangendo os principais alvos do serviço de espionagem americano.

Novamente realizando suas investigações retrospectivas, estabeleceu que o inverso também era verdadeiro: os relatórios que havia posto de lado, sob o fundamento de não terem ligação íntima com os acontecimentos recentes, eram aqueles geralmente distribuídos enquanto Polyakov estava em Moscou ou de licença.

Então Smiley chegou à sua conclusão.

Não foi uma revelação espetacular, nenhuma iluminação, nenhum brado de eureca: telefonemas a Guillam, a Lacon, ou afirmações de que "Smiley era um campeão mundial". Simplesmente estavam diante dele, nos registros que examinara e nas notas que havia compilado, a corroboração de uma teoria que ele, Smiley, Guillam e Ricki Tarr viram demonstrada, naquele dia, a partir de seus pontos de vista diferentes: havia entre Gerald e a Fonte Merlin uma influência recíproca que não poderia mais ser negada; e a proverbial versatilidade de Merlin lhe permitia agir como instrumento de Karla e também de Alleline, ou — diria Smiley, refletindo sobre o assunto, atirando uma toalha ao ombro e caminhando alegremente em direção ao corredor a fim de tomar um banho em comemoração de sua descoberta — na qualidade de agente de Karla? E que no âmago dessa trama havia um recurso tão simples que o deixou verdadeiramente alvoroçado por sua simetria: a trama tinha até uma presença material, aqui, em Londres, uma casa, paga pelo Tesouro, e todas aquelas 60 mil libras, e frequentemente cobiçada, sem dúvida, por muitos infortunados contribuintes que passavam diariamente por ela, certos de que nunca teriam dinheiro para possuí-la e sem saber que já a tinham pago. Foi com o coração mais leve de há muitos meses que se debruçou para o arquivo, por ele furtado, Operação Testemunho.

24

Deve-se reconhecer que a inspetora estivera preocupada com Roach durante a semana inteira, desde que o encontrou sozinho no lavatório, 10 minutos depois de os demais alunos terem descido do dormitório para o café da manhã, ele ainda de pijama, debruçado sobre uma pia, escovando os dentes obstinadamente. Quando ela o interrogou, Roach evitou seu olhar. "É aquele desgraçado do pai dele", informou ela a Thursgood. "Está arrasando o menino de novo." E na sexta-feira, acrescentou: "O senhor *precisa* escrever à mãe dele, e dizer-lhe que o rapaz está tendo uma crise."

Mas nem mesmo a inspetora, apesar de toda sua percepção de mãe, teria chegado a fazer o diagnóstico de que se tratava de puro e simples terror.

Que poderia ele fazer, ele, uma criança? Esse era seu sentimento de culpa. Esse o fio que remontava diretamente à infelicidade de seus pais. Essa a situação de transe que atirava sobre seus ombros curvados a responsabilidade de preservar, noite e dia, a paz do mundo. Roach, o observador — "o melhor olheiro de todo esse maldito lugar", para repetir as palavras de Jim, que ele guardara como um tesouro —, finalmente tinha observado bem demais. Roach teria sacrificado tudo quanto possuía, dinheiro, o estojo de couro onde guardava as fotografias dos pais, tudo quanto valorizava neste mundo, se isso pudesse livrá-lo do que sabia e o consumira desde a noite de domingo.

Ele havia revelado os sintomas. Na noite de domingo, uma hora depois de terem sido apagadas as luzes, dirigira-se ao banheiro ruidosamente, enfiara o dedo na garganta, provocando náuseas e, afinal, vomitara. Mas o monitor do dormitório, que deveria estar acordado e ter dado o alarma — "inspetora, Roach ficou doente" —, dormiu teimosamente durante toda essa figuração. E Roach voltou miseravelmente para a cama. Na tarde do dia seguinte, indo até a cabine telefônica que ficava em frente à sala dos professores, discara sem propósito e sussurrara de maneira estranha no bocal do aparelho esperando ser ouvido por algum dos professores e julgado louco. Mas ninguém lhe deu a menor atenção. Havia procurado misturar a realidade e o sonho, na esperança de que isso iria converter-se em algo que tinha imaginado. Mas todas as manhãs, ao passar pelo Buracão, via a figura torta de Jim, curvada sobre a pá; via a sombra escura do rosto dele, debaixo da aba de seu velho chapéu, e ouvia o grunhido que ele soltava ao fazer esforços para cavar a terra.

Roach nunca deveria ter ido lá. Isso também julgava ser uma culpa: aquilo que ele sabia fora adquirido através de um pecado. Após uma lição de violoncelo, nos confins da vila, voltara à escola com deliberado vagar a fim de chegar atrasado para as vésperas e receber o olhar de censura da Sra. Thursgood. Toda a escola estava fazendo suas orações, todos estavam rezando, exceto ele e Jim. Roach ouviu que cantavam o *Magnificat*, ao passar pela igreja, tomando o caminho mais longo para que pudesse rodear o Buracão, onde brilhava a luz de Jim. Postando-se de pé no lugar de costume, ficou observando a sombra de Jim movendo-se lentamente do outro lado da janela protegida pela cortina. Aprovou o fato de Jim ter voltado cedo para casa, no momento em que a luz se apagou subitamente, pois Jim ultimamente andava por demais ausente para o gosto dele, Roach, saindo no Alvis depois das partidas de rúgbi e só voltando quando Roach estava dormindo. Então abriu-se e fechou-se a porta do reboque, e lá estava Jim, de pé, junto ao canteiro de verduras, com uma pá na mão. E Roach, com grande perplexidade, ficou imaginando o que ele estaria pretendendo cavar naquela escuridão. Legumes para a ceia? Por um momento Jim permaneceu absolutamente imóvel, ouvindo o *Magnificat*.

Em seguida, olhou lentamente em derredor e voltou os olhos para Roach, embora este não fosse visível, no escuro das ondulações do terreno, à sua retaguarda. Roach chegou a pensar em chamá-lo, mas sentiu-se cheio de pecado por haver faltado à capela.

Finalmente Jim começou a tomar medidas. Pelo menos pareceu a Roach que estava assim fazendo. Em vez de cavar o chão, ele se ajoelhara num canto do canteiro e colocara a pá sobre a terra, como se a estivesse pondo em alinhamento com alguma coisa fora do campo de visão de Roach: a torre da igreja, por exemplo. Isso feito, Jim encaminhou-se rapidamente para o ponto onde ficava a lâmina da pá, marcou-o com um golpe do calcanhar, tomou a pá nas mãos e começou a cavar o terreno rapidamente. Roach contou que assim fez 12 vezes. Em seguida, levantou-se e tornou a examinar o terreno. Na igreja, o silêncio. Depois, preces. Curvando-se rapidamente, Jim pegou um embrulho do chão, ocultando-o imediatamente nas dobras de seu casaco de baeta. Transcorridos alguns segundos muito mais depressa do que pareceria possível, a porta do reboque fechou-se com ruído, a luz foi novamente acesa e no momento mais audacioso de sua vida Bill Roach desceu pelo Buracão pé ante pé até chegar a um metro da janela mal vedada pela cortina, valendo-se da encosta para ter a altura de que precisava a fim de espiar para dentro do reboque.

Jim estava de pé junto à mesa. No beliche, atrás dele, havia um monte de cadernos, uma garrafa de vodca e um copo vazio. Ele deveria tê-los atirado ali para conseguir espaço. Estava com um canivete aberto, mas não ia usá-lo. Jim jamais cortaria um cordão, se pudesse evitá-lo. O embrulho tinha 30 centímetros de comprimento, feito de um material amarelo, semelhante ao de uma bolsa de tabaco. Abrindo-o, retirou o que parecia uma chave inglesa, embrulhada em pano de saco de aniagem. Mas quem haveria de enterrar uma chave inglesa, mesmo para o melhor carro que já se fabricou na Inglaterra? Os parafusos ou porcas estavam num envelope à parte, amarelo. Ele os espalhou sobre a mesa, examinando um de cada vez. Não eram parafusos: eram bicos de canetas. Não eram também pontas de canetas, mas haviam desaparecido da visão de Bill.

E não era uma chave inglesa, nem um chave de porca, nada, absolutamente nada para o carro.

Roach subira aos tropeções até o alto do Buracão. Correu entre as ondulações do terreno, em direção à estrada, mas o fez mais devagar do que nunca; correndo sobre a areia e fundas poças d'água, arrancando a relva, aspirando ofegante o ar da noite, expelindo-o a soluçar, correndo enviesado como Jim fazia, ora dando mais impulso a uma perna, ora a outra, estirando a cabeça para ganhar mais velocidade. Não tinha a menor ideia do ponto aonde se dirigia. Tudo quanto sabia estava à sua retaguarda, fixado no revólver preto e nas faixas de camurça; nas pontas de canetas que se haviam transformado em balas no momento em que Jim as enfiara metodicamente no tambor da arma, com o rosto sulcado de rugas, voltado em direção à luz da lâmpada, pálido e um tanto vesgo por causa do brilho ofuscante.

25

— Eu não quero que meu nome seja mencionado, George — advertiu o ministro com seu jeito arrastado de falar. — Nada de atas, nada de rotinas. Tenho de lidar com os eleitores, e você não. Nem Oliver Lacon, não é, Oliver?

— Sim, sinto muito — declarou Smiley.

— Você ainda sentiria mais se tivesse meu eleitorado — replicou o ministro.

Seria de prever que a simples questão do lugar onde teriam de encontrar-se deveria inflamar uma discussão tola. Smiley observara a Lacon que seria imprudente realizar-se o encontro na sala dele, em Whitehall, pois estava sujeita a constantes investidas de parte do pessoal do Circus, porteiros a entregar caixas contendo despachos, ou Percy Alleline a entrar para discutir o problema da Irlanda. O ministro recusou o Hotel Islay e a Bywater Street sob a arbitrária alegação de que eram lugares inseguros. Ele aparecera recentemente na televisão e tinha orgulho em ser reconhecido. Ao cabo de várias visitas, decidiram-se pela residência de Mendel, uma casa geminada, em estilo Tudor, onde o ministro e seu luzidio automóvel ficaram salientes como um polegar machucado. Lá estavam eles sentados, Lacon, Smiley e o ministro, na elegante sala da frente, com suas cortinas de renda, diante de sanduíches de salmão, feitos na hora, ao passo que o anfitrião permanecia no andar de cima, observando as vias de acesso à casa. Na pequena rua, crianças instavam com o motorista para que lhes dissesse quem era seu patrão.

Por trás da cabeça do ministro havia uma fileira de livros sobre abelhas. Elas eram a paixão de Mendel, lembrava-se Smiley. Ele empregava a palavra "exóticas" para as abelhas que não eram do Surrey. O ministro ainda era um homem jovem, e tinha as mandíbulas escuras e que pareciam haver sido esmurradas em alguma improvável rixa. Era calvo no alto da cabeça, o que lhe dava injustificado aspecto de maturidade, e falava com um terrível sotaque de Eton.

— Muito bem. Quais são as decisões? — indagou ele, que também possuía aquela arte de dialogar própria dos arrogantes.

— Bem, em primeiro lugar, suponho, o senhor deverá desencorajar quaisquer recentes negociações que venham sendo realizadas com os americanos. Eu estava pensando no anexo secreto e sem título que o senhor guarda em seu cofre — disse Smiley —, o que discute maiores explorações do material da Operação Bruxaria.

— Nunca ouvi falar nisso — declarou o ministro.

— Eu naturalmente compreendo quais sejam os incentivos, sem a menor dúvida. É sempre tentador pôr as mãos no que se diria a nata do enorme serviço de informações americano, e percebo o argumento em favor de negociar o material da Operação Bruxaria em troca dessas informações.

— E quais serão os argumentos *em contrário?* — indagou o ministro como se estivesse discutindo com seu corretor de títulos.

— Se Gerald existir — começou Smiley. Entre todos os seus primos, Ann certa vez dissera, cheia de orgulho, que apenas Miles Sercombe não possuía um único traço que o redimisse. Pela primeira vez Smiley realmente acreditou que ela tinha razão. Ele parecia não só idiota mas também incoerente. — Se Gerald existir — prosseguiu Smiley —, o que eu presumo seja a opinião geral entre nós... — Smiley ficou à espera, mas ninguém o contestou. — Se Gerald existir — repetiu ele —, não será apenas o Circus que irá duplicar seus lucros com as negociações junto aos americanos. O

Centro de Moscou também o fará porque obterá de Gerald tudo quanto o senhor obtiver dos americanos.

Num gesto de quem se sentia frustrado, o ministro bateu com a mão na mesa de Mendel, deixando no verniz uma marca úmida.

— Não compreendo coisa alguma — declarou ele. — Esse material da Operação Bruxaria é maravilhoso! Há um mês seríamos capazes de comprar até a lua com ele. Agora estamos enfiando o rabo entre as pernas e afirmamos que os russos estão cozinhando o material para nós. Que diabo está acontecendo?

— Bem, na realidade eu não acho que isso seja tão ilógico quanto parece. Afinal de contas, mantivemos aquela estranha rede russa de tempos em tempos, e, embora eu próprio diga isso, nós o fizemos razoavelmente bem. Nós lhes demos o melhor material de que dispúnhamos. Foguetes, planos de guerra. Você esteve envolvido nisso — declarou Smiley, dirigindo-se a Lacon, que fez um rápido sinal de assentimento. — Nós lhes enviamos os agentes que pudemos dispensar, demos boas comunicações, tornamos seguros seus correios, limpamos os ares para seus sinais a fim de poder ouvi-los. Esse foi o preço que pagamos para ser da oposição. E quais foram suas palavras, ministro? "Para sabermos como eles davam instruções aos seus comissários." Tenho certeza de que Karla faria a mesma coisa por nós se estivesse administrando nossas redes. E faria mais, não é verdade, se tivesse de olho também no mercado americano. — Smiley parou de falar e olhou para Lacon. — Ele faria mais, muito mais — prosseguiu Smiley. — Uma ligação americana, quero dizer, um grande dividendo americano, colocaria Gerald *imediatamente* na mesa alta. E o Circus também, por procuração, naturalmente. Se um homem fosse russo, daria quase tudo aos ingleses se... bem, se pudesse, em troca, comprar os americanos.

— Obrigado — disse Lacon rapidamente.

O ministro se retirou, levando sanduíches para comer no carro, sem despedir-se de Mendel, presumivelmente porque ele não era seu eleitor.

Lacon deixou-se ficar, e disse o seguinte, afinal:

— Você me pediu que procurasse tudo quanto houvesse acerca de Prideaux. Bem, verifiquei que de fato temos alguns papéis sobre ele.

— Aconteceu que Lacon esteve examinando umas pastas a respeito da segurança interna do Circus — explicou ele próprio — simplesmente para dar uma limpeza em seu convés. E assim fazendo, encontrou por acaso alguns antigos e positivos relatórios sobre vetos. Um deles referia-se a Prideaux.

— Ele foi considerado absolutamente limpo, você compreende. Sem a menor reserva. No entanto — uma estranha inflexão de sua voz levou Smiley a olhar para ele —, acho que isso poderia interessar a você do mesmo modo. Houve alguns discretos rumores a propósito do tempo em que ele esteve em Oxford. Nós todos tínhamos o direito de ser um pouco simpatizantes dos vermelhos, naquela época.

— Sim, de fato.

Voltou a reinar o silêncio, apenas interrompido pelos leves passos de Mendel no andar superior.

— Prideaux e Haydon eram de fato muito íntimos, você sabe — confessou Lacon. — Eu não tinha percebido isso.

Subitamente Lacon mostrou estar com grande pressa de retirar-se. Enfiando a mão em sua pasta, dela sacou um grande envelope liso, que pôs nas mãos de Smiley, saindo para o mundo mais altivo de Whitehall. E o Sr. Barraclough encaminhou-se para o Hotel Islay, voltando à sua leitura da Operação Testemunho.

26

Era a hora do almoço, no dia seguinte. Smiley tinha lido e dormido durante algum tempo, voltado à leitura e, em seguida, tomado um banho. Estava então subindo os degraus daquela bonita casa de Londres, e sentia-se contente porque gostava de Sam.

A casa, de tijolos marrons, era georgiana e ficava junto à praça Grosvenor. Eram quatro os degraus e havia uma campainha de bronze, numa reentrância debruada por um festão. A porta era preta, ladeada por colunas. Tocou a campainha e poderia ter puxado a porta, que se abriu imediatamente. Smiley penetrou num hall circular, que tinha uma porta em seu outro extremo, onde estavam postados dois homens corpulentos, vestidos de preto, que podiam ser porteiros da Abadia de Westminster. Sobre uma chaminé de mármore, duas esculturas representando cavalos empinados; poderiam ser de Stubbs. Um dos homens permaneceu junto à porta enquanto Smiley tirava o casaco, e o outro o conduziu a uma mesa dessas onde se colocam bíblias, para que assinasse um livro.

— Hebben — murmurou Smiley ao assiná-lo, dando seu nome de guerra de que Sam poderia lembrar-se.

O homem que lhe segurava o capote repetiu o nome num interfone:

— Sr. Hebben, Sr. Adrian Hebben.

— Se o senhor não se importar de aguardar um segundo, Sr. Hebben — disse o homem que estava perto da mesa de bíblias.

Não havia música, e Smiley achava que deveria haver, e também uma fonte.

— Sou amigo do Sr. Collins — declarou Smiley. — Se ele puder falar comigo... Creio que talvez esteja à minha espera.

O homem que estava ao telefone murmurou "obrigado" e desligou. Acompanhou Smiley até a porta interna, abrindo-a. A porta não fez o menor ruído.

— O Sr. Collins está ali — murmurou respeitosamente. — As bebidas são cortesia da casa.

As três salas de recepção haviam sido unidas por colunas e arcos e eram revestidas de lambris de mogno. Havia uma mesa em cada sala, ficando a terceira mesa a quase 20 metros de distância da primeira. As luzes brilhavam sobre quadros insignificantes, representando frutas, com imensas molduras douradas, e iluminavam as toalhas das mesas, de baeta verde. As cortinas estavam cerradas, e um terço das mesas se achava ocupado, havendo quatro ou cinco jogadores em cada uma, todos homens. Mas o único som que se ouvia era o estalido da esfera da roleta, e o das fichas ao serem redistribuídas, ao lado do murmúrio quase inaudível dos crupiês.

— Adrian Hebben — disse Sam Collins, num tom efusivo. — Há quanto tempo!

— Viva, Sam — disse Smiley. E os dois apertaram-se as mãos.

— Venha até meu covil — continuou Sam, fazendo um sinal de cabeça para o único outro homem que estava de pé, na sala, um tipo muito alto, que devia sofrer de hipertensão e tinha um rosto inexpressivo. O homem também acenou com a cabeça.

— Gostou da casa? — indagou Sam enquanto atravessavam um corredor coberto de cortinas de seda vermelha.

— Causa uma forte impressão — declarou Smiley polidamente.

— Essa é a palavra certa — disse Sam. — Impressão. É isso mesmo.

Ele estava de *smoking*. A sala era revestida de pelúcia eduardina, e a mesa de Sam tinha tampo de mármore e pés de esferas e garras. Mas a sala era muito pequena e mal ventilada, assemelhando-se mais a um camarim de teatro, pensou Smiley, mobiliado com acessórios de peças já levadas à cena.

— Eles poderiam mesmo ter deixado que eu investisse algum dinheiro meu, mais tarde, no ano que vem. Eles são duros, mas muito avançados, você compreende.

— Com certeza são mesmo — disse Smiley.

— Como nós éramos, nos velhos tempos.

— Exatamente.

Sam era elegante e de maneiras despreocupadas. Usava um bigode preto, aparado. Smiley não poderia imaginá-lo sem esse bigode. Teria provavelmente uns 50 anos. Passara muito tempo no Oriente, onde os dois tinham agido juntos, num trabalho contra um operador de rádio chinês. Os cabelos dele estavam se tornando grisalhos, mas ainda aparentava ter 35 anos. Tinha um sorriso acolhedor e uma cordialidade confiante. Mantinha as duas mãos apoiadas na mesa, como se estivesse num jogo de cartas, e olhava para Smiley com um ar de amizade possessiva que era paternal, filial, ou as duas coisas ao mesmo tempo.

— Se aquele camarada passar de cinco — disse ele —, telefone para mim, Harry. Está bem? Do contrário, fique de boca fechada. Estou conversando com um rei do petróleo. — Sam falava num aparelho que se encontrava sobre sua mesa. — Onde está ele, agora?

— Passou de três — disse uma voz de cascalho. Smiley adivinhou que era a voz do homem de rosto inexpressivo e que tinha pressão alta.

— Então ele ainda tem oito a perder — disse Sam afavelmente. — Segure o homem naquela mesa. É só isso. Faça dele um herói. — Sam desligou o aparelho e deu um sorriso, que Smiley retribuiu.

— Realmente, é uma vida muito boa — Sam assegurou a Smiley. — Melhor do que vender máquinas de lavar roupa, em todo caso. Um pouco estranha, sem a menor dúvida. A gente põe um *smoking* às 10 horas da manhã. Faz lembrar que está se passando por diplomata. Também é honesta, você acredite ou não — acrescentou Sam sem mudar de expressão. — A gente obtém toda a ajuda de que precisa, com os cálculos que faz.

— Com certeza — disse Smiley, sorrindo e mais uma vez falando de um jeito muito polido.

— Você gosta de música?

Era música enlatada, e provinha do teto. Sam ligou o aparelho o mais alto que eles poderiam suportar.

— Então em que posso lhe ser útil? — indagou Smiley efusivamente.

— Quero conversar com você sobre a noite em que Jim Prideaux levou aqueles tiros. Você estava de serviço.

Sam fumava cigarros escuros que tiram cheiro de charuto. Acendendo um deles, deixou que sua ponta se inflamasse bem, observando-a até ela ficar em brasa. E indagou:

— Escrevendo suas memórias, meu velho?

— Nós estamos reabrindo o caso.

— Que nós é esse, meu velho?

— Eu, eu e eu também; com um empurrão de Lacon e um puxão do ministro.

— Todo poder corrompe, mas alguém há de governar e, nesse caso, o irmão Lacon vai avançar de gatinhas e relutantemente até o alto da montanha.

— A coisa não mudou — disse Smiley.

Sam tirou pensativamente uma baforada do cigarro. A música acabara, ouvindo-se frases de Noel Coward.

— Isso é um sonho meu, na verdade — disse Sam Collins em meio àquele barulho. — Um dia desses Percy Alleline vai cruzar aquela porta, carregando uma maleta surrada, e pedir para fazer uma *fezinha* na roleta. Vai pôr tudo no vermelho e perder.

— Os arquivos foram mutilados, cortaram páginas deles — disse Smiley. — É uma questão de procurar pessoas e perguntar-lhes tudo de quanto se lembram. Nos arquivos não há praticamente nada.

— Isso não me surpreende — disse Sam. E pediu sanduíches pelo telefone. Explicou que se alimentava assim. Sanduíches e canapés. Uma de suas vaidades.

Ele estava servindo café quando a luz vermelha se acendeu entre os dois, na mesa.

— O camarada está pau a pau — declarou a voz de cascalho.

— Então comece a contar — disse Sam, desligando a tomada.

Sam contou sua história de maneira simples, mas precisa, como um bom soldado ao recordar uma batalha, não mais para perder ou ganhar, apenas para lembrar as coisas. Havia acabado de chegar do exterior, de uma temporada de três anos de privações no Vientiane. Tinha sido submetido às perguntas do pessoal e acertado contas com Dolphin. Ninguém parecia ter qualquer plano com relação a ele, por isso estava pensando em seguir para o Sul da França, numa licença de três meses, quando MacFadean, aquele velho porteiro que era, praticamente, o criado particular de Control, agarrou-o no corredor e o conduziu à sala de Control.

— Em que dia foi isso, exatamente? — indagou Smiley.

— Foi no dia 19 de outubro.

— Quinta-feira.

— Quinta-feira. Eu estava pensando em voar para Nice na segunda. Você estava em Berlim. Eu quis convidá-lo para um drinque, mas as matronas disseram que você estava ocupado e, quando fui verificar isso na Seção de Movimento de Pessoal, disseram-me que você tinha ido a Berlim.

— Sim, é verdade — disse Smiley. — Control tinha me mandado até lá.

Ele me afastou do caminho, poderia Smiley ter acrescentado. Tivera essa impressão mesmo naquela época.

— Procurei Bill, mas ele também estava sendo negaceado. Control o despachara para algum ponto do país — declarou Sam, evitando o olhar de Smiley.

— Caçando gansos selvagens — murmurou Smiley. — Mas voltou.

Sam lançou um olhar agudo e inquisidor na direção de Smiley, mas não acrescentou coisa alguma sobre a natureza da viagem de Bill Haydon.

— Todo o Circus parecia morto. Quase peguei o primeiro avião de volta para o Vientiane.

— Estava de fato morto — Smiley confessou, pensando o seguinte: exceto quanto à Operação Bruxaria.

E Sam disse que Control tinha o aspecto de haver apanhado uma febre maligna. Estava rodeado de um mar de pastas do arquivo, tinha a tez amarela e, enquanto falava, fazia pausas para enxugar o suor da testa, com o lenço. Mal prestou atenção àquela habitual dança de seus fãs, acrescentou Sam. Não me deu parabéns pelos meus três anos de trabalhos de campo, nem fez qualquer referência hipócrita à sua vida particular, que estava bem encrencada naquele tempo. Simplesmente me disse que desejava que trabalhasse no fim de semana, no lugar de Mary Mastermann, se eu pudesse dar um jeito.

"'Sem dúvida', declarei. 'Se você quiser que eu seja o responsável pelo dia, eu serei.' Ele declarou que me falaria sobre o resto da história, no sábado. Enquanto isso, eu não deveria dizer nada a ninguém. Não deveria fazer a menor referência ao assunto, em parte alguma do prédio, mesmo que ele próprio me pedisse que eu assim fizesse. Precisava de alguém competente para lidar com a mesa telefônica, caso houvesse uma crise. Mas teria de ser alguém que trabalhasse fora do Circus, ou alguém como eu, que estivera afastado do escritório central há muito tempo. E teria de ser um veterano.

"Por isso — prosseguiu Sam —, procurei Mary Mastermann e conteilhe a história do azar meu, que não havia conseguido tirar o inquilino do meu apartamento antes de entrar em licença, na segunda-feira. Que tal se a substituísse e economizasse o dinheiro do hotel? Assim cheguei ao serviço às 9 horas de sábado, armado de minha escova de dentes e de seis latas de cerveja, trazidas numa maleta que ainda tinha coladas, num de seus lados, etiquetas mostrando palmeiras. Geoff Agate estava designado para renderme na noite de domingo."

Mais uma vez Sam comentou como o Circus estava morto. Nos velhos tempos, os sábados eram muito iguais a qualquer outro dia, disse ele. A maioria das seções regionais tinham um homem de plantão durante os fins de semana, algumas até pessoal da noite. E se alguém andasse pelo edifício teria a impressão de que aquilo era uma engrenagem que estava funcionando para valer. Mas naquela manhã de sábado, o edifício poderia parecer que tinha sido evacuado, declarou Sam, o que, em certo sentido, segundo ouviu dizer mais tarde, tinha mesmo acontecido, por ordem de Control. Dois ou três espiões do primeiro time estavam trabalhando no segundo andar, as salas do rádio e de controle estavam a todo vapor, mas aqueles rapazes trabalhavam sempre durante todas as horas do dia. Ele ficou sentado, aguardando que o telefone tocasse, mas nada aconteceu. Encheu mais uma hora implicando com os porteiros, que considerava o grupo mais vadio de todo o pessoal do Circus. Ficou controlando suas listas de frequência e verificou que duas datilógrafas e um funcionário estavam assinalados como presentes, mas não estavam lá. Por isso fez uma representação contra o porteiro-chefe, um empregado novo, chamado Mellows. Finalmente subiu até o quinto andar para ver se Control ali se encontrava.

— Ele estava sentado, completamente só, exceto quanto a MacFadean. Não havia matronas nem você, apenas o velho Mac espiando as coisas com seu chá e simpatia. — E Sam indagou se não estaria falando demais.

— Não, continue, por favor.

— Então Control despiu outro véu. Um meio véu. Alguém estava realizando um trabalho especial para ele. Era de grande importância para o Serviço. E Control ficou batendo nessa tecla: para o Serviço. Não para Whitehall, a libra esterlina ou o preço do peixe, mas para nós. Mesmo quando tudo estivesse acabado, eu não deveria dizer uma palavra sobre o assunto. Nem mesmo a você, Bill, Bland, ou qualquer outra pessoa.

— Nem a Alleline?

— Ele não mencionou Percy uma única vez.

— É — concordou Smiley. — Dificilmente poderia fazer isso.

— Eu deveria considerá-lo, naquela noite, um diretor de Operações. E me considerar um intermediário entre ele e tudo quanto ocorresse no resto do prédio. Se chegasse qualquer coisa, um sinal, uma chamada telefônica, embora parecesse trivial, eu teria de aguardar até que a barra ficasse limpa, em seguida subir direto as escadas e transmitir a ele o que tivesse havido.

Ninguém deveria saber, então ou posteriormente, que Control era o homem que estava no gatilho. Em hipótese alguma eu deveria telefonar para ele, ou enviar-lhe algum memorando, e até as linhas internas eram tabu. Na verdade, George, foi assim mesmo — disse Sam e serviu-se de um sanduíche.

— Acredito em você — declarou Smiley com empenho.

Se houvesse necessidade de expedir telegramas, Sam teria mais uma vez de portar-se como o representante de Control. Não deveria esperar que acontecessem muitas coisas naquela noite. E era muito improvável que algo acontecesse. Quanto aos porteiros e pessoal desse tipo, conforme as palavras de Control, Sam teria de fazer o máximo esforço para agir com naturalidade e dar a impressão de estar atarefado.

Terminada a conversa, Sam voltou para a sala de trabalho, mandou buscar um jornal vespertino, abriu uma lata de cerveja, escolheu um telefone externo e afrouxou a camisa. Havia uma corrida de cavalos com obstáculos em Kempton, coisa a que ele não assistia havia muitos anos. No começo da noite, tornou a inspecionar as linhas e testou os dispositivos de alarma do arquivo geral. Dos 15, três não funcionavam. Nessa altura, os porteiros já estavam morrendo de amores por ele. Cozinhou um ovo e, depois de comê-lo, subiu as escadas para tomar uma libra do velho Mac e dar-lhe uma cerveja.

— Ele me pedira para apostar uma libra num cavalo que tinha três pernas quebradas. Conversei com ele durante 10 minutos, voltei para o meu canto, escrevi umas cartas, assisti a um filme horroroso na televisão e fui dormir. A primeira chamada veio exatamente no momento em que eu ia ferrando no sono. Exatamente às 23h. Os telefones não pararam de tilintar durante as dez horas que se sucederam. Pensei que a mesa telefônica fosse explodir em minha cara.

— Arcadi desceu cinco pontos — anunciou uma voz no interfone.

— Com licença — disse Sam, com seu habitual riso abafado. E deixando Smiley sozinho com a música, subiu ligeiramente as escadas para enfrentar a situação.

Ali sentado, sem companhia, Smiley ficou observando o cigarro marrom de Sam que ardia lentamente no cinzeiro. Ficou aguardando, mas Sam não voltou, e Smiley pensou se não deveria apagar o cigarro. Não é permitido fumar em serviço, lembrou-se. É norma da casa.

— Tudo acabado — declarou Sam. — A primeira chamada foi do funcionário que estava de serviço no Ministério do Exterior, que falou através da linha direta — continuou. — Na corrida de Whitehall, você poderia dizer que o Ministério do Exterior ganhou por focinho. O chefe da Reuters em Londres tinha acabado de telefonar para aquele funcionário, contando a história de um homem baleado em Praga. Um espião britânico havia sido alvejado pelas forças de segurança russas, que estavam à procura de seus agentes. Estaria o Ministério do Exterior interessado? O funcionário de serviço nos transmitia isso e pedia informações. Eu disse que a coisa parecia conversa fiada e desliguei no momento em que Mike Meakin, do grupo dos espiões do primeiro time, telefonou para dizer que todo aquele inferno tinha sido divulgado pela Rádio de Praga: a metade das informações eram em código, mas a outra metade fora divulgada às claras. Ele continuava a receber descrições deturpadas sobre tiros perto de Brno. Praga ou Brno?, perguntei. Ou os dois lugares? Só em Brno. Eu disse que ele ficasse à escuta e àquela altura, os cinco telefones estavam tilintando. No momento em que eu ia saindo da sala, o residente voltou a ligar, na linha direta. O homem da Reuters corrigira sua versão e dissera: em vez de Praga, entenda Brno. Fechei a porta: era como se tivesse deixado um ninho de vespas numa sala de estar. Control estava de pé, diante de sua mesa, quando entrei na sala dele. Tinha ouvido meus passos, na escada. A propósito, Alleline pôs um tapete naquela escada?

— Não — respondeu Smiley, que permanecia absolutamente impassível. "George é igual a um lagarto", dissera Ann a Haydon, certa vez, e Smiley ouvira. "Ele reduz a temperatura do corpo até que fique igual à do meio ambiente. Assim ele não perde energia porque não precisa ajustar-se."

— Você sabe como Control era rápido quando olhava para uma pessoa. Reparou em minhas mãos para ver se eu levava algum telegrama para ele, e eu gostaria de estar levando alguma coisa, mas minhas mãos estavam vazias. "Acho que está havendo um certo pânico", disse eu. Dei-lhe a essência da coisa e ele consultou o relógio. Suponho que ele estava procurando imaginar o que deveria estar acontecendo se tudo tivesse dado certo. Declarei: "Você é capaz de me dar uma informação, por favor?" Ele se sentou. Eu não conseguia vê-lo muito bem porque ele estava com aquela luz verde acesa, em cima da escrivaninha. Repeti: "Preciso de uma informação. Você quer me recusar isso? Por que eu não posso ser informado?" Ele não me respondeu. Repare bem, não havia informação a dar, mas eu ainda não sabia disso. "Preciso de uma informação." Poderíamos ouvir o rumor de passos no andar de baixo e eu sabia que os operadores do rádio estavam à minha procura. "Você quer descer e tratar do assunto pessoalmente?", perguntei. Rodeei a mesa dele, inclinando-me para aquelas pastas do arquivo, todas abertas em diversos lugares. Você poderia pensar que ele estivesse compilando uma enciclopédia. Algumas deveriam ser de antes da guerra. Control estava sentado assim: — Sam juntou os dedos, colocou suas pontas na testa e ficou de olhos fixos na mesa. A outra mão de Sam estava aberta, segurando o imaginário relógio de bolso de Control, que era desses que têm corrente. — Ele falou o seguinte: "Diga a MacFadean que me arranje um táxi e encontre Smiley." Indaguei: "E a Operação?" Tive de esperar a noite inteira por uma resposta. Ele disse: "É contestável. Os dois homens eram portadores de documentos estrangeiros. Ninguém poderia saber, nessa altura, que eram ingleses." Retruquei: "Estão falando apenas sobre um homem." E acrescentei: "Smiley está em Berlim." Em todo caso acho que foi isso que eu disse. Houve outros dois minutos de silêncio. Ele disse: "Qualquer pessoa serve. Não faz a menor diferença." Eu devia ter ficado com pena dele, mas acho que, naquela hora, não pude ter o menor sentimento de compreensão. Eu tinha de carregar o fardo às costas e não sabia como. MacFadean também não estava por perto, por isso achei que Control poderia encontrar um táxi sozinho, e na hora em que cheguei aos últimos degraus da escada devia estar parecido com Gordon, em Kartum. A megera que se achava de serviço, na seção de controle das transmissões de rádio, estava agitando boletins em minha direção como se fossem bandeiras, e dois porteiros estavam esbravejando, dirigindo-se a mim, ao passo que o rapaz do rádio estava agarrado a uma porção de sinais. Os telefones tocavam, não apenas os meus, mas uma dúzia dos telefones de linhas diretas, do quarto andar. Segui imediatamente para a sala de serviço e desliguei todas as linhas enquanto procurava pôr a cabeça em ordem. A controladora das transmissões de rádio, como era o nome daquela mulher, pelo amor de Deus?, aquela que costumava jogar bridge com Dolphin.

— Purcell. Molly Purcell.

— Isso mesmo. A história que ela tinha para contar era pelo menos coerente. A Rádio de Praga prometera um boletim extraordinário dentro de meia hora. Isso tinha sido feito um quarto de hora antes. O boletim dizia respeito a um ato de grande provocação da parte de uma potência ocidental, uma violação da soberania da Tchecoslováquia, e um ultraje aos povos amantes da liberdade, ao mundo inteiro. Além disso — acrescentou Sam secamente — haveria gargalhadas durante todo tempo. Eu naturalmente corri à Bywater Street, em seguida enviei uma transmissão pelo rádio a Berlim, pedindo que encontrassem você e o despachassem de volta, de avião, o mais depressa possível. Dei a Mellows os principais números de telefones e mandei que ele fosse arranjar uma linha externa e agarrasse qualquer pessoa que estivesse ao lado do chefão. Percy encontrava-se na Escócia, passando o fim de semana, e tinha ido jantar fora. A cozinheira dele deu a Mellows um número de telefone; ele ligou para esse número e falou com o anfitrião de Percy, que acabara de sair.

— Você me desculpe — interrompeu Smiley. — Você ligou para a Bywater Street para quê? — Smiley estava segurando o lábio superior entre o indicador e o polegar, puxando-o até reformá-lo, fitando um ponto a meia distância.

— Talvez você tivesse chegado de Berlim mais cedo — disse Sam.

— E eu tinha chegado?

— Não.

— Então com quem você falou?

— Com Ann.

— Ann está ausente de casa, agora — declarou Smiley. — Você poderia me dizer como foi sua conversa com ela?

— Perguntei por você e ela me disse que você estava em Berlim.

— E foi apenas isso?

— Foi um rompante, George — respondeu Sam num tom de advertência.

— Como assim?

— Perguntei se por acaso sabia onde estava Bill Haydon. Era urgente. Eu imaginava que ele estivesse de licença, mas talvez andasse por perto. Alguém me disse, certa vez, que eles eram primos. Além disso, é amigo da família, eu assim pensei — acrescentou Sam.

— É mesmo. Mas o que ela disse?

— Disse um "não" irritado e desligou. Sinto muito, George. Mas guerra é guerra.

— Qual foi o tom da voz dela? — indagou Smiley, depois de deixar que o aforisma ficasse entre eles durante algum tempo.

— Eu já lhe disse. Roy estava na Universidade de Leeds, em busca de talentos, e não foi encontrado.

Entre uma chamada telefônica e outra, tudo estava sendo atirado em cima dele. Ele poderia ter invadido Cuba, em vez disso.

— Os militares estavam esbravejando a respeito de movimentos de tanques tchecos ao longo da fronteira da Áustria, os espiões do primeiro time não conseguiram fazer ouvir o que estavam dizendo por causa do controle das transmissões radiofônicas em torno de Brno e, quanto ao Ministério do Exterior, o funcionário de plantão estava sofrendo de depressão e febre amarela ao mesmo tempo. Primeiro Lacon e depois o ministro apareceram nos acuando diante da porta e, à meia-noite e meia, tivemos o prometido boletim de notícias dos tchecos, com 20 minutos de atraso, mas que não foi nada pior por causa disso. Um espião britânico, chamado Jim Ellis, portador de falsos documentos tchecos e auxiliado por contrarrevolucionários, tentara sequestrar um general tcheco, cujo nome não foi mencionado, numa floresta perto de Brno, e levá-lo através da fronteira austríaca. Ellis levara uns tiros, mas eles não diziam se tinha morrido, e eram iminentes outras prisões. Consultei o índice dos nomes de guerra e verifiquei que Ellis era Jim Prideaux. E pensei o seguinte, exatamente como Control deve ter pensado: se Jim é portador de documentos tchecos, como eles sabem seu nome de guerra, e como também que ele é inglês? Então Bill Haydon chegou, branco como cera. Tinha sabido da história no telégrafo de seu clube. Saiu de lá imediatamente e foi para o Circus.

— A que horas foi isso, exatamente? — indagou Smiley, franzindo discretamente a testa. — Deve ter sido bem tarde.

Sam deu a impressão de que preferia tornar as coisas mais amenas, e disse:

— Uma e quinze.

— O que é tarde para ler a fita do telégrafo de um clube, não é mesmo?

— Não, meu velho.

— Bill é sócio do Savile, não é?

— Não sei — disse Sam, obstinadamente. E tomou um pouco de café. — O que posso lhe dizer é que foi uma beleza ficar observando como ele agiu. Eu pensava que Bill era uma espécie de demônio caprichoso. Mas não naquela noite, você pode crer. Bem, ele estava abalado. Quem não haveria de estar? Chegou sabendo que tinha havido uma fuzilaria dos diabos, e isso era quase tudo. Mas quando lhe contei que Jim é quem tinha levado os tiros, ele ficou olhando para mim como um louco. Pensei que fosse me agredir. "Levou uns tiros? Uns tiros, como? Foi morto?" Enfiei os boletins nas mãos dele, que os leu, um por um.

— Ele já não teria sabido disso, lendo a fita do telégrafo do clube? — indagou Smiley em voz baixa. — Pensei que a notícia, àquela altura, estivesse correndo por toda parte: Ellis levou uns tiros. Isso era o tópico mais importante, não era?

— Depende do noticiário que ele viu, creio — disse Sam, dando de ombros. — De qualquer maneira, Bill tomou conta do painel das transmissões e, pela manhã, tinha captado o pequeno número de informações que havia e, com isso, trouxe para nós algo de bem parecido com a tranquilidade.

Ele disse ao Ministério do Exterior que ficasse quieto e aguentasse a mão, agarrou Toby Esterhase e mandou que ele fosse buscar dois agentes tchecos que eram alunos da Escola de Economia de Londres. Bill tinha deixado que eles ficassem de molho até então, e estava planejando fazê-los voltar para trabalhar na Tchecoslováquia. Os auxiliares de Toby pegaram os dois agentes e os trancaram em Sarratt. Em seguida, Bill telefonou para o chefe da residência tcheca em Londres e falou com ele como se fosse um sargento-mor: ameaçou deixá-lo nu e tornar-se motivo de chacota para sua profissão, se tocassem num fio de cabelo de Prideaux. E insistiu com ele para que transmitisse isso a seus patrões. Eu me senti como se estivesse assistindo a um acidente de rua e Bill fosse o único médico em ação. Telefonou para um contato da imprensa e o informou, de maneira rigorosamente confidencial, que Ellis era um mercenário tcheco, contratado pelos americanos, e que esse contato poderia utilizar-se da informação, sem citar-lhe a fonte. Essa informação de fato fez as edições de última hora. Logo que pôde, Bill foi sorrateiramente até os aposentos de Jim para certificar-se de que ele não deixara algo por lá que um jornalista pudesse recolher, se algum repórter fosse bastante inteligente para fazer a ligação entre Ellis e Prideaux. Acho que Bill fez uma completa operação de limpeza. Dependentes. Tudo.

— Não havia dependentes — declarou Smiley. — A não ser Bill, eu suponho — acrescentou num sussurro.

— Às 8 horas, Percy Alleline chegou: tinha mendigado um avião da Força Aérea. Todo sorrisos. Achei que isso não era muito inteligente de sua parte, considerando o humor de Bill, mas a coisa foi assim. Queria saber por que eu estava de serviço, por isso lhe contei, sem tirar nem pôr, a mesma história que contara a Mary Mastermann. Ele usou meu telefone para marcar um encontro com o ministro, e ainda estava falando quando Roy Bland entrou, aos trancos e meio bêbado, querendo saber quem se metera na seara dele, praticamente me acusando. Eu disse: "Homem de Deus, e o velho Jim? Você poderia ter pena dele enquanto estava por lá." Mas Roy é um sujeito egoísta e gosta mais dos vivos que dos mortos. Eu lhe entreguei o painel das ligações de rádio com todo o meu afeto e fui até o Savoy para fazer minha primeira refeição e ler os jornais do domingo. O máximo que todos diziam era reproduzir os relatórios da Rádio de Praga e uma contestação ridicularizadora do Ministério do Exterior.

Finalmente, Smiley disse:

— Você depois foi para o Sul da França?

— Lá passei dois meses encantadores.

— Alguém o interrogou novamente, acerca de Control, por exemplo?

— Só quando voltei. Então você se encontrava fora, e Control estava doente, no hospital. — A voz de Sam tornou-se um pouco mais grave ao indagar: — Ele nada fez que fosse idiota, fez?

— Ele morreu. Foi só isso. O que aconteceu?

— Percy era o chefe interino. Ele me chamou e quis saber por que eu tinha substituído Mastermann e que comunicações havia tido com Control. Eu me agarrei à minha história e Percy me chamou de mentiroso.

— Então foi por isso que o mandaram embora. Por haver mentido?

— Foi por alcoolismo. Os porteiros se vingaram um pouco de mim. Contaram seis latas de cerveja na cesta de papéis no covil do encarregado do dia e comunicaram o fato às secretárias. Há uma ordem permanente: não se embriagar no local de trabalho. Transcorrido o devido tempo, uma comissão disciplinar me considerou culpado de atear fogo nas docas da Rainha, e por esse motivo fui encostado. O que aconteceu com você?

— Mais ou menos a mesma coisa. Parece que não consegui convencê-los de que não estava envolvido no caso.

E enquanto acompanhava Smiley, transpondo uma porta lateral e levando-o até um bonito conjunto de edifícios de apartamentos, Sam acrescentou:

— Bem, se você quiser que eu corte o pescoço de alguém, ligue para mim. Se você quiser — continuou Sam, mergulhado em seus pensamentos —, traga algum dos elegantes amigos de Ann.

— Escute, Sam — disse Smiley. — Bill estava fazendo amor com Ann naquela noite. Você telefonou para ele, e Ann lhe disse que Bill não estava com ela. Logo que desligou o telefone, tirou Bill da cama e ele apareceu no

Circus uma hora depois, já sabendo que alguém tinha levado uns tiros na Tchecoslováquia. Se você estivesse me contando a história num cartão-postal, o que diria?

— Mais ou menos a mesma coisa.

— Mas você não contou a Ann o caso da Tchecoslováquia quando telefonou para ela?

— Bill parou no clube, a caminho do Circus.

— Se é que o clube estava aberto. Muito bem. Então por que ele não sabia que Jim Prideaux tinha levado uns tiros?

Sam parecia ter ficado velho de repente, à luz do dia, embora aquele arremedo de riso ainda tivesse estampado em seu rosto. Deu a impressão de que ia dizer alguma coisa e mudara de opinião. Tinha um jeito irritado e, em seguida, parecia novamente inibido, sem ter o que dizer. Afinal exclamou:

— Até a vista. Cuide-se. — E voltou à atividade noturna permanente da profissão que escolhera.

27

Quando Smiley saiu do Hotel Islay e se dirigiu para a praça Grosvenor, naquela manhã, as ruas tinham sido banhadas por um sol impiedoso e o céu estava azul. Mas enquanto ia guiando o Rover que havia alugado e passava pelas desgraciosas fachadas da Edgware Road, o vento cessara e o céu se tornara negro e coberto de nuvens que prometiam chuva. O que restava do sol era um tom avermelhado que se obstinava em permanecer sobre o asfalto. Smiley estacionou o carro na St. John's Wood Road, diante de um edifício de apartamentos em forma de torre, com uma varanda envidraçada. Não entrou por essa varanda. Passando diante de uma grande escultura que representava, segundo lhe pareceu, nada mais que uma perturbação cósmica, foi caminhando debaixo de uma fria garoa até uma escada externa que dava para um porão e onde se lia: "Saída." O primeiro lance da escada era revestido de pedaços irregulares de mármore e tinha um corrimão de madeira. Nos lances inferiores, desaparecera a generosidade do construtor. Uma argamassa rústica substituía o luxo anterior, e o mau cheiro, proveniente de lixo não retirado, impregnava o ar. O jeito de Smiley seria mais cauteloso que furtivo. Quando, porém, chegou junto a uma porta de ferro, parou antes de segurar com as duas mãos uma comprida maçaneta e retesou o corpo como se fosse enfrentar uma provação. A porta se abriu uns 30 centímetros e não foi adiante, batendo em alguma coisa, com um ruído surdo. Um brado de fúria se fez ouvir, reboando como um grito soltado numa piscina: "Por que não presta atenção?"

Smiley esgueirou-se através da abertura. A porta batera no para-choque de um automóvel muito brilhante, mas Smiley não olhou para ele. Do outro lado da garagem dois homens de macacão estavam lavando um Rolls-Royce com uma mangueira num boxe. Ambos olhavam em direção de Smiley.

— Por que o senhor não veio pelo outro caminho? — indagou a mesma voz irritada. — O senhor é inquilino deste edifício? Por que não usou o elevador dos inquilinos? Esta é a escada de incêndio.

Seria impossível dizer qual dos dois estava falando, mas quem quer que fosse tinha forte sotaque eslavo. A luz do boxe ficava por detrás deles. O mais baixo dos dois estava com a mangueira na mão.

Smiley adiantou-se, prestando atenção para não pôr as mãos nos bolsos. O homem que segurava a mangueira voltou ao seu trabalho, mas o mais alto continuou a observar Smiley na escuridão que reinava. Estava vestido com um macacão branco e tinha virado para cima as pontas da gola, o que lhe dava um ar petulante. Seus cabelos negros e bastos eram penteados para trás.

— Não sou um inquilino — admitiu Smiley. — Mas será que posso falar com alguma pessoa a respeito de alugar uma vaga? Meu nome é Carmichael! — explicou erguendo a voz. — Comprei um apartamento nesta rua. — Fez um gesto como se fosse tirar um cartão de visita; talvez seus documentos falassem mais alto que sua aparência insignificante. — Pagarei adiantado — prometeu. — Posso assinar um contrato, ou o que for necessário, sem dúvida. Gostaria que tudo fosse bem correto, naturalmente. Posso dar referências, fazer um depósito, tudo que for razoável. Desde que seja correto. É um Rover. Um carro novo. Não me quero valer dos serviços da Companhia porque não acredito nisso. Mas farei tudo mais que seja razoável. Trouxe o carro, mas não desejo me prevalecer disso. Bem, sei que isso há de parecer meio tolo, mas não gostei do aspecto da rampa. O carro é tão novo, o senhor compreende.

Durante toda essa longa declaração de seus propósitos, que Smiley fez com um ar de exagerada preocupação, ele permaneceu sob o foco de uma forte lâmpada que pendia de um caibro do teto. Parecia uma figura de suplicante, muito abjecta, assim poderia alguém ter pensado, facilmente visível através daquele espaço desimpedido. Sua atitude produziu efeito. Saindo do boxe, o homem de branco encaminhou-se para uma cabina envidraçada, construída entre duas colunas de ferro, e fez um sinal de cabeça — uma bela cabeça — para que Smiley o seguisse. Enquanto ia andando, tirou as luvas de couro, feitas a mão e bastante caras, dizendo:

— O senhor precisa usar o elevador, entende, ou talvez pagar duas libras. Usar elevador não pode criar nenhum problema.

— Max, quero falar com você — declarou Smiley logo que os dois entraram na cabine. — A sós. E longe daqui.

Max era corpulento e forte, tinha um rosto de menino, pálido, mas sua pele era sulcada de rugas, como a de um velho. Era um homem bonito e seus olhos tinham uma expressão muito tranquila. Todo ele tinha um ar de absoluta tranquilidade.

— Agora? Você quer conversar agora?

— No carro. Estou com um carro aí em frente. Se você for até o alto da rampa vai entrar direto nele.

Fazendo uma concha com a mão em redor da boca, Max gritou alguma coisa para o outro lado da garagem. Era uma cabeça mais alto que Smiley, e seu vozeirão ecoou como um tambor-mor. Smiley não conseguiu entender as palavras dele. Talvez fossem em tcheco. Não houve qualquer resposta, mas Max já estava desabotoando o macacão.

— É a respeito de Jim Prideaux — declarou Smiley.

— Eu sei — disse Max.

Foram até Hampstead e ficaram sentados no lustroso Rover, olhando para uns meninos que estavam quebrando o gelo de um lago. A chuva tinha passado, afinal. Talvez porque estivesse tão frio.

Max vestia um terno azul e uma camisa da mesma cor. A gravata era também azul, mas bem diferente dos outros tons: ele tivera muito cuidado para conseguir isso. Usava anéis nos dedos e calçava botas de aviador, com zíper dos lados.

— Não estou mais no Serviço. Disseram isso a você? — indagou Smiley.

Max deu de ombros.

— Pensei que tivessem lhe contado — acrescentou Smiley.

— Eles não me contam nada — declarou Max.

— Fui posto na rua — continuou Smiley. — Creio que mais ou menos na mesma ocasião em que você também foi.

Max deu a impressão de retesar o corpo ligeiramente, mas se acomodou de novo, dizendo:

— Isso é horrível, George. O que você fez: furtou dinheiro?

— Eu não quero que eles saibam, Max.

— Você é particular, eu também — disse Max, e ofereceu a Smiley um cigarro, que tirou de uma cigarreira de ouro, e foi recusado.

— Quero ouvir de você o que aconteceu — prosseguiu Smiley. — Quis descobrir tudo antes que me despedissem, mas não houve tempo.

— Por isso chutaram você?

— Talvez.

— Então você não sabe muita coisa, hein? — disse Max, olhando displicentemente para as crianças.

Smiley falava com muita simplicidade, sempre prestando atenção em Max, caso ele não o entendesse. Poderiam ter falado em alemão, mas Max não admitiria isso. Smiley sabia. Por isso falou em inglês e ficou observando a fisionomia de Max.

— Não sei de nada, Max. Não tomei parte na coisa, absolutamente. Estava em Berlim quando tudo aconteceu. Eu nada sabia a respeito do plano ou de seus antecedentes. Telegrafaram para mim, mas quando cheguei a Londres era tarde demais.

— Plano — repetiu Max. — Houve um planejamento. — Seu queixo e seu rosto tornaram-se de repente uma só massa de rugas, e seus olhos apertaram-se numa careta ou num sorriso. — Então você agora tem muito tempo, hein, George? Meu Deus, houve um planejamento.

— Jim devia realizar um trabalho especial. Ele pediu sua ajuda.

— Sem dúvida, Jim pediu a Max para ser seu *baby-sitter*.

— Como ele arranjou você? Apareceu em Acton, falou com Toby Esterhase e disse: "Toby, eu preciso do Max." Como ele obteve sua ajuda?

As mãos de Max estavam apoiadas em seus joelhos. Eram tratadas e longas, com exceção dos nós dos dedos, muito grossos. Quando Smiley mencionou Esterhase, ele voltou as palmas das mãos para dentro e fez com elas uma concha como se tivesse apanhado uma borboleta.

— Que diabo! Por que tinha de ser assim?

— Então o que houve?

— Foi particular — disse Max. — Jim é particular. Eu sou particular. Como agora.

— Vamos adiante, por favor — disse Smiley.

Max falou como se fosse uma dificuldade qualquer: de família, negócios ou amor. Tinha sido numa segunda-feira, em meados de outubro. Sim, no dia 16. Era uma época de pouco trabalho. Ele não tinha viajado para o exterior durante várias semanas e estava muito chateado. Passara o dia inteiro fazendo uma operação de reconhecimento de uma casa em Bloomsbury onde moravam dois estudantes chineses, e os agentes estavam pensando em arrombar os quartos deles. Max estava prestes a voltar para Acton e escrever seu relatório quando Jim o apanhou na rua, num encontro de rotina, e o levou de carro até o Palácio de Cristal, onde ficaram sentados no carro e conversaram, como agora, só que falaram tcheco. Jim declarou que havia um trabalho especial em andamento, alguma coisa tão grande, tão secreta que mais ninguém no Circus, nem mesmo Toby Esterhase, poderia saber que aquilo estava acontecendo. Vinha lá de cima, do chefe, e era coisa espinhosa. Max estaria interessado?

— Eu disse: "Com certeza. Max está interessado." Então ele me orientou: "Peça uma licença. Vá procurar Toby e diga a ele: 'Toby, minha mãe está doente, preciso tirar uma licença.'" — Eu não tenho mãe. — "Certamente", eu disse. "Tirarei a licença. Quanto tempo, Jim, por favor?" "O trabalho não deve ir além de um fim de semana", disse Jim.

Eles deveriam começar no sábado e terminar no domingo. Em seguida, Jim perguntou a Max se ele tinha pessoas trabalhando para ele. Seria melhor que fossem austríacos e que tivessem carteira de motorista. Se Max não dispusesse de ninguém em Acton, ele, Jim, reuniria alguns homens em Brixton.

— Com certeza tenho — disse. — Hartmann e Rudi, de Linz, emigrado sudeto.

Então Max contou a Toby o caso de uma encrenca com uma garota, em Bradford, e Toby lhe pregou um sermão de dez minutos sobre os costumes sexuais dos ingleses. E na quinta-feira, Jim e Max encontraram-se numa casa de segurança que os caçadores de escalpos mantinham naquele tempo, uma casa velha e barulhenta, em Lambeth. Jim tinha levado as chaves. "Vai ser uma operação de três dias", repetiu Jim, uma reunião clandestina perto de Brno. Jim levara um grande mapa e eles o estudaram. Jim viajaria na qualidade de sueco, e Max na de austríaco. Iriam separadamente até Brno. Jim seguiria de avião, de Paris até Praga, e tomaria um trem nessa cidade. Não disse que documentos ele próprio levaria; Max presumiu que fossem tchecos, pois a outra *nacionalidade* de Jim era tcheca, e Max já tinha visto que ele a usara. Max seria um certo Hartmann, negociante de vidros e louça refratária. Deveria cruzar a fronteira da Áustria numa caminhonete, perto de Mikulov, depois dirigir-se para o norte até Brno, com tempo bastante para terem um encontro na noite de sábado, numa rua transversal que ficava perto do campo de futebol. Haveria um grande jogo naquela noite, que começaria às 19 horas. Jim viria caminhando junto com a multidão até a tal rua transversal e entraria na caminhonete. Eles combinaram as horas, os lugares de retirada e as outras contingências habituais. Além disso, declarou Max, conheciam de cor a maneira de agir um do outro.

Depois de saírem de Brno seguiriam juntos, no carro, pela estrada de Bilovice até Krtiny, onde dobrariam para leste, em direção a Racice. Em algum ponto na estrada de Racice passariam à esquerda de um carro preto, que estaria estacionado, provavelmente um Fiat. Os dois primeiros números da placa do carro seriam nove e nove. O motorista estaria lendo um jornal. Eles parariam a caminhonete, Max se aproximaria do homem e perguntaria se ele estava bem. O homem responderia que seu médico o proibira de dirigir mais de três horas seguidas. Max diria que as longas viagens de fato forçavam o coração. Então o motorista lhes indicaria onde poderiam estacionar a caminhonete e os levaria até o ponto de encontro, em seu próprio carro.

— Quem você iria encontrar, Max? Jim lhe disse também isso?

— Não. Jim só me falara aquilo. Até Brno — declarou Max — as coisas correram bem parecidas com o que havia sido planejado.

Quando iam de carro, de Mikulov, foram seguidos durante algum tempo por dois motociclistas civis, que se revezavam de dez em dez minutos. Max atribuiu aquilo ao número da placa do carro, que era austríaca, e não se preocupou. Chegou facilmente em Brno pelas três horas da tarde e, para fazer as coisas como deveriam ser feitas, registrou-se num hotel e tomou dois cafés no restaurante. Um indivíduo se aproximou dele, e Max conversou com o homem sobre as vicissitudes do comércio de vidros e acerca de sua pequena, de Linz, que fugira com um americano. Jim não compareceu ao primeiro encontro, mas foi até o ponto de retirada uma hora depois. Max a princípio imaginou que o trem estivesse atrasado, mas Jim limitou-se a dizer: "Dirija devagar", e Max soube então que estava havendo algum problema.

A coisa seria assim, disse Jim. Tinha havido uma alteração no plano. Max teria de ficar de fora. Deixaria Jim perto do ponto de encontro, depois permaneceria em Brno até a manhã de segunda-feira. Não deveria entrar em contato com nenhuma das ligações do Circus: com ninguém da Operação Agravar, nem da Operação Platão, e muito menos com a residência de Praga. Se Jim não desse as caras no hotel até as 8 horas da manhã de segunda-feira, Max deveria ir embora da maneira que pudesse. Se Jim aparecesse, a tarefa de Max seria levar uma mensagem de Jim para Control: a mensagem poderia ser muito simples, talvez não tivesse mais de uma palavra. Quando chegasse a Londres, deveria procurar Control pessoalmente, marcar um encontro com ele por intermédio de MacFadean e entregar-lhe a mensagem. Estava entendido? Se Jim não aparecesse, Max voltaria à sua vida de costume, no mesmo lugar, e negaria tudo, no Circus ou fora dele.

— Jim disse por que o plano havia sido modificado?

— Ele estava preocupado.

— Então alguma coisa tinha acontecido com ele quando se dirigia a seu encontro?

— Talvez. Eu disse a Jim: "Escute, Jim. Eu vim com você. Você está preocupado. Sou seu *baby-sitter*, dirijo o carro para você, mando bala por você, que diabo?" Jim ficou furioso, entendeu?

— Entendi — declarou Smiley.

Eles foram de carro até a estrada de Racice e encontraram um automóvel parado, de luzes apagadas, diante de um caminho que cortava um campo. Era um Fiat preto, com os algarismos nove e nove em sua chapa. Max parou a caminhonete e Jim desceu. Quando Jim se encaminhou em direção ao Fiat, o motorista abriu um pouco a porta para acender a luz. Estava com um jornal aberto sobre o volante.

— Você conseguiu ver o rosto dele?

— Estava na sombra.

Max ficou à espera. Os dois homens presumivelmente trocaram as palavras do código, Jim saiu do carro e este se afastou, ainda com as luzes apagadas. Max voltou para Brno. Estava sentado, tomando aguardente no restaurante, quando a cidade inteira começou a retumbar. Ele pensou a princípio que o fragor proviesse do estádio de futebol, mas percebeu depois que era causado por caminhões, um comboio que corria em disparada pela estrada afora. Perguntou à garçonete o que estava acontecendo e ela disse que tinham sido disparados tiros na floresta e que os contrarrevolucionários eram os responsáveis por aquilo. Ele saiu, dirigiu-se à caminhonete, ligou o rádio e ouviu o comunicado de Praga. Foi a primeira vez que ouviu falar num general. Calculou que houvesse barreiras em toda parte e, de qualquer maneira, recebera instruções de Jim para que permanecesse no hotel até a manhã de segunda-feira.

— Talvez Jim enviasse a mensagem. Talvez alguém da resistência viesse me procurar.

— Trazendo aquela única palavra? — comentou Smiley num tom tranquilo.

— Sem dúvida.

— Ele não disse que espécie de palavra era?

— Você está maluco — declarou Max. — Seria uma palavra afirmativa ou uma pergunta.

— Palavra tcheca, inglesa ou alemã?

— Não veio palavra de espécie alguma — disse Max, sem se preocupar em responder perguntas tolas.

Na segunda-feira ele queimou o passaporte com que entrara no país, mudou a placa da caminhonete e usou seu passaporte alemão com o qual deveria escapar. Em vez de dirigir-se para o sul, foi para o sudoeste, abandonou a caminhonete e atravessou a fronteira de ônibus rumo a Freistadt, pela rota mais fácil que conhecia. Em Freistadt tomou um drinque e passou a noite com uma mulher porque estava perplexo e irritado e precisava acalmar os nervos. Seguiu para Londres na noite de terça-feira e, apesar das instruções de Jim, julgou ser melhor procurar estabelecer contato com Control: "Foi um bocado difícil", comentou ele.

Tentou telefonar, mas só conseguiu chegar até as matronas. MacFadean não se encontrava por lá. Pensou em escrever, mas lembrou-se da recomendação de Jim, de que mais ninguém do Circus deveria saber das coisas. Concluiu que seria muito perigoso escrever. Corria em Acton que Control estava doente. Ele procurou descobrir em que hospital Control estaria internado, mas não conseguiu.

— O pessoal de Acton parecia saber onde você tinha estado? — indagou Smiley.

— Não sei.

Max ainda estava pensando nisso quando as secretárias mandaram chamá-lo e pediram para ver o passaporte dele, emitido em nome de Rudi Hartmann. Max disse que o havia perdido. Por que não comunicara? Ele não soube dizer o motivo. Quando o tinha perdido? Não sabia. Quando tinha visto Jim pela última vez? Não se lembrava. Max foi despachado para a

Nursery de Sarratt, mas teve uma crise de irritação e, ao cabo de dois ou três dias, os homens que o interrogaram cansaram-se dele ou alguém os chamou.

— Voltei para Acton. Toby Esterhase me deu 100 libras e mandou que eu fosse para o inferno.

Ouviram-se exclamações de aplauso junto ao lago. Dois meninos tinham afundado uma grande placa de gelo e a água estava borbulhando do buraco.

— O que aconteceu com Jim, Max?

— Que diabo você quer saber?

— Vocês ouvem falar nessas coisas. Circulam entre os emigrados. O que aconteceu com ele? Quem tratou dele? Como Bill Haydon conseguiu comprar a volta de Jim à Inglaterra?

— Os emigrados não falam. Nem Max.

— Mas você ouviu falar nisso, não ouviu?

Dessa vez aquelas mãos brancas disseram tudo a Smiley. Ele viu que Max abriu os dedos, cinco de uma das mãos e três da outra. E começou a sentir-se mal antes de Max falar.

— Atiraram em Jim pelas costas. Talvez Jim estivesse fugindo, ou que diabo aconteceu? Puseram Jim na prisão. Não foi nada bom para ele. Nem para meus amigos. Nada bom. — E Max começou a fazer as contas: — Pribyl — segurando o polegar. — Bukova Mirek, irmão da mulher de Pribyl — agora segurando um dedo. — Também a mulher de Pribyl. — Pegando num segundo dedo e num terceiro. — Kolin Jiri, também a irmã dele. Mortos. Eram da rede Agravar. — Max mudou de mão, continuando: — Depois da rede Agravar veio a rede Platão. O advogado Rapotin, o coronel Landkron e as datilógrafas Eva Krieglova e Hanka Bilova. Também mortos. Foi um preço muito alto, George — acrescentou Max, erguendo os dedos bem perto do rosto de Smiley. — Foi um preço desgraçadamente alto para um inglês com um buraco de bala. — Max tinha perdido a calma. — Por que você se preocupa com isso, George? O Circus não é nada bom para a Tchecoslováquia. Os aliados não são nada bons para a Tchecoslováquia. Nenhum sujeito rico tira um pobre da cadeia! Você quer saber de uma história? Como se diz *Märchen*, por favor, George?

— Conto de fadas — declarou Smiley.

— Bem, não me conte nenhum outro conto de fadas sobre como os ingleses conseguiram salvar a Tchecoslováquia!

— Talvez não tenha sido Jim — disse Smiley após um longo silêncio. — Talvez alguma outra pessoa tenha entregado as redes. Não foi Jim.

Max já estava abrindo a porta do carro, e indagou:

— Que diabo foi aquilo?

— Max — insistiu Smiley.

— Não se preocupe, George. Não tenho nada para lhe vender. Certo?

— Certo.

Ainda sentado no carro, Smiley ficou observando Max, que acenava para um táxi. Ele fez um brusco gesto com a mão, como se estivesse chamando um garçom. Deu o endereço ao chofer sem se preocupar em olhar para o homem. E se foi, novamente sentado de um jeito muito teso, olhando para a frente como faz a realeza que não toma conhecimento da multidão.

Quando o táxi desapareceu, o inspetor Mendel levantou-se lentamente do banco, dobrou seu jornal e encaminhou-se para o Rover, dizendo:

— Você está limpo, Smiley. Nada sobre seus ombros, nada em sua consciência.

Não tendo tanta certeza disso, Smiley entregou-lhe as chaves do carro e dirigiu-se para a parada do ônibus, atravessando a estrada, pois desejava ir na direção oeste.

28

Seu destino era uma adega no térreo, na Fleet Street, cheia de tonéis de vinho. Em outras zonas da cidade, 15h30 seria considerada uma hora um pouco tardia para um aperitivo antes do almoço, mas Smiley empurrou brandamente a porta, enquanto algumas pessoas, que se achavam à sombra, voltaram seus olhares para ele, do bar. E numa mesa de canto, tão despercebida como as arcadas de prisão feitas de plástico ou as imitações de mosquetes que pendiam das paredes da sala, estava sentado Jerry Westerby, diante de um imenso pink gin.

— Oh, meu velho! — exclamou Jerry Westerby timidamente, numa voz que parecia vir do chão. — Muito bem, Jimmy! — A mão dele segurava o braço de Smiley enquanto fazia, com a outra, um sinal, pedindo mais bebida. Era enorme e forrada de músculos, pois Jerry tinha sido guardião de um time de críquete do condado. Ao contrário dos outros guardiães, era um homenzarrão, mas seus ombros ainda eram curvados de tanto manter as mãos para baixo. Tinha uma cabeleira grisalha e amarelada, o rosto corado, usava uma famosa gravata de seu clube de esporte e uma camisa de seda creme. Ao ver Smiley, ficara muito alegre e estava rindo de satisfação.

— Ora, veja só! — repetiu ele. — Já se viu coisa mais surpreendente! O que você anda fazendo? — indagou Jim, arrastando Smiley para que este se sentasse a seu lado. — Tomando banho de sol no corpinho? Cuspindo para o teto? — Escute — tratava-se de uma pergunta muitíssimo urgente —, o que você vai tomar?

Smiley pediu um Bloody Mary.

— Mas que coincidência, Jerry — confessou Smiley. Houve uma breve pausa, que Jerry subitamente cuidou de interromper:

— Como vai sua encantadora mulher? Vai bem? Isso é o que se quer. Um dos grandes casamentos, o seu, eu sempre digo.

Jerry tinha se casado várias vezes, mas poucas lhe haviam dado alegria.

— Faço um trato com você, George — prosseguiu ele, inclinando um de seus largos ombros em direção a ele. — Vou buscar Ann e ficar cuspindo para o teto, e você fica com meu emprego e escreve o pingue-pongue das mulheres. Que tal? Benza-me Deus.

— Saúde — disse Smiley de bom humor.

— Não tenho visto muitos dos rapazes e moças há algum tempo, para falar a verdade — confessou Jerry meio contrafeito, enrubescendo de novo, inexplicavelmente. — Um cartão de Natal, do velho Toby, no ano passado, foi isso que me tocou. Acho que me puseram na geladeira. Não os censuro. — Jerry deu uma pancadinha na beira do copo. — Foi isto demais, a coisa foi essa. Eles pensam que eu dou com a língua nos dentes. Que eu me abro.

— Tenho certeza de que eles não pensam assim — declarou Smiley, e o silêncio caiu novamente sobre eles.

— Muita miçanga não serve para os bravos — cantou Jerry solenemente. Há vários anos ouviam aquela piada dos peles-vermelhas, lembrou-se Smiley com um aperto no coração.

— Saúde! — disse Jerry.

— Saúde! — repetiu Smiley. E os dois beberam um trago.

— Queimei sua carta logo que acabei de ler — prosseguiu Smiley, num tom de voz absolutamente tranquilo. — Caso você se preocupe com isso. Não falei com ninguém sobre ela. De qualquer maneira, eu a recebi tarde demais. Estava tudo acabado. — Diante dessas palavras, o rosto corado de Jerry ficou escarlate. — Por isso não foi a carta que você me escreveu que fez os homens o mandarem embora — continuou Smiley no mesmo tom de voz brando —, se era isso que você pensava. Afinal de contas, você me entregou a carta em mãos.

— Muito decente de sua parte — murmurou Jerry. — Obrigado. Eu não deveria ter escrito aquilo.

— Tolice — disse Smiley, pedindo mais dois drinques. — Você fez aquilo para o bem do Serviço.

Smiley teve a impressão de estar falando como Lacon, ao dizer aquelas palavras. Mas a única maneira de conversar com Jerry era falar como o jornal dele: frases curtas, opiniões complacentes.

Jerry soprou uma baforada de ar dos pulmões, carregada de fumaça de cigarro. E lembrou, com um novo tom de jovialidade:

— A última tarefa aconteceu há um ano. Ou mais. Entregar uns pequenos pacotes em Budapeste. Realmente não foi nada. Na cabine telefônica. A saliência no lado de cima. Levantar a mão. A esquerda. Brincadeira de criança. Você não vai pensar que eu errei alguma coisa. Estudei primeiro. Sinais de segurança. "Cabine pronta para ser esvaziada. Sirva-se." Do jeito que eles ensinam a gente, você compreende. Vocês ainda sabem melhor as coisas, não é mesmo? Vocês são os crânios. Cada um deve cumprir sua pequena tarefa. Não é capaz de mais que isso. Tudo faz parte de um todo. Planejado.

— Qualquer dia desses eles vão estar batendo à sua porta — declarou Smiley num tom de consolo. — Espero que estejam lhe dando um descanso por uma temporada. Eles fazem isso, você sabe.

— Espero que sim — declarou Jerry, com um sorriso franco e humilde. Seu copo tremeu um pouco, quando tomou mais um trago.

— Que viagem você fez imediatamente antes de me escrever? — indagou Smiley.

— Foi de fato a mesma viagem. Budapeste e depois Praga.

— E foi em Praga que você ouviu aquela história? A história a que você se referiu na carta?

No bar, um homem espalhafatoso, vestido de preto, predizia o colapso da nação. Dava três meses para isso, dizia ele, depois, tudo acabado.

— Tipo esquisito aquele Toby Esterhase — disse Jerry.

— Mas bom sujeito — declarou Smiley.

— Meu Deus, um veterano, e de primeira. Brilhante, na minha opinião. Mas esquisito, você sabe. Saúde! — Tornaram a beber, e Jerry Westerby espetou um dedo atrás da cabeça, imitando uma pena de índio apache.

"O problema", dizia o homem espalhafatoso do bar, sorvendo seu drinque, "é que nem vamos saber que isso aconteceu."

Decidiram almoçar imediatamente, porque Jerry precisava entregar sua crônica para a edição do dia seguinte. Foram a um restaurante especializado em pratos com caril, onde o gerente concordava em servir cerveja à hora do chá, e combinaram que se alguém viesse falar com eles Jerry apresentaria George como o gerente de seu banco, uma ideia que o divertiu várias vezes durante sua farta refeição. Havia música de fundo, que Jerry definiu como o voo nupcial do mosquito. A música às vezes ameaçava abafar as notas mais baixas de sua voz rouca, o que seria provavelmente coisa tão boa como ouvir aquela música. Durante algum tempo Smiley fez uma corajosa demonstração de entusiasmo diante do caril, e Jerry, após sua relutância inicial, foi induzido a contar uma história bem diferente acerca de um tal Jim Ellis. História que o velho e querido Toby Esterhase se recusara a permitir que ele levasse ao jornal.

Jerry Westerby era uma criatura extremamente rara, a testemunha perfeita. Não possuía a menor fantasia, a menor malícia, qualquer opinião pessoal. Apenas o seguinte: a coisa tinha sido esquisita. Ele não conseguia tirá-la da cabeça, e não havia falado com Toby desde então.

— Apenas aquele cartão, você compreende, "Feliz Natal, Toby", uma imagem da Leadenhall Street sob a neve. — Jerry ficou olhando para o ventilador, tomado de grande perplexidade. — Não há nada de especial a respeito da Leadenhall Street, não é isso, meu velho? Não há uma casa de espiões, um ponto de encontro, não é?

— Que eu saiba, não — declarou Smiley, rindo.

— Não consegui imaginar por que ele escolheu a Leadenhall Street para um cartão de Natal. Um bocado estranho, não acha?

— Talvez ele quisesse apenas mandar uma figura de Londres coberta de neve — sugeriu Smiley. Afinal de contas, Toby era bastante estrangeiro sob muitos aspectos.

— Jeito esquisito de se comunicar, isso eu lhe digo. Ele costumava me mandar uma caixa de uísque, regularmente, como o tique-taque de um relógio. — Jerry franziu o rosto e tomou um trago. — Não é pelo uísque, com isso não me importo — explicou com aquela perplexidade que frequentemente sombreava as visões mais importantes de sua vida. — Sempre compro meu próprio uísque. Mas quando uma pessoa está do lado de fora, acha que tudo tem uma significação, e os presentes são importantes por causa disso. Você percebe o que estou querendo dizer? — E Jerry prosseguiu: — Tinha sido há um ano, em dezembro. O Restaurante Sport, de Praga, era um pouco fora de mão para os jornalistas ocidentais. Quase todos se reuniam no Cosmo ou no Internacional, falando aos cochichos e conservando-se todos juntos porque andavam nervosos. Mas meu ponto era o Sport, e desde o dia em que levei lá o goleiro Holotek, depois da vitória do jogo contra o Tartars, consegui tudo do homem do bar, que se chamava Stanislaus ou Stan. Stan é um perfeito príncipe. Só faz o que quer. Leva-nos a pensar, repentinamente, que a Tchecoslováquia é um país livre.

Restaurante, explicou Jerry, significava bar. Ao passo que bar, na Tchecoslováquia queria dizer *nightclub*, o que era esquisito. Smiley concordou que aquilo devia causar confusão.

Mas Jerry sempre ficava atento quando ia lá. Afinal de contas, era a Tchecoslováquia, e uma ou duas vezes ele conseguiu levar uma pequena informação a Toby ou colocá-lo no rastro de alguma pessoa.

— Ainda que fosse apenas uma questão de troca de moeda, ou coisas do mercado negro. Tudo era útil, na opinião de Toby. Essas pequenas informações se iam acumulando, era o que Toby dizia.

— É isso mesmo — admitiu Smiley. — A coisa funcionava assim.

— Toby era o crânio, não é?

— Sem dúvida.

— Eu costumava trabalhar diretamente com Roy Bland, você compreende. Depois Roy foi levado para o último andar e Toby tomou conta de mim. De fato as coisas ficaram um pouco instáveis. Mudanças. Saúde.

— Há quanto tempo você estava trabalhando para Toby quando houve aquela viagem?

— Uns dois anos, não mais que isso.

Houve uma pausa enquanto vieram os pratos e os canecos foram novamente cheios. E Jerry Westerby, com aquelas mãos enormes, espalhou um pouco de farinha de lentilhas no prato de caril mais quente do cardápio, e depois, um molho vermelho por cima de tudo. O molho, disse ele, era para tornar o prato mais picante. E explicou: "O velho faz esse molho especialmente para mim. Guarda o troço bem escondido."

E Jerry prosseguiu dizendo que naquela noite havia um jovem com um corte de cabelo que parecia uma taça de pudim invertida, de braço dado com uma garota bonita. E Jerry pensou:

— Fique de olho, Jerry, aquilo é corte de cabelo do Exército. Não é isso, Smiley?

— Isso mesmo — repetiu Smiley, pensando que Jerry de certo modo também era um crânio.

O fato é que o rapaz era sobrinho de Stan, e tinha muito orgulho de seu inglês. Jerry acrescentou:

— É surpreendente o que as pessoas nos contam, se lhes dermos uma oportunidade de exibir seus conhecimentos linguísticos.

O rapaz estava em licença do Exército e se apaixonara por aquela pequena. Tinha oito dias pela frente e o mundo inteiro era amigo dele, Jerry incluído. De fato, Jerry era um amigo muito especial, porque estava pagando a bebida.

— Estávamos sentados, bem escondidos, naquela mesa grande, no canto da sala: estudantes, garotas bonitas, toda uma cambada. O velho Stan tinha vindo do bar, e um rapaz estava dando um bom recado, tocando uma sanfona. Era um fartão de *Gemütlichkeit*, uma bebedeira só, e um barulho dos diabos.

O barulho tinha uma importância especial, explicou Jerry, porque permitia que ele conversasse com o rapaz sem que ninguém prestasse atenção. O rapaz estava sentado ao lado de Jerry: tinha gostado dele desde o começo. Estava com um braço passado em torno da garota e o outro em torno de Jerry.

— Era um desses camaradas que podem tocar na gente sem que a gente fique arrepiado. Em geral eu não gosto que ponham a mão em mim. Os gregos fazem isso. Detesto essa coisa, pessoalmente.

Smiley declarou que também detestava aquilo.

— Cheguei a pensar que a moça era um pouco parecida com Ann — continuou Jerry. — Maliciosa, você entende o que quero dizer? Uns olhos de Greta Garbo, muito atraente.

Enquanto todos estavam cantando, bebendo e se beijando, o rapaz perguntou a Jerry se ele gostaria de saber a verdade sobre Jim Ellis.

— Fiz de conta que nunca tinha ouvido falar nele — explicou Jerry a Smiley. — E disse: "Eu gostaria muito de saber." E continuei: "Quem é esse Jim Ellis quando está no país dele?" O rapaz olhou para mim como se eu fosse um idiota, e disse: "É um espião inglês." Ninguém mais nos ouviu. Estavam todos gritando e cantando músicas maliciosas. A cabeça da garota estava deitada sobre o ombro dele, mas a menina estava meio apagada, no sétimo céu. Por isso ele continuou a conversar comigo, orgulhoso do seu inglês, você compreende.

— Estou entendendo — disse Smiley.

— Um espião inglês — prosseguiu Jerry. — E o rapaz falou em altos brados, no meu ouvido: "Tinha lutado ao lado dos patriotas tchecos, durante a guerra. Veio para cá se dando o nome de Hajek e levou tiros da polícia secreta russa." Dei de ombros e disse apenas: "Isso é novidade para mim." Sem forçar, você compreende. Nunca se deve forçar a mão. Isso espanta as pessoas.

— Você tem toda a razão — declarou Smiley sinceramente. E durante um intervalo, desviou pacientemente outras perguntas acerca de Ann, e o que significava amar, amar realmente outra pessoa por toda a vida.

"Sou um recruta", começou o rapaz, segundo as palavras de Jerry Westerby. "Tenho de servir no Exército, do contrário não posso entrar para a Universidade." Em outubro o rapaz estava participando de manobras de treinamento básico nas florestas perto de Brno. Sempre havia muitos soldados nessa floresta. No verão, toda a área permanecia fechada ao público durante um mês. Ele estava fazendo um exercício de infantaria muito chato, que deveria levar duas semanas, mas, no terceiro dia, foi cancelado sem qualquer motivo, e a tropa recebeu ordem de voltar para a cidade. A ordem era a seguinte: arrumar as tralhas e voltar para o quartel. A floresta inteira deveria ficar desimpedida até o anoitecer.

— Dentro de algumas horas, começaram a circular todos os tipos de boatos sem pé nem cabeça — prosseguiu Jerry. — Alguns disseram que o centro de pesquisas balísticas de Tisnov tinha voado pelos ares. Outros afirmaram que batalhões de recrutas que estavam em treinamento se haviam amotinado e estavam atirando nos soldados russos. Novos levantes em Praga, os russos tinham assumido o governo, os alemães haviam atacado, só Deus saberia o que acontecera. Você sabe como são os soldados. A mesma coisa em toda parte. Ficam tagarelando até o amanhecer do dia.

A referência ao movimento de tropas levou Jerry Westerby a perguntar por alguns conhecidos que ele tinha, de seus tempos de quartel, pessoas que Smiley conhecera vagamente, e das quais já se esquecera. Finalmente, Jerry recomeçou a falar no assunto:

— Eles levantaram acampamento, amontoaram-se nos caminhões e ficaram sentados, esperando que o comboio começasse a mover-se. Tinham feito meio quilômetro quando pararam novamente e o comboio recebeu ordem de sair da estrada. Os caminhões tiveram de meter-se entre as árvores. Ficaram atolados na lama, nas valas, em não sei mais o quê. Parecia o caos.

— Eram os russos — prosseguiu Westerby. — Estavam chegando da direção de Brno, muito apressados. E tudo quanto fosse tcheco teve de sair da frente ou sofrer as consequências. Primeiro, veio um grande número de motocicletas, rasgando a pista com seus faróis acesos, e os motoristas a gritar para os tchecos. Em seguida passou um carro do Estado-Maior e vários civis. O rapaz identificou seis civis ao todo. Depois, vieram dois caminhões transportando tropa especial, armada até os dentes. Finalmente, chegou um caminhão cheio de cães policiais. Tudo aquilo fazendo o barulho mais infernal. Eu não estou chateando você, meu velho?

Westerby enxugou o suor do rosto com um lenço e pestanejou como alguém que estivesse recobrando os sentidos. O suor atravessara sua camisa, que parecia ter apanhado uma chuvarada. Como o caril não era coisa de que gostasse, Smiley pedira mais dois canecos para tirar o gosto da comida.

— Essa foi a primeira parte da história — continuou. — As tropas tchecas saíram, e as tropas russas chegaram. Você percebeu?

Smiley disse que sim, e pensou que havia até então compreendido tudo.

De volta a Brno, porém, o rapaz logo soube que a parte que cabia a sua unidade naquela ação não estava terminada. Ao seu comboio veio juntar-se outro e, na noite seguinte, durante oito ou dez horas, eles ficaram rodando pelo campo sem destino aparente. Dirigiram-se para oeste até Trebic, ali ficaram aguardando até que a seção de rádio completou uma longa transmissão; em seguida, retrocederam para sudeste chegando quase a Znojmo, na fronteira austríaca, transmitindo mensagens como loucos, enquanto prosseguiam. Ninguém sabia quem havia ordenado aquela rota, ninguém explicou coisa alguma. A certa altura, receberam ordem de calar baionetas, mais tarde receberam instruções para acampar e, em seguida, juntaram novamente todo seu equipamento e seguiram adiante. Em vários pontos encontraram outras unidades: perto dos pátios de manobras de Breclav viram tanques deslocando-se em movimentos circulares, e dois canhões montados sobre automotrizes, em trilhos previamente colocados. Por toda parte a história era a mesma. Uma atividade caótica, sem propósito. Os veteranos diziam que aquilo era um castigo dos russos por eles serem tchecos. De retorno a Brno novamente, o rapaz ouviu explicações diferentes. Os russos estavam à procura de um inglês, chamado Hajek. Ele estivera espionando um centro de pesquisas e havia tentado raptar um general. Os russos tinham atirado nele.

— Então o rapaz perguntou — disse Jerry. — Diabo de rapaz atrevido! Perguntou ao seu sargento o seguinte: "Se Hajek já tinha levado tiros, por que temos de ficar rodando pelo campo, fazendo um barulho desses?" E o sargento respondeu: "Porque isso é o Exército." Os sargentos são iguais no mundo inteiro, não é mesmo?

Smiley indagou, com muita calma:

— Estamos falando sobre duas noites, Jerry. Em que noite os russos entraram na floresta?

Jerry franziu o rosto, perplexo:

— Isso é o que o rapaz queria me dizer, George. Isso é que ele estava tentando explicar, no bar de Stan. Quais eram os boatos. Os russos vieram na sexta-feira. Só atiraram em Hajek no sábado. Por isso os rapazes estavam comentando. A história foi a seguinte: os russos estavam à espera de que Hajek aparecesse. Sabiam que ele viria. Sabiam da coisa. Ficaram à espera. Uma história feia, está compreendendo? Ruim para nossa reputação, você me entende? Ruim para o chefão. Ruim para nossa tribo. *Viva!*

— Saúde — disse Smiley, com a cara enfiada em sua cerveja.

— Foi o que Toby também achou, repare nisso. Vimos a coisa no mesmo dia, mas apenas reagimos de maneira diferente.

— Então você contou tudo a Toby — disse Smiley num tom despreocupado, passando a Jerry um grande prato de ervilhas. — De qualquer maneira, você precisava vê-lo e dizer-lhe que tinha deixado o pacote em Budapeste para ele. Por isso você lhe contou também a história de Hajek.

— Foi exatamente isso — disse Jerry. Isso foi o que o tinha preocupado, aquela coisa esquisita, a coisa que de fato o levara a escrever a George. — O velho Toby disse que aquilo era bobagem. Ficou todo irritado. Primeiro, foi um veludo, bateu em minhas costas e disse que eu era o tal. Voltou para o escritório dele e, na manhã seguinte, soltou os cachorros em cima de mim. Uma reunião de emergência. Rodou comigo de carro pelo parque, esbravejando que aquilo era um assassinato pelas costas. E disse que eu andava tão tonto que não sabia distinguir a realidade da ficção. Todo esse tipo de coisa. Ele de fato me fez ficar um bocado furioso.

— Espero que você tenha ficado imaginando com quem ele havia conversado entre um encontro e o outro — disse Smiley num tom compreensivo. — Mas o que ele disse *exatamente*? — indagou, não de maneira veemente, mas como se apenas quisesse que tudo ficasse perfeitamente claro em seu espírito.

— Ele disse que quase com certeza eu era cúmplice daquilo. O rapaz era um agente provocador. Tinha feito um trabalho de sapa para fazer com que o Circus quisesse morder a própria cauda. Puxou minhas orelhas porque eu estava espalhando boatos sem fundamento. Eu disse a ele, George: "Toby, meu velho. Eu estava apenas fazendo um relatório. Você não precisa esquentar a cabeça. Ontem você pensou que eu era o tal. Não adianta fazer meia-volta e dar um tiro em seu mensageiro. Se você decidiu que não gostou da história, isso é com você." Eu não queria ouvir mais nada, está me entendendo? Ilógico, foi o que pensei. Um indivíduo daquela espécie. Fervendo, e gelado um minuto depois. Não foi o melhor desempenho dele; entende o que quero dizer? — Jerry esfregou a fronte com a mão esquerda, como um menino de escola fingindo estar refletindo. — "Está certo," eu disse a ele, "esqueça tudo. Vou escrever a história para o meu pasquim. Não aquela parte de os russos terem chegado primeiro. A outra parte: *Trabalho Sujo na Floresta*. Um troço dessa natureza." Eu disse a Toby: "Se a história não serve para o Circus, servirá para meu jornaleco." Ele subiu pelas paredes outra vez. No dia seguinte, algum crânio telefonou para o velho Toby. Conserve essa besta do Westerby afastado da história do Ellis. Esfregue o focinho dele no aviso de que está despedido. Advertência formal: "Qualquer outra referência a Jim Ellis, ou seja, Hajek, é contrária aos interesses nacionais. Ponha isso de lado." E eu voltei para o pingue-pongue das mulheres. Saúde!

— Mas nessa ocasião você me escreveu — lembrou Smiley.

Jerry Westerby enrubesceu fortemente:

— Lamento muito — disse ele. — Fiquei inteiramente xenófobo e cheio de suspeitas. Isso é porque a gente vive por fora: não confia nos melhores amigos. Pensei apenas que o velho Toby estava ficando meio destrambelhado. Eu não deveria ter feito aquilo, não é mesmo? Contra o regulamento. — Em meio a seu embaraço, Jerry conseguiu dar um sorriso penoso. — Depois ouvi dizer, em segredo, que a firma tinha dado o bilhete azul a você, por isso me senti um idiota ainda maior. Você não está caçando sozinho, meu velho, ou está? Não...

Jerry não chegou a formular a pergunta, mas talvez ela não tenha ficado sem resposta.

No momento em que se despediram, Smiley segurou Jerry pelo braço, brandamente:

— Se Toby entrar em contato com você, acho melhor não dizer que nos encontramos hoje. Ele é um bom sujeito, mas de fato tem uma certa tendência para pensar que as pessoas estão conspirando contra ele.

— Eu jamais pensaria em contar alguma coisa a ele, meu velho.

— E se ele de fato entrar em contato com você nesses próximos dias — continuou Smiley —, será uma remota possibilidade, você me avise. Então poderei lhe dar apoio. Não ligue para o *meu* telefone, lembre-se disso, mas para este.

Subitamente Jerry Westerby mostrou-se apressado: a crônica para a edição do dia seguinte não podia esperar. Mas quando pegou o cartão de Smiley indagou, olhando embaraçadamente para um ponto qualquer:

— Não estará acontecendo alguma coisa errada lá no Circus, meu velho? Não há nenhum trabalho sujo pelas encruzilhadas, espero. A tribo não está brigando ou qualquer coisa dessa natureza?

O esgar de riso de Jim era terrível. Smiley riu-se e descansou levemente a mão no enorme ombro meio corcunda de Jerry.

— Estou aqui sempre às ordens — disse Westerby.

— Eu me lembrarei disso.

— Pensei que tivesse sido você, está me entendendo? Que você tivesse telefonado para o velho Toby.

— Eu não.

— Talvez tenha sido Alleline.

— Eu acho que foi ele.

— Estou sempre às ordens — repetiu Westerby. — Sinto muito. — E acrescentou, de um jeito hesitante: — Lembranças para Ann.

— Vamos, Jerry, desembuche — disse Smiley.

— Toby me falou numa história sobre ela. Eu disse a ele que enfiasse a viola no saco. Não há nada, eu espero.

— Obrigado, Jerry. Até a vista. Saúde!

— Eu sabia que não havia nada — disse Jerry, muito satisfeito. E levantando um dedo para fazer de conta que era uma pena de índio apache, encaminhou-se para sua reserva.

29

Naquela noite, no Hotel Islay, sozinho na cama e sem poder dormir, Smiley tomou novamente a pasta de arquivo que Lacon lhe entregara na casa de Mendel. Referia-se à segunda metade dos anos 1950, quando o Circus, como outros departamentos de Whitehall, estava sendo pressionado pela competição para que investigasse seriamente a lealdade de seu pessoal. Quase todos os registros eram de rotina: telefonemas interceptados, relatórios sobre operações de vigilância, intermináveis entrevistas com professores universitários, amigos e pessoas recomendadas. Um documento, porém, atraiu a atenção de Smiley como se fosse um ímã: ele não conseguia dele obter algo que o satisfizesse. Era uma carta, registrada simplesmente no índice como sendo "De Haydon a Fanshawe, 3 de fevereiro de 1937". Mais precisamente, uma carta manuscrita, do estudante Bill Haydon para seu tutor, Fanshawe, um descobridor de talentos ligado ao Circus, na qual Haydon apresentava o jovem Jim Pridlaux como um candidato que tinha qualificações para ser recrutado pelo Serviço de Informações britânico. A carta era precedida por uma oblíqua *explication de texte*. Os Optimates eram um "clube do Colégio de Christ Church, gente da elite social, principalmente antigos alunos de Eton", escrevia o autor desconhecido. Fanshawe (P. R. de T. Fanshawe, membro da Legião de Honra, portador da comenda da Ordem do Império Britânico, Dados Pessoais etc.) havia sido o fundador desse clube, e Haydon (um número infinito de referências cruzadas) era, naquele ano, a figura principal do clube. A feição política de Os Optimates — o pai de Haydon também pertencera a esse grupo, no seu tempo — era abertamente conservadora. Fanshawe, que já estava morto há muitos anos, era um apaixonado defensor do Império, e Os Optimates constituíam seu grupo particular, devotado à seleção de "talentos para a Grande Aventura", dizia o prefácio. Era bastante curioso que Smiley se lembrasse vagamente de Fanshawe, no seu tempo de estudante: um homem franzino e cheio de vivacidade, que usava óculos sem aro, um guarda-chuva à Neville Chamberlain, e que tinha um rubor fora do comum, como se ainda lhe estivessem nascendo os primeiros dentes. Steed-Asprey o chamava de sua fada-madrinha.

"Meu caro Fan. Sugiro que você se ponha em campo e faça algumas investigações a respeito do jovem cujo nome se acha no fragmento anexo." (Nota supérflua dos encarregados dos interrogatórios: Prideaux.) "Você provavelmente conhece Jim — se é que de fato o conhece —, é um *athleticus* que já conquistou alguns triunfos. O que você não sabe, mas precisa saber, é que ele não é um linguista vulgar, nem um completo idiota..."

(Seguia-se um resumo biográfico de surpreendente exatidão: ... Liceu Lakanal, de Paris, inscrito em Eton, jamais foi para lá, externato dos jesuítas, em Praga, dois semestres em Estrasburgo, os pais pertencem à classe dos banqueiros europeus, pequena aristocracia, vivem separados...)

"Disso decorre a grande familiaridade de Jim com as coisas estrangeiras, e seu ar de não ter país, que eu considero irresistível. A propósito: embora ele seja constituído de todos os diversos fragmentos da Europa, não se engane: a versão final é devotadamente a nossa. Atualmente ele anda um pouco contestador e perplexo porque acabou de reparar que existe um mundo para além da linha lateral do rúgbi, e esse mundo sou eu.

"Mas primeiro você precisa saber como o conheci.

"Como você sabe, é meu hábito (por sua ordem) vestir de vez em quando roupas de árabe e ir aos bazares, ficando lá sentado entre os grandes *que não se lavam* e prestar atenção à palavra de seus profetas, para que eu possa, no devido momento, confundi-los. O intelectual *en vogue* naquela noite viera do âmago da própria Mãe Rússia: um certo acadêmico Khlebnikov, então ligado à Embaixada Soviética em Londres, homem miúdo e de humor contagiante, divertido, que conseguia dizer certas coisas de espírito em meio às tolices habituais. O bazar em questão era um clube de debates de nome Populares, nosso rival, meu caro Fan, e bem conhecido seu por causa de outras incursões que eu por vezes nele realizei. Depois do sermão, foi servido um café desvairadamente proletário, acompanhado de bolinhos terrivelmente democráticos. Reparei num homenzarrão que estava sentado sozinho, no fundo da sala, parecendo excessivamente tímido para misturar-se aos demais. A fisionomia dele era-me um tanto familiar no campo de críquete. Acontece que nós dois jogávamos no mesmo time, sem trocar palavra um com o outro. Não sei bem como descrevê-lo. Ele tem personalidade, Fan. Agora estou falando sério."

Nessa altura, a caligrafia, até então laboriosa, tornou-se desenvolta como se seu autor tivesse ganhado ímpeto:

"Ele possui aquela sólida tranquilidade que inspira confiança. É o que se diria, sem favor, uma pessoa que sabe o que quer. Uma dessas criaturas sagazes que lideram um grupo sem que ninguém repare nisso. Fan, você sabe como *representar* é difícil para mim. Você me advertiu sempre, advertiu-me intelectualmente que, se eu não conseguisse experimentar os perigos da vida, jamais conheceria seus mistérios. Mas Jim age por instinto... é funcional. Ele é a outra metade do meu ser. Nós dois juntos faríamos um homem maravilhoso, exceto que nenhum de nós sabe cantar. E ainda, Fan, você conhece aquilo que acontece quando uma pessoa simplesmente tem de sair em campo e encontrar alguém novo, senão o mundo morrerá dentro dela?"

A caligrafia tornava-se novamente caprichada.

"*Yavas Lagloo,* eu disse, o que sei significar, em russo, encontre comigo no depósito de lenha, ou coisa parecida. E ele respondeu: 'Olá, o que penso teria dito para o Arcanjo Gabriel se este estivesse passando por ali.'

"— Qual é seu dilema? — indaguei.

"— Não tenho nenhum — respondeu ele, depois de pensar durante uma hora.

"— Então o que você está fazendo aqui? Se você não tem um dilema, como entrou aqui?

"Ele deu um tranquilo sorriso e nos aproximamos do grande Khlebnikov, apertamos a mãozinha dele durante algum tempo e depois seguimos a pé para meus aposentos. Aí nós bebemos. E como bebemos. Fan, ele bebe tudo o que aparece. Ou talvez tenha feito isso, não me lembro. Veio a madrugada, e você sabe o que ele fez? Fomos andando solenemente até o parque, eu fiquei sentado num banco com um cronômetro na mão, ao passo que o grandão do Jim enfiou sua roupa de atleta e deu vinte voltas no parque. Vinte. Fiquei exausto.

"Podemos ir procurá-lo a qualquer hora. Ele só pede para ficar em minha companhia, ou na de meus perversos e divinos amigos. Em suma, ele me elegeu seu Mefistófeles e estou muito lisonjeado com essa cortesia. A propósito, ele é virgem, tem mais ou menos 2,5m de altura e foi feito pela mesma firma que construiu Stonehenge. Não fique alarmado."

A pasta novamente *secou*. Sentando-se na cama, Smiley virava suas páginas impacientemente, procurando alguma coisa mais forte. Os tutores dos dois afirmaram (vinte anos depois) ser inconcebível que as relações entre ambos fossem "mais do que puramente cordiais"... Nunca solicitaram o testemunho de Haydon... O tutor de Jim a ele se refere como sendo "intelectualmente onívoro após um longo período de fome" — e afasta qualquer sugestão de que fosse simpatizante dos vermelhos. O interrogatório que se realizou em Sarratt começou com longas desculpas, especialmente tendo em vista a soberba ficha de guerra de Jim. As respostas dele possuíam uma agradável sobriedade, após a extravagância da carta de Haydon. Um dos representantes do interrogatório estava presente, mas raramente sua voz foi ouvida. Não, Jim nunca mais se encontrara com Khlebnikov ou com qualquer pessoa que o representasse na qualidade de emissário seu... Não, nunca falara com ele, exceto naquela única oportunidade. Não, nunca tivera qualquer outro contato com comunistas ou com russos, naquela ocasião, nem conseguia se lembrar do nome de um só membro dos Populares...

Pergunta (de Alleline): Não acho que isso lhe tira o sono, ou tira?
Resposta: De fato, não (*risos*)

Sim, ele tinha sido sócio dos Populares, do mesmo modo que havia sido sócio do clube dramático de seu colégio, da Sociedade Filatélica, da Sociedade de Línguas Modernas, da União e da Sociedade Histórica, da Sociedade Ética e do Grupo de Estudos Rudolph Steiner... Era a maneira de assistir a conferências interessantes e de conhecer pessoas, especialmente isso. Não, nunca distribuíra literatura de esquerda, embora durante algum tempo houvesse assinado o *Soviet Weekly*... Não, nunca contribuíra para os cofres de qualquer partido político, em Oxford ou posteriormente. Na verdade nunca exercera o direito de voto... Um motivo que o levara a entrar para tantos clubes, em Oxford, era o fato de que, após uma educação desordenada, no exterior, ele não tinha contemporâneos ingleses dos seus dias de escola...

Nessa altura, os inquisidores estavam unanimemente a favor de Jim. Todos estavam a seu lado, contra aquele interrogatório e suas intromissões burocráticas.

Pergunta (Alleline): Por uma questão de interesse, desde que você esteve durante tanto tempo fora do país, você se importaria de nos dizer onde aprendeu a jogar críquete? (*risos*)
Resposta: Ah, de fato um tio meu tinha uma casa fora de Paris. Ele era doido por críquete. Tinha rede e todo o equipamento. Quando eu ia passar as férias lá, meu tio me treinava sem parar.

(Nota do inquisidor: Conde Henri de Sainte-Ivonne, dez. de 1941, PF. AF 64-7). Fim da entrevista. O representante do Serviço gostaria de convocar Haydon como testemunha, mas Haydon está fora do país e não pode ser chamado a depor. Adiado *sine die*...

Smiley estava quase dormindo quando leu o último registro da pasta do arquivo, nela atirado acidentalmente muito depois da aprovação formal de Jim, após aquele interrogatório. Era um recorte de certo jornal de Oxford, contendo uma crítica da exposição individual de Haydon, em junho de 1938, sob o título *Realista ou Surrealista? Uma Visão de Oxford.* Tendo reduzido a exposição a farrapos, o crítico assim terminou sua nota hilariante: "Sabemos que o ilustre Sr. James Prideaux afastou-se de seu críquete para ajudar a pendurar as telas. Teria procedido melhor, em nossa opinião, se tivesse permanecido na Banbury Road. Todavia, como seu papel de Dobbin das artes foi o único aspecto sincero de todo o acontecimento, talvez seria preferível não elevar demais nosso tom escarninho..."

Smiley começou a cochilar, com a cabeça cheia de uma porção de dúvidas, suspeitas e certezas. Pensou em Ann e, em meio ao cansaço, sentiu profunda ternura por ela, desejando muito proteger-lhe a fragilidade com sua própria fragilidade. Como se fosse um jovem, murmurou o nome dela em voz audível e imaginou que seu belo rosto estivesse inclinado para o dele, àquela meia-luz, ao passo que a Sra. Pope Graham bradava "isso é proibido" pelo buraco da fechadura. Pensou em Tarr e Irina, e refletiu inutilmente sobre o amor e a fidelidade. Pensou em Jim Prideaux e naquilo que reservava o dia de amanhã. Tinha consciência de um moderado sentimento de estar se aproximando do triunfo. Percorrera uma longa distância, navegara para diante e para trás. Amanhã, se tivesse sorte, poderia avistar a terra: uma pacífica e pequena ilha deserta, por exemplo. Algum lugar do qual Karla jamais tivesse ouvido falar. Só para ele e Ann. E adormeceu.

Terceira Parte

30

No mundo de Jim Prideaux, a quinta-feira havia transcorrido como qualquer outra, exceto que, por vezes, pela madrugada, a ferida de seu ombro começava a supurar, isso porque, ele assim julgou, tinha havido uma competição entre os alunos da escola na tarde de quarta-feira. Despertou por causa da dor e da corrente de ar em suas costas molhadas, por onde escorria o pus. Da outra vez que isso acontecera, Jim fora de carro ao Hospital Geral de Taunton, mas as enfermeiras olharam para ele e o jogaram na sala de emergência para que ficasse à espera de um certo doutor e lhe fosse feita uma radiografia. Por esse motivo Jim apanhou furtivamente suas roupas e se retirou. Estava farto de hospitais, farto de médicos. Hospitais ingleses, outros hospitais. Jim estava farto de todos eles. Davam à supuração o nome de vazamento.

Ele não conseguia alcançar a ferida para tratá-la. Mas, depois da última vez que ela começara a vazar, Jim cortara uns pedaços de linho, prendendo cordões em suas extremidades. Depois de colocá-los à mão e de ter preparado um remédio, aqueceu água, acrescentou-lhe um pouco de sal e tomou um banho de chuveiro improvisado, curvando-se para que suas costas recebessem o jato d'água. Embebeu o pano no remédio, colocou-o sobre as costas, amarrou-o na frente do corpo e deitou-se de bruços no beliche, com uma dose de vodca à mão. A dor melhorou e ele mergulhou numa sonolência. Mas sabia que se esse torpor o vencesse iria dormir o dia inteiro; por isso levou a garrafa de vodca para a janela e sentou-se à mesa, começando a corrigir os trabalhos de francês da Turma Cinco B, enquanto a aurora veio se esgueirando no Buracão e as gralhas começaram sua algazarra no alto dos olmos.

Às vezes ele pensava que aquela ferida era uma recordação que não conseguia afastar. Tentou o mais que pôde cobri-la com o curativo e esquecê-la, mas foram em vão todos os seus esforços.

Jim corrigiu os trabalhos lentamente porque gostava dessa atividade: mantinha suas ideias no lugar certo. Pelas 18h30 ou 19 horas, concluiu as correções. Enfiou velhas calças de flanela e um paletó esporte e foi caminhando calmamente até a igreja, cujas portas nunca se fechavam. Ajoelhou-se durante uns momentos na passagem central da entrada da capela Curtois, um monumento mandado erigir por certa família em memória dos mortos de duas guerras, raramente visitado. A cruz do pequeno altar fora esculpida por sapadores, em Verdun. Ainda ajoelhado, Jim tateou cuidadosamente sob o banco até que as pontas de seus dedos encontraram uma linha formada de vários pedaços de esparadrapo; acompanhando essa linha, deu com uma caixa de frio metal. Terminada sua devoção, ele subiu até o alto de Combe Lane, andando num passo meio acelerado no propósito de transpirar, porque o calor lhe fazia um bem enorme, e aquele ritmo acalmava seu ânimo de vigilância. Após uma noite sem dormir e por causa da vodca que bebera logo cedo, pela manhã, estava sentindo a cabeça meio vazia. Por isso, quando avistou os pôneis lá embaixo, no vale, olhando para ele com aquelas caras de tolos, Jim esbravejou, num forte sotaque do Somerset: "Deem o fora daí, seus desgraçados! Tirem esses olhos de cima de mim!" Em seguida, veio descendo pesadamente a ladeira, para tomar café e trocar o curativo.

A primeira aula após as orações era de francês, para a Turma Cinco B, e nela Jim quase perdeu a paciência: aplicou um pequeno castigo a Clements, o filho do negociante de fazendas, mas teve de voltar atrás no fim da aula. Na sala dos professores, cumpriu outro trabalho de rotina, igual ao que fizera na igreja: rapidamente, desatentamente, sem se atrapalhar. A ideia era bastante simples; controlar sua correspondência. Mas dava certo. Nunca tinha ouvido dizer que algum dos profissionais, seus colegas, a tivesse empregado, mas os profissionais não falam a respeito de seu jogo. "É assim", ele teria dito. "Se os adversários estão nos vigiando, com certeza estarão vigiando nossa correspondência porque essa correspondência é a coisa mais fácil de ser vigiada. Ainda mais fácil se os adversários pertencerem à nossa pátria e tiverem a cooperação do Serviço Postal. Então o que teremos de fazer? Todas as semanas, na mesma caixa postal, à mesma hora e com o mesmo ritmo, colocamos um envelope endereçado a nós mesmos e outro dirigido a uma pessoa que tenha o mesmo endereço. Colocamos na caixa postal alguma coisa sem valor — impressos de Natal, pedindo auxílio para alguma instituição de caridade, folhetos do supermercado do lugar —, não nos esquecendo de fechar os envelopes. Depois é só ficarmos à espera e comparar as horas da chegada da correspondência. Se nossa carta for entregue depois da carta dirigida à outra pessoa, imediatamente sentiremos o hálito quente de alguém em cima de nós, nesse caso, o de Toby."

Em seu vocabulário estranho e incisivo, Jim a isso denominava a prova da água e, mais uma vez, a temperatura mostrou-se perfeita. As duas cartas chegaram juntas, mas Jim chegou muito atrasado e não pôde surripiar a que fora endereçada a Marjoribanks, que deveria servir como companheiro do jogo, sem o saber. Portanto, tendo posto sua carta no bolso, adormeceu e ficou a ressonar sobre o *Daily Telegraph*, ao passo que Marjoribanks exclamava irritadamente "que vá para o inferno!", rasgando um convite impresso para que ingressasse na Sociedade de Leitura da Bíblia. Em seguida, a rotina da escola tornou a ocupá-lo até a hora da partida de rúgbi dos juniores contra a escola St. Ermin, para a qual estava escalado como juiz. Foi um jogo rápido e, quando terminou, suas costas recomeçaram a doer. Por isso ficou bebendo vodca até a hora em que tocou o primeiro sino, pois havia prometido substituir o jovem Elwes. Não conseguia lembrar-se por que fizera essa promessa, mas os professores mais jovens valiam-se muito dele para esses trabalhos ocasionais, e Jim permitia que isso acontecesse. O sino era um velho sino de navio, que o pai de Thursgood descobrira em algum lugar, e agora fazia parte da tradição. No momento em que Jim tocava o sino, percebeu que o pequeno Bill Roach estava de pé bem a seu lado, olhando para ele com um sorriso inocente, querendo sua atenção, o que desejava obter meia dúzia de vezes por dia.

— Olá, Jumbo! Qual é a dor de cabeça desta vez?

— Por favor.

— Vamos, Jumbo. Fale logo.

— Alguém anda perguntando onde o senhor mora — disse Roach.

Jim largou o sino.

— Que alguém é esse, Jumbo? Vamos, Jumbo, não vou morder você, vamos, ande... ande! Que alguém é esse? Algum homem? Uma mulher? Um feiticeiro? Vamos, amigo velho — disse Jim com brandura, curvando-se para ficar da mesma altura que Roach. — Não precisa chorar. O que há? Você está com febre? — Jim tirou um lenço da manga. — Quem é esse alguém? — repetiu em voz baixa.

— Ele andou fazendo perguntas na casa do Sr. McCullum. Disse que era um amigo. Depois entrou novamente no carro. Tinha parado no cemitério. Ficou lá sentado. — E Roach derramou outras lágrimas.

— Vão saindo, vocês — exclamou Jim, dirigindo-se a um grupo de alunos do último ano que estavam rindo junto à porta. — Vão saindo daí! — E voltou a Roach. — Um amigo alto? Um tipo alto e meio desleixado, Jumbo? Com sobrancelhas espessas e curvado? Ou era magro? Bradbury, venha cá e pare de ficar me olhando! Venha cá e leve Jumbo à inspetora! Era um tipo magro? — Jim tornou a perguntar, com um jeito afável, mas muito firme.

Mas Roach perdera a fala. Já não tinha mais memória, nem senso de tamanho ou perspectiva. Sua capacidade de selecionar, no mundo dos adultos, havia desaparecido. Homens altos, baixos, velhos, moços, corcundas, empertigados, todos eram uma só legião de perigos que não poderiam ser distinguidos. Dizer não a Jim estava acima de suas forças; e dizer sim seria assumir toda a terrível responsabilidade de desapontá-lo. Percebeu que Jim tinha o olhar pregado nele, viu desaparecer aquele sorriso e sentiu que aquela mão, grande e compassiva, estava pousada em seu braço.

— Mas que rapaz, esse Jumbo! Nunca houve um olheiro igual a você, não é mesmo?

Apoiando a cabeça desanimadamente no ombro de Bradbury, Bill Roach fechou os olhos. Quando os abriu, enxergou, por entre lágrimas, a figura de Jim, que já estava no meio da escada, subindo ao andar de cima.

Jim sentiu-se mais calmo, quase tranquilo. Durante vários dias, soubera que havia alguém. Isso também fazia parte de sua rotina: ficar observando os pontos onde os vigias faziam perguntas. A igreja, onde o ir e vir da população do lugar é um assunto sempre presente; o edifício-sede do condado, o registro dos eleitores; os negociantes, desde que os fregueses neles tivessem contas; os bares, se as *presas* acaso não os frequentavam. Ele sabia que, na Inglaterra, essas eram as armadilhas naturais que os olheiros automaticamente percorriam antes de cair sobre uma pessoa. E em Taunton, sem dúvida, conversando agradavelmente com o bibliotecário assistente, Jim encontrara as pegadas que estava procurando descobrir. Um estranho, aparentemente de Londres, mostrara-se interessado nos arquivos da vila. Era um político, mais da linha das pesquisas políticas, isso se podia perceber. E uma das coisas que ele queria, imagine só, eram os registros atualizados da própria *villa* de Jim. Sim: a relação dos eleitores. Estava pensando em fazer um inquérito de casa em casa, numa comunidade realmente afastada, especialmente acerca de seus novos moradores. Sim, imagine só, concordou Jim. E a partir desse momento Jim tomou suas medidas: comprou passagens de trem para vários lugares: Taunton Exeter, Taunton Londres, Taunton Surindon, todas válidas por um mês, porque sabia que, se voltasse novamente, seria difícil obter as passagens. Ele apanhara seus velhos documentos de identidade e seu revólver, colocando-os à mão; pôs uma valise cheia de roupas na mala do Alvis e encheu o tanque do carro. Tais precauções tornaram o sono uma possibilidade, ou o teriam tornado.

— Quem ganhou o jogo, professor?

Era Prebble, um calouro, enfiado num roupão e carregando um tubo de pasta de dentes, que se dirigia à enfermaria. Às vezes os rapazes falavam com Jim sem qualquer motivo. O tamanho dele e sua corcunda os estimulavam a isso.

— O jogo, professor. O jogo contra St. Ermin?

— St. *Vermin* — disse outro rapaz. — Sim, professor. Quem ganhou?

— Eles ganharam — esbravejou Jim. — Vocês teriam sabido se tivessem assistido ao jogo. — E atirando um enorme punho em direção a eles, como se fosse um lento murro simulado, empurrou os dois rapazes pelo corredor até a enfermaria da inspetora.

— Boa-noite, professor.

— Boa-noite, criaturas desprezíveis — disse Jim, encaminhando-se no outro sentido e entrando na enfermaria onde ficavam os doentes, no propósito de observar a igreja e o cemitério. A enfermaria estava com as luzes apagadas e tinha um aspecto e um odor que ele detestava. Doze rapazes estavam ali deitados, no escuro, dormitando entre a ceia e a febre.

— Quem é? — indagou uma voz rouca.

— É o Rino — disse outra voz. — Escute, Rino, quem ganhou o jogo contra St. Vermin?

Chamar Jim pelo apelido era um ato de insubordinação, mas os rapazes que estavam doentes, na enfermaria, sentiam-se isentos da disciplina.

— Rino? Quem é Rino? Não o conheço. Não sei que nome é esse — resfolegou Jim, esgueirando-se entre duas camas. — Apague essa lanterna, isso não é permitido. Foi uma barbada para quem ganhou. Vermin. Dezoito a zero.

Aquela janela chegava quase até o chão. Uma velha grade dessas que se colocam diante das lareiras a protegia dos rapazes.

— Houve muita atrapalhação na linha — murmurou Jim, espiando para fora.

— Eu detesto rúgbi — declarou um rapaz chamado Stephen.

O Ford vermelho estava estacionado à sombra da igreja, sob os olmos. Não seria visível do andar térreo, mas não dava a impressão de estar escondido. Jim ficou muito quieto, um pouco afastado da janela, estudando o carro em busca de algum sinal denunciador. A luz do dia estava diminuindo muito depressa, mas ele tinha boa vista e sabia o que queria ver: uma discreta antena, um segundo espelho interno para o informante, marcas de substâncias queimadas sob o cano de descarga. Percebendo que Jim estava tenso, os rapazes começaram a fazer-se de engraçados:

— É alguma garota, professor? Ela vale a pena? — indagou um deles.

— O que está pegando fogo? — perguntou outro.

— Como são as pernas dela? — insistiu um terceiro.

— Meu Deus, professor, não diga que é Miss Aaronson? — indagou um deles. Diante disso todos começaram a rir, num riso abafado, porque Miss Aaronson era velha e feia.

— Calem a boca — ordenou Jim desabridamente, muito irritado. — Seus porcos mal-educados. Calem-se.

No andar térreo, na assembleia, Thursgood estava fazendo a chamada dos alunos do último ano, antes do estudo:

"Abercrombie?" "Presente." "Astor?" "Presente." "Blakeney?" "Está doente."

Jim, ainda em seu posto de observação, viu que a porta do carro se abriu e que George saiu dele cautelosamente, enfiado numa grossa capa de chuva.

Soaram no corredor os passos da inspetora. Ele ouviu o ranger dos seus saltos de borracha e o chocalhar dos termômetros no pote de cerâmica.

— Meu querido Rino, o que está fazendo em minha enfermaria? Feche essa cortina, seu sem juízo, senão todos eles vão morrer de pneumonia. William Merridew, vamos, sente-se logo.

Smiley estava fechando à chave a porta do carro. Sozinho, não tinha nas mãos nem mesmo uma pasta.

— Estão chamando você em Grenville, Rino.

— Estou indo. Já fui — replicou Jim num tom animado. — Boa-noite para todos. — E dirigiu-se com suas costas arqueadas para o dormitório Grenville, onde havia prometido acabar um conto de John Buchan. Lendo em voz alta, reparou que tinha dificuldade em pronunciar alguns sons, que ficavam de certo modo presos em sua garganta. Sabia que estava transpirando e percebeu que a ferida de suas costas supurava. E, quando terminou a leitura, sentiu uma rigidez no queixo, que não era apenas consequência de haver lido em voz alta. Mas tudo aquilo não passava de sintomas sem importância, ao lado do ódio que se apoderou dele ao mergulhar no gélido ar da noite. Durante um momento hesitou, no terraço atapetado de vegetação, ficando a olhar firmemente para a igreja. Levou três minutos, menos que isso, para retirar o revólver que estava sob o banco, enfiá-lo na cintura, do lado esquerdo, com a coronha para dentro, colada à virilha...

Mas o instinto o aconselhou "não". Por isso dirigiu-se diretamente para o reboque, cantando *Hey diddle diddle* o mais alto que sua voz desafinada pudesse alcançar.

31

No quarto do motel a agitação era constante. Mesmo quando o tráfego, lá fora, atravessava um de seus raros momentos de calma, as janelas continuavam a vibrar. No banheiro, os copos de lavar os dentes também vibravam, e de cada parede, como também dos quartos que ficavam no andar de cima, eles ouviam música, baques surdos e fragmentos de conversas e risos. Quando algum carro encostava diante do pátio fronteiro ao motel, o bater de sua porta parecia estar acontecendo dentro do quarto, e o ruído de passos também dava a mesma impressão. Quanto aos móveis, tudo neles combinava. As cadeiras amarelas combinavam com os quadros amarelos e com o tapete amarelo. As colchas de chenille combinavam com a pintura cor de laranja das portas e, por coincidência, com a etiqueta da garrafa de vodca. Smiley havia arrumado devidamente as coisas. Aumentara o espaço entre as cadeiras e pusera a garrafa de vodca sobre a mesa baixa, e agora, enquanto Jim permanecia sentado, olhando fixamente para ele, Smiley estava tirando um prato de salmão defumado da minúscula geladeira, e pão preto, já com manteiga. Seu ânimo, em contraste com o de Jim, era visivelmente alegre, e seus movimentos eram ágeis e decididos.

— Julguei que nós pelo menos deveríamos ter conforto — disse ele, com um sorriso, colocando solicitamente as coisas sobre a mesa. — Quando você precisa estar de volta à escola? Alguma hora certa? — Não obtendo resposta, sentou-se e indagou: — Você gosta de ensinar? Creio que você ensinou durante algum tempo, depois da guerra, não foi? Antes que o chamassem novamente? Foi também numa escola preparatória? Isso eu acho que nunca soube.

— Veja nos arquivos — resmungou Jim. — Não venha aqui brincar de gato e rato comigo, George Smiley. Se você quiser saber das coisas, leia minha pasta.

Esticando o braço sobre a mesa, Smiley serviu dois drinques e passou um deles a Jim.

— Sua pasta pessoal no Circus?

— Pegue minha pasta com as secretárias. Arranje a pasta com Control.

— Acho que deveria fazer isso — declarou Smiley num tom de dúvida. — O problema é que Control está morto e fui despedido muito antes de você voltar. Ninguém se preocupou em lhe dizer isso quando conseguiram trazê-lo de volta?

Diante disso, o rosto de Jim descontraiu-se um pouco e ele fez um vagaroso movimento, um daqueles gestos que tanto divertiam os rapazes em Thursgood.

— Meu Deus, então Control se foi — murmurou ele, passando a mão esquerda pelas *presas* do bigode e, em seguida, fazendo-a correr pelos cabelos, que pareciam roídos de traças. — Pobre-diabo — murmurou novamente. — De que morreu ele, George? Do coração? O coração o matou?

— Eles nem lhe disseram isso, quando o interrogaram? — indagou Smiley.

Diante da referência a um interrogatório, Jim retesou o corpo e tornou a olhar para Smiley com irritação.

— Foi, sim — disse Smiley. — Morreu do coração.

— Quem ficou no lugar dele?

— Meu Deus, Jim — disse Smiley, rindo. — Sobre o que vocês falaram em Sarratt, se eles nem lhe disseram isso?

— Que se danem. Quem ficou no lugar dele? Não foi você. Eles o jogaram fora. Quem pegou o lugar dele, George?

— Foi Alleline — disse Smiley, observando Jim cuidadosamente, reparando como o antebraço direito dele permanecia imóvel, apoiado num dos joelhos. — Quem você queria que fosse? Você tinha algum candidato, Jim? — E após uma longa pausa, Smiley prosseguiu: — E eles não lhe disseram o que aconteceu com a rede Agravar, por acaso? O que aconteceu com Pribyl, com a mulher dele e o cunhado? Nem o que aconteceu com a rede Platão? Com Landkron. Eva Krieglova, Hanka Bilova? Você recrutou alguns deles, não foi mesmo, nos velhos tempos, antes de Roy Bland. O velho Landkron até trabalhou para você durante a guerra.

Naquele momento houve algo de terrível: Jim não conseguiu mover-se nem para a frente nem para trás. Seu rosto vermelho estava contraído pelo esforço de sua indecisão e o suor se acumulara em grossas gotas acima de suas espessas sobrancelhas avermelhadas.

— Para o inferno, George. Que diabo você quer? Tracei uma linha divisória. Isso foi o que eles me disseram para fazer. Uma linha divisória. Começar uma vida nova. Esquecer tudo aquilo.

— Quem eram *eles*, Jim? Roy, Bill, Percy — Smiley ficou aguardando uma resposta. — Disseram a você o que aconteceu com Max, quem quer que tenham sido eles? A propósito, Max está bem. — Levantando-se da cadeira, Smiley tornou a encher o copo de Jim e sentou-se novamente.

— Bem, continue. Então o que aconteceu com as redes?

— Foram desbaratadas. E dizem que você as destruiu, entregando-as para salvar a própria pele. Não acredito nisso. Mas preciso saber o que aconteceu. — E Smiley prosseguiu: — Sei que Control fez você prometer por tudo quanto há de mais sagrado, mas isso acabou. Sei que você foi interrogado até mais não poder, e sei que levou as coisas a tal ponto que dificilmente poderá dizer qual a diferença entre a verdade e a simulação. Sei que você procurou traçar uma linha divisória e dizer que aquilo não aconteceu. Também tentei fazer isso. Bem, a partir desta noite você poderá traçar sua linha divisória. Eu lhe trouxe uma carta de Lacon e, se você quiser telefonar para ele, Lacon estará à sua espera. Não vou fazer com que você se cale. Prefiro que você fale. Por que você não foi me procurar em minha casa quando voltou? Você poderia ter feito isso. Procurou ver-me antes de partir. Portanto, por que não fez a mesma coisa quando regressou? Não foi somente por causa do regulamento que você se manteve afastado.

— Nenhum deles escapou? — perguntou Jim.

— Não, parece que todos foram fuzilados.

Tinham telefonado para Lacon, e Smiley estava sentado, sozinho, sorvendo sua bebida. Ouvia o barulho de água correndo da torneira do banheiro e o grunhir de Jim, que estava lavando o rosto.

— Por amor de Deus, vamos a algum lugar onde se possa respirar — murmurou Jim, como se aquilo fosse uma condição para ele falar. Smiley apanhou a garrafa e caminhou ao lado dele, enquanto os dois atravessaram o asfalto rumo ao carro.

Rodaram durante vinte minutos, Jim ao volante. Quando pararam o carro estavam no platô, naquela manhã límpida, descortinando uma grande extensão do vale. Algumas luzes isoladas eram visíveis, ao longe. Jim permanecia sentado, duro como uma pedra, com o ombro direito levantado e as mãos pendentes, a contemplar a sombra das colinas através do para-brisa embaçado. O céu estava claro e o rosto de Jim recortava-se nitidamente de encontro a ele. Smiley formulou suas primeiras perguntas de maneira concisa. Já não havia ódio na voz de Jim, e ele pouco a pouco começou a falar com crescente facilidade. Em certo momento, discutindo a técnica de Control, chegou a rir, mas Smiley não se descontraiu em nenhuma ocasião, mostrando-se cauteloso como se estivesse guiando uma criança ao atravessar uma rua. Quando Jim se apressava ou se continha, ou era tomado de súbita irritação, Smiley brandamente o fazia voltar ao ponto em que antes se encontravam, movendo-se no mesmo ritmo e na mesma direção. Quando Jim hesitava, Smiley o estimulava a prosseguir e a transpor o obstáculo. Inicialmente, graças a um misto de instinto e capacidade de dedução, Smiley de fato proporcionou a Jim sua história.

Quando do primeiro interrogatório de Jim, feito por Control, sugeriu Smiley, eles se encontraram fora do Circus? Sim. Onde? Num apartamento com serviço de hotel, em St. James's Park, local proposto por Control. Havia mais alguém presente? Não, ninguém. E para entrar em contato com Jim pela primeira vez, Control tinha se valido de MacFadean, seu porteiro pessoal? Sim, o velho Mac viera no trem de Brixton trazendo um bilhete em que Jim era solicitado a ter um encontro com Control, naquela noite. Jim teria de dizer sim ou não a Mac e devolver-lhe o bilhete. Não deveria usar o telefone, em hipótese alguma, nem mesmo uma linha interna, para discutir as coisas. Jim dissera *sim* a MacFadean e chegara ao encontro às 19 horas.

— Suponho que Control, em primeiro lugar, alertou você para que tivesse a maior cautela.

— Ele me disse que não confiasse em ninguém.

— Mencionou determinadas pessoas?

— Posteriormente — disse Jim. — Não a princípio. No começo disse apenas: não confie em ninguém. De modo especial, em ninguém que pertença ao grupo principal. George...

— O que é?

— Eles foram todos fuzilados, não é mesmo? Landkron, Krieglova, os Pribyls? Fuzilados logo?

— A polícia secreta desbaratou as duas redes na mesma noite. Depois disso ninguém soube de mais nada. Mas os parentes mais próximos foram informados de que todos tinham sido mortos. Isso geralmente quer dizer que de fato o foram.

À esquerda dos dois uma fileira de pinheiros se elevava do fundo do vale como um exército imóvel.

— Suponho que Control lhe perguntou que identidade tcheca você tinha utilizado — continuou Smiley. — Não foi isso?

Smiley teve de repetir a pergunta.

— Eu disse a ele que eu era Hajek — declarou Jim, finalmente. — Vladimir Hajek, jornalista tcheco que trabalhava em Paris. Control me perguntou por quanto tempo ainda os documentos seriam válidos. Respondi que isso nunca se poderia saber. Às vezes eles são descobertos após uma única viagem. — A voz de Jim tornou-se subitamente mais alta, como se tivesse perdido o controle sobre ela. — Control era surdo como uma porta, quando queria.

— Então ele disse o que queria que você fizesse? — sugeriu Smiley.

— Primeiro, discutimos o problema de negar as coisas. Ele disse que se eu fosse apanhado, deveria deixá-lo fora de tudo. Seria um trabalho de caçador de escalpos, uma espécie de empreendimento particular. Mesmo naquela ocasião pensei: mas quem iria acreditar nisso? Todas as palavras que ele pronunciou eram como se estivesse perdendo sangue — disse Jim. — E durante todo o tempo senti a resistência dele em me dizer qualquer coisa. Não queria que eu soubesse dos fatos, mas queria me ver bem esclarecido. Ele me declarou o seguinte: "Tive uma oferta de serviço. Um funcionário que ocupa uma alta posição, cujo nome de guerra é Testemunho." Indaguei se era um funcionário tcheco; "Um militar", respondeu ele. E acrescentou: "Você tem mentalidade militar, Jim. Vocês dois deverão entender-se muito bem." A coisa foi assim durante todo o tempo. Pensei: se você não quiser me dizer, não diga, mas deixe de ficar perturbado.

Depois de muitos circunlóquios, Control declarou que Testemunho era um general tcheco, de artilharia. Seu nome era Stevcek, sendo conhecido como um falcão pró-soviético na hierarquia da defesa, de Praga, se é que isso pudesse ter algum valor. Tinha trabalhado em Moscou, em serviços de ligação, sendo um dos poucos tchecos em que os russos confiavam. Stevcek havia comunicado a Control, através de um intermediário que Control entrevistara pessoalmente, estar disposto a conferenciar com uma autoridade de alta posição hierárquica no Circus a respeito de questões de interesse mútuo. O emissário deveria falar tcheco e ser pessoa capaz de tomar decisões. Na sexta-feira, dia 26 de outubro, Stevcek estaria inspecionando o centro de pesquisas de armas de Tisnov, nas proximidades de Brno, aproximadamente a 160 quilômetros ao norte da fronteira austríaca. Iria depois visitar um alojamento para caçadores durante o fim de semana, onde estaria só. Gostaria de ali receber um emissário, na noite de sábado, dia 21. Ofereceria também uma escolta a esse emissário, de Brno ao alojamento, e de retorno a Brno.

— Control deu alguma indicação acerca dos motivos de Stevcek? indagou Smiley.

— Uma namorada — disse Jim. — Uma estudante com quem ele andava aproveitando suas últimas primaveras. Assim disse Control. Vinte anos de diferença entre eles. Ela foi morta durante o levante do verão de 1968. Até então, Stevcek conseguira sufocar seus sentimentos antirrussos em benefício da própria carreira. A morte da moça pôs um termo a isso: ele estava sedento do sangue deles. Durante quatro anos ele se calara, portando-se como amigo e dando informações que realmente os prejudicassem. Logo que lhe demos garantias e estabelecemos as condições, ele se mostrou pronto a bandear-se para o nosso lado.

— Control tinha verificado isso?

— Na medida do possível. Stevcek era bem documentado. Era um general muito estudioso, com uma longa lista de comissões no Estado-Maior. Um tecnocrata. Quando não se encontrava fazendo cursos, estava afiando os dentes no exterior: Varsóvia, Moscou, Pequim durante um ano. Uma temporada na qualidade de adido militar na África, e novamente em Moscou. Era jovem para o posto.

— Control lhe disse o que você deveria esperar em matéria de informações?

— Material de defesa. Foguetes. Balística.

— Mais alguma coisa? — indagou Smiley, passando a garrafa a Jim.

— Um pouco de política.

— Mais nada?

Smiley teve a nítida impressão de que estava tropeçando, não na ignorância de Jim, mas num resquício de sua decidida determinação de não lembrar-se das coisas. Não era a primeira vez que isso acontecia. Naquela escuridão, Jim Prideaux subitamente começou a respirar fundo e sôfrego. Tinha erguido as mãos e as colocado sobre o volante, e estava com o queixo nelas apoiado, com um olhar vazio fixado no para-brisa coberto de gelo.

— Quanto tempo eles ficaram presos antes de ser mortos? — Jim quis saber.

— Acho que foi durante muito mais tempo que você — confessou Smiley.

— Santo Deus! — exclamou Jim. E tirando um lenço da manga, enxugou o suor e as lágrimas que lhe escorriam do rosto.

— E as informações que Control estava esperando obter de Stevcek... — continuou Smiley num tom de quem instigava uma resposta, embora de maneira branda.

— Foi sobre isso que me interrogaram.

— Em Sarratt?

Jim sacudiu cabeça, indicando a direção dos montes.

— Foi lá. Eles sabiam que tinha sido uma operação de Control. Desde o princípio. Eu nada pude dizer que os persuadisse de que era minha. Começaram a rir.

Mais uma vez Smiley esperou pacientemente até que Jim estivesse em condições de prosseguir.

— *Stevcek* — declarou Jim. — Control estava meio maluco: Stevcek daria a solução, Stevcek forneceria a chave. Mas que chave?, indaguei. Que chave? Control estava com aquela maleta, uma surrada maleta marrom de guardar músicas. Tirou de dentro dela velhos mapas, todos anotados a mão por ele próprio. Mapas feitos com tinta e lápis de cor. E disse: "Ajuda visual para você. Este é o homem com que você se irá encontrar." A carreira de Stevcek estava anotada, ano a ano. Control me faz percorrê-la toda: academias militares, medalhas, esposas que o homem teve. E disse: "Ele gosta muito de cavalos. Você também costumava montar, Jim. Lembre-se disso. É mais uma coisa em comum entre vocês." Pensei: "Será engraçado! Ficar plantado na Tchecoslováquia, os cães em meu encalço, conversando sobre como domar éguas de puro-sangue."

Jim riu de um jeito um tanto estranho e por isso Smiley também riu.

As marcas em vermelho eram as atividades soviéticas de ligação, exercidas por Stevcek. As feitas em verde eram referências a seus trabalhos de espionagem. Stevcek havia participado de tudo. Era o quarto homem do Serviço Secreto da Tchecoslováquia, o principal técnico em tanques, o secretário da Comissão Nacional de Segurança Interna, conselheiro militar do Presidium. Então Control chegou a um conjunto de atividades, dos meados dos anos 1960, durante a segunda vez que Stevcek passou uma temporada em Moscou. Estavam assinaladas em verde e vermelho. Ostensivamente Stevcek estava ligado ao quadro de ligação do Pacto de Varsóvia, no posto de general, disse Control, mas só na aparência. Nada tinha com o quadro de ligação do Pacto de Varsóvia. Suas verdadeiras funções eram servir na Seção da Inglaterra, no Centro de Moscou. Agia sob o nome de guerra de Minin, disse Control. Sua tarefa consistia em unir os esforços dos tchecos aos do Centro. Esse é o tesouro, declarou Control. O que Stevcek realmente nos quer vender é o nome da toupeira do Centro de Moscou que opera no Circus.

Poderia ser apenas uma palavra, refletiu Smiley, lembrando-se de Max, e sentiu novamente uma súbita onda de inquietação. Ele sabia, afinal, o que tudo iria ser: o nome de Gerald, um grito na escuridão.

— Control me disse — continuou Jim: — "Aqui há uma maçã podre, e ela está contaminando todas as outras."

Jim prosseguiu de maneira direta. Sua voz e suas maneiras se tornaram mais duras:

— Control continuou falando sobre eliminação de nomes e, como tinha analisado pistas do passado e pesquisado, tinha quase chegado a uma conclusão. Eram quatro as possibilidades, disse ele. Não me pergunte, Smiley, de que modo ele as desencavou. O homem era um dos cinco mais graduados, disse Control. Os cinco dedos da mão. Ele me ofereceu um drinque e ficamos sentados como dois meninos de escola, elaborando um código. Eu e Control. Usamos os versos de *Rei, Ladrão, Polícia, Capitão.* Ficamos lá sentados no apartamento dele, armando o código, bebendo aquele xerez barato, de Chipre, que ele sempre oferece. Se eu não pudesse escapar, se houvesse qualquer complicação depois de eu ter me encontrado com Stevcek, se eu tivesse de me esconder, deveria fazer chegar a ele aquela única palavra, mesmo que eu tivesse de ir a Praga e escrevê-la a giz na porta da Embaixada ou telefonar para o residente de Praga e gritar essa palavra para ele. *Rei, Ladrão, Polícia, Capitão.* Alleline era o rei, Haydon era o ladrão, Bland era a polícia e Toby Esterhase era o cabeludo. Deixamos de lado "capitão" porque rimava com "ladrão". Você era o Careca, Smiley.

— Eu era o Careca? E como você encarou a teoria de Control, Jim?

— Achei muito idiota. Uma bobagem.

— Por quê?

— Muito idiota, apenas isso — repetiu Jim, num tom de obstinação militar. — Pensar que um de vocês fosse uma toupeira! Loucura.

— Mas você acreditou nela?

— Não. Deus é testemunha, homem. Por que você...

— Por que não? Nós sempre racionalmente aceitamos que isso aconteceria mais cedo ou mais tarde. Sempre nos advertimos mutuamente: fique em guarda. Fizemos um número suficiente de outros virarem casaca: russos, poloneses, tchecos, franceses. Até esporádicos americanos. O que haveria de tão especial quanto aos ingleses, assim de repente? — Percebendo o antagonismo de Jim, Smiley abriu a porta e deixou entrar um pouco de ar frio. E disse: — Que tal andarmos um pouco? Não há motivo para ficarmos aqui encarcerados se podemos dar uma caminhada por aí.

Em consequência desse movimento seu, conforme havia previsto, as palavras de Jim adquiriram nova fluência.

Eles estavam na orla ocidental do platô, onde havia apenas algumas árvores de pé, porque várias outras tinham sido abatidas. Um banco coberto de gelo ali estava à disposição deles, que não tomaram conhecimento disso. Não soprava o menor vento, as estrelas estavam muito límpidas e, quando Jim recomeçou sua história, eles foram caminhando lado a lado, Jim sempre ajustando seu passo ao de Smiley. Ora afastavam-se do carro, ora a ele retornavam. Por vezes estacavam, ombro a ombro, e ficavam a olhar para o vale lá embaixo.

Primeiro, Jim descreveu como recrutara a ajuda de Max e as manobras que realizou para dissimular sua missão ao resto do pessoal do Circus. Deixou transpirar que havia feito uma sondagem preliminar junto a um criptógrafo soviético altamente situado em Estocolmo, e reservou uma passagem para Copenhague em seu antigo nome de guerra, Ellis. Mas voou para Paris, passou a usar os documentos de identificação de Hajek e desceu no aeroporto de Praga, num voo de carreira, às 10 horas da manhã de sábado. Atravessou a barreira sem encontrar a menor dificuldade; confirmou o horário de seu trem no terminal ferroviário e, em seguida, fez uma caminhada a pé porque precisava matar o tempo durante umas duas horas e pensou que poderia observar se estava sendo seguido, antes de seguir para Brno. Aquele outono havia sido de caprichoso mau tempo. O chão estava coberto de neve, que continuava a cair.

Na Tchecoslováquia, disse Jim, essa observação geralmente não constituía problema. O serviço de segurança quase nada entendia de vigiar pessoas nas ruas, provavelmente porque nenhuma administração de que se tinha memória jamais se constrangera em fazê-lo. A tendência nesse particular, declarou Jim, consistia em empregar automóveis e distribuir pessoal subalterno pelas ruas, como Al Capone, e isso era o que Jim estava procurando: Skodas pretos e grupos de três homens atarracados de chapéus de feltro. Quando faz frio, localizar tudo isso é mais difícil porque o tráfego é lento, as pessoas andam mais depressa e todas estão embuçadas até o nariz. De qualquer maneira, até alcançar a Estação Masaryk, ou Central, como os tchecos gostavam de chamá-la naqueles dias, Jim não teve qualquer preocupação. Mas nessa estação, ele desconfiou, mais por instinto do que por qualquer motivo real, de duas mulheres que haviam comprado passagens antes dele.

Então, com a fria segurança de um profissional, Jim voltou a caminhar pelas ruas. Numa galeria de lojas, ao lado da Praça Wenceslas, três mulheres passaram por ele, a do meio empurrando um carrinho de criança. A que ia junto ao meio-fio levava uma bolsa plástica, vermelha, e a que caminhava mais à direita conduzia um cão pela coleira. Dez minutos depois, outras duas mulheres vieram em direção a ele, de braço dado, apressadas, e passou pela mente de Jim que se Toby Esterhase estivesse dirigindo aquele trabalho, um arranjo desse tipo seria de seu estilo: uma rápida troca de olhares com a mulher que empurrava o carrinho de criança; carros meio recuados, parados a certa distância, equipados com rádios de ondas curtas ou *bleep*, ao passo que uma segunda equipe estaria parada mais atrás, se acaso o grupo de vanguarda se adiantasse demais. Na Estação de Masaryk, olhando para as duas mulheres que estavam na sua frente na fila do guichê de compra de passagens, Jim adquiriu a certeza do que estava ocorrendo. Há uma coisa que os olheiros não têm tempo ou inclinação para mudar, principalmente nos lugares subárticos: os sapatos. Jim reconheceu um par de sapatos, dos dois que se ofereceram à sua inspeção na fila do guichê: eram pretos, de plástico forrado de pele, com zíper lateral e grossas solas marrons, que rangiam discretamente sobre a neve. Ele já os tinha visto uma vez naquela manhã, na passagem de Sterba, usados pela mulher que passara por ele empurrando o carrinho de criança e que estava com roupas diferentes. A partir de então, Jim já não apenas suspeitava das coisas. Sabia do que se tratava, exatamente como teria acontecido com Smiley.

Na livraria da estação, Jim comprou o *Rude Pravo* e embarcou no trem de Brno. Se aquelas pessoas tivessem querido prendê-lo, já o teriam feito. Deviam estar em busca das linhas auxiliares de Jim, ou seja, seguiam-no a fim de localizar seus contatos. Não havia sentido em indagar quais seriam as razões disso, mas Jim percebeu que a identidade de Hajek fora descoberta e que lhe tinham preparado uma armadilha no momento em que reservara passagem no avião. Desde que não soubessem que ele levantara a lebre, Jim pensou que ainda estava em situação vantajosa. E durante alguns momentos Smiley viu-se novamente de retorno à Alemanha, quando era um agente de campo, vivendo sempre aterrorizado, sentindo que qualquer olhar de uma pessoa estranha o desnudava, por assim dizer.

Jim deveria pegar o trem das 8h13, que chegaria em Brno às 16h27. Esse trem foi cancelado e, por isso, Jim apanhou um ótimo trem parador, que estava correndo especialmente para o jogo de futebol, e que fazia alto nos postes de iluminação, um sim outro não. E em cada um deles Jim era capaz de identificar os olheiros disfarçados. A qualidade desses olheiros era variável. Em Chocen, uma localidade mesquinha, se é que ele jamais conhecera um lugar assim, Jim desembarcou do trem e comprou uma salsicha. Lá estavam nada menos do que cinco deles, todos homens, espalhados na minúscula plataforma, com as mãos nos bolsos, fingindo conversar uns com os outros e portando-se como verdadeiros palhaços.

— Se há uma coisa que distingue um bom olheiro de um mau — declarou Jim — é a arte de fazer tudo de maneira convincente.

Em Svitavy, dois homens e uma mulher entraram no carro de Jim e começaram a falar sobre o grande jogo de futebol. Ao cabo de algum tempo Jim entrou na conversa. Tinha lido o programa esportivo em seu jornal: era uma partida de revanche entre dois clubes, e todo mundo estava entusiasmado com isso. Até Brno nada mais aconteceu e, por isso, Jim desceu do trem e ficou perambulando no meio de lojas e por zonas apinhadas de gente onde os olheiros teriam de andar muito perto dele se não quisessem arriscar-se a perdê-lo de vista.

Jim queria tranquilizá-los, demonstrar-lhes que não suspeitava de coisa alguma. Sabia, então, que era o alvo do que Toby denominaria uma grande e desbaratadora operação. Eram eles grupos de sete, agindo a pé. Os carros eram trocados com tanta frequência que Jim não conseguiu contá-los. A direção geral estava instalada em uma caminhonete verde e maltratada, dirigida por um tipo com cara de facínora. A caminhonete tinha uma antena de quadro e ostentava uma estrela desenhada a giz, na traseira, bem alto, de sorte que uma criança não pudesse alcançá-la. Os carros, onde Jim os localizava, identificavam-se uns aos outros por uma bolsa de mulher colocada sobre o porta-luvas, e por um visor para-sol virado para baixo. Ele percebeu que havia outros sinais, mas esses dois lhe bastavam. Sabia, pelo que Toby lhe dissera, que trabalhos iguais àquele exigiriam uma centena de pessoas e eram difíceis de conduzir se acaso a presa escapasse. Toby os detestava por esse motivo.

— Há uma loja na praça principal de Brno, que vende tudo — disse Jim. — É geralmente muito chato fazer compras na Tchecoslováquia porque há poucos pontos de varejo para cada indústria estatal. Mas aquela loja era nova e causava boa impressão.

Ele comprou brinquedos para crianças, um cachecol, cigarros, e experimentou uns sapatos. Percebeu que os olheiros ainda estavam aguardando seu contato clandestino. Jim furtou um chapéu de pele, uma capa de chuva de plástico branco e uma saca para nela colocá-los. Demorou-se no departamento masculino o suficiente para certificar-se de que as duas mulheres que formavam o par de vanguarda ainda estavam em seus calcanhares, mas relutantes em aproximar-se demais dele. Jim percebeu que haviam feito um sinal para que homens as substituíssem, e estavam à espera deles. No banheiro dos homens, Jim agiu rapidamente: vestiu a capa de chuva branca sobre o casaco, enfiou a saca no bolso, pôs o chapéu de pele, largou os demais embrulhos e desceu desabaladamente, como um louco, pela escada de emergência. Arrombando essa escada, atirou-se por um beco, caminhou por outro que era de mão única, meteu a capa de chuva branca na saca, entrou em outra loja, que estava fechando, onde comprou uma capa de chuva preta em substituição à branca. Ocultando-se entre os fregueses que iam saindo da loja, entrou com dificuldade num bonde que estava apinhado e nele permaneceu até o penúltimo posto de parada. Em seguida, caminhou a pé durante uma hora e dirigiu-se para o ponto que combinara com Max, chegando exatamente na hora certa.

Jim então descreveu seu diálogo com Max e disse que quase tinham chegado às vias de fato.

— Nunca lhe passou pela cabeça desistir do trabalho? — indagou Smiley.

— Não — declarou Jim num tom brusco, alteando a voz ameaçadoramente.

— Embora desde o começo você tenha pensado que aquela ideia era tola? — indagou Smiley. No tom de Smiley havia apenas deferência, e nenhum propósito de obter qualquer vantagem, de marcar pontos, mas somente o desejo de saber a verdade, toda a verdade, sob aquele céu noturno. — Você simplesmente continuou em frente. Tinha visto o que se passava às suas costas, julgava a missão absurda, mas, apesar disso, penetrou cada vez mais na selva.

— Isso mesmo.

— Talvez você tivesse mudado de ideia a respeito de sua missão? Será que você foi impelido pela curiosidade, afinal? Terá sido isso? Você queria vivamente saber, por exemplo, quem seria a toupeira? Estou apenas especulando, Jim.

— Que diferença isso faz? Por que cargas-d'água meus motivos hão de interessar numa maldita encrenca como aquela?

A lua crescente estava inteiramente livre de nuvens e parecia muito próxima. Jim ficou sentado no banco, que assentava sobre cascalho solto. Enquanto falava, às vezes apanhava uma pedrinha e a atirava para trás. Smiley permaneceu sentado ao lado dele, olhando só para Jim. A certa altura, para fazer-lhe companhia, tomou um trago de vodca e pensou em Tarr e Irina, bebendo no alto de sua colina, em Hong Kong, e concluiu: as pessoas conversam melhor quando ficam contemplando a paisagem.

— As palavras do código foram trocadas sem qualquer dificuldade através da janela do Fiat, que estava parado — prosseguiu Jim. — O motorista era um desses magiares tchecos, empertigados, feitos só de músculos, e usava um bigode eduardino e estava com a boca cheia de alho.

Jim não gostou dele, mas não tinha esperado apreciá-lo. As duas portas traseiras estavam trancadas e eles discutiram a respeito do lugar que Jim deveria ocupar. O magiar declarou que não seria seguro se Jim viajasse no banco traseiro. Além disso, não seria democrático. Jim mandou-o para o inferno. Perguntou se Jim estava armado de revólver e este lhe respondeu negativamente, embora não fosse verdade. Mas se o magiar não acreditou nele, não ousou dizê-lo. Indagou se Jim trouxera instruções para o general. Jim declarou que não recebera instruções de espécie alguma. Tinha vindo para ouvi-lo.

Jim sentiu-se um pouco nervoso, assim disse. Ele e o magiar foram seguindo no carro, e este declarou o que tinha a dizer. Quando chegassem ao alojamento, as luzes do mesmo estariam apagadas e nele não haveria o menor sinal de vida. O general estaria em seu interior. Se surgisse o menor indício da presença de pessoas, uma bicicleta, um carro, uma luz, um cão, qualquer indicação de que havia gente na cabana, o magiar nela entraria primeiro e Jim ficaria a sua espera, no automóvel. Caso contrário, Jim iria sozinho e o magiar ficaria aguardando. Tudo estava bem claro?

Por que eles não entrariam no alojamento juntos?, indagou Jim. Porque o general não queria, respondeu o magiar.

Rodaram durante meia hora, conforme indicou o relógio de Jim, dirigindo-se para o norte, fazendo uma média de 30 quilômetros por hora. A estrada era cheia de curvas, íngreme e margeada de árvores. Não havia luz e Jim enxergava muito pouca coisa à volta, a não ser, de vez em quando, outras florestas e cumes de montes recortados de encontro ao céu. A neve viera do norte, observou ele. Isso lhe seria útil. A estrada estava livre mas cheia de rodeiras, feitas por caminhões pesados. Prosseguiram com o carro de luzes apagadas. O magiar começara a contar anedotas pornográficas e Jim imaginou que aquele era o jeito de o homem transparecer seu nervosismo. O cheiro de alho era horrível. O magiar parecia estar mascando alho o tempo todo. Sem qualquer aviso, desligou o motor. Eles estavam descendo uma encosta, porém mais devagar. O carro ainda não havia parado completamente quando o magiar o freou e Jim deu com a cabeça numa vidraça e apanhou o revólver. Encontravam-se à beira de um caminho que se abria ao lado da estrada. Uns 30 metros adiante erguia-se uma cabana de madeira, de pouca altura. Nela não havia o menor sinal de vida.

Jim disse ao magiar o que pretendia que ele fizesse. Gostaria que ele pusesse o chapéu de pele dele, Jim, e também seu casaco, e desse uma caminhada. Deveria ir devagar mantendo as mãos unidas atrás das costas, e andar pelo meio da pequena estrada. Se não fizesse isso, Jim atiraria nele. Quando chegasse à cabana, deveria nela entrar e explicar ao general que Jim estava tomando precauções elementares. Em seguida, voltaria lentamente e informaria a Jim de que tudo estava bem e que o general estava pronto para recebê-lo. Ou não, conforme o caso.

O magiar pareceu não ficar muito satisfeito com isso mas não tinha muito que escolher. Antes de ele sair do carro, Jim ordenou que o manobrasse, colocando-o de frente para a pequena estrada. Se houvesse qualquer traição, Jim acrescentou, ele acenderia os faróis e atiraria no magiar ao longo do feixe de luz, não uma única vez, mas várias, e jamais em suas pernas. O magiar começou a caminhar. Quando tinha quase chegado à cabana, toda a área foi profusamente iluminada: a cabana, a estrada e um grande espaço em volta. Em seguida, várias coisas aconteceram ao mesmo tempo. Jim não conseguiu ver tudo porque estava ocupado em manobrar o carro. Enxergou quatro homens que pulavam do alto das árvores e, tanto quanto pôde perceber, um deles golpeou o magiar. A fuzilaria começou mas nenhum desses quatro homens se importou com isso: mantiveram-se recuados enquanto um outro tirava fotografias. Os tiros davam a impressão de ser dirigidos para o céu límpido, que ficava por detrás dos holofotes. Foi uma cena muito dramática. Explodiram foguetes de sinalização, acenderam-se sinais luminosos, até mesmo dispositivos que traçam a trajetória de projéteis. E no momento em que Jim arrancou com o Fiat, teve a impressão de sair de uma demonstração militar no seu auge. Estava quase a salvo — realmente achou que de fato *estava* a salvo — quando, saindo da mata à sua direita, alguém começou a disparar uma metralhadora quase à queima-roupa. A primeira rajada arrancou uma roda traseira do carro, que virou. Ele viu que o volante foi arremessado sobre o capô na ocasião em que o carro se desviou em direção a uma vala que havia à esquerda. Essa vala poderia ter uns 3 metros de profundidade, mas a neve permitiu que Jim caísse suavemente. O carro não pegou fogo e, por esse motivo, Jim ficou atrás dele à espera, de frente para a estrada, contando poder alvejar o homem da metralhadora. A rajada seguinte proveio da retaguarda e o atirou de encontro ao carro. A mata devia estar fervilhando de soldados. Jim sabia que fora atingido duas vezes. Ambos os tiros tinham pegado em seu ombro direito e pareceu-lhe surpreendente, enquanto permanecia deitado a observar a demonstração militar, que não lhe tivessem arrancado o braço. Ouviu o soar de uma sirene, talvez por duas vezes. Uma ambulância veio se aproximando, na estrada, ao passo que ainda perdurava uma fuzilaria suficiente para assustar a caça durante anos. A ambulância o recordou aqueles antigos carros de bombeiros, de Hollywood, porque era muito alta e reta. Uma verdadeira batalha simulada se estava desenrolando. Os homens da ambulância ficaram a observá-la sem a menor preocupação. Jim estava quase perdendo os sentidos quando ouviu que chegava um segundo carro, percebeu vozes de homens e notou que estavam sendo tiradas mais fotografias, dessa vez da pessoa certa. Alguém dava ordens, mas Jim não poderia dizer quais seriam elas, pois eram transmitidas em russo. Seu único pensamento, quando o atiraram numa padiola e as luzes foram apagadas, era o de voltar para Londres. Imaginou estar no apartamento de St. James, com aqueles mapas coloridos e um maço de notas, sentado numa poltrona e explicando a Control como a velhice dos dois os levara a entrar na maior fria, como otários, a maior de toda história da espionagem. Seu único consolo era que o magiar havia sido golpeado. Mas Jim estimaria muito que ele próprio lhe houvesse quebrado o pescoço, coisa que teria conseguido fazer com muita facilidade e sem remorso.

32

Descrever sua própria dor era uma complacência que Jim dispensava. Para Smiley o estoicismo dele tinha algo de terrível, mais ainda porque Jim parecia não ter consciência disso. As lacunas de sua história, explicou ele, decorriam principalmente dos momentos em que perdera os sentidos. A ambulância o levou, tanto quanto pôde verificar, ainda mais para o norte. Ele assim presumiu ao reparar nas árvores, quando os homens abriram a porta da ambulância para permitir a entrada do médico: a neve era muito espessa quando ele a olhou. A estrada possuía uma boa superfície e Jim achou que estavam na rodovia que levava a Hradec. O médico aplicou-lhe injeções e Jim recobrou os sentidos no hospital de uma prisão, de janelas altas e revestidas de barras de ferro. Acreditava que o primeiro interrogatório ocorreu nesse lugar, cerca de 72 horas depois de ter sido *remendado*, mas o tempo já constituía um problema para ele, pois, naturalmente, lhe haviam tirado o relógio.

Foi transferido muitas vezes de um lugar para outro. Levaram-no para salas diferentes, conforme o que iam fazer com ele, ou para outras prisões, isso dependendo de quem fosse interrogá-lo. Por vezes o deslocaram apenas para mantê-lo acordado, fazendo-o caminhar durante a noite pelos corredores que havia entre as celas. Foi também levado em caminhões e, uma vez, conduzido num avião tcheco de transporte, amarrado durante o voo tendo-lhe sido enfiado um capuz. Jim perdera os sentidos pouco depois de o avião ter levantado voo. Foi muito longo o interrogatório feito em seguida a essa viagem. Salvo isso, ele pouco se apercebera da progressão de um interrogatório para outro, e não conseguiu pensar com clareza, pelo contrário. O que mais se fixara em sua memória era seu "plano de campanha", que havia elaborado enquanto aguardava o início do primeiro interrogatório. Sabia que o silêncio seria impossível e, por uma questão de preservar sua sanidade, ou assegurar sua sobrevivência, teria de haver um diálogo e, no final do mesmo, eles teriam de pensar que Jim havia dito o que sabia, tudo quanto sabia. Deitado no hospital, ele se preparara para colocar a mente por detrás de certas linhas de defesa e, se tivesse sorte, poderia ir recuando por etapas até dar a impressão de haver sofrido a mais completa derrota. Sua linha de frente, ele o reconhecia, e a que iria exigir-lhe maiores sacrifícios, era formada pela essência da Operação Testemunho. Todas as pessoas presumiam que Stevcek seria um espião ou que fora traído. Mas qualquer que fosse o caso, uma coisa era certa: os tchecos sabiam mais acerca de Stevcek do que o próprio Jim. Sua primeira concessão seria, portanto, a história de Stevcek, uma vez que eles já a conheciam. Mas Jim faria com que se esforçassem por obtê-la de sua boca. No começo ele negaria tudo e se apegaria à sua falsa identidade. Depois de lutar por isso, admitiria ser um espião britânico e daria seu nome, Ellis, de sorte que, se eles o tornassem público, pelo menos o Circus ficaria sabendo que ele estava vivo e procurando resistir. Tinha quase certeza de que a complicada armadilha e as fotografias que haviam sido tiradas auguravam uma grande encenação. Depois, conforme seu entendimento com Control, Jim descreveria a operação como se tivesse sido feita por sua própria conta, armada sem o consentimento de seus superiores e calculada para obter o favor deles. E ocultaria, da maneira mais profunda que pudesse, a ideia de que houvesse um espião plantado no Circus.

— Não existia uma toupeira — afirmou Jim para o negro recorte dos Quantocks. — Não tinha havido encontros com Control, nem um apartamento com serviço de hotel, em St. James. E nada de *Rei, Ladrão*...

A segunda linha de defesa seria Max. Jim se propusera, inicialmente, a negar que havia trazido um elemento de ligação. Em seguida, poderia dizer que trouxera um desses homens, mas não sabia seu nome. Depois, pelo fato de que todos sempre insistem em nomes, ele lhes daria um: errado, da primeira vez, em seguida, o nome certo. A essa altura, Max já deveria estar a salvo, oculto, ou ter sido apanhado.

Acudiu à imaginação de Jim uma sucessão de posições que haviam sido sustentadas com menos vigor: recentes operações dos caçadores de escalpos, mexericos que haviam corrido no Circus, qualquer coisa que pudesse levar seus inquisidores a pensar que ele estava derrotado e falando sem reservas, e que aquilo era tudo quanto sabia. Eles teriam, então, conquistado sua última trincheira. Jim deu tratos à memória para recordar-se de antigos casos de caçadores de escalpos e, se necessário, diria os nomes de um ou dois funcionários soviéticos ou de países satélites que haviam recentemente virado casaca ou sido destruídos; e de outros que, no passado, tivessem alguma vez vendido informações e, não havendo desertado, poderiam ser considerados estar prontos para ser destruídos ou dar outro bote. Atiraria a eles qualquer osso que lhe ocorresse e, se necessário, entregaria todo o pessoal de Brixton. Tudo isso seria uma cortina de fumaça capaz de dissimular as informações mais vulneráveis que possuía: a identidade dos membros tchecos do seu plano e das redes Agravar e Platão.

— Landkron, Krieglova, Bilova e Pribyls — disse Jim.

Durante muito tempo Jim não tivera qualquer responsabilidade junto a essas redes. Alguns anos antes de assumir a direção em Brixton ajudara a estabelecê-las, e recrutara alguns de seus primeiros membros. Desde então muita coisa lhes acontecera, sob o comando de Bland e Haydon, e Jim nada sabia a esse respeito. Mas tinha certeza de que ainda sabia o suficiente para que eles fossem destruídos. O que mais o inquietava era o receio de que Control, Bill ou Percy Alleline, ou quem quer que desse a palavra final naquele tempo, tivesse demasiada pressa ou tardasse demais em evacuar aquelas redes até o momento em que Jim, submetido a formas de coação que poderia apenas imaginar quais seriam, não tivesse alternativa exceto entregar-se por completo.

— O engraçado foi isso — declarou Jim sem o mais leve tom de humor. — Eles não poderiam ter-se preocupado menos com as redes. Fizeram meia dúzia de perguntas sobre a rede Agravar e perderam o interesse por ela. Sabiam muito bem que a Operação Testemunho não era a criação do meu cérebro, e estavam plenamente informados sobre o fato de Control haver comprado o passe de Stevcek em Viena. Começaram exatamente no ponto em que eu desejava terminar: a entrevista no apartamento em St. James. Não me fizeram perguntas sobre algum auxiliar, não estavam interessados em quem me levara de carro para o encontro com o magiar. Tudo quanto queriam era falar sobre a teoria da maçã podre, de Control.

Uma única palavra, pensou novamente Smiley, poderia ser apenas uma palavra. E disse:

— Eles conheciam o endereço de St. James?

— Sabiam até a marca do maldito xerez.

— E os mapas? — indagou Smiley mais que depressa. — A caixa de música?

— Não. — E Jim acrescentou: — A princípio, não.

A isso Steed-Asprey costumava dar o nome de pensar pelo avesso. Eles sabiam das coisas porque Gerald os informara, refletiu Smiley. Gerald sabia o que as secretárias tinham conseguido obter do velho MacFadean. O Circus realizava sua própria autópsia: e Karla levava a vantagem de suas descobertas a tempo de havê-las utilizado contra Jim.

— Então suponho que, naquela hora, você estava começando a achar que Control tinha razão: *havia* uma toupeira — declarou Smiley.

Jim e Smiley estavam apoiados numa cancela de madeira. O terreno se estendia diante deles num forte declive, uma longa sucessão de vales e campos. Mais além erguia-se outra vila, uma baía e uma delgada estria de mar, banhado pelo luar.

— Eles foram direto ao centro da questão. "Por que Control agiu sozinho? O que esperava alcançar?" "Sua reabilitação", disse eu. Eles riram. "Com informações enlatadas sobre posições militares na área de Brno? Isso não daria nem para ele pagar uma refeição decente em seu próprio clube."

"Talvez ele estivesse perdendo o domínio da situação", declarei. E se Control estivesse perdendo esse domínio, disseram eles, quem estava mandando? Alleline, isso era o que se dizia: Alleline e Control viviam em competição para proporcionar informações ao governo. Mas em Brixton nós só ouvimos boatos, disse eu. "E o que Alleline está produzindo e Control *não* está?" "Não sei", respondi. "Mas você acabou de afirmar que Alleline e Control vivem em competição para proporcionar informações." Declarei: "É o boato que corre. Eu não sei." E eles me mandaram de volta.

Nessa altura Jim declarou que tinha perdido completamente a noção do tempo. Ficava metido na escuridão de um capuz ou à luz branca de uma cela. Não havia para ele dia ou noite, e para tornar a situação ainda mais fantasmagórica eles ficavam fazendo barulhos a maior parte do tempo.

Portavam-se em relação a Jim de acordo com as normas das linhas de produção: não o deixavam dormir, revezavam-se nos interrogatórios, empregavam muitas medidas que o desorientavam, muitas torturas, até que os interrogatórios se tornaram para ele uma lenta progressão, cujas alternativas seriam ficar meio maluco, como se exprimiu, ou ceder completamente. Ele naturalmente preferia ficar meio louco, mas isso era algo que uma pessoa não poderia decidir por si mesma, porque eles tinham meios de fazer com que Jim se recuperasse. Grande parte das torturas eram praticadas com emprego de eletricidade.

— E começamos outra vez. Novos métodos. "Stevcek era um general importante. Se lhe fizessem perguntas acerca de um oficial inglês de alta patente, poderiam esperar que ele estivesse devidamente informado sobre todos os aspectos de sua carreira. Você quer nos fazer crer que não se informou", eles indagaram. "Eu lhes digo que obtive minhas informações de Control", declarei. E eles insistiram: "Você leu o dossiê de Stevcek, no Circus". Eu disse que não. "Control o leu?", indagaram eles. "Não sei", foi minha resposta. "Que conclusões Control tirou da segunda nomeação de Stevcek em Moscou? Control lhe falou a respeito do papel de Stevcek no Comitê de Ligação do Pacto de Varsóvia?" "Não", foi minha resposta. Eles insistiram nessa pergunta e eu suponho que me aferrei à minha resposta porque depois de mais alguns "nãos" de minha parte eles ficaram meio adoidados. Parecia que estavam perdendo a paciência. Quando eu perdia os sentidos, eles me regavam com uma mangueira e recomeçavam a espancar-me.

"Faziam-me andar — declarou Jim. E sua narrativa tornou-se estranhamente entrecortada de arrancos. — Celas, corredores, automóvel... no aeroporto, tratamento VIP e mais pancadaria antes de eu embarcar no avião... durante o voo, adormeci e fui castigado por isso. Recobrei os sentidos novamente numa cela, menor, com paredes sem pintura. Às vezes eu pensava estar na Rússia. Concluí pelas estrelas que tínhamos voado para o leste. Às vezes eu acreditava estar em Sarratt, de volta aos interrogatórios do curso de resistência."

Durante uns dois dias eles o deixaram sozinho. Aturdido, Jim continuou a ouvir tiros na floresta e tornou a ver a demonstração militar. Quando, finalmente, começou a grande sessão, a de que ele se recordava como verdadeira maratona, enfrentou a desvantagem de sentir-se já meio derrotado logo de início.

— Uma questão de saúde tanto quanto outra coisa qualquer — explicou Jim, que estava muito tenso.

— Podemos fazer uma pausa, se você quiser — declarou Smiley. Mas no ponto em que Jim se encontrava não poderia haver pausas, e o que ele queria era irrelevante.

— Foi longa a sessão — declarou Jim. — A certa altura, eu lhes falei a respeito das notas de Control, de seus mapas e das tintas e lápis de cor. Os homens atiraram-se em cima de mim como demônios e eu me lembro de que um grupo constituído só de homens, numa extremidade da sala, ficou a olhar para mim como se fossem médicos, a murmurar coisas entre si. Falei nos lápis de cor apenas para manter a conversação, para fazê-los parar e ouvir-me. Eles prestaram atenção ao que eu dizia mas continuaram as torturas. Depois que obtiveram a informação sobre as cores, quiseram saber o que elas significavam. "O que quer dizer azul?" "Control não usava azul", eu lhes disse. "O que significava vermelho? O que queria dizer vermelho? Dê um exemplo de vermelho, no mapa. O que significava vermelho? O que significava vermelho? O que significava vermelho?" Depois disso todos se retiraram, exceto dois guardas e um tipo miúdo e frio, empertigado, que parecia ser o chefe deles. Os guardas me levaram a uma mesa e esse sujeitinho sentou-se a meu lado como um anão maldito, com as mãos cruzadas. Apanhou dois lápis de cor que estavam diante dele, um vermelho e o outro verde, e um gráfico da carreira de Stevcek.

Jim não foi exatamente derrotado, apenas não tinha mais o que inventar. Não conseguia pensar em outras histórias. As verdades que ele guardara da maneira mais recôndita eram as únicas coisas que lhe vinham à mente.

— Então você contou a eles o caso da maçã podre — sugeriu Smiley. — E lhes falou sobre *Rei, Ladrão.*

Jim disse que sim. Contou ao homem que Control acreditava que Stevcek poderia identificar a toupeira que agia no Circus. Narrou-lhe tudo sobre o código do *Rei, Ladrão,* e quem era cada um dos personagens, dando-lhe todos os nomes, um após outro.

— Qual foi a reação dele?

— Ficou pensativo durante algum tempo e me ofereceu um cigarro Detestei o maldito cigarro.

— Por quê?

— Tinha gosto de cigarro americano. Um desses Camels.

— Ele também fumou um?

— Cigarro desgraçado — disse Jim, fazendo um sinal afirmativo com a cabeça.

Depois dessa ocasião, o tempo começou novamente a passar, declarou Jim. Ele foi levado a um campo, presumia que ficava fora de uma cidade, e ficou morando num conjunto de cabanas rodeadas por uma dupla cerca de arame. Passado algum tempo conseguiu novamente andar, com a ajuda de um guarda. Um dia fizeram uma caminhada pela floresta. O campo era muito grande. O conjunto de cabanas constituía apenas uma parte do mesmo. À noite, Jim avistava o brilho das luzes de uma cidade, a leste. Os guardas usavam roupas de zuarte e não falavam, de sorte que ele não poderia dizer se estava na Tchecoslováquia ou na Rússia, mas tinha um forte palpite de que era este último país. E quando um cirurgião veio examinar suas costas, valeu-se de um intérprete que sabia russo e inglês para exprimir o desprezo que sentia pelo trabalho de seu predecessor. O interrogatório prosseguiu esporadicamente, mas sem hostilidade. Puseram uma nova equipe para lidar com ele, mas tratava-se de gente frouxa, cansada, em comparação com a primeira equipe. Certa noite, foi levado a um aeroporto militar e transportado num avião de combate da RAF até Inverness. Dali seguiu num avião pequeno até Elstree, tendo ido numa caminhonete até Sarratt. As duas viagens foram noturnas.

Jim estava rapidamente concluindo sua história. Na realidade, narrava suas experiências na Nursery quando Smiley indagou:

— E o chefe? O homenzinho frio. Você nunca mais o viu?

— Uma vez — admitiu Jim. — Pouco antes de voltar para a Inglaterra.

— Com que propósito?

— Conversa fiada. — E acrescentou num tom de voz muito mais alto: — Uma porção de bobagens sobre pessoas do Circus, coisas triviais.

— Que pessoas?

Jim respondeu de modo evasivo. Tolices sobre quem estava no último andar, e quem trabalhava no térreo. Quem era logo abaixo do chefe. "Como poderei saber?", perguntou-lhe Jim. "Os malditos porteiros ouvem falar nisso antes de nós, em Brixton."

— Então, que pessoas entraram nessas perguntas tolas, precisamente? — indagou Smiley.

— Principalmente Roy Bland — declarou Jim num tom soturno. — Indagaram como Bland conciliava sua inclinação esquerdista com o trabalho do Circus. E qual a situação de Bland diante de Esterhase e de Alleline. O que achava Bland dos quadros pintados por Bill? Que quantidade de bebida Roy tomava, e o que seria dele se Bill retirasse o apoio que lhe dava?

Jim declarou haver dado respostas insatisfatórias a essas perguntas.

— Mais alguém foi mencionado? — indagou Smiley.

— Esterhase — respondeu Jim bruscamente, no mesmo jeito tenso. — O desgraçado do homem queria saber como alguém poderia confiar num húngaro.

A pergunta que Smiley fez em seguida pareceu, até para ele mesmo, haver feito baixar um silêncio absoluto sobre todo aquele escuro vale.

— E o que disse a meu respeito? — Smiley insistiu. — O que ele disse a meu respeito?

— Mostrou-me um isqueiro. Disse que era seu. Um presente de Ann. Com dizeres gravados: "Com todo o meu amor", e a assinatura dela.

— Ele mencionou como o obteve? O que ele disse, Jim? Vamos! Não irei fraquejar das pernas por causa de uma piada infame de um espião russo a meu respeito.

A resposta de Jim pareceu ser dada numa voz de comando militar. Declarou:

— Depois da aventura de Bill Haydon com ela, Ann poderia querer dar outra redação ao que estava gravado.

Jim afastou-se em direção ao carro e disse, num brado cheio de fúria:

— Declarei a ele. Declarei àquele tipo de cara enrugada. Você não pode julgar Bill por coisas como essa. Os artistas têm padrões totalmente diversos dos nossos. Veem coisas que nós não vemos. Sentem coisas que estão acima de nós. O desgraçado sujeitinho limitou-se a rir, e comentou: "Eu não sabia que os quadros dele eram tão bons." Eu disse a ele, George, "vá para o inferno, vá para o inferno. Se ao menos você tivesse um Bill Haydon em sua maldita organização!" Eu disse a ele: "Meu Deus do Céu! O que vocês estão administrando aqui? Um serviço de espionagem ou um Exército da Salvação?"

— Você disse muito bem — observou Smiley finalmente, como se estivesse fazendo um comentário sobre algum remoto debate. — E você nunca tinha visto o homem antes?

— Quem?

— O homenzinho frio. A fisionomia dele não era familiar a você, de muito tempo atrás, por exemplo?

— Bem, você sabe como nós somos. Treinados para ver um grande número de rostos, fotografias de personalidades do Centro de Moscou. Às vezes essas imagens ficam, mesmo quando não conseguimos mais dar-lhes um nome. De qualquer maneira, aquele rosto eu não havia fixado. Fiquei pensando nisso.

— Ocorreu-me que você teve muito tempo para refletir. Você ficou de cama, curando-se, à espera de voltar para a Inglaterra. O que mais você teria para fazer, senão pensar? — Smiley ficou à espera. — Então em que você ficou pensando? Na missão. Em sua missão, eu suponho.

— De vez em quando — admitiu Jim.

— E quais as suas conclusões? Foram algo de útil? Algumas suspeitas? Você discerniu alguma coisa, poderá dar-me algumas indicações que eu possa levar comigo?

— Que diabo! — disse Jim bruscamente, com muita aspereza. — Você sabe que eu não sou nenhum feiticeiro. Sou um...

— Você é apenas um homem de campo e que deixa os outros pensarem. Apesar disso, quando você soube que tinha sido atirado a uma armadilha que não tinha mais tamanho, que fora traído, levando dois tiros pelas costas, e que não conseguiu fazer mais nada durante meses, a não ser ficar deitado ou sentado num catre, ou então andar por uma cela de prisão russa, eu presumo que até o mais dedicado homem de ação — a voz de Smiley não perdera nada de seu tom cordial — poderia ficar pensando como havia caído numa esparrela daquele tipo. Consideremos a Operação Testemunho durante um momento — sugeriu Smiley a Jim, que estava imóvel diante dele. — A Operação Testemunho acabou com a carreira de Control. Ele se desgraçou e não conseguiu perseguir sua toupeira, presumindo-se que havia essa toupeira. O Circus passou a outras mãos, e Control morreu, revelando nisso grande senso de oportunidade. A Operação Testemunho produziu também mais alguns resultados. Revelou aos russos, aliás por seu intermédio, o exato alcance das suspeitas de Control. O fato é que limitara o campo de suas suspeitas a cinco pessoas, mas nada mais além disso, aparentemente. Não estou sugerindo que você deveria ter ponderado e medido tudo isso em sua cela, enquanto lá estava. Afinal de contas, você não poderia ter a menor ideia, por detrás das grades, de que Control havia sido alijado, embora pudesse ter lhe ocorrido que os russos organizaram aquela batalha simulada, na floresta, no propósito de provocar uma tempestade. Não foi isso?

— Você está esquecido das redes — declarou Jim num tom lúgubre.

— Os tchecos já tinham descoberto essas redes muito antes de você entrar em cena. Eles apenas fizeram um estardalhaço com elas para acentuar o fracasso de Control.

O tom expositivo, quase coloquial, com que Smiley exprimiu suas teorias não encontrou a menor ressonância em Jim. Tendo esperado, em vão, que ele se dispusesse a dizer alguma coisa, Smiley mudou de assunto.

— Bem, vamos passar à sua recepção em Sarratt, está certo? Para encerrar o assunto.

Num raro momento de inadvertência, Smiley serviu-se da garrafa de vodca e tomou um trago antes de passá-la a Jim.

A julgar por seu tom de voz, aquilo tudo já fora o bastante para Jim. Ele falou rapidamente e cheio de irritação, com aquela mesma concisão militar que era sua defesa contra incursões de ordem intelectual.

— Sarratt foi um limbo durante quatro dias — disse ele. — Comi para valer, bebi um bocado e dormi até mais não poder. Dei umas caminhadas pelo campo de críquete. Teria nadado, mas a piscina estava em conserto, como acontecera seis meses antes. Ineficiência maldita. Tinha feito exame médico, assistido a programas de televisão em minha cabana e jogado um pouco de xadrez com Cranko, que era o responsável por mim.

Durante todo esse tempo, Jim ficou esperando que Control aparecesse, o que não aconteceu. A primeira pessoa do Circus que foi visitá-lo foi o funcionário encarregado do enquadramento do pessoal, o qual lhe falou a respeito de uma agência de colocação de professores muito disposta a ajudar. Em seguida foi procurado por um sujeito encarregado dos problemas de pagamentos que veio discutir com ele a pensão a que tinha direito e, depois dessa pessoa, voltou a aparecer o médico a fim de avaliar seu caso para que recebesse uma gratificação. Jim ficou aguardando os encarregados de interrogá-lo, mas nunca apareceram, o que foi um alívio para ele, pois não sabia o que lhes teria dito enquanto não obtivesse o sinal verde de Control. Além disso, já estava farto de perguntas. Presumiu que Control estava mantendo esses homens afastados. Pareceu absurdo a Jim que não dissesse a quem viesse interrogá-lo o que já havia informado aos russos e aos tchecos. Mas que poderia fazer enquanto não tivesse a palavra de Control? Quando este persistiu em não lhe enviar instruções, ele chegou a pensar em apresentar-se a Lacon e contar-lhe sua história. Depois concluiu que Control estaria esperando que ele saísse da Nursery para entrar em contato. Jim tivera uma recaída que durara alguns dias e, quando se restabeleceu, apareceu-lhe Toby Esterhase, de terno novo, aparentemente para apertar-lhe a mão e desejar-lhe boa sorte. Mas de fato viera dizer-lhe como andavam as coisas.

— Sujeito estranho que eles mandaram — disse Jim. — Mas parecia ter subido de posição. Então me lembrei do que Control havia dito sobre usar certas pessoas...

Esterhase declarou a Jim que o Circus tinha quase sido fechado em consequência da Operação Testemunho, e que Jim era, no momento, o réprobo número um do Serviço. Control estava afastado e encontrava-se em andamento uma reorganização do Circus, no propósito de apaziguar Whitehall.

— Ele então me disse que eu não me preocupasse — acrescentou Jim.

— Em que sentido? — indagou Smiley.

— A respeito de meu enquadramento. Declarou que poucas pessoas sabiam a verdadeira história, e que eu não precisava me preocupar porque a coisa iria ser devidamente cuidada. Todos os fatos eram conhecidos. Em seguida ele me deu mil libras em dinheiro, a título de adicional à minha pensão.

— Quem as mandou? — perguntou Smiley.

— Ele não me disse.

— Toby mencionou a teoria de Control a respeito de Stevcek? A de que havia um espião do Centro de Moscou no Circus?

— Os fatos eram conhecidos — repetiu Jim, fuzilando Smiley com o olhar. — Ele *determinou* que eu não me aproximasse de ninguém, nem procurasse espalhar minha história porque a coisa estava sendo tratada em alto nível, e o que quer que eu fizesse poderia deitar tudo a perder. O Circus estava novamente em marcha. Eu poderia esquecer a coisa de *Rei, Ladrão*, e toda aquele maldito plano: toupeiras, tudo. "Dê o fora", disse ele. "Você é um homem de sorte, Jim", Toby ficou repetindo. "Você recebeu ordens para levar uma boa vida, não fazer nada." Ele disse que eu poderia esquecer tudo. Está bem? Esquecer tudo. E me portar como se aquilo não tivesse acontecido. — E Jim continuou, aos brados: — Isso é o que eu tenho feito: cumprir ordens e esquecer.

A paisagem noturna pareceu a Smiley subitamente inocente: uma grande tela na qual jamais fora pintada qualquer imagem. Um ao lado do outro, os dois estavam contemplando o vale, olhando por sobre aquelas luzes para um pico rochoso que se recortava no horizonte. Uma torre isolada erguia-se no alto dele e, durante um momento, ela assinalou para Smiley o fim da jornada.

— Sim — declarou Smiley. — Também esqueci um pouco as coisas. Então Toby realmente mencionou a coisa de *Rei, Ladrão*. Mas como ele ficou sabendo disso, a menos que... E não trouxe nenhuma palavra de Bill? — continuou Smiley.

— Bill estava fora, no exterior — disse Jim laconicamente.

— Quem lhe contou isso?

— Toby.

— Então você nunca se avistou com Bill. Desde a Operação Testemunho, seu amigo mais antigo, mais íntimo, desapareceu.

— Você ouviu o que Toby me disse. Eu estava fora do jogo. De quarentena.

— Bill nunca foi muito de respeitar normas, não é? — declarou Smiley num tom de quem estava evocando suas próprias reminiscências.

— E você nunca foi capaz de julgá-lo da maneira certa — esbravejou Jim.

— Sinto não ter estado no Circus quando você me procurou antes de seguir para a Tchecoslováquia — comentou Smiley depois de uma breve pausa. — Control me despachara para a Alemanha, quis me afastar do centro dos acontecimentos. E, quando voltei... O que você queria, exatamente?

— Nada. Pensei que a Tchecoslováquia poderia ser um pouco... Pensei que eu deveria me despedir de você, dizer adeus.

— Antes de uma missão? — exclamou Smiley, num tom de certa surpresa. — Antes de uma missão tão *especial*? — Jim não fez a menor demonstração de ter ouvido. — Você se despediu de mais alguém? — prosseguiu Smiley. — Suponho que todos nós estávamos fora. Toby, Roy... Bill. Você disse adeus a ele?

— A nenhum deles.

— Bill estava de licença, não foi? Mas creio que andava por perto, apesar de tudo.

— A nenhum deles — insistiu Jim. E um espasmo de dor fez com que erguesse o ombro e fizesse um movimento de rotação da cabeça. — Todos estavam fora.

— Isso foi muito contra seu feitio, Jim — declarou Smiley no mesmo tom conciliador. — Andar dando apertos de mão às pessoas antes de seguir para missões de importância vital. Você deve ter ficado romântico com a velhice. Não foi... — Smiley hesitou. — Não foi porque você queria ouvir os conselhos de alguém? Afinal de contas, você achava que a missão era tola. Não era isso que você pensava? E que Control estava perdendo o domínio das situações. Talvez você tenha sentido que deveria levar seu problema a uma terceira pessoa. Todo esse problema tinha um aspecto meio louco, admito.

Informe-se sobre os fatos, costumava dizer a Steed-Asprey, depois procure experimentar as histórias como se fossem roupas.

Eles voltaram para o carro ao passo que Jim se fechara num furioso mutismo.

De regresso ao motel, Smiley tirou vinte fotografias do bolso do capote. Eram do formato de cartões-postais, e ele as arrumou em duas fileiras sobre a mesa de cerâmica. Algumas delas eram instantâneos, outras eram retratos.

Todas de homens, e nenhum deles tinha aparência de ser inglês. Jim apanhou duas fotografias, fazendo uma careta, e passou-as a Smiley. Murmurou ter certeza quanto à primeira, mas estar menos seguro em relação à segunda. A primeira foto era do tal chefe, o anão frio. A segunda era de um dos porcos que ficavam olhando, protegidos pela sombra, enquanto os facínoras arrebentavam Jim. Smiley tornou a pôr as fotografias no bolso. No momento em que ergueram seus copos e tomaram o último trago, antes de ir deitar-se, um observador menos torturado que Jim poderia ter notado que estava sendo tratado com cerimônia, não qualquer sentimento de triunfo, como se aquele drinque estivesse selando alguma coisa.

— Então, quando você realmente se avistou com Bill pela última vez, para conversar? — indagou Smiley, como uma pessoa que pedisse notícias de um velho amigo. Ele evidentemente perturbara Jim com outras ideias, porque este último levou alguns momentos até levantar a cabeça e entender a pergunta.

— Foi por lá — disse ele displicentemente. — Dei de cara com ele nos corredores, creio eu.

— Para conversar com ele? Deixe isso para lá. — Jim voltara a mergulhar em outros pensamentos.

Jim não iria ser levado no carro até a escola. Smiley teria de deixá-lo perto de Thursgood, no fim da estrada asfaltada que passava pelo cemitério e ia até a igreja. Jim tinha deixado uns cadernos de exercícios na capela, segundo afirmou. Naquele momento, Smiley sentiu-se inclinado a não acreditar nele, mas não compreendeu por quê. Talvez tivesse chegado à conclusão de que após trinta anos de profissão, Jim ainda era um mau mentiroso. A última imagem que Smiley dele guardou foi a de uma sombra meio torta, caminhando em direção ao pórtico normando, com os saltos dos sapatos estalando como tiros de fuzil por entre os túmulos.

Smiley seguiu de carro até Taunton e, do Hotel Castle, deu uma série de telefonemas. Embora estivesse exausto, dormiu um sono inquieto, povoado de visões de Karla sentado à mesa de Jim e tendo dois lápis de cor na mão, e o adido cultural Polyakov, ou melhor, Viktorov, cheio de preocupações por causa de sua toupeira, Gerald, aguardando impacientemente que Jim se entregasse na cela onde se realizava o interrogatório. Finalmente, sonhou com Toby Esterhase penetrando em Sarratt, no lugar de Haydon, que estava ausente, para aconselhar jovialmente a Jim que se esquecesse de tudo a respeito da história de *Rei, Ladrão,* e também de seu criador, Control, que já estava morto.

Naquela mesma noite, Peter Guillam seguiu de carro para o oeste, atravessando a Inglaterra com destino a Liverpool, tendo Ricki Tarr como seu único passageiro. Foi uma viagem monótona, realizada em condições miseráveis. Durante a maior parte do tempo, Tarr vangloriou-se a respeito da recompensa que iria exigir e da promoção que teria depois de ter executado sua missão. Em seguida, falou sobre suas mulheres: Danny, a mãe dela e Irina. Parecia estar pensando num *ménage à quatre*, na qual as duas juntas cuidariam de Danny e dele.

— Irina tem muito de material. Isso foi o que a frustrou, naturalmente. Boris — disse Tarr — poderia se perder, e eu iria dizer a Karla que o conservasse. — Quando se aproximou seu ponto de destino, o humor de Tarr mudou novamente, e ele permaneceu calado. A madrugada era fria e havia uma densa neblina. Chegando aos subúrbios de Liverpool, eles tiveram de reduzir a marcha do carro e foram arrastando-se, ao passo que os ciclistas os ultrapassavam. Um cheiro de fuligem e de aço impregnava o automóvel.

— Não se demore em Dublin — disse Guillam subitamente. — Eles esperam que você se utilize de rotas fáceis. Por isso conserve a cabeça fria. Tome o primeiro avião que sair.

— Já discutimos isso.

— Bem, vou repetir tudo outra vez — replicou Guillam. — Qual é o nome de guerra de Mackelvore?

— Pelo amor de Deus — sussurrou Tarr. E disse o nome.

Ainda estava escuro quando a barca irlandesa partiu. Havia soldados e policiais por toda parte: da última guerra, da guerra passada e da anterior. Um vento áspero encapelava o mar e a travessia ia ser agitada. Um sentimento de companheirismo em breve uniu a pequena multidão que permaneceu no porto, enquanto as luzes do navio balançavam-se na escuridão. Uma mulher começou a chorar, e um bêbado celebrava sua libertação.

Guillam fez a viagem de volta lentamente, procurando entender a si próprio. O novo Guillam que estremecia diante de ruídos inesperados, que tinha pesadelos e não só era incapaz de conservar sua namorada como inventava razões desvairadas para desconfiar dela. Ele a tinha chamado às falas por causa de Sand, dos horários irregulares que ela tinha e de seus segredos em geral. Depois de ouvi-la, com aqueles graves olhos castanhos que ela tinha fixando-o, declarou que era um tolo e saiu. "Eu sou o que você acha que eu sou", ela disse, e foi até o banheiro buscar suas coisas. Guillam telefonou para Toby Esterhase, de seu apartamento vazio, convidando-o para uma conversa cordial, mais tarde, naquele mesmo dia.

33

Smiley estava no Rolls-Royce do ministro, tendo Lacon a seu lado. Na família de Ann aquele carro tinha o apelido de urinol preto, sendo detestado por causa de seu brilho. O chofer fora mandado fazer sua refeição da manhã. O ministro estava no banco dianteiro e os três estavam olhando para a frente, por sobre o comprido capô do carro, avistando, do outro lado do rio, as torres da Usina de Força de Battersea, cobertas de neblina. O cabelo do ministro era cheio na nuca, e se enrolava em pequenos anéis em torno das orelhas.

— Se você estiver certo — declarou o ministro após um silêncio fúnebre —, não estou dizendo que não esteja. Mas se você estiver certo, quanta louça ele irá quebrar até o fim do dia? — Smiley não entendeu bem. — Estou referindo-me ao escândalo. Gerald chega a Moscou. Bem. O que irá então acontecer? Irá subir numa caixa de sabão e rir a mais não poder de todas as pessoas que fez de idiotas por aqui? Eu quero dizer, meu Deus, que nós todos estamos juntos nisso, não estamos? Não vejo por que motivo devemos deixá-lo ir para que ele possa fazer o telhado desabar sobre nossas cabeças. — O ministro tentou uma abordagem diferente. — Quero dizer, apenas porque os russos conhecem nossos segredos isso não significa que todas as outras pessoas tenham de ficar conhecendo tais segredos. Temos muitas coisas importantes a cuidar além deles, não temos? E toda a negrada vai ler os sangrentos detalhes nos jornais dentro de uma semana?

Ou os eleitores dele, pensou Smiley.

— Acho que há uma coisa que os russos aceitam — declarou Lacon. — Afinal de contas, se você faz seu inimigo parecer um tolo, perde a justificativa de lidar com ele. Até agora eles nunca se aproveitaram de suas oportunidades, não é? — acrescentou ele.

— Bem, certifique-se de que eles estão seguindo a orientação do Partido. Obtenha isso por escrito. Não, não faça isso. Mas diga-lhes que o que é ruim para nós é ruim para eles. Não iremos informar a ordem dos nossos batedores de críquete ao Centro de Moscou para que eles possam jogar bola também, por exceção.

Recusando-se a tomar o elevador, Smiley declarou que caminhar lhe faria bem.

Era dia de Thursgood trabalhar e ele muito se ressentia com isso. Os diretores de escolas, em sua opinião, deviam estar isentos de tarefas mesquinhas, e conservar a mente lúcida para dedicar-se às diretrizes e à liderança. Sua toga de Cambridge agitando-se não lhe trouxe qualquer consolo. E enquanto permanecia de pé, no ginásio, observando os meninos que se postavam em filas para a inspeção matinal, seu olhar neles se fixou malevolamente, senão com inequívoca hostilidade. Foi Marjoribanks, no entanto, quem lhe desferiu o golpe de misericórdia.

— Ele disse que era por causa da mãe dele — explicou Marjoribanks, num murmúrio quase inaudível junto ao ouvido esquerdo de Thursgood. — Recebeu um telegrama e decidiu sair imediatamente. Nem mesmo ficou para tomar uma xícara de chá. Prometi transmitir-lhe o recado.

— Isso é monstruoso, positivamente monstruoso — declarou Thursgood.

— Ficarei com as aulas de francês dele, se você quiser. Posso substituí-lo nas Turmas Cinco e Seis.

— Estou indignado — declarou Thursgood. — Nem consigo pensar. Estou indignado.

— E Irving diz que cuidará da partida final de rúgbi.

— Relatórios a fazer, exames, partidas finais de rúgbi a disputar. O que terá a mulher? Talvez uma gripe, suponho. Uma gripe da estação. Todos apanhamos gripe, e também nossas mães. Onde ela mora?

— Pelo que ele disse a Sue, entendi que a mulher estava morrendo.

— Bem, é uma desculpa que ele não poderá alegar novamente — comentou Thursgood, sem mostrar-se absolutamente mais brando. E num brado áspero, impôs silêncio e fez a chamada dos alunos.

— Roach?

— Está doente.

Era o que bastava para transbordar a taça da amargura. O menino mais rico da escola estava com um esgotamento nervoso por causa de seus desgraçados pais. E o velho dele ameaçava tirá-lo da escola.

34

Eram 16 horas daquele mesmo dia. "Tenho visto muitas casas", pensou Guillam, olhando em volta do sombrio apartamento. Seria capaz de escrever sobre o assunto como um viajante comercial poderia escrever acerca de hotéis: do hall de espelhos, de cinco estrelas, em Belgravia, com suas colunas de Wedgewood e folhas de carvalho douradas, a esse duas-peças dos caçadores de escalpos, nos Jardins Lexhams, cheirando a poeira e a esgoto, com aquele extintor de incêndio de um metro de altura, num vestíbulo escuro como breu. Sobre a lareira, cavaleiros bebiam em canecões de estanho. No canto reservado às mesas, havia conchas marinhas que serviam de cinzeiros; e na cozinha cinzenta, liam-se instruções anônimas: "Não deixe de desligar os dois bicos de gás."

Guillam estava atravessando o hall quando soou a campainha da porta da rua, na hora exata. Retirou o telefone do gancho e ouviu a voz distorcida de Toby a gemer no fone. Guillam apertou o botão e escutou o ruído do ferrolho elétrico a ecoar pela escada. Abriu a porta da frente mas deixou-a presa na corrente até certificar-se de que Toby estava sozinho.

— Então, como vamos? — indagou Guillam num tom jovial, fazendo-o entrar.

— Muito bem, Peter — disse Toby, tirando o casaco e as luvas.

Havia chá numa bandeja. Guillam o fizera: duas xícaras. Existem certas normas em matéria de provisões: a pessoa finge que mora numa delas ou que é pessoa capaz em qualquer lugar. Ou, simplesmente, que não se esquece de nada. No ofício de espião, a naturalidade é uma arte, concluíra Guillam. Isso era algo que Camila não seria capaz de apreciar.

— O tempo anda de fato bem estranho — declarou Esterhase, como se realmente tivesse analisado as condições meteorológicas. As conversas sem importância nas casas de segurança nunca eram muito melhores do que isso. — A gente dá meia dúzia de passos e sente-se completamente exausto. Então estamos à espera de um polonês? — indagou ele, sentando-se. — Um polonês ligado ao comércio de peles e que você acha que poderá servir de correio para nós?

— Ele deve estar aqui a qualquer momento.

— Nós o conhecemos? Mandei meu pessoal procurar o nome dele, mas não o encontraram.

Meu pessoal, pensou Guillam: preciso não me esquecer de usar essa expressão.

— Os poloneses livres o abordaram há alguns meses, e o homem deu uma corrida de mais de um quilômetro — disse Guillam. — Posteriormente Karl Satck o localizou perto dos armazéns do cais e achou que ele poderia ser útil aos caçadores de escalpos. — Deu de ombros. — Gostei dele. Mas que interessa? Nós nem conseguimos manter nosso pessoal ocupado.

— Peter, você é generoso — declarou Esterhase num tom reverente. E Guillam experimentou o ridículo sentimento de que acabara de dar-lhe uma gorjeta. Ficou aliviado quando a campainha da porta da frente soou e Fawn tomou seu lugar à entrada da porta.

— Sinto muito, Toby — disse Smiley, meio ofegante por haver subido as escadas. — Onde penduro meu sobretudo, Peter?

Virando Toby contra a parede, Guillam levantou-lhe as mãos, ao que ele não opôs qualquer resistência. Em seguida, revistou-lhe os bolsos para ver se ele estava armado, e o fez bem devagar. Toby não tinha arma de espécie alguma.

— Ele veio sozinho? — indagou Guillam. — Ou haverá algum amiguinho dele à espera, na estrada?

— Tudo me pareceu desimpedido — declarou Fawn.

Smiley estava junto à janela, olhando para a rua. E disse:

— Apague a luz por um minuto, sim?

— Espere no hall — ordenou Guillam a Fawn, que se retirou, levando o casaco de Smiley. — Você viu alguma coisa? — Guillam perguntou a Smiley, indo até onde ele estava, à janela.

Aquela tarde londrina ganhara um tom róseo e enevoado, e aquele matiz amarelo do cair da noite. A praça era residencial e vitoriana, tendo ao centro um jardim cercado de grades, já às escuras.

— Apenas uma sombra, suponho — disse Smiley num grunhido, e voltou para perto de Esterhase. O relógio sobre a lareira deu quatro horas. Fawn devia ter-lhe dado corda.

— Quero lhe propor uma tese, Toby. Uma ideia sobre o que está se passando. Você me permite?

Esterhase não moveu um só músculo. Suas mãos pequenas estavam apoiadas nos braços de madeira da cadeira onde estava sentado de maneira bastante confortável, mas um tanto em posição de sentido, por assim dizer, com os dedos dos pés e os calcanhares juntos, dentro dos sapatos lustrosos.

— Você não precisa falar. Não há o menor risco em ouvir, não é?

— Talvez.

— Vamos remontar há dois anos. Percy Alleline quer conquistar o cargo de Control, mas não tem prestígio no Circus. Control tudo fez para que fosse assim. Está doente e não é mais jovem, mas Percy não consegue tirá-lo do lugar. Lembra-se dessa época?

Esterhase fez um sinal de cabeça.

— Foi uma daquelas temporadas estúpidas — declarou Smiley num tom de voz comedido. — Não havia trabalho suficiente a fazer lá fora, por isso começamos a tecer intrigas no Serviço, espionando uns aos outros. E Percy estava sentado em sua sala, certa manhã, sem ter o que fazer. Tinha sido nomeado, no papel, diretor operacional. Na prática, não passava de um carimbo de borracha entre as seções regionais e Control, se chegava a ser isso. A porta de Percy abriu-se e alguém entrou na sala. Nós o chamaremos de Gerald. Trata-se apenas de um nome. "Percy", disse ele, "acabei de topar com uma importante fonte russa. Poderá ser uma mina de ouro." Ou talvez nada tenha dito enquanto eles não saíram do prédio porque Gerald é um ótimo homem de campo, e não gosta de falar com paredes e telefones em volta. Talvez tenham dado um passeio pelo parque ou uma volta de carro. Possivelmente teriam feito uma refeição em algum lugar, e, nessa altura, Percy não poderia fazer grande coisa, exceto ouvir. Percy tinha muito pouca experiência com a cena europeia, lembre-se disso, principalmente com a Tchecoslováquia e os Bálcãs. Os primeiros dentes dele romperam na América do Sul e, depois disso, trabalhou nas velhas possessões: Índia, Oriente Médio. Não sabia grande coisa sobre russos, tchecos ou o que você quiser, e estava inclinado a ver que vermelho era vermelho, e deixar as coisas assim. Estou sendo injusto?

Esterhase franziu os lábios e enrugou um pouco a testa, como se estivesse dizendo que nunca discutia as opiniões de um superior.

— Ao passo que Gerald era um perito em tais assuntos. Sua vida de trabalho passou-se tramando planos e se esquivando nos mercados do Leste. Percy estava meio confuso, mas interessado. Gerald estava pisando em terreno familiar. Essa fonte russa, disse Gerald, poderia ser a mais rica que o Circus tivera durante anos. Gerald não queria falar demais, mas esperava trazer amostras de informações, dentro de um ou dois dias. E quando assim fizesse, estimaria que Percy as examinasse somente para fazer uma ideia de sua qualidade. Mais tarde, eles poderiam entrar em detalhes sobre a fonte. "Mas por que eu?", indaga Percy. "De que se trata?" Então Gerald lhe disse: "Percy. Alguns de nós, das seções regionais, estão preocupados com o nível de nossas perdas operacionais. Parece haver um azar em torno de tudo. Um excesso de falatório no Circus e fora dele. Gente demais sendo envolvida na distribuição de informações. No campo, nossos agentes são encostados no paredão, nossas redes estão sendo destruídas ou coisa pior, e cada novo trabalho acaba num acidente de rua. Queremos sua ajuda para consertar as coisas." Gerald não era um rebelde, e tomou todo o cuidado para não dar a impressão de que houvesse algum traidor no Circus que estivesse desbaratando todas as operações, porque todos sabem que, quando começam a circular conversas desse tipo, a maquinaria se desgasta e acaba parando de funcionar. De qualquer modo, a última coisa que Gerald desejava era uma caçada às bruxas. Mas de fato afirmou que o Serviço estava fazendo água por todas as juntas, e que o desleixo da cúpula estava conduzindo a insucessos nos escalões inferiores. Tudo isso foi um bálsamo para os ouvidos de Percy. Gerald fez uma relação dos escândalos recentes e teve o cuidado de insistir na aventura do próprio Alleline, no Oriente Médio, que dera tão maus resultados a ponto de quase custar-lhe a carreira. Em seguida, fez sua proposta. E disse o seguinte: "De acordo com minha tese, você compreende. É apenas uma tese."

— Sem dúvida, George — confirmou Toby, passando a língua nos lábios.

— Outra tese seria a de que Alleline era seu próprio Gerald, você compreende. Mas acontece que eu não creio nisso. Não acredito que Percy fosse capaz de sair em campo e comprar para si mesmo um espião russo de primeira classe, nem que estivesse à altura de governar seu próprio barco de então em diante. Acho que ele faria uma confusão tremenda.

— Sem dúvida — disse Esterhase, com absoluta confiança em sua afirmação.

— Então, segundo minha tese, foi isso que Gerald disse a Percy logo depois. Nós, isto é, eu e as almas parecidas com a minha, associadas nesse projeto, gostaríamos que você agisse como nossa imagem paterna, Percy. Nós não somos políticos, somos homens de ação. Não entendemos aquela selva de Whitehall. Mas você a entende. Você cuidaria das comissões, e nós lidaríamos com Merlin. Se você agir como nosso intermediário e nos proteger desse apodrecimento que se instalou entre nós, o que significará, na realidade, limitar o conhecimento da operação ao mínimo absoluto, proporcionaremos o produto. Eles conversaram sobre meios e modos pelos quais isso poderia ser feito. Em seguida, Gerald deixou que Percy ficasse se apoquentando durante algum tempo. Uma semana, um mês, não sei. Tempo bastante para que refletisse. Um belo dia, Gerald trouxe sua primeira amostra. Naturalmente era muito boa. Muito boa, mesmo. Informações navais, que não poderiam convir melhor a Percy junto ao Almirantado, que era seu fã-clube. Desse modo Percy ofereceu aos amigos da Marinha uma espécie de bola rasteira de críquete, a título de pré-estreia, e eles ficaram com água na boca. "De onde proveio isso? Haverá mais informações?" Há uma grande quantidade de informações. Quanto à identidade da fonte, bem, isso é o grande mistério dessa etapa, mas deve ser assim mesmo. Você me perdoe se eu estiver um pouco longe do alvo sob certos aspectos, mas só disponho do arquivo para me orientar.

A menção do arquivo, o primeiro indício de que Smiley poderia estar agindo em caráter oficial, causou em Esterhase uma reação perceptível. Aquele seu gesto habitual de passar a língua nos lábios foi acompanhado de um movimento de cabeça, para a frente, e de uma expressão de astuciosa familiaridade, como se Toby, por meio desses sinais, estivesse procurando indicar que também ele havia lido o arquivo, qualquer que fosse esse arquivo, e que compartilhava inteiramente as conclusões de Smiley. Smiley interrompera suas palavras para tomar um pouco de chá.

— Mais chá, Toby? — indagou Smiley com a xícara na mão.

— Vou buscar — declarou Guillam num tom mais firme que hospitaleiro. — Chá, Fawn — disse através da porta. Esta foi imediatamente aberta e Fawn apareceu com uma xícara na mão.

Smiley voltara à janela. Abrira a cortina dois centímetros e estava olhando atentamente para a praça.

— Toby Você trouxe um *baby-sitter*?

— Não

— Nem um só?

— George, por que eu traria um *baby-sitter* se iria apenas ter um encontro com Peter e um pobre polonês?

Smiley voltou à sua cadeira e recomeçou a falar.

— Merlin, como fonte. Onde estava eu? Ah, sim. De maneira bastante conveniente, Merlin não era apenas uma única fonte, conforme Gerald pouco a pouco explicou a Percy, e os dois outros homens que ele havia então trazido para dentro do círculo mágico. Merlin era um agente soviético, muito bem. Mas, no que se parecia muito com Alleline, era também o porta-voz de um grupo dissidente. Gostamos muito de nos ver nas situações de outras pessoas, e tenho certeza de que Percy se sentiu identificado com Merlin desde o começo. Esse grupo, essa dissidência de que Merlin era o líder, constituía-se, digamos, de meia dúzia de funcionários soviéticos que tinham a mesma maneira de pensar, todos eles bem situados. Cada qual em seu setor. Com o passar do tempo, suspeito de que Gerald deu o nome de seus auxiliares, e Percy adquiriu uma noção bastante íntima dessas subfontes, mas isso eu não sei. A tarefa de Merlin consistia em confrontar as informações dessas subfontes e fazê-las chegar ao Ocidente. E no decurso dos meses que se sucederam, ele demonstrou notável versatilidade ao proceder exatamente desse modo. Empregou toda espécie de método, e o Circus mostrou-se extremamente solícito a fornecer-lhe todo o equipamento. Correspondência secreta, informações impressas sobre sinais de pontuação de cartas de aspecto inocente, caixas de cartas clandestinas nas capitais do Ocidente, que eram cheias por, Deus sabe, bravos russos, e zelosamente esvaziadas pelos valorosos coletores de informações de Toby Esterhase. Até reuniões ao vivo, organizadas e observadas pelos *baby-sitters* de Toby — nessa altura Smiley fez uma pausa muito breve e tornou a olhar em direção à janela. — Duas idas a Moscou, que deveriam ser seguidas por trabalho de campo executado pela residência local, embora jamais lhe fosse permitido conhecer seus benfeitores. Mas nada de rádio clandestino; Merlin não gosta disso. Certa vez houve uma proposta, chegou até o Tesouro, no sentido de estabelecer-se uma emissora de rádio de longo alcance, na Finlândia, apenas para proporcionar ajuda a ele, mas tudo foi por água abaixo quando Merlin declarou: "Não." Ele deve ter tomado lições com Karla. Você sabe que Karla detesta rádio. A grande coisa é a seguinte: Merlin possui mobilidade: esse é seu maior talento. Talvez pertença ao Ministério do Comércio, em Moscou, e possa utilizar-se de seus caixeiros-viajantes. Como quer que seja, dispõe de recursos e possui voz ativa fora da Rússia. Por isso seus companheiros de conspiração o procuram para que ele se entenda com Gerald e acerte as condições, as condições financeiras. Porque eles de fato querem dinheiro. Muito dinheiro. Eu devia ter mencionado isso. Nesse particular, os serviços secretos clientes são iguais a quaisquer outras pessoas, acho. Dão mais valor ao que custa mais caro, e Merlin custa uma fortuna. Você já comprou um quadro falso?

— Vendi dois deles certa vez — disse Toby dando um sorriso rápido e nervoso. Mas ninguém riu.

— Quanto mais você pagar por um quadro desses, menos estará inclinado a duvidar de sua autenticidade. É tolo, mas é assim. É também um conforto para todo mundo saber que Merlin é venal. Um motivo que todos compreendem, não é mesmo, Toby? Especialmente no Tesouro. Vinte mil francos por mês, depositados num banco suíço. Bem, não se conhece quem não afrouxaria alguns princípios igualitários por um dinheiro desses. Por isso Whitehall lhe paga uma fortuna e considera suas informações de um preço inestimável. E parte dessas informações *é* boa — admitiu Smiley. — Muito boa, eu de fato acho, e assim deveria ser. Então, um belo dia, Gerald admite Percy no maior segredo de todos. A facção Merlin possui um terminal em Londres. Isso foi o começo, devo dizer, de um vínculo muitíssimo inteligente.

Toby colocou a xícara no pires e enxugou meticulosamente os cantos da boca com o lenço.

— Segundo informou Gerald, um membro da Embaixada Soviética daqui de Londres estava de fato disposto a agir como representante de Merlin e capacitado para isso. Ocupava um posto excepcional, sendo capaz de utilizar-se, em raras ocasiões, das facilidades da Embaixada para falar com Merlin em Moscou, e assim enviar e receber mensagens. E se fossem tomadas todas as precauções concebíveis, seria ainda possível, de vez em quando, que Gerald arranjasse reuniões clandestinas com esse homem maravilhoso, no propósito de obter e dar informações, fazer-lhe perguntas suplementares e receber respostas de Merlin pelo mensageiro. Daremos a esse funcionário soviético o nome de Aleksey Aleksandrovich Polyakov, e faremos de conta que ele é membro do Departamento Cultural da Embaixada Soviética. Você está de acordo comigo?

— Não ouvi nada. Fiquei surdo.

— Polyakov tornou-se importante muito depressa porque ao cabo de pouco tempo Gerald o nomeou o elemento de ligação da Operação Bruxaria e muito mais, além disso, a entrega secreta de informações em Amsterdã e Paris, as tintas secretas, os tudo-vai-bem; mas não bastava. A conveniência de ter Polyakov à soleira da porta seria boa demais para se deixar de lado. Uma parte do melhor material de Merlin passou a ser contrabandeada para Londres através da mala diplomática. Tudo quanto Polyakov teria de fazer seria abrir os envelopes e passá-los ao seu equivalente no Circus: Gerald ou quem este indicasse. Mas jamais devemos esquecer que essa parte da Operação Merlin se manteve absolutamente secreta. Absolutamente secreta. O próprio grupo da Operação Bruxaria também era secreto, sem dúvida, mas numeroso. Isso foi inevitável. A operação era de vulto, o material que ela recebia era volumoso, e somente seu processamento e distribuição exigiam supervisão de pessoal de escritório numeroso: transcritores, tradutores, codificadores, datilógrafos, avaliadores e Deus sabe que outros tipos de pessoas. Nada disso preocupou Gerald, naturalmente. Na realidade ele gostava dessa situação porque a arte de ser Gerald consistia em ser um no meio da multidão. O grupo da Operação Bruxaria era dirigido por um escalão hierárquico inferior? Médio ou superior? Aprecio a descrição que Karla faz dos grupos de pessoas. É chinesa? Um grupo ou comissão é um animal que tem quatro patas traseiras. Mas o terminal de Londres, a perna (ou pata) de Polyakov, essa parte era confinada ao círculo mágico de origem. Skordeno, de Silsky, toda a malta: eles poderiam abalar-se para o exterior e trabalhar como loucos para Merlin fora do país. Mas aqui, em Londres, a operação que envolvia o irmão Polyakov, a maneira de atar os nós, constituiu um segredo muito especial, e, por motivos muito especiais. Você, Percy, Bill Haydon e Roy Bland. Vocês quatro formavam o círculo especial. Não é?

Agora vamos apenas especular como ele funcionava em seus detalhes. Havia uma casa, sabíamos disso. Mas as reuniões que lá se realizavam eram organizadas de maneira muito cuidadosa, poderíamos ter certeza disso, não é? Quem se encontrava com Polyakov, Toby? Quem lidava com Polyakov? Você, Roy, Bill?

Segurando a gravata por sua extremidade mais larga, Smiley virou para fora o forro de seda da mesma e começou a limpar os óculos, e respondeu sua própria pergunta:

— Todos vocês. Como? Às vezes Percy se encontrava com ele. Presumo que Percy representava junto a ele o lado autoritário: "Não será hora de você tirar umas férias? Você teve notícias de sua esposa esta semana?" Percy daria certo num papel desses. Mas o grupo da Operação Bruxaria se utilizava de Percy com parcimônia. Percy era o canhão de grosso calibre e deveria possuir o valor de uma raridade. Então viria Bill Haydon. E Bill se encontraria com Polyakov. Isso acontecia com maior frequência, creio eu. Bill impressiona quando se trata da Rússia e possui valor como pessoa capaz de proporcionar entretenimento. Tenho a impressão de que ele e Polyakov se entendem muito bem. Acho que Bill brilhou quando chegou o momento de dar instruções e das perguntas suplementares, você não acha? Assegurar que as mensagens certas chegassem a Moscou. Por vezes ele levava Roy em sua companhia, em outras mandava Roy ir sozinho. Espero que eles organizem entre si algo de parecido com isso. E Roy é, sem dúvida, especialista em economia, como também pessoa do mais alto nível em matéria de satélites. Por esse motivo deve haver muitas conversas sobre esses assuntos. E às vezes imagino que seriam por ocasião de aniversários, Toby, ou pelo Natal, ou quando se trataria de apresentar um agradecimento especial ou levar dinheiro: há uma pequena fortuna destinada a diversões, observo, para não falar em gratificações. Às vezes, para que a festa prosseguisse, vocês quatro iam juntos e erguiam suas taças pela saúde do rei, que estava do outro lado do mar: a Merlin por intermédio de seu enviado, Polyakov. O próprio Toby teria seus assuntos a tratar com o amigo Polyakov. Discutir a arte da espionagem, além de manter breves conversações sobre o que se estaria passando na Embaixada, tão úteis aos informantes em suas operações do dia a dia em matéria de vigilância da residência. Por isso Toby também teria suas sessões em que faria seus solos. Afinal de contas, não devemos desprezar o valor local de Polyakov, inteiramente distinto de seu papel como representante de Merlin, em Londres. Não é todos os dias que dispomos de um diplomata soviético domesticado, em Londres, comendo de nossas mãos. Com um pouco de prática no uso de uma máquina fotográfica, Polyakov poderia ser muito útil até em nível puramente doméstico. Isso desde que não nos esquecêssemos de nossas prioridades.

O olhar de Smiley não se afastara do rosto de Toby. Acrescentou:

— Posso imaginar que Polyakov pôde em pouco tempo acumular um bom número de carretéis de filmes, você não acha? E que uma das tarefas de quem se avistasse com ele seria reabastecer seu estoque, levando-lhe pequenos pacotes selados. Pacotes de filmes, filmes virgens, sem dúvida, desde que viessem do Circus. Diga-me uma coisa, Toby, por favor, Lapin é um nome familiar?

Depois de passar a língua pelos lábios, franzir o rosto e sorrir, e de fazer um movimento de cabeça para a frente, ele respondeu:

— Sem dúvida, George. Eu conheço Lapin.

— Quem mandou destruir os relatórios dos informantes a respeito de Lapin?

— Fui eu, George.

— Por sua própria iniciativa?

O sorriso de Toby tornou-se mais pronunciado, e ele disse:

— Escute, George, eu subi alguns degraus na hierarquia nos últimos tempos.

— Quem disse que Connie Sachs deveria ser atirada escadas abaixo?

— Olhe, creio que foi Percy. Talvez tenha sido Percy, ou talvez Bill. Você sabe como é uma grande operação. É preciso remendar sapatos, lavar panelas, há sempre alguma coisa em andamento. — E Toby deu de ombros. — Talvez tenha sido Roy.

— Então você recebe ordens de todos eles — declarou Smiley com desdém. — Isso é falta de discriminação de sua parte. Você deveria saber agir melhor.

Esterhase não gostou dessas palavras. Smiley continuou:

— Quem lhe disse para pôr Max na geladeira, Toby? Foram essas mesmas três pessoas? Tenho de levar tudo isso ao conhecimento de Lacon, você compreende. Ele está me fazendo uma terrível pressão, exatamente agora. Parece apoiado pelo ministro. Quem foi que lhe disse para pôr Max na geladeira?

— George, você tem estado conversando com as pessoas erradas.

— Um de nós tem feito isso — concordou Smiley jovialmente. — Sem a menor dúvida. Eles também querem saber o que há sobre Westerby: quem o amordaçou? Foi a mesma pessoa que mandou você ir a Sarratt com mil libras em dinheiro e uma palavra para tranquilizar o espírito de Jim Prideaux? Estou apenas em busca de fatos, Toby, e não de escalpos. Você me conhece, não sou do tipo vingador. De qualquer maneira, o que significaria dizer que você não é pessoa muito leal? Trata-se apenas de uma questão de a quem ser fiel. — E Smiley acrescentou: — Eles apenas querem saber, você compreende. Tem havido conversas feias a respeito de realizar uma espécie de inquérito. Ninguém deseja isso, não é? Seria como procurar um advogado quando alguém briga com a esposa: um passo irrevogável. Quem lhe forneceu a mensagem de Jim sobre *Rei, Ladrão*? Você sabia o que ela queria dizer? Você a obteve diretamente de Polyakov, foi isso?

— Por amor de Deus — sussurrou Guillam. — Deixe que eu meta o braço nesse desgraçado.

Smiley não tomou conhecimento de Peter, e prosseguiu:

– Vamos continuar falando a respeito de Lapin. Qual era a tarefa que desempenhava aqui?

— Ele trabalhava para Polyakov.

— Era secretário dele no Departamento Cultural?

— Era seu informante.

— Mas meu caro Toby: que espécie de coisa um adido cultural tem a fazer com seu próprio informante?

Os olhos de Esterhase permaneciam cravados fixamente em Smiley, todo o tempo. Ele parece um cão, pensou Guillam, não sabe se deve esperar um pontapé ou um osso. Os olhos dele moviam-se do rosto de Smiley para suas mãos, e voltavam a seu rosto, permanentemente observando os pontos capazes de denunciar alguma coisa.

— Não seja tolo, George — disse Toby displicentemente. — Polyakov está trabalhando para o Centro de Moscou. Você sabe disso tão bem quanto eu. — Ele cruzou suas pernas curtas e, tornando a mostrar toda sua anterior insolência, refestelou-se na cadeira e tomou um gole de chá frio, ao passo que Smiley, segundo pareceu a Guillam, deu a impressão de ter ficado meio embaraçado. Diante disso Guillam, em seu estado de confusão, inferiu friamente que Smiley sem dúvida estava muito satisfeito consigo mesmo. Talvez porque, afinal, Toby estivesse falando.

— Vamos, George — disse Toby. — Você não é uma criança. Pense em quantas operações realizamos dessa maneira. Nós compramos Polyakov, certo? Polyakov é um espião de Moscou, mas é um dos nossos. É obrigado a fingir perante sua gente que está nos espionando. De outro jeito, como poderia ele fazer isso? Como entra e sai daquela casa o dia inteiro, sem gorilas, *baby-sitter*, tudo tão fácil? Ele vem até nossa *loja*, por isso tem de levar mercadorias para casa. Por isso lhe damos essas mercadorias. Coisas sem substância, para que ele possa transmiti-las à sua terra, e todo mundo, em Moscou, dá-lhe uns tapinhas nas costas e diz que ele é um grande homem. Isso acontece todos os dias. — Se a cabeça de Guillam estava girando por causa de uma espécie de furioso temor, a de Smiley parecia extraordinariamente lúcida.

— E essa é bem a história-padrão entre os quatro iniciados, não é verdade?

— Bem — disse Esterhase —, eu não poderia dizer que é história-padrão. — E falou fazendo um gesto muito húngaro com a mão, estendendo a palma e sacudindo-a de um lado para o outro.

— Então quem é o agente de Polyakov?

Guillam percebeu que a pergunta tinha grande importância para Smiley: ele se estendera ao máximo no propósito de chegar a essa indagação. Enquanto Guillam aguardava a resposta ora com os olhos fitos em Esterhase, que já não estava de modo algum tão confiante, ora no rosto de Smiley, que parecia o de um mandarim, ele percebeu que começava a entender o tipo da inteligente trama de Karla, como Smiley a denominara. E também estava começando a entender sua própria entrevista com Alleline, que fora uma dura provação.

— O que estou lhe perguntando é muito simples — insistiu Smiley. — Quem você imagina ser o agente de Polyakov no Circus? Meu Deus, Toby, não seja obtuso. Se o pretexto de Polyakov para encontrar-se com vocês é o fato de estar espionando o Circus, nesse caso ele deve ter um espião do Circus, não é mesmo? Então quem é esse espião? Polyakov não poderá voltar à Embaixada, depois de um encontro com vocês, com uma porção de carretéis de filmes de menor importância do Circus, e dizer: "Obtive isto com os rapazes." Tem de haver uma história, e uma boa história: uma história de aliciamento, recrutamento, encontros clandestinos, dinheiro e motivos para tudo isso. Não é? Não se trata apenas da história aparente de Polyakov, mas de sua vital linha de comunicação. Ela deve ser perfeita. Precisa ser convincente. Eu diria que é o grande trunfo do jogo. Então quem é o espião? — indagou Smiley num tom ameno. — Será você? Toby Esterhase, mascarado de traidor do Circus a fim de que Polyakov conserve seu emprego? Palavra, Toby, isso vale uma porção de medalhas.

Ficaram aguardando enquanto Toby refletia.

— Você está tomando uma estrada muito longa, George — disse Toby, afinal. — O que vai acontecer se você não chegar ao fim dessa estrada?

— Mesmo com Lacon me dando apoio?

— Traga Lacon aqui. Percy também. E Bill. Por que você veio procurar uma pessoa insignificante? Procure os grandes. Dê em cima deles.

— Pensei que você fosse hoje em dia uma figura importante. Você seria uma boa escolha para o papel, Toby. Ascendência húngara, ressentimento em matéria de promoções, razoável acesso aos fatos, mas não excessivo... é esperto, gosta de dinheiro... Dispondo de você como agente, Polyakov teria uma história que lhe daria boa cobertura, pois realmente seria sólida e funcionaria bem. Os três grandes lhe dão a ninharia, você a entrega a Polyakov. O Centro fica pensando que Toby é dos seus, todos são servidos, todos são contentados. O único problema surge quando começa a transpirar que você está entregando a Polyakov as joias da Coroa e recebendo, em troca, material sem importância. Se esse *for* o caso, você vai precisar de bons amigos, assim como nós. Minha tese é a seguinte, só para concluir: Gerald é uma toupeira russa, a serviço de Karla. E ele virou o Circus pelo avesso.

Esterhase deu a impressão de estar se sentindo muito bem, e disse:

— Escute uma coisa, George. Se você estiver errado, não quero errar também. Você entende?

— Mas se ele estiver certo, você quer estar certo também — sugeriu Guillam, numa de suas raras intervenções. — E quanto mais depressa você estiver certo, mais contente irá ficar.

— Sem dúvida — disse Toby, sem perceber de modo algum a ironia. — Sem dúvida. Quero dizer que George e você pensaram bem. Mas, meu Deus, há dois lados em toda questão, George, especialmente quando se trata de agentes. E talvez você tenha se apegado ao lado falso. Escute: quem algum dia chamou a Operação Bruxaria de ninharia? Ninguém. Nunca. É a melhor que existe. Você pega um camarada boquirroto que começa a chafurdar na lama, e já escavou a metade de Londres. Está me entendendo? Veja uma coisa. Eu faço o que eles mandam. Certo? Eles me dizem que eu faça o papel de pombo-correio para Polyakov, eu obedeço. Levar os filmes para ele, e eu levo. Estou numa situação muito perigosa — explicou Toby. — Perigosa mesmo.

— Sinto muito — disse Smiley que estava junto à janela, mais uma vez observando a praça através de uma fresta da cortina. — Isso deve estar preocupando você.

— Extremamente — concordou Toby. — Estou sofrendo de uma úlcera. Não consigo comer. Uma verdadeira enrascada.

Durante alguns momentos, o que fez Guillam ficar furioso, os três se mantiveram num silêncio de compreensão por causa dos apuros em que se encontrava Toby.

— George, eu juro a você pondo a mão no peito.

— Que espécie de gente você usaria para um trabalho como esse? Gente motorizada?

— Pessoal subalterno. Colocaria um ônibus perto do aeroporto, faria todos entrarem nele e os mandaria de volta.

— Quantos?

— Uns oito ou dez. Talvez seis, nesta época do ano. Muitos estão doentes. É Natal — disse Toby de mau humor.

— Um homem agindo sozinho?

— Jamais. Você está louco. Um homem! Você acha que eu seria gerente de uma loja de balas, nos dias de hoje?

Afastando-se da janela, Smiley voltou a sentar-se.

— Escute, George. Essa ideia que você meteu na cabeça é terrível, sabe disso? Sou um sujeito patriota, meu Deus — repetiu Toby.

— Qual é a tarefa de Polyakov na residência de Londres?

— Ele trabalha sozinho.

— Cuidando de seu grande espião no Circus?

— Sem dúvida. Eles o dispensaram dos trabalhos regulares, dando-lhe inteira liberdade para que possa lidar com Toby, o grande espião. Nós fazemos tudo, horas a fio eu fico sentado ao lado dele. "Escute", digo. "Bill está suspeitando de mim, minha mulher está desconfiando de mim, meus garotos apanharam sarampo e não tenho dinheiro para pagar o médico." Todo o material que os agentes me dão eu entrego a Poly para que ele possa transmiti-lo à pátria como se fosse verdadeiro.

— E quem é Merlin?

Esterhase sacudiu a cabeça.

— Pelo menos você ouviu dizer que ele está baseado em Moscou — disse Smiley. — E que faz parte do Serviço de Espionagem Soviético. O que poderá ele ser?

— Isso eles me dizem — concordou Esterhase.

— Assim Polyakov pode comunicar-se com ele. No interesse do Circus, sem dúvida. Secretamente, sem que seu próprio pessoal suspeite.

— Sem dúvida — e Toby recomeçou suas lamentações. Mas Smiley parecia estar ouvindo sons que não eram produzidos na sala.

— E a história de *Rei, Ladrão*?

— Não sei que diabo é isso. Faço o que Percy me manda.

— E Percy lhe disse que você deveria acomodar Prideaux?

— Sem dúvida. Talvez tenha sido Bill, talvez Roy. Escute, foi Roy. Eu precisava comer, George, você compreende. Eu não tinha opção, você está me entendendo?

— Foi o arranjo perfeito. Você percebe, não é, Toby? — observou Smiley de um jeito tranquilo, distante. — Vamos presumir que tenha sido um arranjo. Todos os que estavam certos pareciam estar errados. Connie Sachs, Jerry Westerby... Jim Prideaux... mesmo Control. Silenciou os que tinham dúvidas antes que pudessem falar... as permutações são infinitas, depois de ter sido apresentada a mentira básica. Deve-se deixar que o Centro de Moscou pense que possui uma importante fonte no Circus. Whitehall não deverá, em hipótese alguma, suspeitar da mesma ideia. Levemos isso à sua conclusão lógica, e Gerald nos levaria a estrangular nossos próprios filhos em suas camas. Seria muito bonito em outro contexto — Smiley observou quase como se estivesse sonhando. — Pobre Toby. Sim, eu de fato entendo. Como você deve ter passado por maus bocados, correndo entre eles, de um para o outro.

Toby já tinha sua resposta pronta:

— Naturalmente, se houver alguma coisa de prático que eu possa fazer, George, você me conhece. Estou sempre disposto a ajudar. Não há problema. Meus rapazes estão bem treinados, se você quiser que os empreste, talvez possamos fazer um trato. Desejo apenas isso. Por causa do Circus, você sabe. Para o bem de nossa empresa. Sou um homem modesto. Não quero nada para mim. Certo?

— Onde fica essa casa que você mantém exclusivamente para Polyakov?

— Fica nos Jardins Lock, em Camden, número 5.

— Alguém toma conta da casa?

— Sim. A Sra. McCraig.

— Ultimamente ela tem trabalhado com o rádio?

— Sem dúvida.

— Existe aparelhagem de áudio?

— O que você acha?

— Então Millie McCraig toma conta da casa e lida com os aparelhos de gravação.

— Isso mesmo — declarou Toby, fazendo um gesto de cabeça com grande vivacidade.

— Quero que você telefone para ela e diga que vou passar a noite lá e quero usar o equipamento. Diga que fui chamado para executar um trabalho especial e que ela deverá fazer tudo o que eu pedir. Chegarei lá por volta das 21 horas. Qual a maneira de vocês entrarem em contato com Polyakov, quando querem realizar uma reunião de emergência?

— Meus rapazes têm uma sala em Haverstock Hill. Poly passa de carro pela janela deles todas as manhãs, a caminho da Embaixada, e todas as tardes, quando vai para casa. Se colocarem um cartaz amarelo na janela, protestando contra o tráfego, esse é o sinal.

— E à noite? E nos fins de semana?

— Dar um telefonema e dizer que foi engano. Mas ninguém gosta disso.

— Isso já foi feito?

— Não sei.

— Você quer dizer que não fica escutando os telefonemas dele? — Toby não deu resposta. — Quero que você se afaste no fim de semana. Você acha que o Circus suspeitaria disso? — Esterhase balançou a cabeça cheio de entusiasmo. — Tenho certeza — prosseguiu Smiley — de que você prefere ficar de fora, de qualquer maneira, não prefere? — Esterhase assentiu com a cabeça. — Diga que está com um problema com uma mulher, ou qualquer outro problema que você tenha hoje em dia. Você vai passar a noite aqui, possivelmente ficará aqui duas noites. Fawn cuidará de você. Há comida na cozinha. E sua mulher?

Enquanto Guillam e Smiley ficaram a observar, Esterhase discou para o Circus e mandou chamar Phil Porteous. Recitou a lição perfeitamente, com certa autocomiseração, um jeito meio conspiratório e um ar meio jocoso. Uma mulher que estava apaixonada por ele, no norte, ameaçando-o de coisas desvairadas se ele não fosse segurar a mão dela.

— Não me diga nada, Phil, isso acontece todos os dias com você. Escute, como vai aquela nova e deslumbrante secretária? Ouça, Phil, se Mara telefonar de casa, diga que Toby está executando um grande trabalho, está bem? Fazendo o Kremlin ir pelos ares. E que estará de volta na segunda-feira. Seja amável e positivo, certo? Um abraço, Phil. — Toby desligou o telefone e discou um número do Norte de Londres: — Sra. M., alô. Aqui é seu namorado predileto, não reconhece a voz? Escute, estou lhe mandando uma visita, hoje à noite, um velho amigo, você vai ficar surpreendida. — E Toby explicou aos dois, colocando a mão no bocal do telefone: — Ela me odeia. Examine tudo, certifique-se de que tudo está funcionando. Nada de *vazamentos*. Está bem?

Quando Smiley e Guillam saíram, este último disse a Fawn num tom impregnado de veneno: "Se houver qualquer problema, amarre as mãos e os pés dele."

Já estavam na escada quando Smiley tocou levemente no braço de Guillam e disse:

— Peter, quero que você me dê cobertura. Você faz isso por mim? Me dê uns minutos, em seguida me apanhe na esquina da Marloes Road, sentido norte. Fique do lado esquerdo da calçada.

Guillam ficou esperando durante o tempo combinado, em seguida encaminhou-se para a rua. Caía uma garoa fina, estranhamente morna como neve derretida. Onde havia luzes, aquela umidade se transformava num fino nevoeiro, mas nas sombras ele não a sentia nem a via. Era apenas uma opacidade que lhe perturbava a visão, fazendo-o semicerrar os olhos. Deu uma volta completa pelos jardins e, em seguida, entrou numa bonita cavalariça, que ficava bem ao sul do ponto em que deveria apanhar Smiley. Chegando a Marloes Road, atravessou-a até a calçada esquerda, comprou um vespertino e começou a caminhar vagarosamente, passando por umas *villas* que ficavam no fundo de grandes jardins. Estava contando os pedestres, ciclistas, carros, ao passo que adiante dele George Smiley ainda andava decididamente pela calçada do outro lado, o verdadeiro protótipo do londrino a caminho de casa. Guillam lhe perguntou:

— São vários?

— Um pouco antes de chegarmos às Vilas Abingdon eu atravessarei a estrada — disse Smiley, que não pôde ser preciso. — Procure um homem isolado. Mas procure mesmo!

Enquanto Guillam estava observando, Smiley se arrancou abruptamente, como se tivesse acabado de lembrar-se de alguma coisa: saltou perigosamente na estrada e saiu imediatamente em disparada, entrando pelas portas de um bar. No momento em que o fez, Guillam viu, ou julgou ter visto, um vulto curvado e alto, com um casaco escuro, que saiu ao encalço dele. Mas, naquele momento, um ônibus parou, ficando entre Smiley e seu perseguidor. E quando o ônibus novamente se pôs em movimento, deve ter levado esse perseguidor, pois o único sobrevivente naquela faixa da calçada era um homem enfiado numa capa de chuva preta, de plástico, tendo à cabeça um boné de pano, indolentemente apoiado no ponto de parada do ônibus, a ler seu jornal da tarde. E quando Smiley saiu do bar, com sua pasta marrom, o homem apenas se limitou a erguer a cabeça da página de esportes do jornal. Durante mais um breve momento, Guillam seguiu o rastro de Smiley através dos trechos mais elegantes de Kensington, com suas construções vitorianas, enquanto Smiley se ia esgueirando de uma praça a outra, entrando em cavalariças e delas saindo pelo mesmo caminho. Apenas uma única vez, quando Guillam se esqueceu de Smiley e, instintivamente, retrocedeu um pouco, teve a suspeita de que um terceiro vulto estava caminhando junto a eles: uma sombra de bigodes, de encontro ao casario de tijolos de uma rua vazia. Mas quando Guillam recomeçou a caminhar para a frente, essa figura havia desaparecido.

Depois disso a noite teve seu próprio desvario. Os acontecimentos se sucederam depressa demais para que ele, sozinho, pudesse ligá-los. Dias depois ele percebeu que aquela figura, ou mesmo a sombra, havia despertado nele algo de familiar à sua memória. Mesmo então, por algum tempo, não conseguiu situá-la. Mas numa certa manhã, bem cedo, quando acordou, subitamente tudo se tornou claro em sua mente: uma voz áspera, militar, uma gentileza de maneiras fortemente dissimuladas, uma raquete de *squash* atirada por detrás do cofre de sua sala, em Brixton, que trouxe lágrimas aos olhos de sua secretária, incapaz de qualquer emoção.

35

Provavelmente a única coisa que Steve Mackelvedore fez de errado naquela mesma noite, em termos da técnica de espionagem clássica, foi culpar-se por não haver baixado a trava da porta traseira de seu carro. Entrando no carro pela porta do lado do motorista, atribuiu a sua própria negligência o fato de a outra trava ter ficado levantada. A sobrevivência, conforme Jim Prideaux gostava de lembrar, consiste numa capacidade infinita de se suspeitar das coisas. Conforme esse padrão purista, Mackelvedore deveria ter suspeitado de que durante uma hora de rush, particularmente abominável, numa noite também particularmente abominável, numa daquelas ruas transversais, barulhentas por causa das buzinas dos carros, e que vão dar no extremo inferior da Champs-Elysées, Ricki Tarr levantaria a trava daquela porta de trás e lhe apontaria um revólver. Mas, naqueles dias, a vida na residência de Paris pouco contribuía para manter apurada a agudeza mental das pessoas, e quase todo o dia de trabalho de Mackelvedore fora consumido no registro de suas despesas da semana e na conclusão de seu mapa referente ao pessoal, a ser enviado às secretárias. Somente depois do almoço, uma prolongada refeição em companhia de um inseguro anglófilo do labirinto do serviço francês de segurança, quebrara a monotonia daquela sexta-feira.

Seu carro, estacionado debaixo de uma tília que estava morrendo por causa das emanações dos canos de descarga, tinha uma licença extraterritorial e as letras CC coladas na parte de trás, pois a residência passava por ser uma dependência do consulado, embora ninguém levasse isso a sério. Mackelvedore era um veterano do Circus, natural de Yorkshire, atarracado e de cabelos brancos, possuindo uma longa folha de nomeações para o exercício de atividades consulares que, na opinião de todos, não lhe trouxera quaisquer vantagens. Paris era a última dessas nomeações. Ele não gostava de Paris, de modo especial, e sabia, por haver passado a vida inteira em operações no Extremo Oriente, que os franceses não lhe serviam. Mas a situação não poderia ser melhorada, sendo um prelúdio para sua aposentadoria. Recebia um bom dinheiro, morava confortavelmente, e o máximo que lhe haviam solicitado durante os dez meses em que ali se encontrava era cuidar do bem-estar dos agentes que, ocasionalmente, estivessem em trânsito, colocar uma marca de giz aqui e ali, servir de carteiro para algum trabalho da Estação de Londres e coisas assim.

Tinha sido isso até aquele momento em que estava sentado em seu próprio carro, sentindo o revólver de Tarr encostado nas costelas e a mão dele afetuosamente apoiada em seu ombro direito, pronta para arrancar-lhe a cabeça se tentasse qualquer falseta. A alguns metros de distância, moças passaram por eles apressadamente. Uns 2 metros diante deles o tráfego havia engarrafado: poderia permanecer durante uma hora. Ninguém ficaria, nem de leve, interessado na conversa íntima de dois homens, num carro parado.

— O que você andou fazendo, Ricki? — queixou-se Mackelvedore enquanto os dois, o braço de um enfiado no do outro, voltaram para a residência. — O Serviço inteiro anda procurando por você, você sabe, não é mesmo? Vão arrancar sua pele se o encontrarem. Devemos fazer coisas de gelar o sangue nas veias se dermos com os olhos em você.

Ele pensou em agarrar Tarr e golpeá-lo no pescoço, mas sabia que não tinha agilidade para isso e que Tarr o liquidaria.

A mensagem seria comunicada a cerca de duzentos grupos, declarou Tarr, no momento em que Mackelvedore abriu a porta da frente e acendeu as luzes. Depois que Steve a tivesse transmitido, eles ficariam sentados no carro, aguardando a resposta de Percy. No dia seguinte, se o instinto de Tarr se confirmasse, Percy viria a Paris a toda pressa para ter uma conversa com ele, Ricki. Essa conversa também seria realizada na residência, porque Tarr acreditava ser muito pouco provável que os russos tentassem matá-lo na sede do Consulado Britânico.

— Você está se portando como um energúmeno, Tarr. Não são os russos que querem matá-lo. Somos nós.

A sala da frente chamava-se Recepção, sendo o que restava do pretenso consulado. Nela havia um balcão de madeira e avisos obsoletos para os súditos britânicos, pendurados na parede encardida. Tarr revistou Mackelvedore para ver se ele estava armado, mas nada encontrou. A casa erguia-se no fundo do terreno, e a maior parte do material delicado ficava no outro extremo do mesmo: a sala de decifração, o cofre-forte e as máquinas.

— Você está alucinado, Ricki — advertia-lhe Mackelvedore monotonamente, enquanto ia a sua frente, atravessando salas vazias até apertar a campainha da sala de decifração. — Você sempre pensou que era Napoleão Bonaparte e agora isso o dominou completamente. Você recebeu um excesso de educação religiosa de seus pais.

O ferrolho de aço deslizou para trás e um rosto aturdido, com uma expressão ligeiramente tola, surgiu na abertura da porta.

— Pode ir para casa, Ben. Vá para junto de sua mulher, mas fique perto do telefone para o caso de eu precisar de você. Isso, meu rapaz. Deixe os livros onde estão e ponha as chaves nas máquinas. Vou falar com Londres daqui a pouco. Eu mesmo cuidarei disso. — O rosto se afastou e eles ficaram à espera enquanto o homem abria a fechadura da porta, pelo lado de dentro: uma chave, mais outra, e um trinco de molas. — Este senhor é do Extremo Oriente, Ben — explicou a Ben quando a porta se abriu. — E um dos meus conhecidos mais importantes.

— Olá — disse Ben. Era um rapaz alto, com ar de matemático, usava óculos e tinha um olhar firme.

— Vá andando, Ben. Não vou registrar sua ausência na folha de pagamento. Você terá o fim de semana livre com direito a pagamento integral. E não me deve seu tempo também. Vá dando o fora.

— Ben vai ficar — disse Tarr.

Em Cambridge Circus a luz era bem amarela e, do lugar onde Mendel estava de pé, no terceiro andar de uma loja de roupas, o asfalto molhado brilhava como ouropel. Era quase meia-noite, e ele permanecera de pé durante três horas. Estava entre uma cortina de renda e um secador de roupas. De pé, do jeito que os policiais fazem no mundo inteiro, com o peso distribuído igualmente entre as duas pernas esticadas, e ligeiramente inclinado para trás, na linha do equilíbrio. Tinha puxado o chapéu sobre o rosto e virado a gola para cima para evitar que a brancura de sua pele fosse vista da rua. Mas seus olhos, ao vigiar a entrada da frente, lá embaixo, brilhavam como os de um gato num depósito de carvão. Ele ficaria ali esperando mais três horas, ou seis: Mendel estava de volta na trilha da caça, e o cheiro dela lhe chegava às narinas. Ou melhor, era um pássaro noturno. A escuridão daquela sala onde os clientes experimentavam suas roupas o conservava maravilhosamente acordado. A luz da rua que chegava até onde ele estava espalhava-se, invertida, em pálidas manchas no teto. Tudo mais, as mesas de cortar roupas, as peças de fazendas, as máquinas cobertas com suas capas, o ferro de engomar, as fotografias assinadas de príncipes de sangue, tudo isso lá estava porque ele o vira em sua missão de reconhecimento do terreno, naquela tarde. A luz não chegava até essas coisas e, mesmo agora, ele mal conseguia distingui-las.

Mendel cobria a maior parte das vias de acesso, lá de sua janela: oito ou nove ruas desiguais e becos haviam escolhido, sem razão satisfatória, encontrar-se em Cambridge Circus. Os edifícios que ficavam entre elas eram vistosos mas de pouco valor, adornados de maneira vulgar com fragmentos do Império: um banco romano, um teatro que parecia uma vasta mesquita que perdera seu caráter sagrado. À sua retaguarda, prédios formados de altos blocos avançavam como um exército de robôs. E no alto, um céu cor-de-rosa lentamente se enchia de neblina.

Por que o lugar era tão quieto? Ficou imaginando Mendel. O teatro tinha se esvaziado havia muito tempo. Mas por que as alegres atividades do Soho, que ficava a curta distância de sua janela, não estavam enchendo aquele lugar com seus táxis e grupos de ociosos? Um só caminhão de frutas descera ruidosamente pela Shaftesbury Avenue, rumo a Covent Garden.

Mendel mais uma vez inspecionou, com seu binóculo, o edifício que ficava do outro lado da rua, bem defronte a ele. Parecia estar dormindo um sono ainda mais profundo que os prédios vizinhos. As duas portas iguais de seu pórtico estavam fechadas, e não se via uma só luz nas janelas do andar térreo. Somente no quarto andar, da segunda janela a contar da esquerda, filtrava-se uma pálida luminosidade. E Mendel sabia que era a sala do encarregado do serviço, pois Smiley lhe dissera. Mendel desviou momentaneamente o binóculo para o teto do edifício, para uma série de antenas nele plantadas, que formavam uma configuração estranha contra o céu. Em seguida, voltou o binóculo até um andar mais abaixo, para as quatro janelas da seção de rádio, que estavam às escuras.

"De noite todos usam a porta da frente", Guillam dissera. "É uma medida de economia, para reduzir o número de porteiros."

Durante aquelas três horas, apenas três acontecimentos haviam recompensado a vigilância de Mendel: um por hora não era muito. Às 21h30, um Ford azul de entregas deixara dois homens, que estavam carregando o que parecia uma caixa de munição. Abriram a porta eles próprios, e a fecharam logo depois de entrar no edifício, ao passo que Mendel sussurrou seu comentário no telefone. Às 22h chegou a mala; Guillam também o avisara a esse respeito. Ela coletava os documentos quentes nos postos avançados, e os armazenava no Circus durante o fim de semana, para que ficassem seguros. Passava em Brixton, Acton e Sarratt, nessa ordem, dissera Guillam e, finalmente no Almirantado, chegando ao Circus por volta das 22 horas. Naquela ocasião, chegara às 22 horas em ponto, e dois homens, saindo do edifício, vieram ajudar a descarregá-lo. Mendel informou também isso, e Smiley lhe retribuiu com um paciente "obrigado".

Estaria Smiley sentado? Estaria no escuro, como Mendel? Mendel achava que sim. Smiley era o mais estranho de todos os tipos originais que conhecia Olhando-se para ele, pensava-se que não seria capaz de atravessar uma rua sozinho, mas seria a mesma coisa oferecer proteção a um porco-espinho. Coisa engraçada, ficou Mendel imaginando. Uma vida inteira perseguindo bandidos, e como acabo meus dias? Arrombar uma casa, nela entrar, ficar de pé na escuridão e espionar suspeitos. Nunca lidara com pessoas esquisitas até conhecer Smiley. Pensava que eram um bando de amadores que atrapalhavam tudo, homens saídos das universidades. Julgava que não davam para a coisa; e o que os postos externos poderiam fazer de melhor, para seu próprio bem e o bem do público, consistia em dizer "sim senhor, não senhor" e perder a correspondência daqueles homens. E chegou a pensar, com a notável exceção de Smiley e de Guillam, que era exatamente isso que achava naquela noite.

Pouco antes das 23 horas, uma hora antes, chegara um táxi. Um desses táxis de aluguel de Londres, com uma placa comum, que encostou junto do teatro. Smiley o prevenira até sobre isso: era costume, no Serviço, não usar táxis até junto de sua porta. Alguns paravam perto do Foyles, outros na Old Compton Street, ou numa das lojas. A maioria das pessoas tinha um pretenso destino predileto, e o de Alleline era o teatro. Mendel nunca tinha visto Alleline, mas lhe haviam feito a descrição dele. Quando o observou com seu binóculo, reconheceu-o, sem a menor dúvida: um sujeito alto, que caminhava pesadamente, enfiado num casaco escuro. Chegou a observar como o chofer fez cara feia diante da gorjeta que ele lhe deu, e ficou dizendo alguma coisa enquanto Alleline remexia nos bolsos em busca de suas chaves.

A porta da frente não possui fechos de segurança, ficando apenas trancada com uma fechadura comum. Os fechos de segurança começam no interior do prédio, depois que se vira à esquerda, no extremo do corredor. A sala de

Alleline é no quinto andar. Você não poderá ver as janelas dele iluminadas, mas existe uma claraboia no teto, e o brilho das luzes deve chegar até a chaminé. Sem a menor dúvida, enquanto Mendel se mantinha em observação, uma mancha amarela surgiu na parede de tijolos encardidos dessa chaminé. Alleline entrara em sua sala.

E o jovem Guillam precisa de uma folga, pensou Mendel. Ele vira *isso* acontecer antes: os duros que desabam aos 40 anos. Eles os trancafiam em outro lugar, fingem que eles não estão lá, apoiam-se em pessoas adultas que acabam revelando não ser, afinal, tão adultas assim e, um belo dia, tudo está acabado para elas: seus heróis começam a despencar e elas ficam sentadas diante de suas mesas de trabalho, derramando lágrimas que caem sobre o mata-borrão.

Mendel colocara o receptor do telefone no chão. Apanhando-o, disse:

— Parece que o rei chegou.

Deu o número da placa do táxi e voltou à tocaia.

— Como é o aspecto dele? — murmurou Smiley

— Parece muito atarefado.

— Deve estar.

Aquele não iria partir-se, concluiu Mendel, aprovando sua decisão. Smiley era um daqueles carvalhos flexíveis. A gente pensa que é capaz de atirá-lo pelos ares com um sopro, mas quando desaba uma tempestade ele é o único que resta, no final. A essa altura de suas reflexões, outro táxi encostou, bem em frente à porta de entrada, e um vulto alto e de lentos movimentos subiu cautelosamente os degraus como um homem que toma cuidado com o coração.

— Chegou o ladrão — murmurou Mendel ao telefone. — Não desligue. Também chegou a polícia. Uma reunião apropriada dos clãs, segundo tudo indica. Escute, vá com calma.

Um velho Mercedes-190 emergiu rapidamente da Earlham Street, arremeteu em direção à sua janela, fez a curva com certa dificuldade, na saída norte da Charing Cross Road, onde estacionou. Um homem jovem e corpulento, com os cabelos de um louro-avermelhado, saiu do carro com esforço, bateu-lhe a porta e foi caminhando pesadamente, atravessando a rua e dirigindo-se à entrada do prédio, mas sem tirar a chave. Passado um momento, acendeu-se outra luz no quarto andar, quando Roy Bland juntou-se ao grupo. Tudo o que precisamos saber agora é quem vai sair, pensou Mendel.

36

Os Jardins da Represa, que têm esse nome, presumivelmente, por causa das represas de Camden e da estrada de Hampstead, que ficam em sua vizinhança, formam um platô de casas do século XIX, de fachadas lisas, em número de quatro, construídas em torno de um crescente, cada qual com três andares, um porão e uma nesga de jardim, nos fundos, murado, que se estende até o Canal do Regente. Seus números vão de 2 a 5. A casa de número 1 fora demolida ou nunca havia sido construída. A de número 5 era a última ao norte. Possuía três acessos, num raio de 30 metros, e o caminho de sirga, no canal, proporcionava-lhe mais dois. Ao norte estendia-se a Camden High Street, onde o tráfego convergia; ao sul e a oeste ficavam o parque e a Colina de Primrose. Melhor ainda, a vizinhança não tinha qualquer característica social que a identificasse, e não o exigia. Algumas das casas haviam sido transformadas em conjuntos de apartamentos de uma única peça, e possuíam dez campainhas em suas portas dispostas como as teclas de uma máquina de escrever. Outras casas haviam se tornado imponentes e tinham uma só campainha. Na de número 5 havia duas: uma para Millie McCraig e outra para seu inquilino, o Sr. Jefferson.

A Sra. McCraig era beata, frequentadora de sua igreja, e colecionava todos os tipos de informações, o que era, diga-se de passagem, uma excelente maneira de ficar sempre de olho nos residentes do lugar, embora dificilmente se poderia dizer que eles louvassem seu zelo. Quanto a Jefferson, o inquilino, sabia-se vagamente que era estrangeiro, trabalhava numa empresa de petróleo e ausentava-se muito de casa. Os Jardins da Represa constituíam seu *pied-à-terre*. Os vizinhos, quando se davam ao trabalho de reparar nele, achavam Jefferson um homem retraído e respeitável. Teriam tido a mesma impressão de George Smiley se acaso o localizassem à meia-luz do pórtico, às 21 horas daquela noite, quando Millie McCraig o fez entrar em sua sala da frente e cerrou as piedosas cortinas.

Millie era uma rija viúva escocesa, que usava meias marrons e cabelos curtos e lustrosos. Tinha a pele cheia de rugas, como as de um velho. No interesse de Deus e do Circus dirigira escolas para o ensino da Bíblia em Moçambique e desempenhara uma missão em Hamburgo. Embora fosse há vinte anos uma profissional em escutar coisas às escondidas, ainda se inclinava a considerar todos os homens transgressores da lei. Smiley não seria capaz de dizer o que ela pensava. As maneiras dela, a partir do momento em que ele chegou, tinham uma profunda e impenetrável imobilidade. Ela o levou a percorrer a casa como se fosse uma castelã cujos hóspedes houvessem morrido há muito tempo.

Primeiro o meio porão onde morava, cheio de plantas e daquela mistura de cartões-postais, mesas com tampos de bronze e móveis negros e esculturados, que parecem estar ligados a senhoras inglesas, viajadas e de certa idade, pertencentes a determinada classe social. Se o Circus precisasse dela durante a noite, ligava para seu telefone, no porão. Sim, havia outra linha no andar de cima, mas servia apenas para fazer ligações para fora. O telefone do porão tinha uma extensão na sala de jantar, que ficava nesse andar de cima. E, até no andar térreo, notava-se um verdadeiro relicário, devido ao dispendioso mau gosto das secretárias: berrantes cortinas listradas em estilo Regência, reproduções de cadeiras de estilo, douradas, sofás de pelúcia com os cantos debruados de cordões. A cozinha não fora tocada e era sólida. Além dela ficava um anexo, envidraçado, que servia ao mesmo tempo de estufa para plantas e de copa, e dava para o jardim maltratado e para o canal. Espalhados pelo assoalho de ladrilho havia uma velha máquina de secar roupas, uma caldeira de lavar roupas e caixotes de água tônica.

— Onde ficam os microfones, Millie? — perguntou Smiley, que voltara à sala de visitas.

— São aos pares — murmurou Millie —, embutidos atrás do papel de parede, dois pares em cada sala do andar térreo, um em cada quarto do andar de cima. Cada par está ligado a um gravador separado. — Ele a acompanhou, subindo pela escada íngreme. O andar de cima não estava mobiliado, salvo quanto a um quarto no sótão, que tinha uma armação de aço, cinzenta, com oito gravadores de fita, quatro no alto e quatro na parte de baixo dessa armação.

— E Jefferson sabe de tudo isso?

— O Sr. Jefferson — disse Millie num tom formal — é tratado numa base de confiança. — Foi o máximo a que chegou para exprimir sua desaprovação às palavras de Smiley, ou sua dedicação à ética cristã.

Novamente no térreo, ela lhe mostrou os interruptores que controlavam todo o aparelhamento. Um interruptor extra ajustava-se em cada painel. A qualquer momento que Jefferson ou algum dos rapazes, conforme se expressou, quisesse fazer uma gravação, bastava levantar-se e virar para baixo o interruptor de luz que ficava à esquerda. A partir desse momento, o sistema ficaria ativado pela voz, isto é, o *tape-deck* só girava quando alguém estivesse falando.

— E onde você fica enquanto tudo isso acontece, Millie?

Ela ficava lá embaixo, como se fosse o lugar onde uma mulher deveria permanecer.

Smiley estava abrindo os armários, os compartimentos, andando de uma sala para outra. Em seguida, voltou à copa, de onde se via o canal. Tirando do bolso uma lanterna, projetou um feixe luminoso na escuridão do jardim.

— Quais são os procedimentos de segurança? — indagou Smiley, enquanto mantinha entre os dedos, pensativamente, o interruptor da última luz, perto da porta da sala de visitas.

A resposta de Millie fez-se ouvir num monótono tom litúrgico:

— Duas garrafas de leite, cheias, na soleira da porta, querem dizer que a pessoa pode entrar, que está tudo bem. Se não houver garrafas de leite, não deve entrar.

Ouviu-se um leve bater, vindo da direção da varanda envidraçada. Voltando à copa, Smiley abriu a porta de vidro e, após uma rápida troca de palavras com Guillam, num sussurro, tornou a aparecer em companhia de Guillam.

— Você conhece Peter, não conhece, Millie?

Millie talvez o conhecesse, mas seus olhos pequenos e duros o fitaram com desprezo. Guillam estava estudando o painel dos interruptores, procurando alguma coisa num bolso enquanto assim procedia.

— O que ele está fazendo? Ele não deve fazer uma coisa dessas. Não deixe.

Se ela estivesse preocupada, declarou Smiley, poderia ligar para Lacon pelo telefone do porão. Millie McCraig não se mexeu, mas duas manchas vermelhas haviam aparecido em suas faces coriáceas e ela estava estalando os dedos, de fúria. Usando uma pequena chave, Guillam removera cuidadosamente os parafusos de ambos os lados do painel de plástico e estava inspecionando a fiação que ficava por detrás dele. Em seguida, com muita cautela, virou para baixo o interruptor que ficava na extremidade, prendendo-o em seus fios e tornou a aparafusar a chapa em sua posição original, não mexendo nos demais interruptores.

— Vamos fazer uma experiência — disse Guillam. E enquanto Smiley subiu para o andar de cima para verificar o *tape-deck*, Guillam cantou *O Velho Rio*, num grave rugido à Paul Robeson.

— Obrigado — disse Smiley, que estremeceu e novamente desceu ao andar térreo. — Isso é mais que suficiente.

Millie tinha ido até o porão a fim de telefonar para Lacon. Smiley armou a cena tranquilamente. Colocou o telefone ao lado de uma poltrona, na sala de visitas, em seguida preparou sua linha de retirada até a copa. Foi buscar duas garrafas de leite, da geladeira onde ficavam guardadas as garrafas de Coca-Cola, na cozinha, e as colocou na soleira da porta para significarem, na linguagem eclética de Millie McCraig, que uma pessoa poderia entrar e que tudo estava bem. Tirou os sapatos e deixou-os na copa. E tendo apagado as luzes, foi para seu posto, na cadeira de braços, exatamente no momento em que Mendel ligou o telefone para comunicar-se com ele.

Enquanto isso, no canal, Guillam recomeçara a vigiar a casa. O caminho é fechado ao público uma hora antes do anoitecer. Depois disso, esse caminho poderá ser tudo, desde um local de encontros de namorados até um refúgio para marginais; uns e outros, por diferentes motivos, sentem-se atraídos pela escuridão das pontes. Naquela noite fria, Guillam não viu nada disso. Por vezes um trem vazio passava em disparada, deixando em seu rastro um vazio ainda maior. Seus nervos estavam tão tensos, suas expectativas eram tão variadas que, durante alguns momentos, enxergou toda a arquitetura daquela noite como uma visão apocalíptica: os sinais da ponte ferroviária transformaram-se em cadafalsos; os armazéns vitorianos transfiguraram-se em gigantescas prisões, com as janelas revestidas de grades de ferro, que se arqueavam de encontro ao céu coberto de névoa. Mais perto dele, o bulício dos ratos e o mau cheiro da água estagnada. Então as luzes da sala de visita apagaram-se: a casa lá estava em meio à escuridão, interrompida por aquelas estrias amarelas de cada lado da janela de Millie, no porão. Um ponto luminoso, na copa, piscava para ele através do jardim abandonado. Tirando do bolso uma lanterna em forma de caneta, ele tirou seu capuz cor de prata, mostrou-o, com os dedos trêmulos, ao ponto de onde a luz proviera, e retribuiu o sinal. De então em diante só lhe cabia ficar à espera.

Tarr atirou de volta a Ben o telegrama que acabara de chegar.

— Vamos — disse ele. — Mereça o dinheiro que lhe pagam. Abra o telegrama.

— É para você, e pessoal — objetou Ben. — “Pessoal, de Alleline, para o próprio destinatário decifrar.” Não estou autorizado a tocar nele. É do chefe.

— Faça o que ele está pedindo, Ben — disse Mackelvedore, ficando a observar Ricki.

Durante dez minutos os três homens não trocaram uma única palavra. Tarr estava de pé do outro lado da sala, longe deles, muito nervoso por causa da espera. Tinha enfiado o revólver no cós da calça, com a coronha para dentro, encostado à virilha. Seu paletó estava em cima de uma cadeira. O suor lhe colara a camisa às costas, em toda sua extensão. Ben se utilizava de uma régua para decifrar os grupos de números, e escrevia cuidadosamente o que ia encontrando no bloco de papel quadriculado que tinha diante de si. Para poder concentrar-se, aplicava a língua de encontro aos dentes, estalando-a levemente ao retirá-la dessa posição. Pondo o lápis de lado, estendeu para Tarr a folha que destacara do bloco.

— Leia em voz alta — disse Tarr.

A voz de Ben assumiu um tom benévolo e um tanto ardoroso. "Pessoal, de Alleline, para ser decifrado pelo destinatário. Exijo positivamente esclarecimentos e/ou amostras de material antes de atender a seu pedido. Cite informações vitais à salvaguarda do Serviço. Não citá-las desqualifica. Permita lembrar sua má situação aqui subsequente indigno desaparecimento. Urgente falar com confiança Mackelvedore imediatamente repetido imediatamente. Chefe."

Ben ainda não acabara de ler todo o telegrama quando Tarr desatou a rir de um modo estranho e excitado.

— É assim que se faz, Percy, meu rapaz! — exclamou ele. — Sim, repita não! Você sabe por que ele está negaceando, Ben, querido? Está fazendo a pontaria para me dar um tiro pelas costas! Foi assim que ele pegou minha russa. Está tocando a mesma música, o filho da mãe. Eu lhe aviso de uma coisa, Ben: há alguns sujeitos sujos neste estabelecimento. Por isso não confie em nenhum deles. É o que estou lhe dizendo. Senão você nunca chegará a ser um homem adulto e forte!

Sozinho na escuridão da sala de visitas, Smiley também estava à espera, sentado na desconfortável cadeira da dona da casa, com a cabeça desajeitadamente apoiada no telefone. De vez em quando murmurava alguma coisa e Mendel respondia a ele também num sussurro. Mas permaneciam ambos em silêncio a maior parte do tempo. Ele estava de ânimo abatido, mesmo um tanto lúgubre. A exemplo de um ator, sentia aproximar-se o anticlímax antes de subir o pano; sentia que grandes coisas estavam se amesquinhando até chegarem a um fim insignificante; a própria morte lhe parecia insignificante e mesquinha depois das lutas de sua vida. Não se recordava de ter experimentado qualquer sentimento de conquista. Seus pensamentos, como era frequente acontecer quando sentia medo, diziam respeito a pessoas. Não nutria teorias ou juízos particulares. Simplesmente ficava imaginando como cada indivíduo seria afetado, e sentia-se responsável por isso. Lembrou-se de Jim, Sam, Max, Connie e Jerry Westerby, e das lealdades para com certas pessoas, todas destruídas. E numa categoria à parte, lembrou-se de Ann e da desconexão desesperada da conversa que haviam tido nos penhascos da Cornualha. Ficou imaginando se haveria amor entre seres humanos que não se baseasse em alguma forma de autoilusão. Gostaria simplesmente de levantar-se e sair antes que as coisas acontecessem, mas não poderia fazer isso. Preocupou-se com Guillam, de um jeito muito paternal, e imaginou como ele aceitaria as últimas tensões dessa etapa, antes de tornar-se um adulto. Lembrou-se novamente do dia em que sepultara Control. Pensou nas traições e ficou indagando a si mesmo se acaso haveria traições involuntárias, do mesmo modo que se admitia haver violências involuntárias. Preocupou-se por sentir-se tão fracassado: todos os preceitos intelectuais ou filosóficos que ele sustentava agora desabavam por completo, quando, diante dele, apresentava-se uma situação humana.

— Alguma coisa? — perguntou a Mendel pelo telefone.

— Dois bêbados — respondeu Mendel — cantando *Ver a Selva Quando Ela Está Molhada pela Chuva.*

— Nunca ouvi falar nessa canção.

Passando o telefone para o lado esquerdo, tirou o revólver do bolso interno do paletó, onde a arma já estragara o excelente forro de seda. Agarrou bruscamente o pente de balas, tornou a pô-lo de volta em seu lugar, e lembrou-se de que havia feito isso centenas de vezes enquanto estivera trabalhando numa batida noturna em Sarratt, antes da guerra. Lembrou-se de que uma pessoa sempre atira com as duas mãos: uma segura o revólver, a outra o pente de balas. E lembrou-se de que havia uma história do folclore do Circus, que exigia se pusesse o indicador ao longo do tambor e puxasse o gatilho com o dedo médio. Mas quando experimentou fazer isso, foi assaltado por uma sensação ridícula e deixou a coisa de lado.

— Vou dar uma volta — murmurou. E Mendel respondeu:

— Está certo.

Ainda empunhando o revólver, voltou à copa, procurou ouvir o ranger das tábuas do assoalho, que poderia denunciá-lo. Mas o assoalho devia ser de concreto, sob o tapete. Ele poderia ter dado pulos sem causar-lhe menor vibração. Emitiu dois curtos sinais, fazendo lampejar sua lanterna. Depois deixou passar um longo intervalo e, em seguida, repetiu a mesma coisa. Guillam respondeu-lhe com três lampejos curtos.

— Estou de volta.

— OK. — disse Mendel.

Sentou-se e ficou pensando lugubremente em Ann: sonhar o sonho impossível. Pôs o revólver no bolso. Do lado do canal, o gemer de uma sirene. De noite? Barcos andando durante a noite? Deve ser um automóvel. E se Gerald dispusesse de toda uma técnica de emergência que ele desconhecia completamente? Ligação direta entre cabinas telefônicas, *pick-up* em carros? E se Polyakov tivesse, afinal, um informante, um auxiliar que Connie identificara? Ele já passara por isso. O sistema fora organizado para ser impermeável, para permitir a realização de reuniões em quaisquer circunstâncias. Quando se tratasse da arte da espionagem, Karla era requintado.

E a ideia de que estava sendo seguido? Que tal isso? E as sombras que nunca vira, apenas pressentira, até que suas costas pareciam estar formigando por causa da intensidade do olhar de quem o observava? Ele nada vira, nada ouvira, havia apenas sentido aquilo. Já tinha idade para não prestar atenção à advertência. O ranger de uma escada que antes não rangia; o leve ruído de uma persiana, quando não soprava a menor aragem; um carro com uma placa de número diferente, mas com o mesmo arranhão do lado externo do para-lama; aquele rosto no trem subterrâneo que se tem certeza de ter visto antes em algum lugar. Durante anos seguidos, tinha convivido com esses sinais. Qualquer um deles era motivo suficiente para mudar-se, ir viver em outra cidade, trocar de identidade. Em sua profissão não existia o que se chama de coincidência.

— Um já saiu — disse Mendel repentinamente. — Alô?

— Estou aqui.

Alguém havia saído do Circus, dissera Mendel. Pela porta da frente, mas não estava certo a respeito de sua identidade. O homem estava de capa de chuva e de chapéu. Corpulento e andava depressa. Deve ter chamado um táxi até sua porta, e entrara diretamente nele.

— Rumo ao norte, em sua direção.

Smiley olhou para o relógio. Vou dar-lhe dez minutos, pensou. Doze minutos, porque terá de parar e telefonar para Polyakov no meio do caminho. Em seguida, pensou: não seja tolo, ele já fez isso lá do Circus.

— Vou desligar — disse Smiley.

— Tudo de bom — falou Mendel.

Guillam interpretou três longos lampejos, vindos da alameda. A toupeira já estava vindo.

Smiley mais uma vez examinara sua rota, na copa, empurrara para o lado algumas cadeiras de lona e prendera um barbante que o orientasse pois enxergava mal na escuridão. O barbante ia até a porta da cozinha, que estava aberta, a cozinha dava para a sala de visitas e a sala de jantar, tendo duas portas, uma ao lado da outra. A cozinha era comprida, sendo de fato um anexo da casa, antes de ter-lhe sido acrescida a copa. Smiley pensara em usar a sala de jantar, mas seria arriscado demais e, além disso, ele não poderia enviar sinais a Guillam. Por isso ficou à espera na copa, sentindo-se absurdo só de meias, e limpando os óculos porque o calor de seu rosto os tornava permanentemente embaçados. A copa estava muito mais fresca. A sala de visitas era fechada e superaquecida, mas a copa tinha paredes externas, e suas vidraças e seu assoalho de concreto, sob o tapete, faziam-no sentir os pés úmidos. A toupeira chega primeiro, ele pensou, e faz as vezes de anfitrião: isso é do protocolo, faz parte da simulação de que Polyakov é o agente de Gerald.

Um táxi de Londres é uma bomba voadora.

A comparação lhe veio à mente devagar, do fundo de sua memória inconsciente. O ruído quando ele penetra no crescente, o tique-taque do taxímetro quando desaparecem as notas graves. O desligamento do motor. Onde o carro parou, em que casa, quando todos nós, nessa rua, estamos à espera, no escuro, agachados debaixo de mesas ou agarrados a pedaços de barbante? Em que casa? Depois o bater da porta, o explosivo anticlímax: se a pessoa não for capaz de ouvir, a situação não será para ela.

Mas Smiley ouviu aquilo, e era para ele.

Ouviu o pisar de dois pés no cascalho, rápidos e vigorosos. O homem parou. É a porta errada, Smiley pensou absurdamente. Vai embora. Estava com o revólver na mão, e tinha destravado a arma. Ainda à escuta, nada ouviu. E pensou: Gerald, você suspeita de tudo. Você é uma velha toupeira, capaz de farejar que alguma coisa está errada. Millie, ele pensou; Millie tirou as garrafas de leite, pôs um aviso e fez com que ele se afastasse. Millie estragou a caçada. Em seguida ouviu o ruído da fechadura que se abria, uma volta, duas. É uma fechadura Banham, lembrou-se. Meu Deus, precisamos fazer com que Banham continue a ganhar seu pão. Sem a menor dúvida: a toupeira estivera apalpando os bolsos, procurando a chave. Um homem nervoso a teria levado na mão, agarrando-se a ela no bolso durante toda a corrida no táxi. Não a toupeira. Ela poderia estar preocupada, mas não estaria nervosa. No momento em que a fechadura se abriu, a campainha soou; novamente o mau gosto de quem tomava conta da casa — uma nota aguda, uma grave e a terceira aguda. Isso queria dizer um de nós, Millie lhe dissera. Um dos rapazes, seus rapazes, os rapazes de Connie, os rapazes de Karla. A porta da frente abriu-se e alguém entrou na casa. Smiley ouviu o barulho do tapete, ouviu a porta fechar-se, ouviu o estalido dos comutadores da luz e viu uma réstia pálida aparecer debaixo da porta da cozinha. Pôs o revólver no bolso e enxugou a palma da mão no paletó. Em seguida, tornou a pegar na arma e, no mesmo momento, ouviu uma segunda bomba voadora, outro táxi que chegava, e um rumor de passos rápidos. Polyakov não só tinha a chave à mão, mas também o dinheiro para o táxi. Ficou imaginando se os russos dariam gorjetas, ou se isso seria antidemocrático. A campainha tocou novamente, a porta da frente abriu-se e fechou-se. Smiley ouviu um duplo tinido no momento em que as duas garrafas de leite foram colocadas sobre a mesa do vestíbulo, no interesse da boa ordem e da boa técnica profissional.

Deus me proteja, pensou Smiley horrorizado ao olhar para a velha geladeira da Coca-Cola que estava a seu lado. Isso nunca lhe passara pela cabeça: e se o homem tivesse querido pôr as garrafas de novo na geladeira?

A réstia de luz sob a porta da cozinha tornou-se de repente mais viva quando as luzes da sala de visitas foram acesas. Um extraordinário silêncio desceu sobre a casa. Segurando o barbante, Smiley moveu-se para a frente, no gélido assoalho. Em seguida, ouviu vozes, a princípio indistintas. Eles ainda deviam estar no extremo da sala, ele pensou. Ou talvez sempre comecem a conversar em voz baixa. Então Polyakov aproximou-se: estava servindo as bebidas, junto ao carrinho.

— Qual será sua cobertura se formos perturbados? — indagou em bom inglês.

"Voz muito agradável", lembrou-se Smiley, "harmoniosa como a sua. Eu muitas vezes tocava as fitas duas vezes, só para ouvi-lo falar." Connie devia estar ouvindo Polyakov naquele momento.

Lá da extremidade silenciosa da sala, cada pergunta era respondida num murmúrio abafado. Smiley nada conseguia entender. "Onde nos reagruparemos?" "Qual é o nosso local de retirada?" "Você está levando alguma coisa que prefere que fique comigo durante a conversa, tendo em vista que possuo imunidade diplomática?"

Deve ser uma série de perguntas, pensou Smiley, uma parte da rotina escolar de Karla.

— O interruptor está virado para baixo? Você quer verificar, por favor? Obrigado. O que você vai beber?

— Uísque — disse Haydon. — Uma dose bem grande.

Possuído de um sentimento de absoluta incredulidade, Smiley ouviu aquela voz conhecida ler em voz alta exatamente o telegrama que ele próprio redigira para ser utilizado por Tarr quarenta horas antes.

Durante alguns momentos, uma parte do eu de Smiley revoltou-se abertamente contra a outra parte do mesmo eu. A onda de dúvida, cheia de irritação, que o avassalara no jardim de Lacon, e que havia desde então travado o progresso de suas investigações, como se fosse uma inquietante vaga, agora o arremessava de encontro às rochas do desespero e logo o induzia a rebelar-se: eu me recuso a prosseguir. Não há nada que valha a destruição de outro ser humano. O caminho do sofrimento e da traição deve terminar em algum ponto. Enquanto isso não ocorrer, não haverá futuro, apenas um escorregar ininterrupto até as versões mais terrificantes do presente. Esse homem era meu amigo e amante de Ann, amigo de Jim e por tudo quanto eu saiba, também amante de Jim. A traição, não o homem, pertencia ao domínio público.

Haydon tinha traído. Traído como amante, colega e amigo. Traído como patriota, como membro daquela corporação inestimável a que Ann dava o vago nome de Grupo. Sob todos os títulos, Haydon declaradamente buscara atingir uma meta e, secretamente, alcançara a meta contrária. Smiley sabia muito bem que mesmo agora não estava alcançando toda a extensão dessa terrível duplicidade. No entanto, uma parte dele próprio já se levantava em defesa de Haydon. Bill também não estava sendo traído? O lamento de Connie soava em seus ouvidos: "Pobres queridos. Educados para servir ao Império, educados para dominar os mares... Vocês foram os últimos, George, você ȩ Bill." Smiley percebeu, com dolorosa clareza, um homem ambicioso, nascido para grandes realizações, criado para o mando, para dividir e reinar, cujas visões e vaidades eram, todas, firmemente estabelecidas, como acontecia com Percy, naquele jogo da vida. Um homem para quem a realidade era uma pobre ilha onde mal haveria uma voz capaz de guiar alguém através das águas. Smiley sentiu, portanto, não apenas repugnância. No entanto, apesar de tudo quanto aquele momento significava para ele, experimentou uma onda de ressentimento contra as instituições que deveria estar defendendo. "O contrato social age das duas maneiras", afirmara Lacon. A indolente mendacidade do ministro, a complacência moral de Lacon, a ambição agressiva de Percy Alleline: aqueles homens invalidavam qualquer contrato. Por que uma pessoa teria de ser leal a eles?

Ele o sabia, sem a menor dúvida. Sempre soubera que era Bill. Exatamente como Control o soubera, e também Lacon, na casa de Mendel. Exatamente como Connie e Jim o souberam, e também Alleline e Esterhase, todos eles haviam tacitamente compartilhado dessa meia ciência que não fora expressa e, semelhante a uma doença, tinham esperado pudesse desaparecer sem que jamais fosse admitida, jamais diagnosticada.

Ann? Ann saberia? Teria sido isso a sombra que se abateu sobre eles naquele dia, junto aos penhascos da Cornualha?

Durante algum tempo foi assim que Smiley permaneceu de pé: um espião gordo e descalço, como diria Ann, enganado no amor e impotente no ódio, segurando um revólver numa das mãos e um pedaço de barbante na outra, enquanto esperava, na escuridão. Em seguida, ainda empunhando o revólver, retrocedeu pé ante pé até a janela, da qual enviou cinco sinais, cinco breves lampejos, em rápida sucessão. Depois de aguardar o tempo suficiente para verificar que haviam sido recebidos, voltou a seu posto de escuta.

Guillam veio correndo pelo caminho de sirga do canal, sacudindo furiosamente a lanterna, até chegar à ponte de arcos, de pouca altura, e à escada de aço que ziguezagueava até a Gloucester Avenue. A porteira estava fechada e ele teve de pular sobre ela, rasgando uma das mangas do paletó até a altura do cotovelo. Lacon estava de pé, na esquina da Princess Road, enfiado num velho casaco esporte e sobraçando uma pasta.

— Ele está lá. Ele já chegou — Guillam sussurrou. — Ele pegou Gerald.

— Não quero derramamento de sangue — advertiu Lacon. — Quero calma absoluta.

Guillam nem se dignou responder. A 30 metros adiante, na estrada, Mendel estava à espera, num táxi inofensivo. Eles seguiram no carro, durante dois minutos, não mais que isso, e o táxi parou perto do crescente. Guillam segurava na mão a chave da porta de Esterhase. Chegando ao número cinco, Mendel e Guillam pularam o portão em vez de arriscar-se ao barulho que ele faria ao abrir-se, e ficaram sobre a grama que cercava o canteiro. Enquanto caminhavam, Guillam, olhando para trás, acreditou por um momento ter divisado um vulto que os observava, não poderia dizer se homem ou mulher, pois o vulto estava à sombra de um vão da porta, do outro lado da rua. Mas quando Guillam chamou a atenção de Mendel para aquele lugar, não havia nada nele, e Mendel ordenou-lhe, num tom bastante ríspido, que mantivesse a calma. A luz da varanda estava apagada. Guillam adiantou-se e Mendel ficou à espera debaixo de uma macieira. Guillam enfiou a chave na fechadura, sentiu que esta cedia quando deu volta à chave. Idiota, pensou triunfantemente, por que você não correu o ferrolho? Abriu a porta, apenas uns três centímetros, e hesitou. Estava respirando lentamente, enchendo os pulmões de ar para agir. Mendel avançou mais um pouco. Passaram dois rapazes pela rua, rindo alto porque estavam nervosos, devido à noite. Mais uma vez Guillam olhou para trás mas não havia ninguém no crescente. Penetrou no vestíbulo. Estava com uns sapatos de camurça, que rangiam sobre o assoalho de tacos, que não era atapetado. Chegando à porta da sala de visitas, ficou a ouvir durante o tempo necessário para que a cólera, afinal, o possuísse.

Seus agentes assassinados em Marrocos, seu exílio para Brixton, as frustrações de seus esforços diários à medida que ia ficando dia a dia mais velho e a juventude lhe fugia por entre os dedos; a insipidez que o envolvia cada vez mais; a mutilação de sua capacidade de amar, alegrar-se e rir; os freios e restrições que impunha a si mesmo, em nome de uma dedicação tácita. Tudo isso ele poderia atirar no rosto de Haydon. Haydon, seu confessor; Haydon, sempre disposto a uma gargalhada, uma conversa e uma xícara de café fervendo; Haydon, um modelo diante do qual ele construíra sua vida.

Mais, muito mais que isso. Agora ele percebia, agora ele sabia. Haydon era mais que seu modelo, era sua inspiração. Empunhava a tocha de um tipo de romantismo antiquado, uma ideia daquela profissão inglesa que — pela própria razão de ser vaga, de não ser plenamente expressa, de ser indefinível — atribuíra até então um sentido a sua vida. Naquele momento, Guillam sentiu-se não apenas traído, mas também um órfão. Suas suspeitas, seus ressentimentos, há tempo voltados para o mundo da realidade

— para suas mulheres, suas tentativas para amar —, agora voltavam-se para o Circus e para a magia frustrada que constituíra sua fé. Abriu parte da porta com todo o vigor que possuía e arremeteu dentro da sala, com o revólver na mão. Haydon e um homem corpulento, com um anel de cabelos pretos caídos sobre a testa, estavam sentados um em frente ao outro, junto a uma pequena mesa. Polyakov — Guillam o reconheceu pelas fotografias — estava fumando um cachimbo muito inglês. Vestia um colete de malha de lã, cinzento, com um zíper na frente, como se fosse a parte superior de uma roupa de praticar atletismo. Nem tivera tempo de tirar o cachimbo da boca quando Guillam deu uma gravata em Haydon. Com um único puxão, Guillam arrancou Haydon da cadeira. Tinha atirado fora o revólver e estava sacudindo Haydon de um lado para o outro, como se ele fosse um cão, e o fazia aos brados. Mas aquilo de repente pareceu não ter sentido. Afinal de contas, tratava-se simplesmente de Bill, e eles tinham trabalhado muito um ao lado do outro. Guillam havia se afastado muito antes de Mendel segurar-lhe o braço, e ouviu a voz de Smiley, convidando, polidamente como sempre, Bill e o coronel Viktorov, como os chamou, a levantar as mãos e colocá-las sobre as cabeças até a chegada de Percy Alleline.

— Não havia ninguém lá fora em quem você tenha reparado? — Smiley perguntou a Guillam, enquanto ficaram à espera.

— Um silêncio de túmulo — disse Mendel, respondendo pelos dois Guillam e ele próprio.

37

Há momentos conturbados demais para que possam ser vividos quando acontecem. Aquele momento foi um deles, para Guillam e todos os presentes. As seguidas distrações de Smiley e seus frequentes e cautelosos olhares através da janela; a indiferença de Haydon; a previsível crise de indignação de Polyakov e suas exigências em ser tratado de acordo com sua qualidade de membro do corpo diplomático — exigências que Guillam, lá de seu canto no sofá, tersamente ameaçou atender; a aturdida chegada de Alleline e Bland; mais protestos; a peregrinação até o andar de cima, onde Smiley tocou as fitas dos gravadores; o longo e lúgubre silêncio que caiu sobre todos depois que voltaram à sala de visitas; a chegada de Lacon, e, finalmente, a de Esterhase e Fawn; a silenciosa atividade de Millie McCraig com o bule de chá; todos esses fatos desenrolaram-se com uma irrealidade teatral que, muito à semelhança de uma viagem até Ascot, numa era anterior, foi intensificada pela irrealidade daquela hora da noite. Também era verdade que aqueles incidentes, que incluíram, no início, a subjugação de Polyakov e uma série de palavrões em russo, dirigidos a Fawn, que o atingira com um golpe, Deus sabe onde, e a despeito da vigilância de Mendel, pareciam um tolo enredo secundário que contrariava o único propósito de Smiley ao convocar aquela assembleia: persuadir Alleline de que Haydon oferecera a Smiley a única oportunidade de negociar com

Karla e de salvar, em termos humanitários, senão profissionais, o que restasse das redes que Haydon havia traído. Smiley não tinha poderes para conduzir tais negociações, nem parecia querer isso. Talvez ele pensasse que Esterhase, Bland e Alleline estariam mais bem situados para saber que agentes ainda existiriam. De qualquer maneira, ele não tardou em ir para o andar de cima, onde Guillam ouviu que mais uma vez Smiley estava andando compassadamente e inquieto, de uma sala para outra, enquanto prosseguia em sua vigilância junto à janela.

Por isso, enquanto Alleline e seus auxiliares diretos se retiraram para a sala de jantar a fim de conduzir sua transação sozinhos, os demais ficaram sentados em silêncio na sala de visitas, olhando para Haydon ou deliberadamente dele afastando o olhar. Haydon parecia não ter consciência de que aquelas pessoas estavam ali. Com a mão no queixo, sentou-se longe delas, num canto, vigiado por Fawn, dando a impressão de estar bastante entediado. A conferência terminou, os homens saíram da sala de jantar e Alleline anunciou a Lacon, que insistira em não estar presente nas discussões, que haveria um encontro em seu endereço, dentro de três dias e, nessa altura, "o coronel já teria tido a oportunidade de consultar seus superiores". Lacon fez um sinal de cabeça, assentindo. Aquela reunião poderia ter sido a do conselho de diretores de uma empresa.

As partidas foram ainda mais estranhas que as chegadas. Entre Esterhase e Polyakov, de modo especial, as despedidas foram curiosamente pungentes. Esterhase, que sempre preferira ser um cavalheiro a um espião, pareceu decidido a transformar aquela oportunidade em algo de caráter nobre e estendeu a mão a Polyakov, que a apertou impacientemente. Esterhase olhou em derredor, procurando Smiley, talvez na esperança de granjear-lhe ainda mais simpatia, mas, em seguida, deu de ombros e passou um braço no largo ombro de Bland. Pouco depois todos saíram juntos. Não se despediram de ninguém, embora Bland parecesse terrivelmente prostrado e Esterhase desse a impressão de o estar consolando, embora seu próprio futuro, naquele momento, dificilmente poderia ser por ele considerado róseo. Logo em seguida chegou um táxi para levar Polyakov, que também se retirou sem dar o mais leve cumprimento de cabeça a ninguém. Nessa altura, a conversação morrera completamente: sem a presença do russo o espetáculo se tornou lamentavelmente provinciano. Haydon permaneceu em sua pose costumeira de entediado, sempre sob a vigilância de Fawn e Mendel, e olhando com mudo embaraço para Lacon e Alleline. Ligações telefônicas foram feitas, principalmente para chamar táxis. A certa altura, Smiley reapareceu, vindo do andar de cima, e mencionou o nome de Tarr. Alleline telefonou para o Circus e editou um telegrama para Paris, declarando que ele poderia regressar à Inglaterra com honra, o quer que isso significasse. E ditou um segundo telegrama dirigido a Mackelvedore, nele afirmando que Tarr era pessoa aceitável, o que novamente pareceu a Guillam uma questão de ponto de vista.

Finalmente, para alívio geral, uma caminhonete sem janelas chegou da Nursery, e dois homens, que Guillam nunca tinha visto antes, saíram dela: um era alto e coxo, o outro, robusto e com cabelos avermelhados. Estremeceu ao perceber que eram inquisidores. Fawn foi buscar o casaco de Haydon no vestíbulo, examinou-lhe os bolsos e, respeitosamente, ajudou que ele o vestisse. Nessa altura, Smiley interveio brandamente, insistindo para que Haydon saísse pela porta da frente, sem que fossem acesas as luzes do vestíbulo, e que deveria ser acompanhado por um grande número de pessoas. Guillam, Fawn e até Alleline foram instados para prestar esse serviço e, finalmente, tendo Haydon ao centro, aquele grupo variado caminhou às pressas pelo jardim até a camioneta.

"É apenas uma precaução", insistira Smiley. Ninguém estava disposto a discutir com ele. Haydon entrou na caminhonete, seguido pelos inquisidores, que cerraram a grade por dentro. No momento em que as portas da caminhonete se fecharam, Haydon ergueu uma das mãos num gesto cordial, talvez de despedida, dirigido a Alleline.

Só mais tarde, portanto, os fatos distintos voltaram à mente de Guillam, e pessoas individuais lhe vieram novamente à lembrança: o ódio incondicional, por exemplo, de Polyakov a todos os presentes, a partir da pobre Millie McCraig, o que realmente lhe desfigurara as feições: sua boca entortara-se como a de um selvagem, ele ficara lívido e trêmulo, embora não de medo ou de súbita cólera. Era apenas ódio puro e simples, de um tipo que Guillam não encontrara em Haydon. Mas Haydon era da mesma espécie que ele próprio.

Quanto a Alleline, no momento de sua derrota, Guillam descobriu sentir por ele uma secreta admiração. Posteriormente, no entanto, Guillam não teve tanta certeza se Percy havia percebido, quando os fatos lhe foram apresentados, quais eram realmente esses fatos: afinal, ele ainda era o chefe, e Haydon ainda era seu Iago.

Mas o que era mais estranho para Guillam, uma visão interior que ele guardou para si mesmo e nela meditou de maneira muito mais profunda que de costume, foi que, apesar da cólera acumulada que sentiu, no momento em que irrompeu na sala, foi-lhe necessário um ato de vontade, bem violento, por sinal, para considerar Bill Haydon com outro sentimento diverso da afeição. Talvez, como diria Bill, ele afinal atingira a maturidade. E melhor do que tudo aquilo, na mesma noite, subiu os degraus do seu apartamento e ouviu as notas familiares da flauta de Camila ecoando através da escada. E se Camila perdeu, naquela noite, um pouco de seu mistério, pelo menos, ao raiar a manhã, ele conseguira libertá-la das malhas da traição em que a tinha ultimamente enredado.

Nos poucos dias que se sucederam, a vida de Guillam também assumiu, sob outros aspectos, perspectivas mais claras. Percy fora afastado, em licença por prazo indefinido; Smiley fora convidado a voltar ao Serviço por algum tempo a fim de ajudar na operação de limpeza que ainda restava por fazer. Quanto ao próprio Guillam, falava-se em libertá-lo de Brixton. Foi, porém, muito, muito mais tarde que soube ter havido um final. E deu um nome e um propósito àquela sombra familiar que havia seguido Smiley, à noite, pelas ruas de Kensington.

38

Durante os dois dias que se sucederam, George Smiley viveu no limbo. Seus vizinhos, quando repararam nele, acharam que ele parecia mergulhado numa tristeza que o consumia. Levantou-se tarde e ficou andando pela casa, enfiado em seu roupão, limpando objetos, tirando o pó das coisas, preparando para ele próprio as refeições, que não comia. Pelas tardes, infringindo bastante o regulamento do lugar onde morava, acendia um fogo de carvão na lareira e ficava lendo seus poetas alemães ou escrevendo cartas para Ann, raramente concluídas e nunca postas no correio. Quando o telefone tocava, dirigia-se ao aparelho rapidamente apenas para ficar desapontado. O tempo lá fora continuava ruim, e os poucos transeuntes — Smiley os estudava ininterruptamente — passavam encolhidos, numa miséria franciscana. Lacon o visitou uma vez, trazendo uma solicitação do ministro no sentido de que "pudessem contar com a colaboração de Smiley para acabarem com a confusão reinante em Cambridge Circus, se fosse chamado para isso" — na realidade, servir de "vigia da noite" até ser encontrado um substituto para Percy Alleline. Respondendo de maneira vaga, Smiley novamente insistiu junto a Lacon para que se tomasse extremo cuidado com a segurança física de Haydon enquanto ele permanecesse em Sarratt.

— Você não está sendo um pouco dramático? — replicou Lacon. — O único lugar para onde poderá ir é a Rússia, e o mandaremos para lá, de qualquer maneira.

— Quando? Brevemente?

Seriam necessários mais alguns dias para acertar os detalhes. Em seu estado de reação anticlimática, Smiley não perguntou como o interrogatório estaria progredindo nesse meio-tempo, mas as maneiras de Lacon sugeriam que a resposta poderia ter sido "mal". Mendel trouxe a Smiley algo de mais substancioso.

— A estação ferroviária de Immingham foi fechada — disse ele. — As pessoas têm de descer em Grimsby e ir até lá a pé ou de ônibus.

Com mais frequência Mendel limitava-se a ficar sentado, olhando para ele, como seria de se esperar no caso de um inválido.

— Ficar esperando não fará com que ela venha, você sabe — Smiley disse uma vez. — É hora de a montanha ir a Maomé. Um coração frio jamais conquistou mulher bonita, se posso dizer assim.

Na manhã do terceiro dia, a campainha da porta tocou e Smiley foi atendê-la depressa, pensando que poderia ser Ann, que teria esquecido sua chave, como de costume. Era Lacon. Smiley estava sendo convocado para ir a Sarratt. Haydon insistia em vê-lo. Os inquisidores nada haviam conseguido com ele, e o tempo estava passando. Parecia que, se Smiley fizesse o papel de confessor, Haydon daria algumas explicações sobre si mesmo.

— Eles garantem que não tem havido coação — disse Lacon.

Sarratt era um lugar lúgubre, desaparecida a grandeza de que Smiley se recordava. Quase todos os olmos tinham morrido, atacados por uma doença; várias torres de rádio haviam brotado no antigo campo de críquete. O próprio edifício, mansão de tijolos que se estendia por uma vasta área, também decaíra bastante desde o auge da guerra fria na Europa, e a maior parte do mobiliário mais fino parecia haver sumido. Ele julgava que teria ido parar numa das casas de Alleline. Smiley encontrou Haydon num abrigo pré-fabricado, oculto no meio das árvores.

O interior desse abrigo exalava o mau cheiro de uma casa da guarda, do Exército, e suas paredes eram pintadas de preto. Tinha janelas altas, revestidas de grades. Guardas vigiavam as salas, de ambos os extremos das mesmas, e receberam Smiley respeitosamente, dando-lhe o tratamento de "senhor".

Tudo indicava que os rumores haviam se disseminado. Haydon estava vestido com uma roupa de zuarte, trêmulo e queixando-se de tonteiras. Várias vezes fora obrigado a deitar-se para que cessassem hemorragias nasais. Deixara crescer a barba, meio a contragosto: parecia haver uma controvérsia a respeito de ser-lhe ou não permitido barbear-se.

— Ânimo — disse Smiley. — Brevemente você estará fora daqui.

Smiley procurava, durante a viagem, lembrar-se de Prideaux, Irina e as redes tchecas, e entrara no quarto de Haydon possuído de uma vaga noção de estar cumprindo um dever cívico. De certo modo, pensou ele, deveria censurar Haydon em nome das pessoas de bem. Em vez disso, sentia-se bastante retraído. Teve a impressão de que jamais havia conhecido Haydon e, agora, era tarde demais para conhecê-lo. Ficou também furioso com o estado físico de Haydon, mas quando chamou os guardas às falas, eles declararam não saber de nada. Ficou ainda mais indignado quando soube que as medidas adicionais de segurança a respeito das quais havia insistido tinham sido relaxadas a partir do primeiro dia. Quando pediu para falar com Craddox, chefe da Nursery, disseram-lhe que ele não poderia atendê-lo, e seu assistente portou-se como se fosse mudo.

A primeira troca de palavras entre Smiley e Haydon foi banal e cortada de pausas.

Poderia Smiley fazer o favor de enviar-lhe a correspondência que chegasse ao seu clube, e dizer a Alleline que tomasse medidas a respeito da troca de agentes com Karla? E ele precisava de lenços de papel para o nariz. Seu hábito de chorar, explicou Haydon, nada tinha a ver com remorso ou qualquer dor, era uma reação física diante do que denominava a mesquinharia dos inquisidores que haviam concluído que ele sabia os nomes de outras pessoas recrutadas por Karla e estavam decididos a ter esses nomes antes que ele partisse. Havia também uma opinião segundo a qual Fanshaw e os Optimates do Colégio de Christ Church haviam trabalhado como localizadores de talentos para o Centro de Moscou e também para o Circus, explicou Haydon. "Realmente o que uma pessoa poderia fazer diante de asnos como esses?" Ele conseguiu, apesar de sua debilidade, dar a impressão de que era a única pessoa que tinha a cabeça no lugar naquele ambiente.

Caminharam pelo terreno da mansão e Smiley verificou, quase desesperadamente, que seu perímetro não era nem mesmo patrulhado, de noite ou durante o dia. Após haverem dado uma volta em torno do terreno, Haydon pediu para voltar à cabana, onde arrancou um pedaço de tábua do assoalho e apanhou algumas folhas de papel cobertas de hieróglifos. Elas fizeram Smiley lembrar-se inapelavelmente do diário de Irina. Agachado sobre a cama, Haydon as dispôs em ordem e, àquela luz débil, com sua longa mecha de cabelos da testa balançando-se quase até tocar nos papéis, ele poderia estar refestelado na sala de Control, de volta à década de 1960, propondo algum plano para a maior glória da Inglaterra, maravilhosamente plausível e totalmente irrealizável. Smiley não se preocupou em escrever coisa alguma porque os dois sabiam que sua conversação estava sendo gravada. As declarações de Haydon começaram com uma longa apologia, da qual Smiley mais tarde recordou-se apenas de algumas frases:

"Estamos vivendo numa época em que só as questões fundamentais têm importância..."

"Os Estados Unidos já não têm capacidade de levar adiante sua própria revolução..."

"A posição política do Reino Unido não possui relevância ou viabilidade moral, nos negócios mundiais..."

Em outras circunstâncias, Smiley poderia ter concordado com grande parte dessas afirmações: era o tom, e não a música, que o afastava.

"Na América capitalista a repressão econômica das massas é institucionalizada a um grau em que nem mesmo Lênin poderia ter previsto."

"A guerra fria começou em 1817, mas as lutas mais ásperas estão no futuro, no momento em que a paranoia senil da América a levar a maiores excessos no exterior..."

Haydon não falou sobre o declínio do Ocidente, mas de sua morte pela cobiça e pela prisão de ventre. Odiava profundamente a América, declarou, e Smiley achou que isso era um fato. Haydon também admitiu sem discutir que os serviços secretos eram a única medida verdadeira da saúde política de uma nação, a única verdadeira expressão de seu subconsciente.

Finalmente ele chegou a seu próprio caso. Em Oxford, afirmou, tinha sido verdadeiramente partidário da direita e, durante a guerra, pouco importava qual o lado em que uma pessoa se colocasse desde que lutasse contra os alemães. Durante algum tempo, a partir de 1945, continuou Haydon, ficara satisfeito com a participação que a Grã-Bretanha tivera na guerra, até que, pouco a pouco, começou a perceber como essa participação fora trivial. Como e quando isso aconteceu era um mistério. Na confusão histórica de sua própria vida, ele não poderia indicar uma ocasião: simplesmente sabia que, se a Inglaterra saísse do jogo, o preço do peixe não se modificaria um só vintém. Indagara frequentemente a si mesmo de que lado estaria se o confronto algum dia se verificasse, e após longa reflexão, finalmente teve de admitir que se um dos dois monólitos tivesse de ser o vencedor, preferia que fosse o do Leste.

— Trata-se de um julgamento estético como qualquer outra coisa que possa ser — explicou, erguendo os olhos. — Em parte um julgamento moral, sem dúvida.

— Sem dúvida — declarou Smiley polidamente.

A partir de então, declarou Haydon, foi apenas uma questão de tempo para que aplicasse seus esforços do lado em que estavam situadas suas convicções.

Foi essa a coleta do primeiro dia. Um sedimento branco se formara em volta dos lábios de Haydon, e ele recomeçara a chorar. Concordaram em encontrar-se no dia seguinte, à mesma hora.

— Seria bom entrarmos em certos detalhes, se pudermos, Bill — disse Smiley ao sair.

— Ah, escute, conte as coisas a Jan, está bem? — Haydon estava deitado na cama, novamente tentando estancar a hemorragia do nariz. — Não importa o que você diga, desde que seja coisa definitiva. — Sentando-se na cama, preencheu um cheque e o colocou num envelope pardo. — Dê isso a ela para a conta do leite.

Talvez percebendo que Smiley não estava muito à vontade com essa razão, Haydon acrescentou:

— Bem, não posso levá-la comigo, não é mesmo? Ainda que eles permitissem que ela fosse em minha companhia, Jan seria um fardo insuportável para mim.

Na mesma noite, seguindo as instruções de Haydon, Smiley tomou o trem subterrâneo até Kentish Town e foi desencavar uma pequena casa que ficava numa antiga estrebaria. Uma mulher de cara desenxabida, vestindo calças de zuarte, abriu a porta para ele, que sentiu cheiro de óleo e de criancinha pequena. Não conseguiu lembrar-se de a ter visto na Bywater Street e, por isso, começou dizendo:

— Venho da parte de Bill Haydon. Ele está bem, mas tenho recados dele.

— Jesus — disse a moça em voz baixa. — Já era tempo.

A sala de estar era sórdida. Smiley enxergou, através da porta da cozinha, uma pilha de louça servida e concluiu que ela usava toda a louça até acabar e, depois, a lavava de uma só vez. As tábuas do assoalho não eram atapetadas, mas tinham figuras psicodélicas, representando cobras, flores e insetos, pintados em toda sua extensão.

— Isso é o céu de Miguel Ângelo, de Bill — ela disse num tom coloquial. — Só que ele não vai ficar com as costas doentes, como Miguel Ângelo. O senhor trabalha para o governo? — indagou, acendendo um cigarro. — Ele trabalha para o governo. Ele me disse. — A mão de Jan estava trêmula e ela tinha borrões amarelos na pálpebra inferior.

— Escute, primeiro preciso lhe dar isso — disse Smiley. E enfiando a mão no bolso interno do paletó, entregou-lhe o envelope com o cheque.

— Tutu — disse a moça, colocando o envelope a seu lado.

— Pão — repetiu Smiley, retribuindo o sorriso. Em seguida, alguma coisa na expressão fisionômica de Smiley, ou a maneira em que fizera eco àquela única palavra, fez com que a moça tomasse o envelope e o abrisse. Não havia nele nenhum bilhete, apenas o cheque. Mas esse cheque era o que bastava, pois mesmo do lugar em que Smiley estava sentado, pôde ver que tinha quatro algarismos.

Sem saber o que estava fazendo, a moça atravessou a sala, indo até junto à lareira, e colocou o cheque ao lado de contas do armazém e de uma velha lata. Entrou na cozinha e preparou duas xícaras de Nescafé, mas veio trazendo apenas uma.

— Onde ele está? — indagou. E ficou de pé diante de Smiley. — Foi de novo atrás daquele marinheiro ranhento? E isto é o último pagamento? Ele está me mandando embora? Bem, você diga a ele da minha parte...

Smiley já conhecera cenas iguais àquela e, naquele momento, as velhas palavras absurdamente lhe acudiram.

— Bill está realizando um trabalho de importância nacional. Receio não poder falar a respeito disso, e não devo fazê-lo. Ele seguiu para o exterior há alguns dias, para executar uma operação secreta. Deverá permanecer fora do país durante algum tempo. Até por alguns anos. Não lhe permitiram informar a ninguém que deveria partir. Ele quer que você o esqueça. Realmente sinto muitíssimo.

Smiley chegou até essa altura quando ela explodiu em impropérios. Ele não entendeu tudo quanto ela disse porque a moça falava de um jeito impulsivo e aos brados. E quando o bebê a ouviu gritar, começou também a fazer o mesmo, no andar de cima. A moça estava praguejando, não contra ele, nem especialmente contra Bill, apenas praguejando, sem chorar, e exigindo que lhe dissessem quem seria a desgraçada que ia acreditar no governo! Em seguida, seu estado de espírito modificou-se. Smiley reparou nos outros quadros de Bill, que pendiam das paredes em derredor, principalmente retratos da moça. Poucos estavam acabados. E de má qualidade, em comparação com seus trabalhos anteriores.

— Você não gosta dele, não é mesmo? Sou capaz de apostar — disse ela. — Então por que faz esse trabalho sujo para ele?

Parecia não haver resposta imediata para aquela pergunta. Regressando à Bywater Street, Smiley novamente teve a impressão de que estava sendo seguido, e tentou telefonar para Mendel e dar-lhe o número do táxi que por duas vezes vira, e pedir-lhe que realizasse imediatas investigações. Dessa vez, Mendel permaneceu ausente de casa até depois da meia-noite.

Smiley dormiu um sono agitado e acordou às 5 horas. Por volta das 8 já estava de volta a Sarratt, encontrando Haydon de bom humor. Os inquisidores não o haviam importunado. Craddox o avisara de que a troca de agentes já havia sido acertada, e que deveria esperar viajar no dia seguinte, ou dentro de dois dias. Suas solicitações assumiram um tom de discurso de despedida. O saldo de seus vencimentos e o produto de quaisquer vendas extraordinárias feitas em seu nome seriam a ele enviados aos cuidados do Banco Narodny, de Moscou, que também se encarregaria de sua correspondência. A Galeria Arnolfini, de Bristol, possuía alguns quadros dele, entre os quais antigas aquarelas de Damasco, que ele muito desejara ter. Poderia Smiley fazer o favor de providenciar isso? Em seguida, falou sobre o pretexto de seu desaparecimento.

— Faça a coisa render — aconselhou. — Diga que fui mandado servir em algum posto, mantenha as coisas num tom misterioso. Deixe passar dois ou três anos antes de me desacreditar...

— Creio que poderemos dar um jeito — disse Smiley.

Pela primeira vez desde que Smiley o conhecera, Haydon mostrou-se preocupado com roupas. Queria chegar *parecendo* alguém, disse ele. As primeiras impressões eram tão importantes. E acrescentou:

— Aqueles alfaiates de Moscou estão abaixo de qualquer comentário. Vestem as pessoas como uns desgraçados bedéis de igreja.

— É isso mesmo — concordou Smiley, que não tinha melhor opinião a respeito dos alfaiates de Londres.

— Ah! Havia um rapaz — disse Haydon displicentemente, um marinheiro amigo dele, que morava em Notting Hill. — Era melhor dar-lhe umas 200 libras para que ficasse calado. Você poderá fazer isso, tirando do fundo dos répteis?

— Sem dúvida.

Ele escreveu o endereço do rapaz. E no mesmo espírito de boa camaradagem, Haydon começou a entrar no que Smiley dera o nome de detalhes.

Recusou-se a discutir qualquer aspecto de seu recrutamento ou de suas relações de uma vida inteira com Karla. "De uma vida inteira?", repetiu

Smiley imediatamente. "Quando vocês se conheceram?" As afirmações do dia anterior pareceram subitamente desprovidas de senso, mas Haydon não entrou em pormenores a esse respeito.

A partir da década de 1950, se pudesse ser dado crédito a Haydon, ele fizera a Karla, de vez em quando, alguns presentes de material informativo. Esses primeiros esforços se limitavam ao que esperava ser diretamente capaz de promover a causa russa diante dos americanos. Haydon fora "escrupuloso em não dar qualquer informação que nos pudesse prejudicar", conforme se expressou, ou prejudicar nossos agentes que faziam trabalhos de campo.

A aventura de Suez, em 1956, acabou de persuadi-lo da inanidade da situação inglesa e da incapacidade dos ingleses em frustrar o avanço da História, ao mesmo tempo que não poderiam oferecer qualquer contribuição a esse avanço. A sabotagem da ação britânica do Egito, de parte dos americanos, foi, paradoxalmente, um incentivo a mais para ele. Haydon diria, portanto, que a partir de 1956 ele se tornou uma toupeira soviética, totalmente comprometida e trabalhando em regime de tempo integral para os russos, sem quaisquer restrições. Em 1961, recebeu formalmente cidadania soviética e, durante os dez anos subsequentes, ganhou duas medalhas soviéticas — estranhamente não declarou quais tinham sido, embora insistisse que eram "da mais alta qualidade". Infelizmente os postos para os quais foi designado no além-mar, durante esse período, limitaram seu acesso às fontes de informação. E como insistia que suas informações deveriam ser seguidas de ação, onde quer que isso fosse possível — "em vez de ficar jogadas em algum estúpido arquivo soviético" —, seu trabalho era perigoso e desigual. De regresso a Londres, Karla enviou-lhe Poly (evidentemente o apelido de Polyakov), para ser seu auxiliar, mas Haydon sempre achou que a permanente pressão das reuniões clandestinas seria coisa difícil de ser sustentada, especialmente diante da quantidade de material que estava fotografando.

Recusou-se a discutir a respeito de máquinas fotográficas, equipamento, pagamentos ou trabalhos de espionagem durante esse período anterior a Merlin, em Londres, e Smiley teve consciência, durante todo o tempo, de que mesmo o pouco que Haydon estava lhe contando era escolhido com meticuloso cuidado, retirado de uma verdade maior e, talvez, algo diferente dessa verdade.

Nesse meio-tempo, Karla e Haydon colheram indícios de que Control estava desconfiando de alguma coisa. Ele estava doente, sem dúvida, mas era visível que jamais transmitiria as rédeas do comando enquanto houvesse uma probabilidade de desmascarar Karla. Foi um páreo entre as pesquisas de Control e sua própria saúde. Por duas vezes, Control quase descobrira o mapa da mina — e novamente Haydon se recusou a dizer como isso acontecera —, e se Karla não fosse ligeiro, Gerald teria caído na armadilha. Foi nessa situação, que lhe atacava os nervos, que surgira a primeira Operação Merlin e, finalmente, a Operação Testemunho. A Operação Bruxaria foi concebida principalmente para cuidar da sucessão de Control: colocar Alleline vizinho ao trono, a apressar a destruição de Control. Em segundo lugar, naturalmente, a Operação Bruxaria conferiu ao Centro absoluta autonomia sobre o produto que chegava a Whitehall. Em terceiro e, a longo prazo, o mais importante de tudo, insistiu Haydon, ela colocou o Circus à altura de ser uma arma importante contra o alvo americano.

— Em que grau o material era verdadeiro? — indagou Smiley.

O padrão sem dúvida variava conforme o que se queria alcançar, disse Haydon. Teoricamente, forjar material era muito fácil: bastava que Haydon informasse a Karla a respeito das áreas em que Whitehall não possuía dados, e seriam redigidos informes sobre elas. Por uma ou duas vezes, embora isso fosse um inferno, Haydon declarou que ele mesmo escrevera esses relatórios extras. Era divertido receber, avaliar e distribuir seu próprio trabalho. As vantagens da Operação Bruxaria, em termos de espionagem, eram, sem dúvida, inestimáveis. Colocou Haydon virtualmente fora do alcance de Control e lhe deu uma suposta história, rija como ferro de cadinho, para que pudesse encontrar-se com Poly sempre que assim desejasse. Por vezes passavam-se meses sem que eles se vissem. Haydon fotografava os documentos do Circus trancado em sua sala — a pretexto de estar preparando o engodo para Polyakov —, entregava-os a Esterhase, juntamente com uma quantidade de material sem valor, e deixava que este o encaminhasse.

— Foi um páreo clássico — declarou Haydon simplesmente. — Percy tomou a dianteira, eu segui seus passos, Roy e Toby fizeram o mesmo.

Nessa altura Smiley indagou polidamente se Karla alguma vez pensara em fazer com que Haydon efetivamente assumisse a direção do Circus: por que preocupar-se com um cavalo atrás do qual se esconde o caçador para espreitar a caça? Haydon respondeu com uma evasiva, e ocorreu a Smiley que Karla, a exemplo de Control, poderia bem ter considerado que Haydon ficaria melhor no papel de subordinado.

A Operação Testemunho, declarou Haydon, foi um golpe de desespero. Haydon tinha certeza de que Control estava chegando a ponto de descobrir tudo. A análise dos arquivos que estava realizando proporcionou-lhe um inventário completo e desconfortável das operações que Haydon fizera ir pelos ares ou, por qualquer outro meio, levara a abortar. Control também conseguira reduzir o campo dos suspeitos a um grupo de funcionários de certa idade e categoria...

— A propósito, o primeiro oferecimento de Stevcek foi verdadeiro? — indagou Smiley.

— Meu Deus, não, que ideia — disse Haydon realmente chocado. — Tudo foi assentado desde o começo. Stevcek existia, sem dúvida. Era um eminente general tcheco. Mas nunca fez qualquer oferecimento a ninguém.

Smiley percebeu que Haydon estava hesitante. Pela primeira vez, parecia de fato constrangido diante da moralidade de seu comportamento. Suas maneiras assumiram, visivelmente, um aspecto defensivo.

— Nós precisávamos, evidentemente, ter certeza de que Control iria tomar uma atitude, e de que modo o faria... quem enviaria. Não queríamos que ele apanhasse algum batedor de ruas insignificante. Precisava ser uma figura de primeira grandeza para que a história pegasse. Sabíamos que só escolheria alguém que se achasse fora do centro dos acontecimentos e que não estivesse informado sobre a Operação Bruxaria. Se nós havíamos inventado um tcheco, Control naturalmente teria de escolher uma pessoa que falasse tcheco.

— Naturalmente.

— Queríamos uma pessoa do velho Circus; alguém que pudesse fazer o templo se abater um pouco.

— Sim — disse Smiley, recordando-se daquela figura arquejante e suarenta no alto da colina. — Sim, percebo a lógica de tudo isso.

— Bem, que tudo vá para o inferno. Eu o trouxe de volta — falou Haydon num tom ríspido.

— Você fez bem. Diga uma coisa: Jim foi procurar você antes de seguir para a missão Testemunho?

— De fato ele veio me procurar.

— Para lhe dizer o quê?

Haydon hesitou durante muito, muito tempo, e não respondeu. Mas a resposta era patente em seu súbito olhar vazio, na sombra do sentimento de culpa que caiu sobre seu rosto macilento. Ele veio avisá-lo, pensou Smiley, porque o amava. Veio avisá-lo, exatamente como foi me avisar que Control estava louco, mas não conseguiu encontrar-me porque eu estava em Berlim. Jim estava lhe dando cobertura até o fim.

Haydon recomeçou a falar e disse, ainda, que teria de ser um país que possuísse uma história de contrarrevolução recente.

Smiley parecia não estar prestando muita atenção.

— Por que você o trouxe de volta? — indagou. — Por amizade? Porque ele era inofensivo e você tinha as cartas na mão?

Não fora exatamente por isso, explicou Haydon. Enquanto Jim permanecesse numa prisão tcheca (ele não disse prisão russa), as pessoas ficariam agitando-se por causa dele e veriam nele uma espécie de chave do problema. Depois que estivesse de volta, Whitehall em peso haveria de impor meios de conservá-lo mudo. Esse fora sempre o procedimento de Whitehall em matéria de repatriações.

— Estou surpreso de que Karla não o tenha simplesmente fuzilado. Ou ele se conteve em atenção a você?

Haydon havia, porém, novamente derivado para afirmações políticas duvidosas.

Em seguida, começou a falar acerca de si mesmo e, na opinião de Smiley, já parecia, de modo bastante visível, estar descaindo ao terreno de coisas muito insignificantes e mesquinhas. Ficara impressionado ao ouvir dizer que Ionesco acabara de prometer uma peça na qual o herói permanecia em silêncio ao passo que todos em seu redor falavam sem cessar. Quando os psicólogos e os historiadores que estivessem em voga escrevessem apologias sobre ele, Haydon, esperava que se lembrassem de que fora assim que ele se salvara. Como artista, dissera tudo quanto tinha para dizer, aos 17 anos, e uma pessoa precisava fazer alguma coisa nos anos subsequentes. Sentia muitíssimo não poder levar em sua companhia alguns dos amigos. Esperava que Smiley se lembrasse dele com afeto.

Nessa altura Smiley desejou dizer-lhe que não se lembraria dele absolutamente com afeto, e quis dizer-lhe muito mais, além disso, mas tudo pareceu fora de propósito e Haydon estava tendo outra hemorragia nasal.

— A propósito, quero lhe pedir que evite publicidade sobre o caso.

Haydon conseguiu rir. Tinha levado o Circus à maior confusão, em caráter particular, e não tinha o menor desejo de repetir o processo em público.

Antes de sair, Smiley fez a única pergunta que ainda o interessava.

— Preciso levar tudo ao conhecimento de Ann. Haverá alguma coisa especial que você queira que eu informe a ela?

Foram necessárias mais palavras para que ele entendesse a implicação da pergunta de Smiley. A princípio pensou que Smiley houvesse dito "Jan", e não conseguiu compreender por que ele ainda não procurara a moça.

— A *sua* Ann — disse ele, como se houvesse muitas Ann ao redor. — Era o que Karla pensava — explicou Haydon. Karla reconhecera há muito tempo que Smiley representava a maior ameaça para Gerald. — Ele disse que você era muito bom.

— Obrigado.

— Mas tinha esse preço: Ann. A última ilusão de um homem sem ilusões. Ele julgava que se todo mundo no Circus soubesse que eu era amante de Ann, você não enxergaria as outras coisas com muita clareza. — Os olhos de Haydon, observou Smiley, tinham ficado muito parados. Ann os chamava de olhos de estanho. E Haydon prosseguiu: — Não forçar as coisas e tudo mais, e, se fosse possível, acomodar-se, ficar quieto. Compreendeu?

— Compreendi — disse Smiley.

Na noite da Operação Testemunho, por exemplo, Karla foi inflexível: se fosse possível, Haydon deveria estar divertindo-se com Ann. Uma espécie de medida de segurança.

— E não houve de fato uma pequena dificuldade naquela noite? — indagou Smiley, lembrando-se de Sam Collins, e da dúvida sobre se Ellis tinha ou não sido baleado.

Haydon concordou que houvera essa dificuldade. Se tudo tivesse ocorrido conforme os planos, Haydon teria tido a oportunidade de ler o boletim em seu clube depois de Sam Collins haver telefonado para Ann e antes que ele, Haydon, chegasse ao Circus para assumir a direção das operações. Mas pelo fato de Jim ter sido alvejado a tiros, houve certa confusão de parte dos tchecos, e o boletim só foi distribuído depois que o clube fechou.

— Foi uma sorte ninguém ter acompanhado isso — disse ele, tirando outro cigarro de Smiley. — Qual deles era eu, a propósito? — indagou num tom coloquial. — Já me esqueci.

— O ladrão. Eu era o careca.

Nessa altura, Smiley já ouvira bastante e, por isso, retirou-se sem se preocupar com despedidas. Entrou em seu carro e rodou durante uma hora, sem rumo, até que se viu numa estrada auxiliar que levava a Oxford, fazendo 130 quilômetros por hora. Ali parou para almoçar e, em seguida, rumou para Londres. Ainda não conseguia enfrentar a Bywater Street e, por isso, foi a um cinema, jantou num restaurante e chegou a casa à meia-noite, ligeiramente embriagado. Encontrou Lacon e Miles Sercombe à porta. O idiota Rolls-Royce de Sercombe, aquele urinol preto, lá estava em cima do meio-fio, impedindo a passagem de todo mundo.

Seguiram para Sarratt numa velocidade alucinada e lá chegando, em plena noite e sob um céu límpido, iluminado por lanternas de mão, estava Bill Haydon sentado num banco do jardim, defronte para o campo de críquete, banhado pelo luar. Vários companheiros seus da Nursery tinham os olhos cravados nele. Haydon vestia um pijama de listras e um sobretudo O pijama parecia mais um uniforme de prisioneiro. Seus olhos estavam abertos e sua cabeça pendia estranhamente para um lado, como a de um pássaro cujo pescoço tivesse sido quebrado por uma pessoa experiente.

Não houve grandes discussões sobre o que acontecera. Às 22h30, Haydon se queixara aos guardas de estar com insônia e sentir náuseas, e propôs tomar um pouco de ar fresco. Como seu caso era tido como encerrado, nenhum deles pensou em acompanhá-lo, e Haydon saiu a caminhar através da escuridão, sozinho. Um dos guardas recordava-se de que ele fizera uma pilhéria, dizendo que "ia examinar as condições da meta de críquete". O outro guarda estava muito entretido vendo televisão para que pudesse se lembrar de alguma coisa. Transcorrida meia hora, eles ficaram apreensivos e, por isso, o guarda mais antigo no posto saiu para ver o que estaria acontecendo, ao passo que seu auxiliar permaneceu na cabana, caso Haydon a ela voltasse. Haydon fora encontrado onde estava sentado. A princípio o guarda pensou que tivesse adormecido. Debruçando-se sobre ele, sentiu cheiro de álcool — julgou que fosse gim ou vodca — e concluiu que Haydon estava embriagado, o que o surpreendeu pois a Nursery proibia expressamente o uso de bebidas alcoólicas. Só quando procurou erguê-lo a cabeça dele pendeu, e o resto do corpo a acompanhou como um peso morto. E como Haydon vomitara (havia restos de vômito perto da árvore), o guarda o soergueu, encostando-o no banco, e deu o alarme.

— Teria Haydon recebido alguma mensagem durante o dia? — indagou Smiley.

— Não. Mas seu terno tinha sido entregue pela tinturaria e era possível que alguma mensagem tivesse sido nele oculta; por exemplo, convidando-o para algum encontro.

— Então os russos fizeram isso — anunciou o ministro com satisfação, diante da massa informe de Haydon. — Para impedir que ele os delatasse, eu suponho.

— Não — disse Smiley. — Eles fazem questão de obter de volta sua gente.

— Então quem fez isso?

Todos ficaram esperando a resposta de Smiley, que nada disse. As lanternas foram apagadas e o grupo encaminhou-se para o carro, com passos incertos.

— Podemos soltá-lo da mesma maneira? — indagou o ministro enquanto voltavam para o automóvel.

— Ele era cidadão soviético. Eles que fiquem com ele — disse Lacon, ainda olhando para Smiley, na escuridão.

Concordaram que era uma pena quanto às redes. Seria melhor, de qualquer maneira, ver se Karla realizaria a transação.

— Ele não vai fazer isso — disse Smiley.

Recordando tudo aquilo na solidão de seu compartimento de primeira classe, no trem, Smiley experimentou a curiosa sensação de estar observando Haydon pelo lado errado de um telescópio. Tinha se alimentado muito pouco desde a noite anterior, mas o bar estivera aberto durante a maior parte da viagem.

Saindo da Estação de King's Cross, passara-lhe pela mente a melancólica ideia de que gostava de Haydon e o respeitava: Bill era um homem, afinal de contas, que tivera alguma coisa a dizer e dera seu recado. Mas a estrutura mental de Smiley rejeitava essa simplificação cômoda. Quanto mais se tornava perplexo com a divagadora descrição que Haydon fizera de si mesmo, mais consciente ficava das contradições da mesma. A princípio procurou ver Haydon segundo a descrição romântica dos jornais, como um intelectual da década de 1930, para quem Moscou seria a Meca por excelência. "Moscou era a disciplina de Bill", disse para si mesmo. "Ele tinha necessidade da simetria de uma solução histórica e econômica." Isso lhe pareceu demasiado insuficiente e, por isso, acrescentou algo mais ao homem de quem estava procurando gostar: "Bill era um romântico e um esnobe. Queria ligar-se a uma vanguarda elitista e conduzir as massas para fora das trevas." Então Smiley lembrou-se das telas inacabadas da sala de visitas da moça, em Kentish Town: carregadas demais, trabalhadas de maneira excessiva, condenadas. Lembrou-se também do espectro do autoritário pai de Bill

— Ann o chamara simplesmente de monstro — e imaginou que o marxismo de Bill se formara de sua incapacidade como artista e de sua infância privada de amor. Mais tarde, pouco importaria se a doutrina a ele não se ajustava bem. Bill estava palmilhando aquela estrada, e Karla sabia como nela mantê-lo. A traição é uma questão de hábito, de modo geral, concluiu Smiley, tornando a ver Bill deitado no chão, na Bywater Streeet, enquanto Ann punha música para ele na vitrola.

Bill tinha gostado daquilo também. Smiley não duvidara por um só momento. De pé no centro de um palco secreto, atirando o mundo contra o mundo, herói e autor da peça ao mesmo tempo. Ah, Bill gostara mesmo daquilo tudo!

Smiley afastou todas aquelas ideias, desconfiado como sempre das for mas padronizadas dos motivos humanos, e fixou-se, em vez disso, num quadro mental daquelas bonecas russas de madeira, que se abrem, mostrando haver uma boneca dentro de outra, e mais uma terceira e uma quarta. Entre todos os homens deste mundo, somente Karla vira a última e pequena boneca que ficava dentro de Bill Haydon. Quando e como Bill havia sido recrutado? Sua posição direitista em Oxford teria sido uma pose, ou, paradoxalmente, um estado de pecado do qual Karla o chamou para que atingisse o estado de graça?

— Só perguntando a Karla. É pena que Smiley não o tivesse feito.

— Ou perguntar a Jim. Jamais o faria.

Na paisagem sem relevo de East Anglia, enquanto Smiley deslizava lentamente por ela, a fisionomia inflexível de Karla substituiu a retorcida máscara mortuária de Bill Haydon. "Mas você tinha esse único preço: Ann. A última ilusão de um homem sem ilusões. Ele pensou que se soubessem, no Circus, que eu era amante de Ann, você não me julgaria de maneira muito firme quando houvesse outras coisas."

Ilusão? Era esse realmente o nome que Karla dava ao amor? E Bill?

"Vamos", disse o condutor em voz muito alta, talvez pela segunda vez. "Vamos andando. O senhor vai para Grimsby, não vai?"

— Não, não. Para Immingham. — Então Smiley lembrou-se das instruções de Mendel e saiu do trem com dificuldade, pisando na plataforma.

Não conseguiu encontrar um táxi e, por isso, tendo pedido informações no guichê da estação, ficou de pé ao lado de um sinal verde no qual se lia "Filas". Tinha esperado que ela talvez pudesse vir buscá-lo, mas era possível que não tivesse recebido o telegrama. Bem. Quem poderia censurar os Correios na época de Natal? Smiley ficou imaginando como Ann receberia a notícia do que acontecera a Bill, até que, lembrando-se de seu rosto aterrorizado diante dos penhascos da Cornualha, percebeu que, naquela época, Bill já havia morrido para ela.

Ilusão?, repetiu de si para si. Falta de ilusões?

Estava muito frio. Ele esperava que o desgraçado amante de Ann tivesse encontrado uma casa bem aquecida para ela morar.

Gostaria de ter levado para Ann as botas forradas de pele que ficavam no armário debaixo da escada.

Lembrou-se do exemplar do *Grimmelshäusen* que ainda não tinha ido apanhar no clube de Martindale.

Então ele avistou Ann: aquele horrível carro que ela possuía, vinha desviando-se em direção a ele, descendo a pista onde se lia: "Somente para ônibus". Ann, ao volante, olhava para o lado errado. Smiley viu-a sair do carro, deixando a luz indicadora de direção piscando. Ela se encaminhou para a estação a fim de informar-se: alta e graciosa, muito linda. Era, sem dúvida, a mulher de outro homem.

Durante o resto daquele período letivo, Jim Prideaux comportou-se, aos olhos de Roach, como a mãe dele o teria feito quando o pai os abandonou. Jim dedicou muito tempo a fazer pequenas coisas, como arranjar a iluminação para a peça teatral da escola, remendar as redes de futebol e, quanto ao francês, dedicou grandes esforços em corrigir pequenas inexatidões. Mas as grandes coisas, como suas caminhadas e seu golfe solitário, tudo isso ele deixou de lado completamente. E durante as noites, ficava em casa, não indo à vila. Pior de tudo era seu jeito de olhar, vazio, quando Roach o pilhava desprevenido, e o costume de esquecer de fazer as coisas na sala de aula, até de dar notas. Roach tinha de lembrar-lhe isso, todas as semanas.

Para ajudá-lo, Roach assumiu a tarefa de ser o responsável pelo controle das luzes. Durante os ensaios, Jim tinha de fazer-lhe um sinal especial, dirigido a Bill e a mais ninguém. Levantaria o braço e deixaria que ficasse pendente, de lado, quando quisesse que as luzes da ribalta fossem diminuídas.

Com o passar do tempo, pareceu que Jim estava reagindo ao tratamento. Seus olhos tornaram-se mais luminosos e ele voltou a mostrar-se interessado nas coisas, quando a sombra da morte de sua mãe foi se afastando. Na noite da peça, Jim estava mais alegre do que jamais Roach o vira. "Eh, Jumbo, criatura desprezível, onde está sua capa de borracha? Não vê que está chovendo?", falou Jim quando os dois, cansados mas triunfantes, voltaram para o edifício principal da escola, após o espetáculo. "O nome verdadeiro dele é Bill", Roach ouviu Jim explicar a um parente que ali estava, de visita: "Fomos calouros, na mesma época."

Roach finalmente se convencera de que o revólver tinha sido de fato um sonho.

Este livro foi composto na tipologia Electra LH Regular, em corpo 11/16, e impresso em papel off-white 80g/m² no Sistema Cameron da Divisão Gráfica da Distribuidora Record.